Elena Ferrante
Das lügenhafte Leben der Erwachsenen

Roman

Aus dem Italienischen
von Karin Krieger

Büchergilde Gutenberg

Die Originalausgabe erschien 2019 unter dem Titel
La vita bugiarda degli adulti bei Edizioni e/o, Rom

Dieses Buch ist dank einer Übersetzungsförderung
seitens des Italienischen Außenministeriums erschienen.

Lizenzausgabe für die Mitglieder
der Büchergilde Gutenberg Verlagsges. mbH,
Frankfurt am Main, Zürich, Wien
www.buechergilde.de
Mit freundlicher Genehmigung
des Suhrkamp Verlags, Berlin
© der deutschen Ausgabe Suhrkamp Verlag Berlin 2020
© 2019 by Edizioni E/O
Alle Rechte vorbehalten
Satz: Satz-Offizin Hümmer GmbH, Waldbüttelbrunn
Druck und Bindung: CPI books GmbH, Leck
Printed in Germany 2020
ISBN 978-3-7632-7223-5

Das lügenhafte Leben der Erwachsenen

I

1

Zwei Jahre bevor mein Vater von zu Hause wegging, sagte er zu meiner Mutter, ich sei sehr hässlich. Der Satz wurde leise gesprochen, in der Wohnung, die sich meine Eltern, frisch verheiratet, im Rione Alto, oben in San Giacomo dei Capri, gekauft hatten. Alles – Neapels Orte, das blaue Licht des eisigen Februars, jene Worte – ist geblieben. Ich dagegen bin weggeglitten und gleite auch jetzt noch weg, in diese Zeilen hinein, die mir eine Geschichte geben wollen, während sie eigentlich nichts sind, nichts von mir, nichts, was wirklich begonnen oder wirklich einen Abschluss gefunden hätte: nichts als ein Knäuel, von dem niemand weiß, nicht einmal, wer dies hier gerade schreibt, ob es den passenden Faden einer Erzählung enthält oder nur ein verworrener Schmerz ohne Erlösung ist.

2

Ich habe meinen Vater sehr geliebt, er war immer ein freundlicher Mann. Seine feine Art passte gut zu seinem Körper, der so schlank war, dass seine Kleidung stets eine Nummer zu groß wirkte, das verlieh ihm in meinen Augen eine unnachahmliche Eleganz. Er hatte feine Gesichtszüge und nichts – weder die forschenden Augen mit den langen Wimpern noch die tadellos geformte Nase oder die vollen Lippen – beeinträchtigte ihre Harmonie. Er sprach immer fröhlich mit mir, egal wie seine oder meine Laune auch sein mochten, und er zog sich nie in sein Arbeitszimmer zurück – er arbeitete unentwegt –, ohne mir nicht wenigstens ein Lächeln entlockt zu haben. Besonders meine Haare gefielen ihm, aber ich könnte heute nicht mehr sagen, wann er angefangen hatte sie zu bewundern, vielleicht schon, als ich zwei oder drei war. Wir führten in meiner Kindheit gewiss Gespräche wie:

»Was für schöne Haare du hast, so fein und glänzend, kann ich die haben?«

»Nein, das sind meine.«

»Ach, sei doch nicht so.«

»Wenn du willst, kann ich sie dir borgen.«

»Großartig, und dann geb ich sie dir nicht zurück.«

»Du hast doch selber welche.«

»Die sind alle von dir.«

»Gar nicht, du lügst.«

»Sieh doch nach: Die waren einfach zu schön, da habe ich sie dir geklaut.«

Ich sah nach, doch nur zum Spaß, ich wusste ja, dass er sie mir niemals klauen würde. Und ich lachte, lachte viel, mit ihm hatte ich mehr Spaß als mit meiner Mutter. Er wollte immer etwas von mir haben, mal ein Ohr, mal die Nase, mal das Kinn, er sagte, sie seien so perfekt, dass er ohne sie nicht leben könne. Ich liebte diesen Ton, in einem fort bewies er mir, wie unentbehrlich ich für ihn war.

Natürlich war mein Vater nicht zu allen so. Manchmal, wenn ihn etwas sehr aufregte, neigte er zu geschliffenen Reden verbunden mit Gefühlsausbrüchen. Bei anderen Gelegenheiten war er kurzangebunden und beschränkte sich auf knappe, äußerst treffsichere Sätze, die so scharf waren, dass niemand mehr widersprach. Diese zwei Väter unterschieden sich erheblich von dem Vater, den ich liebte, ich hatte ihre Existenz mit sieben oder acht Jahren entdeckt, als ich ihn mit Freunden und Bekannten diskutieren hörte, die manchmal zu sehr hitzigen Versammlungen zu uns nach Hause kamen und über Probleme sprachen, von denen ich nichts verstand. Für gewöhnlich blieb ich bei meiner Mutter in der Küche und achtete nicht darauf, wie ein paar Meter weiter gestritten wurde. Aber manchmal, wenn meine Mutter zu tun hatte und sich ebenfalls in ihr Zimmer zurückzog, blieb ich allein im Flur, ich spielte oder las, meistens las ich wohl, denn auch mein Vater las sehr viel, genauso wie meine Mutter, und ich wollte gern so sein wie die beiden. Ich achtete nicht auf die Diskussionen und unterbrach mein Spiel oder die Lektüre nur, wenn es plötzlich still wurde und die fremden Stimmen meines Vaters erklangen. Von dem Augenblick an hatte er das Sagen, und ich wartete auf das Ende der Versammlung, um zu sehen, ob er wieder der Alte wurde, der mit den freundlichen, herzlichen Umgangsformen.

An dem Abend, als er jenen Satz sagte, hatte er gerade erfahren, dass es mit mir in der Schule nicht so gut lief. Das war neu. Seit der ersten Klasse war ich immer sehr gut gewesen, und erst in den letzten zwei Monaten hatte ich angefangen nachzulassen. Meinen Eltern lag viel an meinen schulischen Erfolgen, und vor allem meine Mutter machte sich bei den ersten schlechten Zensuren Sorgen.

»Was ist denn los?«
»Keine Ahnung.«
»Du musst lernen.«
»Ich lerne doch.«
»Und?«

»Manche Sachen merke ich mir und andere eben nicht.«
»Du musst so lange lernen, bis du dir alles merkst.«
Ich lernte, bis ich nicht mehr konnte, aber meine Leistungen blieben enttäuschend. Gerade an jenem Nachmittag war meine Mutter in der Schule gewesen und sehr ärgerlich zurückgekommen. Sie hatte mir keine Vorwürfe gemacht, meine Eltern machten mir nie Vorwürfe. Sie hatte nur gesagt: Am unzufriedensten ist deine Mathematiklehrerin, aber sie hat gesagt, mit etwas gutem Willen kannst du es schaffen. Dann war sie in die Küche gegangen, um das Abendbrot zu machen, und mein Vater war nach Hause gekommen. Von meinem Zimmer aus hörte ich nur, dass sie ihm kurz von den Klagen der Lehrer berichtete und zu meiner Rechtfertigung meine beginnende Pubertät ins Feld führte. Doch er unterbrach sie, und in einem Ton, den er mir gegenüber nie verwendete – noch dazu im Dialekt, der bei uns zu Hause tabu war –, entfuhr ihm das, was er garantiert nicht hatte laut sagen wollen:
»Mit Pubertät hat das nichts zu tun. Sie kommt nun ganz nach Vittoria.« Hätte er gewusst, dass ich ihn hörte, hätte er sicherlich nicht in dieser Art gesprochen, die ganz anders war als unsere gewohnte, fröhliche Unbeschwertheit. Die beiden glaubten, die Tür zu meinem Zimmer wäre geschlossen, ich schloss sie immer, ihnen war nicht klar, dass einer von ihnen sie offen gelassen hatte. So erfuhr ich mit zwölf Jahren aus dem Munde meines Vaters, der sich bemühte, leise zu sprechen, dass ich nun wie seine Schwester wurde, eine Frau, die – das hatte ich von ihm gehört, seit ich denken konnte – die Hässlichkeit und die Bosheit in Person war. An dieser Stelle könnte man mir entgegnen: Vielleicht übertreibst du da ein bisschen, dein Vater hat nie wörtlich gesagt: Giovanna ist hässlich. Stimmt,

es war nicht seine Art, sich so brutal auszudrücken. Aber ich war in einer sehr instabilen Phase. Seit fast einem Jahr bekam ich meine Tage, meine Brüste waren viel zu auffällig, und ich schämte mich dafür; ich hatte Angst, schlecht zu riechen, wusch mich in einem fort, ging abends lustlos schlafen und stand morgens lustlos auf. Mein einziger Trost in dieser Zeit, meine einzige Gewissheit, war, dass mein Vater absolut alles an mir liebte. Daher war es, als er mich mit Tante Vittoria verglich, schlimmer, als wenn er gesagt hätte: Giovanna war mal schön, aber jetzt ist sie hässlich. Der Name Vittoria klang bei uns zu Hause wie der eines Monsters, das jeden besudelt und infiziert, der mit ihm in Berührung kommt. Ich wusste so gut wie nichts über sie, hatte sie nur selten gesehen, aber von diesen Gelegenheiten sind mir nur Ekel und Angst im Gedächtnis geblieben. Nicht Ekel und Angst, die sie persönlich in mir geweckt hätte, daran erinnere ich mich überhaupt nicht. Was mich erschreckte, waren der Ekel und die Angst, die sie in meinen Eltern auslöste. Mein Vater sprach schon immer in düsteren Tönen über seine Schwester, als praktiziere sie schändliche Riten, die sie und alle, die mit ihr zu tun hatten, beschmutzten. Meine Mutter dagegen erwähnte sie nie, sie versuchte sogar, die Ausbrüche meines Vaters abzuwürgen, als fürchtete sie, Tante Vittoria könne sie hören, egal wo sie war, und schnurstracks hinauf nach San Giacomo dei Capri kommen, obwohl es ein langer, steiler Weg war, und sie könnte absichtlich sämtliche Krankheiten aus den umliegenden Krankenhäusern mitschleppen, könnte bis zu uns hoch in den sechsten Stock stürzen, mit irren, schwarzblitzenden Augen die Wohnungseinrichtung zertrümmern und sie, meine Mutter, beim leisesten Protest ohrfeigen. Natürlich ahnte ich, dass hinter dieser Spannung eine Geschichte zugefügter und erlittener Kränkungen steckte, aber ich wusste damals wenig über unsere Familiengeschichten und sah in dieser schrecklichen Tante vor allem kein Familienmitglied. Sie war ein Schreckgespenst aus Kindertagen, eine dürre, besessene Gestalt, eine verlotterte Erscheinung, die in den Winkeln der Häuser lauert, wenn sich die Dunkelheit herabsenkt. Konnte es also sein, dass ich so unvermittelt entdecken musste, dass ich nach ihr kam? Ich? Ich, die ich mich bis zu jenem Augenblick für schön gehalten hatte und dank meines Vaters glaubte, es für immer zu bleiben? Ich, die durch seine ständige Anerkennung angenommen hatte, wunderbares Haar zu haben, ich, die so heißgeliebt sein wollte, wie er mich liebte und wie ich mich daran gewöhnt hatte, mich zu sehen, ich, die schon litt, wenn ich merkte, dass meine Eltern plötzlich unzufrieden mit mir waren, und der diese Unzufriedenheit zusetzte und alles verdarb? Ich wartete auf die Antwort meiner Mutter, aber ihre Reaktion war mir kein Trost. Obwohl sie die gesamte Verwandtschaft ihres Mannes hasste und ihre Schwägerin so widerlich fand, wie man eine Eidechse widerlich findet, die einem über das nackte Bein läuft, schrie sie ihn nicht an: Bist du verrückt geworden, meine Tochter und deine Schwester haben überhaupt nichts gemeinsam. Sie begnügte sich mit einem müden, äußerst knappen: Unsinn, nicht doch. Und ich, dort in meinem Zimmer, schloss schnell die Tür, um nicht noch mehr zu hören. Ich weinte lautlos vor mich hin und hörte erst auf, als mein Vater kam und verkündete – diesmal mit seiner guten Stimme –, dass das Abendessen fertig sei.

Ich setzte mich, nun wieder gefasst, zu ihnen in die Küche und musste mit dem Blick auf dem Teller eine Reihe von nützlichen Ratschlägen zur Verbesserung meiner schulischen Leistungen über mich ergehen lassen. Danach kehrte ich zurück in mein Zimmer und tat so, als würde ich lernen, während sie es sich vor dem Fernseher gemütlich machten. Ich spürte einen nicht enden wollenden Schmerz. Warum hatte mein Vater diesen Satz gesagt, und warum hatte meine Mutter ihm nicht vehement widersprochen? Lag es an beider Unzufriedenheit mit meinen schlechten Noten oder an einer Besorgnis, die mit der Schule nichts zu tun hatte und schon wer weiß wie lange währte? Und hatte er, besonders er, diese schlimmen Worte aus einem vorübergehenden Ärger über mich gesagt, oder hatte er es mit dem Scharfblick eines Menschen getan, der alles weiß und alles sieht, hatte er seit langem die Züge meiner ruinierten Zukunft erkannt, eines voranschreitenden Unheils, das ihn entmutigte und mit dem er nichts anfangen konnte? Ich war die ganze Nacht lang verzweifelt. Am Morgen kam ich zu der Einsicht, dass ich, wenn ich heil aus der Sache herauskommen wollte, losgehen und nachsehen musste, wie Tante Vittorias Gesicht tatsächlich war.

3

Es war ein schwieriges Unterfangen. In einer Stadt wie Neapel, bevölkert mit weit verzweigten Familien, die ihre Beziehungen trotz auch blutiger Konflikte doch nie endgültig abbrachen, lebte mein Vater in vollkommener Autonomie, ganz als hätte er gar keine Blutsverwandten, ganz als hätte er sich selbst gezeugt. Natürlich hatte ich oft mit den Eltern und dem Bruder meiner Mutter zu tun gehabt. Sie waren allesamt liebevolle Menschen, die mir viele Geschenke gemacht hatten, und unser Verhältnis zu ihnen war sehr eng und voller Freude gewesen, bis meine Großeltern starben – zuerst mein Großvater, dann, ein Jahr später, meine Großmutter: plötzliche Verluste, die mich erschüttert hatten, meine Mutter hatte geweint, wie wir Mädchen weinten, wenn wir uns wehgetan hatten –, und bis mein Onkel weggegangen war, um in weiter Ferne zu arbeiten. Über die Eltern meines Vaters wusste ich dagegen so gut wie nichts. Sie waren nur bei seltenen Anlässen – einer Hochzeit, einer Beerdigung – in meinem Leben aufgetaucht und jedes Mal in einem Klima so unechter Herzlichkeit, dass ich nichts daraus mitnahm als das Unbehagen, das solche Pflichtbesuche verursachen: Sag deinem Großvater guten Tag, gib der Tante einen Kuss. Für diese Verwandtschaft hatte ich mich also nie groß interessiert, auch deshalb nicht, weil meine Eltern nach diesen Treffen gereizt waren und sie einmütig wieder vergaßen, als wären sie in ein billiges Schauspiel geraten.

Die Verwandten meiner Mutter lebten überdies an einem konkreten Ort mit einem faszinierenden Namen, dem Museum – sie waren die Großeltern vom Museum –, während der Ort, an dem die Eltern meines Vaters wohnten, unbenannt blieb, namenlos. Ich wusste nur eines: Um sie zu besuchen, musste man nach unten, tief und tiefer bis zum tiefsten Grund von Neapel, und die Fahrt war so lang, dass ich jedes Mal den Eindruck hatte, wir und die Verwandtschaft meines Vaters lebten in zwei verschiedenen Städten. Was ich lange Zeit auch wirklich glaubte. Wir wohnten in der höchsten Gegend von Neapel, und egal, wohin wir wollten, immer mussten wir zwangsläufig nach unten. Mein Vater und meine Mutter gingen gern nur bis zum Vomero hinunter oder, und das schon mit einigem Unbehagen, bis zum Haus der Großeltern vom Museum. Freunde hatten sie vor allem in der Via Suarez, an der Piazza degli Artisti, in der Via Luca Giordano, in der Via Scarlatti und in der Via Cimarosa, Straßen, die ich gut kannte, weil auch viele meiner Schulkameraden dort wohnten. Außerdem führten sie alle zur Floridiana, einem Park, den ich liebte und in dem meine Mutter mich schon als Baby ausgefahren hatte, damit ich an die frische Luft und in die Sonne kam, und wo ich mit meinen zwei Freundinnen seit frühen Kindheitstagen, Angela und Ida, fröhliche Stunden verbracht hatte. Erst hinter diesen Ortsnamen, die alle die glückliche Färbung von Grünpflanzen, Meeresblicken, Gärten, Blumen, Spielen und gutem Benehmen hatten, begann der eigentliche Abstieg, der, den meine Eltern unangenehm fanden. Zur Arbeit, zum Einkaufen und zu den Projekten, Begegnungen und Diskussionen, die besonders meinem Vater wichtig waren, fuhren sie jeden Tag hinunter, meistens mit der Funicolare, bis nach Chiaia, bis nach Toledo, und von dort stießen sie weiter vor bis zur Piazza Plebiscito, bis zur Nationalbibliothek, bis nach Port'Alba und bis zur Via Ventaglieri und zur Via Foria und höchstens noch bis zur Piazza Carlo III., wo die Schule lag, an der meine Mutter unterrichtete. Auch diese Namen kannte ich gut – meine Eltern erwähnten sie ständig –, aber es kam nicht oft vor, dass sie mich mitnahmen, und vielleicht deshalb lösten sie nicht so ein Glücksgefühl bei mir aus. Außerhalb des Vomero gehörte mir die Stadt fast gar nicht, je mehr wir in die Ebene kamen, umso unbekannter wurde sie für mich. Da war es nur natürlich, dass die Orte, an denen die Verwandten meines Vaters wohnten, in meinen Augen die Merkmale noch wilder, unerforschter Welten hatten. Für mich besaßen sie nicht nur keine Namen, sondern ich hielt sie durch die Art, wie meine Eltern sie erwähnten, auch für schwer erreichbar. Immer, wenn wir dorthin mussten, wirkten meine Eltern, die normalerweise energisch und aufgeschlossen waren, besonders gestresst, besonders unruhig. Ich war damals noch klein, aber ihre Angespanntheit, ihre – immer gleiche – Verwandlung haben sich mir eingeprägt.

»André«, sagte meine Mutter mit ihrer müden Stimme. »Zieh dich um, wir müssen los.«

Doch er las und strich weiter in seinen Büchern herum, mit demselben Stift, mit dem er auch in ein Heft schrieb, das neben ihm lag.

»André, wir kommen zu spät, sie werden sich aufregen.«

»Bist du denn schon fertig?«

»Ich bin fertig.«

»Und die Kleine?«

»Die Kleine auch.«

Da ließ mein Vater Bücher und Hefte aufgeschlagen auf dem Schreibtisch liegen, zog ein frisches Hemd an und den guten Anzug. Aber er war schweigsam, angespannt, als ginge er im Kopf noch einmal die Sätze einer unvermeidlichen Rolle durch. Meine Mutter, die alles andere als fertig war, prüfte inzwischen unentwegt ihr Aussehen, meines und das meines Vaters, als wäre nur eine passende Garderobe die Gewähr dafür, dass wir alle drei heil nach Hause zurückkehren konnten. Kurz, es war offensichtlich, dass sie bei jeder dieser Gelegenheiten glaubten, sich vor Orten und Menschen schützen zu müssen, über die sie mir nichts erzählten, um mich nicht zu belasten. Trotzdem spürte ich ihre unnormale Ängstlichkeit, erkannte sie auch wieder, sie war schon immer da gewesen, war vielleicht die einzige beklemmende Erinnerung in einer glücklichen Kindheit. Was mich beunruhigte, waren Sätze wie der folgende, übrigens in einem Italienisch gesprochen, das – nun ja – irgendwie brüchig klang:

»Und bitte, wenn Vittoria was sagt, tu so, als hättest du es nicht gehört.«

»Also wenn sie sich wie eine Verrückte aufführt, soll ich den Mund halten?«

»Ja, denk an Giovanna.«

»Okay.«

»Sag nicht okay, wenn du es gar nicht so meinst. Das ist doch nicht zu viel verlangt. Wir bleiben eine halbe Stunde, dann fahren wir wieder.«

Ich weiß fast nichts mehr von diesen Besuchen. Stimmengewirr, Hitze, flüchtige Küsse auf die Stirn, Stimmen im Dialekt, ein schlechter Geruch, den alle wahrscheinlich aus Angst verströmten. Diese Atmosphäre hatte mich im Laufe der Jahre zu der Überzeugung gebracht, dass die Verwandten meines Vaters – grölende Gestalten von abstoßender Schlampigkeit, vor allem die Gestalt Tante Vittorias, der schwärzesten und schlampigsten – eine Gefahr waren, auch wenn schwer zu erkennen war, worin diese Gefahr bestand. War die Gegend, in der sie wohnten, unsicher? Waren die Großeltern, Onkel, Tanten, Cousins und Cousinen gefährlich oder nur Tante Vittoria? Die Einzigen, die Bescheid wussten, schienen meine Eltern zu sein, und nun, da ich unbedingt wissen wollte, wie meine Tante war, was für eine Sorte Mensch sie war, hätte ich mich an die beiden wenden müssen, um der Sache auf den Grund zu gehen. Aber selbst wenn ich sie zur Rede gestellt hätte, was hätte ich erfahren? Entweder hätten sie mich mit einer gutmütigen Ablehnung abgespeist – du willst deine Tante sehen, willst sie besuchen, wozu denn? – oder sie hätten alarmiert aufgehorcht und sich bemüht, sie nie wieder zu erwähnen. Daher überlegte ich mir, dass ich für den Anfang ein Foto von ihr suchen musste.

4

Ich nutzte die Gelegenheit, als meine Eltern eines Nachmittags nicht da waren, und stöberte in ihrem Schlafzimmerschrank, in dem meine Mutter die Fotoalben mit den wohlsortierten Bildern von sich, von meinem Vater und von mir aufbewahrte. Ich kannte diese Alben auswendig, ich hatte sie oft durchgeblättert. Sie dokumentierten vor allem die Beziehung meiner Eltern und meine fast dreizehn Lebensjahre. Und ich wusste bereits, dass die Verwandten meiner Mutter darin rätselhafterweise zuhauf vorkamen, die meines Vaters nur äußerst selten abgebildet waren und auf diesen wenigen Fotos Tante Vittoria überhaupt nicht zu sehen war. Aber ich erinnerte mich, dass irgendwo im Schrank noch eine alte Blechschachtel stand, in der bunt durcheinander Fotos von meinen Eltern aus der Zeit lagen, als sie sich noch nicht gekannt hatten. Da ich sie mir bisher kaum angesehen hatte und wenn, dann immer gemeinsam mit meiner Mutter, hoffte ich, dazwischen auch Bilder von meiner Tante zu finden.

Ich entdeckte die Schachtel hinten im Schrank, wollte aber zunächst noch einmal die Alben gründlich durchgehen, die die beiden als Verlobte zeigten, dann als mürrisches Brautpaar im Mittelpunkt einer Hochzeitsfeier mit wenigen Gästen, dann als immerglückliches Paar und schließlich mich, ihre Tochter, unverhältnismäßig oft fotografiert von der Geburt an bis heute. Besonders die Hochzeitsfotos schaute ich mir lange an. Mein Vater trug einen dunklen, deutlich zerknitterten Anzug und zog auf jeder Aufnahme ein finsteres Gesicht. Meine Mutter stand neben ihm, nicht im Brautkleid, sondern in einem cremefarbenen Kostüm, mit einem Schleier in derselben Farbe und einer vage ergriffenen Miene. Unter den gut dreißig Gästen waren, wie ich schon wusste, einige ihrer Freunde vom Vomero, mit denen sie noch immer Kontakt hatten, und die Verwandtschaft mütterlicherseits, die guten Großeltern vom Museum. Trotzdem sah ich wieder und wieder alles in der Hoffnung durch, auf eine Gestalt, und wenn auch nur im Hintergrund, zu stoßen, die mich vielleicht zu der Frau führte, an die ich keinerlei Erinnerung hatte. Nichts. Also widmete ich mich der Blechschachtel, die ich nach vielen Versuchen öffnen konnte.

Ich kippte ihren Inhalt aufs Bett, die Fotos waren alle schwarz-weiß. Die aus ihrer Jugendzeit waren sämtlich unsortiert: Die Bilder meiner fröhlichen Mutter, mit Schulkameraden, mit gleichaltrigen Freundinnen, am Meer, auf der Straße, hübsch und gut gekleidet, waren vermischt mit denen meines nachdenklichen Vaters, der immer allein war, nie im Urlaub, mit an den Knien ausgebeulten Hosen und mit Jacken, deren Ärmel zu kurz waren. Doch die Fotos aus ihrer Kindheit und ihrer frühen Jugend steckten ordentlich in zwei Umschlägen, einem für die Bilder aus der Familie meiner Mutter und einem für die aus der Familie meines Vaters. Unter diesen – sagte ich mir – musste ja zwangsläufig auch meine Tante sein, und ich schaute mir eines nach dem anderen an. Es waren nicht mehr als etwa zwanzig, und mich verstörte sofort, dass mein Vater, der auf den anderen Fotos als kleiner oder halbwüchsiger Junge zusammen mit seinen Eltern, mit Verwandten, die ich nie kennengelernt hatte, zu sehen war, sich auf drei, vier dieser Bilder überraschenderweise neben einem aufgemalten schwarzen Rechteck befand. Es fiel mir nicht schwer zu erkennen, dass dieses – peinlich genaue – Rechteck von ihm stammte, ein ebenso erbittertes wie heimliches Werk. Ich stellte ihn mir vor, wie er mit dem Lineal, das immer auf seinem Schreibtisch lag, ein Stückchen Foto in diese geometrische Figur einsperrte und dann sorgfältig mit dem Stift darüberfuhr, wobei er darauf achtete, nicht über den vorgegebenen Rand zu malen. Was für eine Geduldsarbeit, ich hatte keinen Zweifel: Diese Rechtecke sollten etwas auslöschen, und unter diesem Schwarz war Tante Vittoria.

Eine Weile war ich unschlüssig, was ich tun sollte. Dann fasste ich einen Entschluss, holte mir ein Messer aus der Küche und schabte behutsam ein winziges Stück von der Stelle ab, die mein Vater auf dem Foto übermalt hatte. Schnell sah ich, dass nur weißes Papier zum Vorschein kam. Ich wurde unruhig, hörte auf. Mir war klar, dass ich gegen den Willen meines Vaters handelte, und mich schreckten Aktionen ab, die seine Zuneigung zu mir beeinträchtigen konnten. Meine Unruhe wuchs, als ich ganz hinten im Umschlag das einzige Foto fand, auf dem er weder ein Kind noch ein Halbwüchsiger war, sondern ein junger Mann, der, wie ungewöhnlich für die Bilder aus der Zeit, als er meine Mutter noch nicht kannte, lächelte. Er war im Profil zu sehen, hatte einen fröhlichen Blick, regelmäßige, schneeweiße Zähne. Aber sein Lächeln, seine Fröhlichkeit gingen ins Leere. Neben sich hatte er gleich zwei dieser – peinlich genauen – Rechtecke, zwei Särge, in die er in einem Augenblick, der garantiert nichts von der Herzlichkeit auf diesem Foto gehabt hatte, die Gestalt seiner Schwester und die von wem auch immer gesperrt hatte.

Dieses Foto betrachtete ich lange. Mein Vater stand auf der Straße, er trug ein kurzärmliges, kariertes Hemd, es muss Sommer gewesen sein. Hinter ihm der Eingang eines Geschäfts, vom Ladenschild war nur –REI zu lesen, es gab auch ein Schaufenster, doch es war nicht zu erkennen, was darin ausgestellt war. Neben dem dunklen Fleck stand ein scharf umrissener, schneeweißer Pfosten. Und dann waren da noch die Schatten, lange Schatten, von denen einer offensichtlich der einer Frau war. Mein Vater hatte zwar verbissen die neben ihm stehenden Menschen ausgelöscht, ihre Spur auf dem Gehweg jedoch stehenlassen.

Wieder bemühte ich mich, das Schwarz des Rechtecks vorsichtig abzuschaben, hörte aber auf, als ich feststellte, dass auch diesmal nur Weiß zum Vorschein kam. Ich wartete ein, zwei Minuten, dann begann ich von neuem. Ich arbeitete mit leichter Hand, hörte meinen Atem in der Stille der Wohnung. Ich gab erst endgültig auf, als alles, was ich an der Stelle hervorkratzen konnte, wo einmal Vittorias Kopf gewesen sein musste, ein winziger Fleck war, von dem sich nicht sagen ließ, ob er ein Rest der Übermalung war oder ein wenig von ihren Lippen.

5

Ich räumte alles an seinen Platz zurück und behielt die drohende Ähnlichkeit mit der von meinem Vater ausgelöschten Schwester im Hinterkopf. Ich wurde immer unkonzentrierter, und, was mich erschreckte, meine Abneigung gegen die Schule wuchs. Dabei wünschte ich mir, wieder so gut zu werden, wie ich es bis vor wenigen Monaten gewesen war, meinen Eltern lag viel daran, und ich glaubte sogar, dass ich wieder schön und charakterstark werden könnte, wenn es mir gelang, erneut sehr gute Noten zu bekommen. Aber es gelang mir nicht, im Unterricht war ich nicht bei der Sache, und zu Hause verschwendete ich meine Zeit vor dem Spiegel. Mich im Spiegel zu betrachten, wurde sogar zu einer Manie. Ich wollte erkennen, ob meine Tante wirklich in meinem Körper aufschien, da ich aber nicht wusste, wie sie aussah, suchte ich sie in jedem meiner Körperteile, der eine Veränderung anzeigte. So wurden nun Merkmale wichtig, auf die ich bis vor Kurzem nicht geachtet hatte: die sehr dichten Brauen, die zu kleinen Augen mit ihrem lichtlosen Braun, die übermäßig hohe Stirn, die dünnen – und keineswegs schönen oder vielleicht nun nicht mehr schönen – Haare, die am Kopf klebten, die großen Ohren mit den schweren Ohrläppchen, die kurze Oberlippe mit dem widerlichen dunklen Flaum, die dicke Unterlippe, die Zähne, die noch wie Milchzähne aussahen, das spitze Kinn und die Nase, ach ja, die Nase, die sich plump zum Spiegel vorschob und lang und länger wurde, und wie dunkel waren die Löcher zwischen der Nasenscheidewand und den Nasenflügeln. Waren das schon Züge von Tante Vittorias Gesicht oder meine und nur meine? Musste ich damit rechnen, besser zu werden oder schlechter? Mein Körper; der lange Hals, scheinbar so hauchdünn wie ein Spinnfaden; die geraden, knochigen Schultern; der immer mehr anschwellende Busen mit den schwarzen Brustwarzen; die dürren Beine, die zu sehr in die Höhe schossen und mir fast bis zu den Achseln reichten; war das alles ich, oder waren das die Vorboten meiner Tante, war sie das in ihrer ganzen Schrecklichkeit?

Ich studierte mich, während ich gleichzeitig meine Eltern beobachtete. Was hatte ich für ein Glück, ich hätte keine besseren haben können. Sie sahen toll aus, und sie liebten sich seit ihrer Jugend. Das Wenige, was ich von ihrer Geschichte wusste, hatten sie mir erzählt, mein Vater mit der üblichen amüsierten Distanz, meine Mutter mit liebenswürdiger Rührung. Sie waren schon immer sehr aufeinander bezogen, so dass ihr Kinderwunsch, angesichts der Tatsache, dass sie blutjung geheiratet hatten, relativ spät kam. Ich wurde geboren, als meine Mutter dreißig war und mein Vater gut zweiunddreißig. Ich war unter tausend Ängsten gezeugt worden, die von ihr laut und von ihm leise geäußert wurden. Die Schwangerschaft war nicht leicht gewesen, die Entbindung – am 3. Juni 1979 – eine endlose Qual, meine ersten zwei Jahre der praktische Beweis dafür, dass beider Leben von dem Moment an, da ich auf der Welt war, kompliziert geworden war. Mein Vater, Lehrer für Geschichte und Philosophie am namhaftesten Gymnasium Neapels und ein in der Stadt ziemlich bekannter Intellektueller, beliebt bei seinen Schülern, denen er nicht nur die Vormittagsstunden, sondern auch ganze Nachmittage widmete, hatte wegen der Sorgen um die Zukunft notgedrungen begonnen, Privatstunden zu geben. Meine Mutter, die an einem Gymnasium an der Piazza Carlo III. Latein und Griechisch unterrichtete und zudem Liebesromane Korrektur las, war dagegen wegen der Sorgen um die Gegenwart mit meinem ständigen nächtlichen Geschrei, meinen Hautrötungen, die sich entzündeten, meinen Bauchschmerzen und heftigen Trotzanfällen durch eine lange Depression gegangen, war eine schlechte Lehrerin und eine sehr unkonzentrierte Korrektorin geworden. So viel zu den Scherereien, die ich machte, kaum dass ich geboren war. Aber dann wurde ich ein ruhiges, gehorsames Kind, und sie erholten sich langsam. Vorbei war die Phase, in der sie ihre Zeit damit verbrachten, mich unnötigerweise vor all dem Schlechten bewahren zu wollen, dem jeder Mensch ausgesetzt ist. Sie hatten ein neues Gleichgewicht gefunden, durch das die Arbeit meines Vaters und die kleinen Jobs meiner Mutter, gleich hinter der Liebe zu mir, wieder auf Platz zwei gerückt waren. Also, was soll ich sagen? Sie liebten mich, und ich liebte sie. Mein Vater war für mich ein außergewöhnlicher Mann, meine Mutter eine sehr freundliche Frau, und beide waren die einzigen klaren Gestalten in einer ansonsten wirren Welt.

Und ich war Teil dieser Verworrenheit. Manchmal stellte ich mir vor, dass in mir ein heftiger Kampf zwischen meinem Vater und seiner Schwester tobte, und ich wünschte mir, er möge gewinnen. Gewiss – überlegte ich –, Vittoria hatte zum Zeitpunkt meiner Geburt schon einmal die Oberhand gewonnen, denn für eine Weile war ich ein unerträgliches Kind gewesen; aber dann – dachte ich erleichtert – bin ich brav geworden, also ist es möglich, sie zu vertreiben. Auf diese Weise versuchte ich, mich zu beruhigen, und um mich stark zu fühlen, bemühte ich mich, meine Eltern in mir zu erkennen. Doch besonders abends, wenn ich mich vor dem Schlafengehen wieder einmal im Spiegel betrachtete, schien es mir, als hätte ich sie längst verloren. Mein Gesicht hätte die beiden auf das Schönste vereinen müssen, stattdessen kam ich nun ganz nach Vittoria. Mein Leben hätte glücklich sein müssen, stattdessen begann nun eine unglückliche Phase ohne die Freude, mich so zu fühlen, wie sie sich gefühlt hatten und noch fühlten.

6

Ich wollte herausfinden, ob meine besten Freundinnen, die Schwestern Angela und Ida, eine Verschlechterung an mir bemerkt hatten und ob besonders Angela, die so alt war wie ich (Ida war zwei Jahre jünger), sich nun ebenfalls zu ihrem Nachteil entwickelte. Ich brauchte einen Blick von außen, der mich bewertete, und auf die beiden, schien mir, war Verlass. Wir waren von Eltern großgezogen worden, die seit Jahrzehnten miteinander befreundet waren und die gleichen Ansichten hatten. Anders ausgedrückt, wir waren alle drei nicht getauft, kannten alle drei keine Gebete, waren alle drei frühzeitig über die Funktionsweise unseres Körpers aufgeklärt worden (Bilderbücher, didaktische Zeichentrickfilme), wussten alle drei, dass wir stolz darauf sein sollten, als Mädchen geboren zu sein, waren alle drei nicht mit sechs, sondern mit fünf eingeschult worden, benahmen uns alle drei stets umsichtig, hatten alle drei einen ganzen Katalog nützlicher Ratschläge zur Vermeidung der Fallen im Kopf, die es in Neapel und in der Welt gab, konnten uns alle drei jederzeit an unsere Eltern wenden, wenn wir etwas wissen wollten, lasen alle drei sehr viel und hegten schließlich alle drei eine vernünftige Verachtung für den Konsum und den Geschmack unserer Altersgenossinnen, auch wenn wir, gerade von unseren Erziehungsberechtigten dazu ermutigt, bestens Bescheid wussten über Musik, Filme, Fernsehprogramme, Sänger und Schauspieler und insgeheim berühmte Filmstars werden wollten mit unwiderstehlichen Liebhabern, mit denen wir uns langen Küssen und der Berührung unserer Geschlechtsorgane hingeben konnten. Gewiss, die Freundschaft zwischen Angela und mir war enger, Ida war die Kleine, doch sie konnte uns überraschen, las sogar mehr als wir und schrieb Gedichte und Geschichten. Daher gab es zwischen mir und den beiden, soweit ich mich erinnere, keine Unstimmigkeiten, und falls doch mal welche auftraten, konnten wir sie offen ansprechen und uns wieder vertragen. Ich befragte sie also einige Male vorsichtig in ihrer Eigenschaft als zuverlässige Zeugen. Aber sie sagten nichts Unangenehmes, im Gegenteil, sie zeigten mir, dass sie mich sehr gernhatten, und ich fand sie meinerseits immer hübscher. Sie waren wohlproportioniert, so zart gebaut, dass ich mich schon bei ihrem bloßen Anblick nach ihrer Wärme sehnte, sie umarmte und küsste, wie um mit ihnen zu verschmelzen. Doch eines Abends, an dem ich ziemlich niedergedrückt war, kamen sie mit ihren Eltern zum Essen zu uns hoch nach San Giacomo dei Capri, und die Dinge wurden komplizierter. Ich hatte schlechte Laune. Fühlte mich besonders fehl am Platz, lang, dünn und blass, plump bei jedem Wort oder jeder Bewegung und daher für jede Anspielung auf meine Kosten besonders empfänglich, auch wenn es gar keine gab. So fragte mich Ida auf meine Schuhe zeigend:

»Sind die neu?«
»Nein, die habe ich schon ewig.«
»Die kenne ich ja gar nicht.«
»Was stimmt denn nicht damit?«
»Alles in Ordnung.«
»Wenn sie dir jetzt auffallen, heißt das doch, dass *jetzt* was nicht damit stimmt.«
»Ach Quatsch.«
»Sind etwa meine Beine zu dürr?«

So ging das eine Weile weiter, sie beschwichtigten mich, und ich hakte nach, um zu sehen, ob sie ihre Beschwichtigungen ernst meinten oder ob sie hinter ihren guten Manieren den hässlichen Eindruck verbargen, den ich gemacht hatte. Meine Mutter mischte sich mit ihrem müden Ton ein: Giovanna, das reicht jetzt, deine Beine sind nicht dürr. Ich schämte mich, verstummte augenblicklich, während Costanza, die Mutter von Angela und Ida, bekräftigte: du hast wunderhübsche Fesseln, und Mariano, ihr Vater, lachend rief: Köstliche Schenkel, mit Kartoffeln im Ofen gebacken wären sie ein Genuss. Aber dabei beließ er es nicht, er zog mich weiter auf und riss ständig Witze, er war die Sorte Mensch, die glaubt, selbst eine Trauergemeinde aufheitern zu müssen.

»Was hat denn das Mädchen heute Abend?«

Ich schüttelte den Kopf, um klarzumachen, dass ich nichts hatte, und versuchte, ihn anzulächeln, schaffte es aber nicht, seine Art, witzig zu sein, ging mir auf die Nerven.

»Was für schöne Haare, was ist das, ein Besen aus Mohrenhirse?«

Wieder schüttelte ich den Kopf, und diesmal konnte ich meinen Ärger nicht verhehlen, er behandelte mich wie eine Sechsjährige.

»Das war ein Kompliment, meine Liebe: Mohrenhirse ist eine pummelige Pflanze, ein bisschen grün, ein bisschen rot, ein bisschen schwarz.«

Düster platzte ich heraus:

»Ich bin nicht pummelig und grün oder rot oder schwarz auch nicht.«

Er sah mich verblüfft an, lächelte und wandte sich an seine Töchter.

»Wie kommt es, dass Giovanna heute so mürrisch ist?«

Ich sagte noch düsterer:

»Ich bin nicht mürrisch.«

»Mürrisch ist kein Schimpfwort, es ist der Ausdruck eines Gemütszustandes. Weißt du, was er bedeutet?«

Ich schwieg. Wieder wandte er sich an die Mädchen und tat niedergeschlagen:

»Sie weiß es nicht. Ida sag du es ihr.«

Ida sagte widerwillig:

»Wenn du einen Schmollmund ziehst. Zu mir sagt er das auch.«

So einer war Mariano. Er und mein Vater kannten sich seit dem Studium, und da sie sich nie aus den Augen verloren hatten, gab es ihn schon immer in meinem Leben. Er war ein bisschen schwergewichtig, vollkommen kahl und hatte blaue Augen, und sein blasses, etwas aufgedunsenes Gesicht hatte mich schon als kleines Mädchen beeindruckt. Wenn er bei uns zu Hause auftauchte, und das kam häufig vor, dann um stundenlang mit seinem Freund zu sprechen, wobei er in jeden Satz eine harsche Unzufriedenheit legte, die mich nervte. Er lehrte Geschichte an der Universität und schrieb regelmäßig für eine angesehene neapolitanische Zeitschrift. Er und Papà diskutierten in einem fort, und obwohl wir drei Mädchen kaum etwas von dem verstanden, was sie sagten, waren wir doch mit der Vorstellung aufgewachsen, dass sie sich irgendeine sehr schwere Aufgabe gestellt hatten, die Wissen und Konzentration erforderte. Doch Mariano beschränkte sich nicht wie mein Vater darauf, Tag und Nacht über den Büchern zu sitzen, er schimpfte auch lauthals auf zahlreiche Feinde – Leute aus Neapel, aus Rom und aus anderen Städten –, die die zwei daran hindern wollten, ihre Arbeit anständig zu tun. Angela, Ida und ich waren immer auf der Seite unserer Eltern und gegen jeden, der ihnen schaden wollte, auch wenn wir gar nicht fähig waren, Stellung zu beziehen. Alles in allem interessierten uns an ihren ganzen Reden von klein auf nur die Schimpfwörter im Dialekt, mit denen Mariano über damals bekannte Leute herzog. Der Grund dafür war, dass es uns dreien – und besonders mir – verboten war, Kraftausdrücke zu verwenden und auch nur eine Silbe Neapolitanisch zu sprechen. Ein zweckloses Verbot. Unsere Eltern, die uns nie etwas verboten, waren selbst dann nachsichtig, wenn sie uns etwas verboten. So wiederholten wir zum Spaß leise die Namen und Vornamen von Marianos Feinden und fügten die unflätigen Beschimpfungen hinzu, die wir aufgeschnappt hatten. Aber während Angela und Ida den Wortschatz ihres Vaters nur lustig fanden, wurde ich den Eindruck nicht los, dass er außerdem boshaft war.

Lag da nicht immer auch etwas Gehässiges in seinen Witzen? Und nicht auch an diesem Abend? Ich war mürrisch, ich zog einen Schmollmund, ich war ein Besen aus Mohrenhirse? Hatte Mariano sich lediglich einen Spaß erlaubt, oder hatte er im Spaß brutal die Wahrheit gesagt? Wir setzten uns zu Tisch. Die Erwachsenen fingen ermüdende Gespräche über irgendwelche Freunde an, die einen Umzug nach Rom planten, wir langweilten uns schweigend und hofften, dass das Essen bald vorbei war und wir in meinem Zimmer verschwinden konnten. Die ganze Zeit hatte ich den Eindruck, dass mein Vater kein einziges Mal lachte und meine Mutter kaum lächelte, dass Mariano extrem viel lachte und Costanza, seine Frau, nicht zu viel, aber von Herzen lachte. Vielleicht konnten sich meine Eltern nicht so amüsieren wie die Eltern von Angela und Ida, weil ich ihnen Kummer gemacht hatte. Ihre Freunde waren zufrieden mit ihren Töchtern, während sie es mit mir nicht mehr waren. Ich war mürrisch, mürrisch, mürrisch, und mein bloßer Anblick hier bei Tisch verdarb ihnen jede Freude. Wie ernst meine Mutter war und wie schön und glücklich dagegen die Mutter von Angela und Ida. Jetzt schenkte mein Vater ihr Wein ein, sprach freundlich zurückhaltend mit ihr. Costanza unterrichtete Italienisch und Latein, ihre schwerreichen Eltern hatten ihr eine ausgezeichnete Erziehung ermöglicht. Sie war so kultiviert, dass meine Mutter sie manchmal genauestens beobachtete, um sie nachzuahmen, und ich tat es nahezu unbewusst auch. Wie war es möglich, dass diese Frau sich für einen Mann wie Mariano entschieden hatte? Der Glanz ihres Schmucks und die Farben ihrer Kleider, die stets perfekt saßen, blendeten mich. Gerade in der Nacht zuvor hatte ich von ihr geträumt, dass sie mir mit der Zungenspitze wie eine Katze liebevoll ein Ohr geleckt hatte. Dieser Traum hatte mir Trost gespendet, ein körperliches Wohlbefinden, das mir nach dem Erwachen für einige Stunden das Gefühl gegeben hatte, in Sicherheit zu sein.

Jetzt, neben ihr am Tisch, hoffte ich, dass ihre angenehme Ausstrahlung die Worte ihres Mannes aus meinem Kopf verbannte. Aber sie wirkten während des ganzen Abendessens weiter – meine Haare lassen mich aussehen wie einen Besen aus Mohrenhirse, ich ziehe ein mürrisches Gesicht – und verstärkten meine Gereiztheit. Ich schwankte zwischen dem Wunsch, mich zu amüsieren, indem ich Angela unflätige Bemerkungen ins Ohr flüsterte, und einem nicht nachlassenden Unbehagen. Kaum hatten wir den Nachtisch aufgegessen, überließen wir unsere Eltern ihrem Geplauder und zogen uns in mein Zimmer zurück. Dort fragte ich Ida ohne Umschweife:

»Habe ich ein mürrisches Gesicht? Was meint ihr, werde ich gerade hässlich?«

Sie sahen sich an und antworteten fast gleichzeitig:
»Aber nein.«
»Seid ehrlich.«
Ich merkte, dass sie zögerten, Angela fasste sich ein Herz:
»Ein kleines bisschen, aber nicht äußerlich.«
»Äußerlich bist du schön«, bestätigte Ida. »Bloß die Sorgen machen dich ein bisschen hässlich.«
Angela gab mir einen Kuss und sagte:
»Mir passiert das auch. Wenn ich mir Sorgen mache, werde ich hässlich, aber dann geht es vorbei.«

7

Der Zusammenhang von Sorgen und Hässlichkeit war mir ein unerwarteter Trost. Es gibt ein Hässlichwerden, das von Ängsten kommt – hatten Angela und Ida gesagt –, wenn die Ängste weg sind, wird man wieder schön. Das wollte ich gern glauben und gab mir alle Mühe, sorglose Tage zu verbringen. Aber mich zu heiterer Gelassenheit zu zwingen, funktionierte nicht, meine Gedanken wurden trübe, und meine Qual stellte sich wieder ein. In mir wuchs eine Feindseligkeit gegen alles, und sie ließ sich nur schwer hinter einer gespielten Gutmütigkeit verbergen. Schnell musste ich feststellen, dass meine Sorgen überhaupt nicht vergingen, vielleicht waren sie nicht einmal Sorgen, sondern schlechte Gefühle, die ich im Blut hatte.

Nicht dass Angela und Ida in diesem Punkt gelogen hätten, dazu waren sie nicht fähig, wir waren dazu erzogen worden, niemals zu lügen. Sie hatten mit dieser Verbindung von Hässlichkeit und Ängsten wahrscheinlich von sich und ihren eigenen Erfahrungen gesprochen und dabei

Worte gebraucht, mit denen Mariano sie irgendwann einmal beruhigt hatte – in unseren Köpfen geisterten viele Gedanken umher, die wir von unseren Eltern aufgeschnappt hatten. Aber Angela und Ida waren nicht ich. Angela und Ida hatten in ihrer Familie keine Tante Vittoria, von der ihr Vater – *ihr Vater* – gesagt hätte, dass sie ganz nach ihr kamen. Schlagartig wurde mir eines Morgens in der Schule klar, dass ich nie wieder so sein würde, wie meine Eltern mich haben wollten, dass der grausame Mariano es bemerken würde, dass meine Freundinnen sich passendere Freundschaften suchen würden und dass ich allein zurückbleiben würde.

Ich war deprimiert, mein Unwohlsein wuchs in den folgenden Tagen wieder, das Einzige, was mir etwas Erleichterung verschaffte, war, mich ständig zwischen den Beinen zu reiben, um mich mit Lust zu betäuben. Aber wie beschämend war es, mich auf diese Weise zu vergessen, danach war ich noch unzufriedener als zuvor und manchmal auch angewidert. Ich hatte die Spiele mit Angela in sehr angenehmer Erinnerung, bei denen wir uns bei mir zu Hause, vor dem laufenden Fernseher, mit dem Gesicht zueinander aufs Sofa legten, unsere Beine miteinander verflochten und ohne Absprache, ohne feste Regeln, wortlos eine Puppe zwischen die Zwickel meines und ihres Unterhöschens schoben und uns schließlich daran rieben, uns unbefangen wanden, wobei wir die Puppe, die sehr lebendig und glücklich zu sein schien, fest an uns pressten. Das war früher, jetzt war die Lust für mich kein fröhliches Spiel mehr. Ich war danach völlig verschwitzt, fühlte mich zunehmend missraten. Daher packte mich wieder von Tag zu Tag mehr die Manie, mein Gesicht zu kontrollieren, und ich verbrachte meine Zeit noch verbissener vor dem Spiegel.

Das Ganze nahm eine überraschende Wendung. Die Betrachtung dessen, was mir fehlerhaft erschien, weckte in mir den Wunsch, mich darum zu kümmern. Ich studierte meine Gesichtszüge und dachte, während ich die Haut straffzog: Also, wenn meine Nase so wäre, meine Augen so, meine Ohren so, dann wäre ich perfekt. Es waren kleine Manipulationen, die mich melancholisch und weich stimmten. Du Ärmste, dachte ich, du kannst einem wirklich leidtun. Und in einer plötzlich aufwallenden Leidenschaft für mein eigenes Spiegelbild küsste ich mich einmal sogar auf den Mund, als ich deprimiert darüber nachdachte, dass mich keiner jemals küssen würde. So begann ich zu reagieren. Langsam gelangte ich von der Benommenheit, in der ich die Tage vor dem Spiegel verbracht hatte, zu dem Bedürfnis, mich zu reparieren, als wäre ich ein Stück aus hochwertigem Material, das durch einen ungeschickten Arbeiter beschädigt worden war. Ich war ich – egal, was für ein Ich das auch sein mochte –, und ich musste mich um dieses Gesicht, um diesen Körper, um diese Gedanken kümmern.

An einem Sonntagmorgen versuchte ich, mich mit der Schminke meiner Mutter schön zu machen. Aber als sie in mein Zimmer kam, sagte sie lachend: Du siehst aus, als wolltest du zum Karneval, das geht besser. Ich protestierte nicht, verteidigte mich nicht, sondern fragte sie so gefügig wie möglich:

»Bringst du mir bei, mich so zu schminken, wie du es tust?«

»Jedes Gesicht braucht seine eigene Schminke.«

»Ich will so sein wie du.«

Sie freute sich darüber, machte mir ein paar Komplimente und begann mich sehr sorgfältig zu schminken.

Wir verlebten herrliche Stunden, alberten herum, lachten. Für gewöhnlich war sie ruhig, sehr beherrscht, aber mit mir zusammen – nur mit mir zusammen – wurde sie gern wieder zu einem Kind.

Irgendwann tauchte mein Vater mit seinen Zeitungen auf, sah uns bei diesem fröhlichen Spiel und freute sich.

»Wie hübsch ihr seid«, sagte er.

»Wirklich?«, fragte ich.

»Absolut, noch nie habe ich so bildschöne Frauen gesehen.«

Damit zog er sich in sein Zimmer zurück, sonntags las er immer Zeitung, und dann arbeitete er. Als meine Mutter und ich wieder allein waren, fragte sie mich, als hätte dieses kurze Hereinschauen den Anstoß dazu gegeben, mit ihrer immer etwas müden Stimme, die aber weder Ärger noch Besorgnis zu kennen schien:

»Wieso hast du dir denn die Schachtel mit den Fotos angesehen?«

Schweigen. Sie hatte also bemerkt, dass ich in ihren Sachen gewühlt hatte. Sie hatte bemerkt, dass ich versucht hatte, die schwarze Übermalung abzukratzen. Wie lange wusste sie es schon? Ich konnte die Tränen nicht zurückhalten, obwohl ich es nach Kräften versuchte. Mamma, sagte ich schluchzend, ich wollte, ich meinte, ich dachte –, doch ich konnte nichts von dem herausbringen, was ich gewollt, gemeint, gedacht hatte. Ich verhaspelte mich, die Tränen liefen mir übers Gesicht, während es ihr nicht gelang, mich zu beruhigen, ja, ich schluchzte nur noch mehr, als sie mit verständnisvollem Lächeln leichthin ein paar Sätze sagte – du musst doch nicht weinen, du brauchst mich oder Papà doch nur zu fragen, und überhaupt kannst du dir die Fotos ansehen, sooft du willst, warum weinst du denn, alles halb so schlimm. Am Ende nahm sie meine Hände und fragte ruhig:

»Was hast du denn gesucht? Ein Bild von Tante Vittoria?«

8

Da begriff ich, dass meine Eltern wussten, dass ich ihre Worte mit angehört hatte. Sie hatten vermutlich lange darüber gesprochen, hatten vielleicht auch ihre Freunde um Rat gefragt. Bestimmt hatte es meinem Vater sehr leidgetan, und mit großer Wahrscheinlichkeit hatte er meine Mutter vorgeschickt, um mich davon zu überzeugen, dass der Satz, den ich aufgeschnappt hatte, anders gemeint war als der, der mich verletzt hatte. Garantiert war es so, die Stimme meiner Mutter war sehr gut geeignet, wenn es ums Ausbügeln ging. Sie wurde nie wütend, nicht einmal ärgerlich. Wenn Costanza sie, zum Beispiel, wegen der vielen Zeit aufzog, die sie damit vergeudete, den Unterricht vorzubereiten, die Druckfahnen alberner Romane zu korrigieren und manchmal ganze Seiten davon umzuschreiben, antwortete sie stets leise und mit einer Klarheit ohne Groll. Und selbst wenn sie sagte: Costanza, du bist steinreich, du kannst machen, was du willst, aber ich muss ackern für mein Geld, gelang es ihr, das mit wenigen, sanften Worten zu tun, ohne eine spürbare Bitterkeit. Wer konnte also besser als sie diesen Fehler wiedergutmachen? Als ich mich beruhigt hatte, sagte sie in ihrem typischen Tonfall: Wir haben dich lieb, was sie noch ein paar Mal wiederholte. Dann begann sie ein Gespräch, wie sie es bis dahin noch nie mit mir geführt hatte. Sie sagte, sowohl sie als auch mein Vater hätten viele Opfer gebracht, um das zu werden, was sie seien. Sagte leise: Ich kann mich nicht beklagen, meine Eltern haben mir gegeben, was sie konnten, du weißt ja, wie freundlich und liebevoll sie waren, diese Wohnung haben wir damals mit ihrer Hilfe gekauft. Aber die Kindheit deines Vaters und seine Jugend waren wirklich hart, weil er überhaupt nichts hatte, er musste einen Berg mit bloßen Händen und Füßen erklimmen, und es ist noch nicht vorbei, es ist nie vorbei, immer gibt es einen Sturm, der dich wieder hinunterfegt, und dann fängst du wieder von vorn an. Schließlich kam sie auf Vittoria zu sprechen und eröffnete mir, dass, um im Klartext zu reden, sie der Sturm sei, der meinen Vater vom Berg hinunterfegen wolle.

»Sie?«

»Ja. Die Schwester deines Vaters ist eine neidische Person. Neidisch nicht so, wie jeder es mal ist, sondern neidisch auf eine besonders hässliche Art.«

»Was hat sie denn gemacht?«

»Alles mögliche. Aber vor allem wollte sie nie akzeptieren, dass dein Vater Erfolg gehabt hat.«

»Was heißt das?«

»Erfolg im Leben. Sein Engagement in der Schule und an der Universität. Seine Intelligenz. Alles, was er sich aufgebaut hat. Sein Diplom. Seine Arbeit, unsere Heirat, die Dinge, die er studiert, die Hochachtung, die er genießt, die Freunde, die wir haben, du.«

»Ich auch?«

»Ja. Es gibt nichts und niemanden, der für Vittoria nicht so etwas wie eine persönliche Beleidigung wäre. Aber am meisten beleidigt fühlt sie sich durch die Existenz deines Vaters.«

»Was arbeitet sie?«

»Sie ist Putzfrau, was sonst, nach der fünften Klasse hat sie mit der Schule aufgehört. Nicht dass es schlimm ist, als Putzfrau zu arbeiten, du weißt ja, wie tüchtig die Frau ist, die Costanza im Haushalt hilft. Das Problem ist, dass sie auch dafür ihrem Bruder die Schuld gibt.«

»Warum denn?«

»Es gibt kein Warum. Vor allem nicht, wenn man bedenkt, dass dein Vater sie sogar gerettet hat. Sie hätte sich noch viel mehr ruinieren können. Hatte sich in einen verliebt, der verheiratet war und drei Kinder hatte, in einen Verbrecher. Tja, da hat sich dein Vater als der große Bruder eben eingemischt. Aber auch das kam auf die Liste der Dinge, die sie ihm nie verziehen hat.«

»Vielleicht hätte Papà sich um seine eigenen Angelegenheiten kümmern sollen.«

»Niemand darf sich nur um seine eigenen Angelegenheiten kümmern, wenn ein anderer in Schwierigkeiten steckt.«

»Ja.«

»Aber sogar ihr zu helfen, ist immer schwierig gewesen, sie hat es uns nur mit Schlechtem vergolten.«

»Wünscht Tante Vittoria sich Papàs Tod?«

»Schlimm, das zu sagen, aber so ist es.«

»Gibt es denn keine Möglichkeit, Frieden zu schließen?«

»Nein. Für eine Versöhnung müsste dein Vater nach Meinung von Tante Vittoria so mittelmäßig werden wie alle Leute, die sie kennt. Aber weil das nicht geht, hat sie die Familie gegen uns aufgebracht. Ihretwegen hatten wir nach dem Tod der Großeltern zu keinem der Verwandten mehr so richtig Kontakt.«

Meine Antworten waren jedes Mal belanglos, meine wenigen Bemerkungen vorsichtig oder einsilbig. Aber währenddessen dachte ich angewidert: Ich gerate jetzt also ganz nach einem Menschen, der meinem Vater den Tod wünscht und meiner Familie den Ruin, und wieder kamen mir die Tränen. Meine Mutter bemerkte es und wollte mich trösten. Sie umarmte mich, flüsterte: Kein Grund, traurig zu sein, verstehst du jetzt, was dein Vater mit diesem Satz meinte? Mit gesenktem Blick schüttelte ich energisch den Kopf. Da erklärte sie mir leise und in einem unversehens amüsierten Ton: Für uns ist Tante Vittoria längst kein Mensch mehr, sondern nur noch eine Redensart. Stell dir vor, manchmal, wenn dein Vater unausstehlich ist, schreie ich ihn zum Spaß an: Pass bloß auf, André, jetzt kommst du ganz nach Vittoria. Sie schüttelte mich zärtlich und bekräftigte: Dieser Satz ist witzig gemeint.

Ich brummte finster:

»Das glaube ich nicht, Mamma, so habt ihr noch nie gesprochen.«

»Vielleicht nicht in deiner Gegenwart, aber unter uns schon. Der Satz ist wie eine rote Ampel, wir benutzen ihn, um zu sagen: Achtung, wie schnell kann alles verlorengehen, was wir uns für unser Leben gewünscht haben.«

»Ich auch?«

»Nein, Unsinn, du gehst uns niemals verloren. Du bist für uns der wichtigste Mensch auf der Welt, wir wünschen uns für dein Leben alles nur mögliche Glück. Darum bestehen Papà und ich auch so darauf, dass du gut lernst. Im Moment hast du einen kleinen Durchhänger, aber das geht vorbei. Du wirst sehen, es wartet noch viel Schönes auf dich.«

Ich zog die Nase hoch, meine Mutter wollte sie mir mit

dem Taschentuch putzen, als wäre ich noch ein kleines Kind, und vielleicht war ich das auch, aber ich entzog mich, ich sagte:

»Und wenn ich nicht mehr lernen will?«

»Dann bleibst du unwissend.«

»Na und?«

»Unwissenheit ist ein Hindernis. Aber du hast ja schon wieder angefangen zu lernen, nicht? Die eigene Intelligenz nicht zu entwickeln, wäre ein Jammer.«

Ich rief:

»Ich will nicht intelligent sein, Mamma, ich will so toll aussehen wie ihr.«

»Du wirst noch viel besser aussehen.«

»Nein, nicht wenn ich nach Tante Vittoria komme.«

»Du bist ganz anders als sie, das wird nicht passieren.«

»Wie kannst du so was sagen? Mit wem kann ich mich denn vergleichen, um zu sehen, ob das gerade passiert oder nicht?«

»Mit mir, ich werde immer da sein.«

»Das reicht nicht.«

»Und was schlägst du vor?«

Beinahe flüsternd sagte ich:

»Ich muss meine Tante treffen.«

Sie schwieg einen Augenblick, dann sagte sie:

»Darüber musst du mit deinem Vater sprechen.«

9

Ich nahm ihre Worte nicht ernst. Für mich war es selbstverständlich, dass zuallererst sie mit ihm darüber reden würde und dass mein Vater schon am folgenden Tag mit der Stimme, die ich am liebsten hatte, zu mir sagen würde: »Da wären wir, stets zu Diensten, wenn die kleine Königin entschieden hat, dass wir zu Tante Vittoria müssen, wird dieser ihr armer Vater, wenn auch mit der Schlinge um den Hals, sie begleiten.« Er würde seine Schwester anrufen, um ein Treffen zu vereinbaren, oder vielleicht würde er meine Mutter bitten, es zu tun; er befasste sich nie persönlich mit Dingen, die ihn ärgerten, langweilten oder schmerzten. Dann würde er mich mit dem Auto zu ihr bringen.

Aber so kam es nicht. Es vergingen Stunden, Tage, und mein Vater ließ sich kaum blicken, immer hektisch, immer hin- und hergerissen zwischen der Schule, irgendeiner Nachhilfe und einem schwierigen Aufsatz, den er zusammen mit Mariano schrieb. Er ging morgens aus dem Haus und kam abends wieder, in jenen Tagen regnete es unaufhörlich, ich hatte Angst, er könnte sich erkälten, Fieber bekommen und müsste dann wer weiß wie lange das Bett hüten. Wie kann es sein – dachte ich –, dass ein so feiner, zarter Mann sein Leben lang gegen Tante Vittorias Bosheit gekämpft hat? Noch unwahrscheinlicher erschien es mir, dass er den verheirateten Verbrecher und Vater dreier Kinder, der vorgehabt hatte, seine Schwester zu ruinieren, zur Rede gestellt und rausgeworfen haben sollte. Ich fragte Angela:

»Wenn Ida sich in einen Verbrecher verlieben würde, der verheiratet ist und drei Kinder hat, was würdest du als ihre große Schwester dann tun?«

Angela antwortete, ohne zu zögern:

»Ich würde es Papà sagen.«

Doch Ida gefiel diese Antwort nicht, sie sagte zu ihrer Schwester:

»Du bist eine Petze, und Papà hat gesagt, eine Petze ist das Schlimmste, was es gibt.«

Angela erwiderte gekränkt:

»Ich bin keine Petze, ich würde es nur zu deinem Besten tun.«

Vorsichtig mischte ich mich ein, sagte zu Ida:

»Also wenn Angela sich in einen Verbrecher verliebt, der verheiratet ist und drei Kinder hat, würdest du es deinem Vater nicht erzählen?«

Ida, die eifrige Romanleserin, dachte nach:

»Ich würde es ihm nur erzählen, wenn der Verbrecher hässlich und boshaft wäre.«

Na bitte, dachte ich, Hässlichkeit und Bosheit wiegen schwerer als alles andere. Und an einem Nachmittag, als mein Vater zu einer Versammlung gegangen war, versuchte ich es erneut bei meiner Mutter:

»Du hast gesagt, wir besuchen Tante Vittoria.«

»Ich habe gesagt, du sollst mit deinem Vater darüber reden.«

»Ich dachte, das machst du.«

»Er hat zurzeit viel um die Ohren.«

»Wir beide könnten sie doch besuchen.«

»Es ist besser, wenn er sich darum kümmert. Außerdem ist das Schuljahr fast um, du musst lernen.«

»Ihr wollt mich gar nicht zu ihr lassen. Ihr habt längst entschieden, dass ihr es nicht macht.«

Meine Mutter schlug den Ton an, den sie bis vor wenigen Jahren benutzt hatte, wenn sie ihre Ruhe haben wollte und mir ein Spiel schmackhaft machen wollte, das ich allein spielen konnte.

»Pass auf: Kennst du die Via Miraglia?«

»Nein.«

»Und die Via della Stadera?«

»Nein.«

»Und den Pianto?«
»Nein.«
»Und Poggioreale?«
»Nein.«
»Und die Piazza Nazionale?«
»Nein.«
»Und Arenaccia?«
»Nein.«
»Und das ganze Gebiet, das Zona Industriale genannt wird?«
»Nein, Mamma, nein.«
»Tja, dann musst du noch viel lernen, das ist deine Heimatstadt. Ich gebe dir einen Stadtplan, und wenn du deine Schulaufgaben fertig hast, kannst du dir den Weg einprägen. Wenn es für dich so furchtbar wichtig ist, Tante Vittoria zu besuchen, kannst du da bei Gelegenheit auch allein hingehen.«

Der letzte Satz irritierte mich, verletzte mich wohl auch. Meine Eltern ließen mich nicht einmal zweihundert Meter von unserem Haus entfernt Brot holen. Und wenn ich zu Angela und Ida wollte, brachte mich mein Vater oder öfter noch meine Mutter mit dem Auto zum Haus von Mariano und Costanza, und später holten sie mich wieder ab. Jetzt wollten sie mich plötzlich in eine mir fremde Gegend schicken, wohin sie selbst nur ungern gingen? Nein, nein, sie hatten nur mein Gejammer satt, hielten für unwichtig, was für mich dringend notwendig war, kurz, sie nahmen mich nicht ernst. Vielleicht zersprang in diesem Moment etwas in mir, und vielleicht war das das Ende meiner Kindheit. Jedenfalls fühlte ich mich wie ein Gefäß, dessen Inhalt durch einen winzigen Riss unmerklich herausrieselte. Und ich hatte keinen Zweifel, meine Mutter hatte sich schon mit meinem Vater abgesprochen und fing mit seiner Zustimmung an, mich von ihnen abzulösen und die beiden auch von mir, um mir begreiflich zu machen, dass ich mit meinen Dummheiten und meinen Launen allein klarkommen musste. Mit ihrem ebenso müden wie freundlichen Ton hatte sie mir praktisch soeben gesagt: Du bist eine Nervensäge geworden, du machst mir das Leben schwer, du lernst nicht, von den Lehrern kommen Klagen, und du liegst uns ständig mit Tante Vittoria in den Ohren, meine Güte, Giovanna, wie oft soll ich dir noch sagen, dass dieser Satz von deinem Vater liebevoll gemeint war, es reicht jetzt, geh mit deinem Stadtplan spielen und fall mir nicht länger auf den Wecker.

Ob die Dinge wirklich so lagen oder nicht, dies war jedenfalls meine erste Verlusterfahrung. Ich spürte die schmerzhafte Leere, die sich auftut, wenn uns etwas, von dem wir glauben, dass nichts uns davon trennen kann, plötzlich weggenommen wird. Ich schwieg. Und da sie hinzufügte: bitte mach die Tür zu, verließ ich das Zimmer.

Wie betäubt blieb ich eine Weile vor der geschlossenen Tür stehen, darauf wartend, dass sie mir den Stadtplan wirklich gab. Das geschah nicht, und so zog ich mich, fast auf Zehenspitzen, zum Lernen in mein Zimmer zurück. Aber natürlich schlug ich kein Buch auf, mein Kopf begann bis dahin unvorstellbare Pläne zu schmieden, ganz als würde man sie in eine Tastatur hämmern. Nicht nötig, dass meine Mutter mir den Stadtplan gibt, ich werde ihn mir selbst nehmen, werde ihn studieren und zu Fuß zu Tante Vittoria gehen. Tagelang, monatelang werde ich wandern. Wie verlockend dieser Gedanke war. Sonne, Hitze, Regen, Wind, Kälte, und ich unterwegs, unter tausend Gefahren unterwegs, bis ich meiner Zukunft in Gestalt einer hässlichen, boshaften Frau begegnete. Das wollte ich tun. Viele der unbekannten Straßennamen, die meine Mutter aufgezählt hatte, hatte ich mir gemerkt, ich konnte wenigstens einen davon sofort heraussuchen. Vor allem der Pianto schwirrte mir im Kopf herum, das musste ein sehr trauriger Ort sein, meine Tante wohnte demnach in einer Gegend, wo man Kummer hatte oder sich gegenseitig wehtat. Ein Leidensweg, eine Treppe, Büsche voller Dornen, die die Beine zerkratzten, streunende, dreckige Hunde mit riesigen, geifernden Mäulern. Vor allem diesen Ort wollte ich auf dem Stadtplan suchen, und ich ging in den Flur, wo das Telefon stand. Ich versuchte, den Plan, der zwischen den wuchtigen Telefonbüchern klemmte, herauszuziehen. Dabei entdeckte ich oben auf dem Stapel das Adressbuch mit allen Nummern, die meine Eltern brauchten. Wie hatte ich das vergessen können. Wahrscheinlich stand auch Tante Vittorias Nummer darin und, falls ja, warum dann erst darauf warten, dass meine Eltern sie anriefen? Das konnte ich selbst tun. Ich nahm das Verzeichnis, suchte unter dem Buchstaben V, fand aber keine Vittoria. Dann überlegte ich: Sie hat meinen Nachnamen und den meines Vaters, Trada. Ich schlug sofort unter T nach, und da war sie: Trada, Vittoria. Die etwas verblasste Schrift war die meines Vaters, sie stand dort zwischen vielen anderen wie eine Fremde.

Mein Herz klopfte, ich jubelte, hatte das Gefühl, am Anfang eines Geheimgangs zu stehen, der mich ohne weitere Hindernisse zu ihr bringen würde. Ich dachte: Ich rufe sie an. Jetzt gleich. Ich sage: Ich bin deine Nichte Giovanna, ich muss dich treffen. Vielleicht würde sie mich abholen. Wir würden einen Tag ausmachen, eine Uhrzeit, und uns hier vor dem Haus treffen oder unten an der Piazza

Vanvitelli. Ich sah nach, ob die Tür zum Zimmer meiner Mutter geschlossen war, ging zum Telefon zurück, hob den Hörer ab. Aber gerade als ich die letzte Ziffer gewählt hatte und der Freiton erklang, bekam ich es mit der Angst zu tun. Das hier war nach den Fotos, wenn man es recht bedachte, meine erste konkrete Initiative. Was tue ich hier. Ich muss Bescheid sagen, wenn nicht meiner Mutter, so meinem Vater, einer von beiden muss mir seine Erlaubnis geben. Vorsicht, Vorsicht, Vorsicht. Doch ich hatte zu lange gezögert, eine kräftige Stimme wie die der Raucher, die zu den endlosen Versammlungen zu uns nach Hause kamen, sagte: Hallo. Sie sagte es so energisch, so grob und mit einem so aggressiven neapolitanischen Akzent, dass dieses eine Wort genügte, um mich in Angst und Schrecken zu versetzen, ich legte auf. Gerade noch rechtzeitig. Ich hörte, wie sich der Schlüssel im Schloss drehte, mein Vater war nach Hause gekommen.

10

Ich entfernte mich ein paar Schritte vom Telefon, als er eintrat, nachdem er den Schirm abgestellt hatte, der auf den Treppenabsatz tropfte, und sich auf der Matte gründlich die Füße abgetreten hatte. Er begrüßte mich, aber missmutig, ohne die übliche Fröhlichkeit und auf das schlechte Wetter schimpfend. Erst als er den Regenmantel ausgezogen hatte, wandte er sich mir zu.
»Was machst du da?«
»Nichts.«
»Und Mamma?«
»Arbeitet.«

»Hast du deine Schulaufgaben fertig?«
»Ja.«
»Hast du was nicht verstanden, soll ich dir was erklären?«

Als er neben dem Telefon stehen blieb um wie gewohnt den Anrufbeantworter abzuhören, fiel mir ein, dass ich das Adressbuch beim Buchstaben T aufgeschlagen gelassen hatte. Er sah es, strich mit dem Finger darüber, schlug es zu und verzichtete darauf, die Nachrichten abzuhören. Ich hoffte, er würde eine witzige Bemerkung machen, hätte er es getan, wäre ich beruhigt gewesen. Stattdessen strich er mir mit den Fingerspitzen über den Kopf und ging zu meiner Mutter. Im Gegensatz zu sonst schloss er die Tür sorgfältig hinter sich.

Ich wartete, hörte sie mit leiser Stimme diskutieren, ein Raunen mit den plötzlichen Spitzen einzelner Silben: du, nein, aber. Ich ging in mein Zimmer, ließ aber die Tür offen, ich wünschte mir, dass sie sich nicht stritten. Wenigstens zehn Minuten vergingen, endlich kehrten die Schritte meines Vaters auf den Flur zurück, allerdings nicht in Richtung meines Zimmers. Er ging in sein eigenes, wo auch ein Telefon stand, ich hörte, dass er leise telefonierte, nur wenige, ununterscheidbare Worte und lange Pausen. Ich dachte – hoffte –, dass er wichtige Probleme mit Mariano zu besprechen hatte und über die üblichen Dinge, die ihm am Herzen lagen, diskutieren musste, mit Worten, die ich seit jeher aufschnappte, so etwas wie Politik, Werte, Marxismus, Krise, Staat. Als er aufgelegt hatte, hörte ich ihn wieder auf dem Flur, diesmal kam er in mein Zimmer. Normalerweise machte er ironisch viele Umstände, bevor er hereinkam: Darf ich eintreten, wo darf ich Platz nehmen, störe ich, Verzeihung. Doch diesmal setzte er sich aufs Bett und sagte mit seiner eisigsten Stimme unumwunden:

»Deine Mutter hat dir erklärt, dass ich es nicht so gemeint habe und dass ich dich nicht kränken wollte, du hast überhaupt keine Ähnlichkeit mit meiner Schwester.«

Sofort brach ich wieder in Tränen aus, stammelte: Das ist es nicht, Papà, ich weiß, ich glaube dir, aber. Meine Tränen schienen ihn nicht zu rühren, er unterbrach mich, sagte:

»Du brauchst dich nicht zu rechtfertigen. Es ist meine Schuld, nicht deine, und es ist meine Aufgabe, das wiedergutzumachen. Ich habe gerade mit deiner Tante telefoniert. Am Sonntag fahre ich dich zu ihr. Einverstanden?«

Ich schluchzte:

»Wenn du dagegen bist, fahren wir lieber nicht hin.«

»Natürlich bin ich dagegen, aber du willst das, also fahren wir. Ich setze dich vor ihrem Haus ab, du bleibst, solange du willst, und ich warte im Auto.«

Ich versuchte, mich zu beruhigen, schluckte die Tränen hinunter.

»Wirklich?«

»Ja.«

Einen Augenblick schwiegen wir, dann bemühte er sich, mir zuzulächeln, er wischte mir mit seinen Fingern die Tränen ab. Aber entspannt wirkte das nicht, er verfiel in eine seiner langen, erregten Ansprachen, wobei er hohe und tiefe Töne mischte. Aber, sagte er, eins darfst du nicht vergessen, Giovanna. Es macht deiner Tante Spaß, mir zu schaden. Ich habe alles mögliche versucht, um sie zur Vernunft zu bringen, habe ihr geholfen, sie unterstützt, ihr so viel Geld gegeben, wie ich konnte. Umsonst, jedes Wort von mir hat sie als Schikane aufgefasst, jede Hilfe von mir als Kränkung angesehen. Sie ist arrogant, undankbar, grausam. Darum warne ich dich: Sie wird versuchen, dich gegen mich aufzuhetzen, wird dich benutzen, um mir wehzutun. Das hat sie schon mit unseren Eltern so gemacht, mit unseren Geschwistern, unseren Tanten und Onkeln, unseren Cousins und Cousinen. Ihretwegen habe ich in meiner Familie niemanden mehr, der mich mag. Und du wirst sehen, dass sie versuchen wird, auch dich auf ihre Seite zu ziehen. Diese Möglichkeit – sagte er so angespannt, wie ich ihn nur selten erlebt hatte – ist mir unerträglich. Und er beschwor mich – beschwor mich wirklich, er legte die Hände zusammen und schüttelte sie –, zwar meine Ängste auszuräumen, Ängste, die jeder Grundlage entbehrten, aber nicht auf Vittoria zu hören, sondern mir wie Odysseus Wachs in die Ohren zu stopfen.

Ich umarmte ihn fest wie seit zwei Jahren nicht mehr, seit ich den Wunsch hatte, mich erwachsen zu fühlen. Aber überrascht, auch verärgert, spürte ich einen Geruch an ihm, der nicht seiner war, einen Geruch, den ich nicht kannte. Das löste ein schmerzhaftes Gefühl von Fremdheit in mir aus, aber auch eine unpassende Befriedigung. Mir wurde klar, dass mir, obwohl ich bis dahin gehofft hatte, sein Schutz würde niemals enden, nun der Gedanke gefiel, dass er ein Fremder für mich wurde. Ich war euphorisch, ganz als versetzte mich die Möglichkeit des Bösen – das, was er und meine Mutter, wie sie behaupteten, in ihrem ehelichen Jargon als Vittoria bezeichneten – in eine unerwartete Erregung.

11

Ich schob dieses Gefühl weg, ertrug das damit verbundene schlechte Gewissen nicht. Ich zählte die Tage bis zum Sonntag. Meine Mutter war fürsorglich, wollte mir helfen, die Schulaufgaben für den Montag, soweit möglich, früher zu erledigen, damit ich ohne den Druck, noch lernen zu müssen, zu dem Treffen gehen konnte. Und nicht nur das. Eines Nachmittags erschien sie mit dem Stadtplan in meinem Zimmer, setzte sich neben mich, zeigte mir die Via San Giacomo dei Capri und Stück für Stück den ganzen Weg bis zu Tante Vittoria. Sie wollte mir zu verstehen geben, dass sie mich liebhatte und dass ihr, wie auch meinem Vater, nichts wichtiger war als mein Seelenfrieden.

Aber ich begnügte mich nicht mit dieser kleinen topographischen Lektion und beschäftigte mich in den folgenden Tagen heimlich mit dem Stadtplan. Ich fuhr mit dem Zeigefinger die Via San Giacomo dei Capri entlang bis zur Piazza Medaglie d'Oro, dann hinunter durch die Via Suarez und die Via Salvator Rosa, gelangte zum Museum, wanderte die ganze Via Foria entlang bis zur Piazza Carlo III., bog in den Corso Garibaldi ein, nahm die Via Casanova bis zur Piazza Nazionale, dann die Via Poggioreale und weiter die Via della Stadera und glitt auf der Höhe des Friedhofs Cimitero del Pianto die Via Miraglia entlang, die Via del Macello, die Via del Pascone und so weiter, bevor mein Finger sich in die Zona Industriale davonmachte, die die Farbe verbrannter Erde hatte. Alle diese Straßennamen und noch andere wurden in diesen Stunden zu einer stillen Sucht. Ich lernte sie auswendig wie für die Schule, aber nicht widerwillig, und sah dem Sonntag mit wachsender Aufregung entgegen. Wenn mein Vater es sich nicht noch anders überlegte, würde ich Tante Vittoria endlich kennenlernen.

Aber ich hatte nicht mit dem Wirrwarr meiner Gefühle gerechnet. Je weiter sich die Tage dahinschleppten, umso öfter überraschte ich mich – besonders abends im Bett – bei der Hoffnung, dass dieser Besuch aus irgendeinem Grund verschoben werden könnte. Ich begann mich zu fragen, warum ich meinen Eltern dermaßen zugesetzt hatte, warum ich sie hatte verärgern wollen, warum ich ihren Sorgen keine Bedeutung beigemessen hatte. Da alle Antworten darauf im Ungewissen blieben, ließ meine Besessenheit nach, und die Bitte um ein Treffen mit Tante Vittoria erschien mir schon bald ebenso übertrieben wie sinnlos. Was würde es mir denn nützen, im Voraus zu erfahren, welche körperlichen und moralischen Formen ich einmal annehmen würde. Mir Vittoria vom Gesicht und aus der Brust reißen, könnte ich ohnehin nicht und würde es vielleicht auch gar nicht wollen, ich würde trotzdem immer noch ich sein, ein melancholisches Ich, ein unglückliches Ich, aber doch ich. Der Wunsch, meine Tante kennenzulernen, gehörte wahrscheinlich in die Kategorie der kleinen Provokationen. Alles in allem war er nichts weiter als einer von vielen Versuchen, die Geduld meiner Eltern auf die Probe zu stellen, wie ich es auch jedes Mal getan hatte, wenn wir mit Mariano und Costanza ins Restaurant gegangen waren und ich mit dem Gehabe einer Frau von Welt und mit einem gewinnenden Lächeln vor allem in Costanzas Richtung schließlich stets genau das bestellt hatte, wovon meine Mutter mir abgeraten hatte, weil es zu teuer war. Ich wurde also immer unzufriedener mir mir, diesmal hatte ich es vielleicht übertrieben. Mir fielen die Worte wieder ein, mit denen meine Mutter mir von den Hassgefühlen ihrer Schwägerin erzählt hatte, und ich dachte über die besorgte Ansprache meines Vaters nach. Nun, im Dunkeln, kam zu der Abneigung der beiden gegen diese Frau noch der Schreck, den mir ihre Stimme am Telefon eingejagt hatte, ihr grobes Hallo im Dialekt. Daher sagte ich am Samstagabend zu meiner Mutter: Ich will da nicht mehr hin, heute Morgen habe ich jede Menge Schulaufgaben für Montag aufbekommen. Aber sie antwortete: Jetzt steht die Verabredung, du hast keine Ahnung, wie übel deine Tante es nehmen würde, wenn du nicht kommen würdest, sie würde deinem Vater die Schuld dafür geben. Und da ich mich nicht überzeugen ließ, sagte sie, ich hätte zu viele Hirngespinste im Kopf, und auch wenn ich jetzt einen Rückzieher machte, würde ich es mir am nächsten Tag ja doch anders überlegen, und alles würde wieder von vorn anfangen. Zum Schluss sagte sie lachend: Sieh dir an, wie und wer Tante Vittoria ist, dann wirst du alles daransetzen, um nicht zu werden wie sie.

Nach tagelangem Regen wurde der Sonntag ein wunderschöner Tag mit blauem Himmel und nur wenigen weißen Wölkchen. Mein Vater bemühte sich, wieder so fröhlich wie sonst zu mir zu sein, aber schon als er das Auto startete, wurde er schweigsam. Er hasste die Umgehungsstraße und fuhr bald von ihr ab. Er sagte, ihm seien die alten Straßen lieber, und er wurde immer düsterer, je tiefer wir in eine andere Stadt eintauchten, die aus Reihen trostloser Wohnblocks bestand, aus verblichenen Mauern, Industriehallen, Schuppen und Bretterbuden, vollgemüllten Grünstreifen, tiefen Schlaglöchern voller Regenwasser, verpesteter Luft. Aber dann schien er zu beschließen, dass er mich nicht in diesem Schweigen sitzenlassen konnte, als hätte er mich vergessen, und er kam zum ersten Mal auf seine Herkunft zu sprechen. Ich bin hier in der Gegend geboren und aufgewachsen – sagte er mit einer ausladenden Geste, die die Tuffsteinmauern hinter der Windschutzscheibe umfing, die grauen, gelben und rosa Wohnblocks und die selbst an Feiertagen trostlosen Straßen – meine Familie hatte nicht mal das Salz für die Suppe. Dann fuhr er in ein noch heruntergekommeneres Gebiet, hielt an, seufzte missmutig und zeigte auf ein ziegelrotes Haus, von dem viel Putz abgebröckelt war. Hier habe ich gewohnt, sagte er, und hier wohnt Tante Vittoria immer noch, da ist der Eingang, geh, ich warte auf dich. Ich schaute ihn ängstlich an, er bemerkte es:

»Was ist los?«

»Geh nicht weg.«

»Ich rühre mich nicht von der Stelle.«

»Und wenn sie mich aufhält?«

»Wenn du genug hast, sagst du: Ich muss jetzt gehen.«

»Und wenn sie mich nicht weglässt?«

»Dann komme ich dich holen.«

»Nein, bleib hier, ich komm' dann schon.«

»Okay.«

Ich stieg aus dem Auto, betrat das Haus. Es roch nach Müll und Sonntagssoßen. Ich fand keinen Fahrstuhl. Ich stieg Treppen mit kaputten Stufen hoch, die Wände hatten große, weiße Risse, einer war so tief, dass er aussah wie ein Loch, das jemand hineingeschlagen hatte, um etwas darin zu verstecken. Ich vermied es, die obszönen Sprüche und Zeichnungen zu entschlüsseln, mir ging Wichtigeres durch den Kopf. In diesem Haus hatte mein Vater als Kind und als Jugendlicher gelebt? Ich zählte die Stockwerke, im dritten blieb ich stehen, es gab drei Türen. Die zu meiner

Rechten war die einzige mit einem Namen, auf dem Holz klebte ein schmaler Papierstreifen, auf dem per Hand geschrieben stand: Trada. Ich klingelte, hielt die Luft an. Nichts. Ich zählte langsam bis vierzig, mein Vater hatte mir vor einigen Jahren geraten, das jedes Mal zu tun, wenn ich mich unsicher fühlte. Als ich bei einundvierzig angekommen war, klingelte ich erneut, dieses zweite Schrillen klang übertrieben laut. Zu mir drang ein Geschrei im Dialekt, eine Explosion heiserer Töne, was zum Henker, immer mit der Ruhe, ich komm ja schon. Dann energische Schritte, ein Schlüssel, der sich gut viermal im Schloss drehte. Die Tür ging auf, eine ganz in Hellblau gekleidete, hochgewachsene Frau erschien, die dichte Mähne pechschwarzer Haare im Nacken zusammengebunden, dünn wie eine gesalzene Sardelle und trotzdem mit breiten Schultern und großem Busen. Sie hielt eine brennende Zigarette zwischen den Fingern, hustete, sagte, zwischen Italienisch und Dialekt schwankend:

»Was ist denn, ist dir schlecht, musst du pissen?«
»Nein.«
»Und wieso klingelst du dann zweimal?«
Ich murmelte:
»Ich bin Giovanna, Tante Vittoria.«
»Weiß ich, dass du Giovanna bist, aber wenn du nochmal Tante zu mir sagst, mach lieber auf der Stelle kehrt und hau ab.«

Ich nickte, war entsetzt. Einige Sekunden starrte ich in ihr ungeschminktes Gesicht, dann schaute ich zu Boden. Vittoria schien mir so unerträglich schön zu sein, dass ich den dringenden Wunsch hatte, sie als hässlich anzusehen.

II

I

Ich lernte immer mehr, meine Eltern zu belügen. Anfangs waren es keine richtigen Lügen, aber da ich nicht die Kraft hatte, mich ihrer stets gut organisierten Welt zu widersetzen, tat ich so, als akzeptierte ich sie, und zweigte dabei auf einen Weg ab, den ich eilig verlassen konnte, sobald sich ihre Mienen verfinsterten. So hielt ich es vor allem mit meinem Vater, auch wenn jedes seiner Worte für mich eine Autorität hatte, die mich faszinierte, und es aufreibend und quälend war, ihn zu betrügen.

Er hatte mir mehr noch als meine Mutter eingebläut, man dürfe niemals lügen. Aber nach dem Besuch bei Vittoria schien mir das unumgänglich. Schon als ich aus der Haustür trat, beschloss ich, mich erleichtert zu geben, und rannte zum Auto, als wäre ich einer Gefahr entronnen. Kaum hatte ich die Autotür zugeschlagen, startete mein Vater den Motor, wobei er finstere Blicke auf das Haus seiner Kindheit warf, und fuhr mit einem Satz nach vorn an, so dass er instinktiv den Arm ausstreckte, um zu verhindern, dass ich mit der Stirn gegen die Windschutzscheibe prallte. Eine Weile wartete ich darauf, dass er etwas Beruhigendes sagte, und zum Teil wünschte ich mir nichts anderes, es tat mir leid, ihn so aufgewühlt zu sehen. Trotzdem zwang ich mich zu schweigen, ich fürchtete, ein falsches Wort könnte genügen, um ihn wütend zu machen. Nach ein paar Minuten fragte er mich, halb die Straße und halb mich im Auge behaltend, wie es denn gewesen sei. Ich sagte ihm, meine Tante habe sich nach der Schule erkundigt, habe mir ein Glas Wasser angeboten, habe mich gefragt, ob ich Freundinnen hätte, und sich von Angela und Ida erzählen lassen.

»Das war's?«
»Ja.«
»Hat sie sich nach mir erkundigt?«
»Nein.«
»Überhaupt nicht?«
»Nein.«
»Und nach deiner Mutter?«
»Auch nicht.«
»Ihr habt eine Stunde lang nur über deine Freundinnen geredet?«
»Und über die Schule.«
»Und was war das für Musik?«
»Welche Musik?«
»Extrem laute Musik.«
»Ich habe keine Musik gehört.«
»War sie nett?«
»Ein bisschen unfreundlich.«
»Hat sie was Gemeines zu dir gesagt?«
»Nein, aber sie benimmt sich grässlich.«
»Das habe ich dir ja gleich gesagt.«
»Ja.«
»Ist dir deine Neugier jetzt vergangen? Hast du dich davon überzeugt, dass sie dir kein bisschen ähnlich sieht?«
»Ja.«
»Komm, gib mir einen Kuss, du bist wunderhübsch. Verzeihst du mir den Unsinn, den ich gesagt habe?«

Ich sagte, dass ich ihm nie böse gewesen sei, und ließ zu,

dass er mich auf die Wange küsste, obwohl er Auto fuhr. Doch kurz darauf stieß ich ihn lachend zurück, ich protestierte: Dein Bart kratzt. Obwohl ich keine Lust auf unsere Spielchen hatte, hoffte ich, dass wir wieder herumalbern könnten und er Vittoria vergaß. Aber er gab zurück: Stell dir vor, wie erst deine Tante kratzt, mit ihrem Bart, und sofort fiel mir nicht etwa der leichte, dunkle Flaum auf Vittorias Oberlippe ein, sondern mein eigener. Leise sagte ich:

»Sie hat keinen Bart.«
»Und ob sie einen hat.«
»Gar nicht.«
»Ist gut, sie hat keinen. Fehlt bloß noch, dass du auf die fixe Idee kommst, umzukehren, um nachzusehen, ob sie einen Bart hat.«

Ich sagte ernst:
»Ich will sie nicht wiedersehen.«

2

Auch das war keine richtige Lüge, ich hatte Angst davor, Vittoria noch einmal zu begegnen. Aber als ich diesen Satz sagte, wusste ich bereits, an welchem Tag, zu welcher Uhrzeit und an welchem Ort ich sie wiedersehen würde. Mehr noch, ich hatte mich eigentlich gar nicht von ihr getrennt, hatte noch jedes ihrer Worte, jede Geste, jeden Gesichtsausdruck im Kopf, und sie kamen mir nicht wie kurz zuvor Geschehenes vor, sondern das alles schien immer noch weiter stattzufinden. Mein Vater redete unaufhörlich, um mir zu zeigen, wie lieb er mich hatte, und ich sah und hörte währenddessen seine Schwester, höre und sehe sie auch jetzt noch. Ich sehe, wie sie in Hellblau gekleidet vor mir auftaucht, sehe, wie sie mir in ihrem schroffen Dialekt sagt: mach die Tür zu, und mir schon den Rücken zudreht, als könnte ich gar nicht anders, als ihr zu folgen. In Vittorias Stimme, doch vielleicht auch in ihrem ganzen Körper lag eine ungefilterte Unduldsamkeit, die mich blitzschnell anfuhr, wie wenn ich mit einem Streichholz das Gas anzündete und an der Hand die Flamme spürte, die aus den Brennerlöchern schoss. Ich schloss die Tür hinter mir, folgte ihr, als hielte sie mich an der Leine.

Wir gingen ein paar Schritte durch einen nach Zigarettenrauch stinkenden Raum ohne Fenster, das einzige Licht kam durch eine weit offene Tür. Ihre Gestalt verlor sich hinter dieser Tür, ich ging ihr nach, kam in eine kleine Küche, deren extreme Ordnung zusammen mit dem Geruch nach erloschenen Kippen und Schmutz mich sofort beeindruckten.

»Willst du einen Orangensaft?«
»Ich will keine Umstände machen.«
»Willst du nun einen oder nicht?«
»Ja, danke.«

Sie teilte mir einen Stuhl zu, überlegte es sich anders, sagte, er sei kaputt, stellte mir einen anderen hin. Dann holte sie zu meiner Überraschung nicht eine Dose oder eine Flasche Orangensaft aus dem Kühlschrank – einem gelblich weißen Kühlschrank –, sondern nahm ein paar Orangen aus einem Korb, schnitt sie auf und begann sie über einem Glas auszupressen, mit der Hand, wobei sie eine Gabel zu Hilfe nahm. Dabei sagte sie, ohne mich anzusehen:

»Du trägst ja das Armband gar nicht.«
Ich geriet in Aufregung:

»Was für ein Armband?«

»Das ich dir zu deiner Geburt geschenkt habe.«

Soweit ich mich erinnerte, hatte ich noch nie ein Armband besessen. Aber ich ahnte, dass es für sie wichtig war, und es nicht zu tragen, konnte eine Kränkung sein. Ich sagte:

»Vielleicht hat meine Mutter es mir umgebunden, als ich klein war, bis ich ein oder zwei Jahre alt war, dann bin ich gewachsen, und es hat mir nicht mehr gepasst.«

Sie drehte sich um und sah mich an, ich zeigte ihr mein Handgelenk, um ihr zu beweisen, dass es zu dick für ein Babyarmband war, und sie brach unerwartet in Gelächter aus. Sie hatte einen großen Mund mit großen Zähnen, beim Lachen entblößte sie ihr Zahnfleisch. Sie sagte:

»Dumm bist du nicht.«

»Ich habe die Wahrheit gesagt.«

»Mache ich dir Angst?«

»Ein bisschen.«

»Gut so. Angst sollte man auch dann haben, wenn es gar nicht nötig ist, sie hält dich wach.«

Sie stellte mir das saftbespritzte Glas hin. Auf der orangefarbenen Oberfläche schwammen Fruchtstücke und weiße Kerne. Ich betrachtete ihr sorgfältig gekämmtes Haar, solche Frisuren hatte ich in alten Filmen und auf den Fotos von meiner Mutter als jungem Mädchen gesehen, eine ihrer Freundinnen trug die Haare so. Vittoria hatte sehr dichte Augenbrauen, Lakritzstäbchen, pechschwarze Stücke unter der großen Stirn und über den tiefen Höhlen, in denen sie ihre Augen versteckte. Trink, sagte sie. Sofort griff ich zum Glas, um sie nicht zu verärgern, aber ich ekelte mich, ich hatte gesehen, wie der Saft an ihrer Hand heruntergeflossen war, und außerdem hätte ich bei meiner

Mutter darauf bestanden, dass sie mir das Fruchtfleisch und die Kerne heraussiebte. Trink, wiederholte sie, das ist gesund. Ich nahm einen Schluck, während sie sich auf den Stuhl setzte, den sie wenige Minuten zuvor für zu wacklig befunden hatte. Sie lobte mich, behielt aber ihren abweisenden Ton bei: Ja, dumm bist du nicht, du hast sofort eine Ausrede gefunden, um deine Eltern in Schutz zu nehmen, bravo. Sie erklärte mir, dass ich auf dem Holzweg sei, sie habe mir kein Kinderarmband geschenkt, sondern eins für Erwachsene, ein Armband, das ihr viel bedeute. Weil, betonte sie, ich nicht wie dein Vater bin, der an Geld und Eigentum hängt. Ich scheiß auf Eigentum, ich liebe Menschen, und als du geboren wurdest, habe ich gedacht: Ich geb es der Kleinen, die wird es tragen, wenn sie groß ist, das habe ich deinen Eltern auch auf die Karte geschrieben – gebt es ihr, wenn sie groß ist –, und ich habe alles in euren Briefkasten geworfen, nicht auszudenken, wenn ich raufgegangen wäre, dein Vater und deine Mutter sind Hornochsen, die hätten mich rausgeschmissen.

Ich sagte:

»Vielleicht ist es gestohlen worden, du hättest es nicht in den Briefkasten werfen sollen.«

Sie schüttelte den Kopf, ihre schwarzen Augen funkelten:

»Von wem denn gestohlen? Was redest du da, wenn du überhaupt keine Ahnung hast: Trink deinen Orangensaft. Presst deine Mutter dir Orangen aus?«

Ich nickte. Doch sie achtete nicht darauf. Sie sprach darüber, wie gesund frischgepresster Orangensaft sei, und mir fiel auf, wie veränderlich ihr Gesicht war. Sie konnte im Nu die Falten zwischen Nase und Mund glätten, die ihr ein mürrisches (ja: mürrisches) Aussehen gaben, und ihr

Gesicht, das unter den hohen Wangenknochen kurz zuvor noch länglich gewirkt hatte – wie ein zwischen Schläfen und Kinnpartie straffgespanntes, graues Tuch –, bekam Farbe und weiche Züge. Meine liebe Mutter selig, sagte sie, brachte mir an meinem Namenstag immer heiße Schokolade ans Bett, sie machte sie cremig und so schaumig, als hätte sie hineingepustet. Und dir, machen sie dir zum Namenstag auch heiße Schokolade? Ich war versucht, ja zu sagen, obwohl bei mir zu Hause noch nie ein Namenstag gefeiert worden war und niemand mir je eine heiße Schokolade ans Bett gebracht hatte. Aber ich fürchtete, sie könnte das merken, deshalb verneinte ich. Sie schüttelte ärgerlich den Kopf:

»Dein Vater und deine Mutter legen keinen Wert auf Traditionen, sie denken, sie sind sonst wer, da lassen sie sich doch nicht dazu herab, eine heiße Schokolade zu machen.«

»Mein Vater macht Milchkaffee.«

»Dein Vater ist ein Arschloch, so weit kommt's noch, dass der Milchkaffee kochen kann. Deine Großmutter, ja, die konnte das. Und sie rührte zwei Löffel verquirltes Ei darunter. Hat er dir erzählt, wie wir als Kinder immer Kaffee, Milch und Eiercreme getrunken haben?«

»Nein.«

»Siehst du? So ist dein Vater. Alles Gute macht nur er, dass auch andere was Gutes machen, kann er nicht akzeptieren. Und wenn du ihm sagst, dass das nicht richtig ist, wischt er dich weg.«

Sie schüttelte ärgerlich den Kopf, sprach in einem distanzierten Ton, aber ohne Kälte. Er hat meinen Enzo weggewischt, sagte sie, den Menschen, der mir der liebste war. Dein Vater wischt alles weg, was besser sein könnte als er, das hat er schon immer so gemacht, schon als Kind. Er hält sich für intelligent, aber das ist er nie gewesen: *Ich bin intelligent, er ist bloß gerissen.* Er kann instinktiv zu einem Menschen werden, den du nicht mehr entbehren kannst. Als ich klein war, verdunkelte sich die Sonne, wenn er nicht da war. Ich dachte, wenn ich mich nicht so benahm, wie er es wollte, würde er mich alleinlassen und ich müsste sterben. So brachte er mich dazu, alles zu tun, was er wollte, er bestimmte, was gut für mich war und was schlecht. Nur mal ein Beispiel, damit du Bescheid weißt, ich bin mit Musik im Leib auf die Welt gekommen, wollte Tänzerin werden. Ich wusste, dass das meine Bestimmung ist, und nur er hätte unsere Eltern dazu überreden können, es mir zu erlauben. Aber eine Tänzerin war für deinen Vater das Böse, und er ließ mich das nicht lernen. Seiner Ansicht nach verdienst du es nur dann, auf der Welt zu sein, wenn du dich ständig mit einem Buch in der Hand blicken lässt, für ihn bist du ein Nichts, wenn du nicht studiert hast. Er sagte zu mir: Wieso denn Tänzerin, Vittò, du weißt ja nicht mal, was das ist, geh weiter zur Schule und sei still. Damals verdiente er schon ein bisschen Geld mit Privatunterricht, er hätte mir die Tanzschule also bezahlen können, anstatt sich immer nur Bücher zu kaufen. Er hat es nicht getan, es machte ihm Spaß, allem und jedem seine Bedeutung zu nehmen, außer sich selbst und seinen Sachen. Meinem Enzo – sagte meine Tante zum Schluss plötzlich – hat er erst vorgespielt, dass sie Freunde sind, und dann hat er ihm die Seele genommen, hat sie ihm entrissen und sie in Stücke geschlagen.

In dieser Art, aber vulgärer, redete sie mit mir, mit einer Offenheit, die mich irritierte. Ihr Gesicht klärte und verdüsterte sich in kürzester Zeit, von unterschiedlichen Gefühlen bewegt: Bedauern, Abneigung, Wut, Melancholie. Sie bedachte meinen Vater mit unflätigen Schimpfwörtern, wie ich sie noch nie gehört hatte. Doch als sie auf diesen Enzo zu sprechen kam, brach sie vor Rührung ab und lief mit gesenktem Kopf aus der Küche, wobei sie demonstrativ ihre Augen mit einer Hand vor mir verbarg.

Ich regte mich nicht, war sehr aufgewühlt. Ich nutzte ihre Abwesenheit, um die Orangenkerne, die ich im Mund behalten hatte, in das Glas zu spucken. Eine Minute verging, zwei Minuten vergingen, ich schämte mich, weil ich nicht widersprochen hatte, als sie meinen Vater beschimpft hatte. Ich muss ihr sagen, dass es nicht richtig ist, so über einen Menschen zu sprechen, der von allen hochgeschätzt wird, überlegte ich. Unterdessen setzte gedämpft Musik ein, die innerhalb weniger Sekunden in voller Lautstärke explodierte. Vittoria schrie mir zu: Komm her, Giannì, was machst du denn, schläfst du? Ich sprang auf, ging in den dunklen Flur hinaus.

Nur wenige Schritte und ich stand in einem kleinen Zimmer mit einem alten Sessel, einem einsamen Akkordeon, das in einer Ecke auf dem Boden lag, einem Tisch, auf dem der Fernseher stand, und einem Schemel mit dem Plattenspieler. Vittoria schaute aus dem Fenster. Sie hatte garantiert das Auto im Blick, in dem mein Vater auf mich wartete. Tatsächlich sagte sie, ohne sich umzudrehen und mit Hinweis auf die Musik: Dieser Pisser soll das hören, dann erinnert er sich. Ich sah, dass sie ihren Körper rhythmisch wiegte, kleine Bewegungen der Füße, der Hüften, der Schultern. Verblüfft starrte ich ihren Rücken an.

»Das erste Mal habe ich Enzo auf einer Party getroffen, und wir haben nach der Musik hier getanzt«, hörte ich sie sagen.

»Wie lange ist das her?«
»Jetzt am 23. Mai siebzehn Jahre.«
»Seitdem ist viel Zeit vergangen.«
»Nicht eine Minute ist vergangen.«
»Hast du ihn geliebt?«
Sie drehte sich um.
»Dein Vater hat dir nichts erzählt?«
Ich zögerte, sie hatte sich regelrecht verhärtet, zum ersten Mal wirkte sie älter als meine Eltern, dabei wusste ich, dass sie einige Jahre jünger war. Ich antwortete:
»Ich weiß nur, dass er verheiratet war und drei Kinder hatte.«
»Weiter nichts? Hat er dir nicht gesagt, dass er ein schlechter Mensch war?«
Wieder zögerte ich.
»Ein bisschen schlecht.«
»Und was noch?«
»Ein Verbrecher.«
Sie platzte los:
»Der schlechte Mensch ist dein Vater, und er ist auch der Verbrecher. Enzo war Wachtmeister bei der Polizei, doch er hat sogar Verbrecher anständig behandelt, und jeden Sonntag ging er zur Messe. Stell dir vor, früher habe ich nicht an Gott geglaubt, dein Vater hatte mir eingeredet, dass es ihn nicht gibt. Aber als ich Enzo kennenlernte, habe ich meine Meinung geändert. Nie hat es auf der Welt einen anständigeren, gerechteren, feinfühligeren Mann gegeben. Was für eine schöne Stimme er hatte, wie gut er singen konnte, er hat mir beigebracht, wie man Akkordeon spielt. Vor ihm fand ich alle Männer zum Kotzen, nach ihm habe ich vor Ekel jeden weggejagt, der mir zu nahe kam. Deine Eltern haben dir nichts als Lügen erzählt.«

Verdrossen schaute ich zu Boden, ich erwiderte nichts. Sie ließ nicht locker:

»Das glaubst du nicht, was?«

»Ich weiß nicht.«

»Du weißt es nicht, weil du lieber Lügen als die Wahrheit glaubst. Giannì, es ist nicht gut, wie du aufwächst. Sieh bloß mal, wie lächerlich du bist, ganz in Rosa, rosa Schuhe, rosa Jacke, rosa Haarspange. Ich könnte wetten, dass du nicht mal tanzen kannst.«

»Meine Freundinnen und ich üben es jedes Mal, wenn wir uns sehen.«

»Und wie heißen deine Freundinnen?«

»Angela und Ida.«

»Sind sie so wie du?«

»Ja.«

Missbilligend verzog sie das Gesicht und bückte sich, um die Platte noch einmal von vorn abzuspielen.

»Kannst du nach dieser Musik tanzen?«

»Das ist ein alter Tanz.«

Sie schnellte auf mich zu, packte mich an der Taille und zog mich an sich. Ihr großer Busen roch nach Piniennadeln in der Sonne.

»Stell dich auf meine Füße.«

»Dann tue ich dir weh.«

»Mach schon.«

Ich stellte mich auf ihre Füße, und sie wirbelte mich mit Präzision und Eleganz durch das Zimmer, bis die Musik verklang. Vittoria blieb stehen, ließ mich aber nicht los, presste mich weiter an sich und sagte:

»Sag deinem Vater, dass ich mit dir den gleichen Tanz getanzt habe wie beim ersten Mal mit Enzo. Sag es ihm genau so, Wort für Wort.«

»Ist gut.«

»Und jetzt ist Schluss.«

Sie schob mich energisch von sich, und ich unterdrückte einen Schrei, als hätte ich, plötzlich ihrer Wärme beraubt, einen Stich gespürt, schämte mich aber, Schwäche zu zeigen. Ich fand es wunderschön, dass ihr nach diesem Tanz mit Enzo kein anderer mehr gefallen hatte. Und ich stellte mir vor, dass sie jedes Detail ihrer einzigartigen Liebe im Gedächtnis bewahrt hatte, so dass sie sie vielleicht in Gedanken Augenblick für Augenblick hatte Revue passieren lassen, als sie mit mir getanzt hatte. Das fand ich aufregend, ich wünschte mir, ebenfalls – und bald –, mit dieser Absolutheit zu lieben. Ihre Erinnerung an Enzo war bestimmt so intensiv, dass ihr knochiger Körper, ihr Busen, ihr Atem auch ein bisschen Liebe in meinen Bauch gepflanzt hatten. Benommen flüsterte ich:

»Wie war Enzo denn so, hast du ein Foto von ihm?«

Ihre Augen wurden fröhlich:

»Na, prima, ich freue mich, dass du ihn sehen willst. Sagen wir am 23. Mai, dann besuchen wir ihn: Er liegt auf dem Friedhof.«

3

Meine Mutter versuchte in den folgenden Tagen behutsam, die Mission zu Ende zu bringen, die mein Vater ihr offenbar aufgetragen hatte: herauszufinden, ob die Begegnung mit Vittoria die Verletzung hatte heilen können, die die beiden mir unabsichtlich zugefügt hatten. Das versetzte mich in eine ständige Alarmbereitschaft. Ich wollte ihnen nicht zeigen, dass Vittoria mir nicht unsympathisch gewesen war. Daher bemühte ich mich, zu verheimlichen, dass ich zwar nach wie vor ihre Version der Geschichte glaubte, aber ein wenig eben auch die meiner Tante. Ich vermied es tunlichst, zu erwähnen, dass Vittorias Gesicht zu meiner Überraschung so ausgeprägt unverschämt gewirkt hatte, dass es zugleich sehr hässlich und wunderschön gewesen war und ich nun ratlos zwischen beiden Extremen schwankte. Vor allem hoffte ich, dass kein unkontrollierbares Signal, wie etwa ein Aufblitzen meiner Augen oder eine aufsteigende Röte, meine Verabredung für den Mai verriet. Ich hatte keine Erfahrung als Betrügerin, ich war ein wohlerzogenes Mädchen und tastete mich langsam vor, indem ich auf die Fragen meiner Mutter entweder mit übertriebener Vorsicht antwortete oder mich allzu unbefangen gab und am Ende unüberlegte Dinge sagte.

Schon an jenem Sonntag machte ich abends einen Fehler, als sie mich fragte:

»Wie fandest du denn deine Tante?«

»Alt.«

»Sie ist fünf Jahre jünger als ich.«

»Du siehst eher aus wie ihre Tochter.«

»Mach dich nicht lustig über mich.«

»Wirklich, Mamma. Ihr seid beide so verschieden.«

»Das lässt sich nicht bestreiten. Vittoria und ich sind nie befreundet gewesen, obwohl ich mir alle Mühe gegeben habe, sie zu mögen. Es ist nicht leicht, gut mit ihr auszukommen.«

»Das habe ich gemerkt.«

»Hat sie was Hässliches zu dir gesagt?«

»Sie war abweisend.«

»Und dann?«

»Dann hat sie sich ein bisschen aufgeregt, weil ich das

Armband nicht getragen habe, das sie mir geschenkt hat, als ich geboren wurde.«

Kaum hatte ich das gesagt, bereute ich es auch schon. Aber es war geschehen, ich merkte, dass ich rot wurde, und versuchte sofort herauszufinden, ob die Erwähnung dieses Schmuckstücks sie verärgert hatte. Meine Mutter reagierte vollkommen entspannt.

»Ein Babyarmband?«

»Ein Armband für Erwachsene.«

»Das sie dir geschenkt haben soll?«

»Ja.«

»Davon weiß ich nichts. Tante Vittoria hat uns noch nie was geschenkt, nicht mal eine Blume. Aber wenn das wichtig für dich ist, frage ich deinen Vater.«

Ich wurde nervös. Jetzt würde meine Mutter ihm diese Geschichte erzählen, und er würde sich sagen: Also stimmt es gar nicht, dass sie nur über die Schule und über Ida und Angela gesprochen haben, sie haben auch über andere Dinge gesprochen, über viele Dinge, die Giovanna uns verheimlichen will. – Wie dumm von mir. In meiner Verwirrung ließ ich fallen, dass mich das Armband nicht interessierte, und fügte in angewidertem Ton hinzu: Tante Vittoria schminkt sich nicht, und sie zupft sich nicht die Augenbrauen, die sind bei ihr total buschig, und als ich sie besucht habe, trug sie keine Ohrringe und noch nicht mal eine Kette. Also selbst wenn sie mir jemals ein Armband geschenkt hätte, wäre das garantiert scheußlich gewesen. Aber ich wusste, dass nun jede abwiegelnde Bemerkung zwecklos war. Meine Mutter würde jetzt, egal, was ich sagte, mit meinem Vater reden und mir nicht seine wahre Antwort mitteilen, sondern das, was sie beide abgesprochen haben würden.

Ich schlief wenig und schlecht, in der Schule wurde ich häufig ermahnt, weil ich unkonzentriert war. Um das Armband ging es wieder, als ich schon überzeugt davon war, dass meine Eltern es vergessen hatten.

»Dein Vater weiß auch nichts davon.«

»Wovon?«

»Von dem Armband, das Tante Vittoria dir angeblich geschenkt hat.«

»Sie hat bestimmt gelogen.«

»So viel steht fest. Doch wenn du eins haben willst, sieh mal in meinen Sachen nach.«

Ich ging wirklich und stöberte in ihrem Schmuck, obwohl ich ihn genauestens kannte, ich spielte damit, seit ich drei oder vier Jahre alt war. Es waren keine besonders wertvollen Stücke, auch ihre zwei einzigen Armbänder nicht: das eine aus Doublégold mit Anhängern in Form von kleinen Engeln, das andere aus Silber mit Perlen und blauen Blättern. Als ich klein war, liebte ich das erste sehr und ignorierte das zweite. Aber in letzter Zeit gefiel mir das mit den blauen Blättern besonders, einmal hatte auch Costanza es bewundert, weil es so gut gearbeitet war. So begann ich, um zu zeigen, dass mir Vittorias Geschenk egal war, das silberne Armband zu Hause, in der Schule oder auch wenn ich mit Angela und Ida zusammen war, zu tragen.

»Das ist aber schön«, rief Ida aus.

»Es gehört meiner Mutter. Aber sie hat gesagt, ich kann es tragen, wenn ich will.«

»Meine Mutter lässt uns ihren Schmuck nie tragen«, sagte Angela.

»Und was ist das?«, fragte ich und zeigte auf das Goldkettchen an ihrem Hals.

»Das hat mir meine Großmutter geschenkt.«

»Und meine Kette«, sagte Ida, »habe ich von einer Cousine meines Vaters.«

Sie erzählten häufig von spendablen Verwandten, zu manchen zeigten sie eine große Zuneigung. Ich hatte nur die freundlichen Großeltern vom Museum gehabt, aber die waren tot, und ich erinnerte mich kaum noch an sie, weshalb ich meine Freundinnen oft um ihre Verwandtschaft beneidet hatte. Aber nun, da ich Kontakt zu Tante Vittoria aufgenommen hatte, machte es mir Spaß zu sagen:

»Mir hat eine Tante ein noch viel schöneres Armband als das hier geschenkt.«

»Und warum trägst du es nie?«

»Zu wertvoll, meine Mutter erlaubt es nicht.«

»Zeig es uns mal.«

»Ja, wenn meine Mutter nicht da ist. Kriegt ihr eigentlich heiße Schokolade?«

»Mein Vater hat mich mal Wein kosten lassen«, sagte Angela.

»Mich auch«, sagte Ida.

Ich erklärte stolz:

»Als ich klein war, hat mir meine Großmutter immer heiße Schokolade gekocht, noch bis kurz vor ihrem Tod: keine normale Schokolade, die von meiner Großmutter war eine ganz schaumige Creme, einfach lecker.«

Noch nie hatte ich Angela und Ida belogen, es war das erste Mal. Ich entdeckte, dass es mir Angst machte, meine Eltern anzulügen, während es schön war, den beiden Mädchen Lügen zu erzählen. Sie hatten immer das interessantere Spielzeug gehabt, die bunteren Kleider, die erstaunlicheren Familiengeschichten. Ihre Mutter, Costanza, die aus einer Familie von Goldschmieden aus Toledo stammte, besaß Schatullen voller Schmuck von durchweg großem Wert, etliche Halsketten aus Gold und Perlen, zahlreiche Ohrringe und viele, viele Armreife und Armbänder, einige davon durften sie nicht anrühren, und an einem hing sie ganz besonders, sie trug es oft, aber mit allem Übrigen, mit allem Übrigen durften sie immer spielen und ich auch. Als Angelas Interesse an der heißen Schokolade nachließ – also fast sofort – und sie wissen wollte, wie das kostbare Schmuckstück von Tante Vittoria genau aussah, beschrieb ich es ihr in allen Einzelheiten. Es ist aus feinstem Gold mit Rubinen und Smaragden – sagte ich – und funkelt wie die Juwelen im Kino und im Fernsehen. Und als ich so über die Echtheit dieses Armbands sprach, konnte ich nicht widerstehen und erfand auch noch die Geschichte, dass ich mich mal im Spiegel betrachtet hatte, ohne noch etwas anderes zu tragen als die Ohrringe meiner Mutter, eine Halskette und dieses wunderbare Armband. Angela schaute mich fasziniert an, Ida fragte, ob ich wenigstens mein Höschen anbehalten hätte. Ich sagte nein, und diese Lüge war eine solche Wohltat, dass ich, so stellte ich es mir vor, einen Augenblick höchsten Glücks genossen hätte, wenn ich es tatsächlich getan hätte.

Daher ließ ich die Lüge eines Nachmittags probehalber Wirklichkeit werden. Ich zog mich aus, legte etwas Schmuck von meiner Mutter an und betrachtete mich im Spiegel. Aber es war ein trauriger Anblick, ich kam mir vor wie ein fahlgrüner Keimling, von zu viel Sonne in Mitleidenschaft gezogen, trübselig. Wie belanglos ich aussah, obwohl ich mich sorgfältig geschminkt hatte, der Lippenstift war ein hässlicher roter Fleck in einem Gesicht, das dem grauen Boden einer Bratpfanne glich. Nun, da ich Vittoria kennengelernt hatte, versuchte ich festzustellen, ob es tatsächlich Berührungspunkte zwischen uns gab, aber das war ein ebenso verbissenes wie sinnloses Unterfangen. Sie war eine alte Frau – jedenfalls aus meiner Sicht einer Dreizehnjährigen – und ich ein junges Mädchen: ein zu großes Missverhältnis zwischen unseren Körpern, ein zu großer Zeitabstand zwischen meinem Gesicht und ihrem. Und wo war denn in mir diese Energie, dieses Feuer, das ihre Augen funkeln ließ? Wenn ich wirklich ganz nach Vittoria kam, fehlte meinem Gesicht allerdings das Entscheidende, ihre Kraft. Während ich also ihre Augenbrauen mit meinen verglich, ihre Stirn mit meiner, wurde mir mein Wunsch bewusst, dass sie mir wirklich ein Armband geschenkt hätte, und ich spürte, dass ich mich stärker gefühlt hätte, wenn ich es in diesem Moment gehabt und getragen hätte.

Diese Vorstellung erfüllte mich mit einer aufmunternden Wärme, als hätte mein verzagter Körper plötzlich die richtige Medizin gefunden. Mir kamen einige Sätze in den Sinn, die Vittoria mir beim Abschied gesagt hatte, als sie mich zur Tür brachte. Dein Vater – regte sie sich auf – hat dir eine große Familie unterschlagen, uns alle, Großeltern, Onkel, Tanten, Cousins und Cousinen, die nicht so intelligent und wohlerzogen sind wie er; er hat uns mit der Axt abgetrennt, hat dich allein aufwachsen lassen, aus Angst, wir könnten dich verderben. Sie versprühte viel Missgunst, und doch trösteten mich ihre Worte jetzt, ich wiederholte sie im Stillen. Sie bestätigten die Existenz einer starken, positiven Bindung, sie forderten sie ein. Meine Tante hatte nicht gesagt: Du bist mir wie aus dem Gesicht geschnitten oder ähnelst mir wenigstens ein bisschen; meine Tante hatte gesagt: Du gehörst nicht nur zu deinem Vater und zu deiner Mutter, du gehörst auch zu mir, du gehörst zur ganzen Familie, aus der er hervorgegangen ist, und wer auf unserer Seite steht, ist niemals allein, er wird mit Kraft aufgeladen. Hatte ich ihr nicht wegen dieser Worte nach einigem Zaudern versprochen, am 23. Mai nicht zur Schule, sondern mit ihr zum Friedhof zu gehen? Jetzt, bei dem Gedanken, dass sie an diesem Tag um neun Uhr morgens auf der Piazza Medaglie d'Oro neben ihrem alten, dunkelgrünen Cinquecento auf mich warten würde – so hatte sie es mir beim Abschied kategorisch gesagt –, begann ich zu weinen, zu lachen und vor dem Spiegel entsetzliche Grimassen zu schneiden.

4

Jeden Morgen gingen wir zu dritt zur Schule, meine Eltern, um zu lehren, ich, um zu lernen. Für gewöhnlich stand meine Mutter als Erste auf, sie brauchte Zeit, um das Frühstück vorzubereiten und sich zurechtzumachen. Mein Vater stand erst auf, wenn das Frühstück fertig war, und kaum hatte er die Augen geöffnet, begann er zu lesen, notierte etwas in seine Hefte und hörte auch im Bad nicht damit auf. Ich verließ das Bett als Letzte, obwohl ich – seit diese Geschichte begonnen hatte – es meiner Mutter unbedingt gleichtun wollte: mir häufig die Haare waschen, mich schminken, alles, was ich anzog, sorgfältig auswählen. Das führte dazu, dass beide mich ständig antrieben: Giovanna, wie weit bist du; Giovanna, du kommst zu spät, und wir kommen zu spät. Und gleichzeitig trieben sie sich gegenseitig an. Mein Vater drängte: Nella, beeil dich, ich muss ins Bad, und meine Mutter antwortete ruhig: Das ist seit einer halben Stunde frei, warst du noch nicht drin? Meine schönsten Morgenstunden waren das jedenfalls nicht. Ich liebte die Tage, an denen mein Vater zur ersten Unterrichtsstunde in die Schule musste und meine Mutter zur zweiten oder dritten Stunde oder, noch besser, wenn sie frei hatte. Sie beschränkte sich dann darauf, das Frühstück zu machen, rief von Zeit zu Zeit: Giovanna, beeil dich, und kümmerte sich in Ruhe um den Haushalt und um die Geschichten, die sie korrigierte und oft umschrieb. An solchen Tagen war alles leichter für mich. Meine Mutter wusch sich als Letzte, und ich hatte mehr Zeit im Bad. Mein Vater war immer spät dran, und abgesehen von den üblichen Witzen, mit denen er mich bei Laune hielt, hatte er es sehr eilig, er setzte mich an der Schule ab und machte sich, ganz als wäre ich schon groß und könnte es allein mit der Stadt aufnehmen, schnell davon, ohne wie meine Mutter noch wachsam zu warten.

Ich rechnete ein bisschen und stellte erleichtert fest, dass der Morgen des 23. zu dieser zweiten Kategorie gehörte. Mein Vater würde mich zur Schule bringen. Am Abend davor legte ich mir die Sachen für den nächsten Tag zurecht (Rosa ließ ich weg), wozu meine Mutter mich zwar immer aufforderte, was ich aber sonst nie tat. Am Morgen wachte ich in aller Frühe auf. Ich stürzte ins Bad, schminkte mich sorgfältig, legte nach kurzem Zögern das Armband mit den Perlen und den blauen Blättern an und erschien in der Küche, kaum dass meine Mutter aufgestanden war. Wieso bist du denn schon wach, fragte sie mich. Ich will nicht zu spät kommen, sagte ich, wir schreiben eine Klassenarbeit in Italienisch, und als sie mich so zapplig sah, ging sie, um meinen Vater anzutreiben.

Das Frühstück lief glatt, sie flachsten herum, als wäre ich gar nicht da und als könnten sie ungehindert über mich herziehen. Sie sagten, wenn ich nicht schliefe und es kaum erwarten könne, zur Schule zu kommen, sei ich garantiert verliebt, und mein Lächeln sagte weder ja noch nein. Dann verschwand mein Vater im Bad, und diesmal war ich es, die beeil dich schrie. Er trödelte nicht – das muss ich ihm lassen –, außer, dass er dann keine sauberen Socken fand oder Bücher vergaß, die er brauchte, weshalb er nochmals in sein Arbeitszimmer rannte. Kurz, ich weiß noch, dass es genau sieben Uhr zwanzig war, mein Vater stand mit seiner schweren Tasche am Ende des Flurs, ich hatte meiner Mutter gerade den obligatorischen Kuss gegeben, als mit einem heftigen Schrillen die Klingel ertönte.

Es war erstaunlich, dass jemand um diese Zeit klingelte. Meine Mutter hatte es eilig, sich im Bad einzuschließen, verzog gereizt das Gesicht und sagte zu mir: Mach du auf, sieh nach, wer da ist. Ich öffnete die Tür, und da stand Vittoria.

»Hallo«, sagte sie, »zum Glück bist du schon fertig, beweg dich, wir sind spät dran.«

Das Herz zerstach mir die Brust. Meine Mutter sah ihre Schwägerin im Türrahmen stehen und schrie – ja, es war wirklich ein Schrei: André, kommst du mal, deine Schwester ist hier. Er riss bei Vittorias Anblick überrascht die Augen auf und rief ungläubig: Was machst du denn hier? Ich fühlte mich schwach aus Angst vor dem, was im nächsten Augenblick, in der nächsten Minute passieren würde, mir brach der Schweiß aus, ich wusste nicht, was ich meiner Tante antworten sollte, wusste nicht, wie ich mich vor meinen Eltern rechtfertigen sollte, glaubte, sterben zu müssen. Aber in kurzer Zeit war alles vorbei und dies auf ebenso unerwartete wie klärende Weise.

Vittoria sagte im Dialekt:

»Ich wollte Giannina abholen, heute vor siebzehn Jahren habe ich Enzo kennengelernt.«

Mehr sagte sie nicht, als müssten meine Eltern die guten Gründe für ihr Erscheinen unverzüglich einsehen und mich ohne Einwände gehen lassen. Aber meine Mutter widersprach auf Italienisch:

»Giovanna muss in die Schule.«

Mein Vater fragte mich, ohne auf seine Frau oder seine Schwester zu achten, mit seiner eiskalten Stimme:

»Wusstest du davon?«

Ich stand mit gesenktem Kopf da und starrte auf den Boden, während er, ohne den Ton zu ändern, mit Nachdruck fragte:

»Wart ihr verabredet, willst du mit deiner Tante mitgehen?«

Meine Mutter sagte langsam:

»Was für eine Frage, André, natürlich will sie mitgehen, natürlich waren sie verabredet, sonst wäre deine Schwester ja wohl nicht hier.«

Da sagte er nur zu mir: Wenn das so ist, dann geh, und mit den Fingerspitzen bedeutete er seiner Schwester, Platz zu machen. Vittoria machte Platz – sie war eine Maske der Unerschütterlichkeit über dem gelben Farbtupfer ihres leichten Kleides –, und mein Vater verzichtete, mit einem demonstrativen Blick auf die Uhr, auf den Fahrstuhl und nahm die Treppe, ohne sich von irgendwem zu verabschieden, schon gar nicht von mir.

»Wann bringst du sie mir zurück«, fragte meine Mutter ihre Schwägerin.

»Wenn sie müde ist.«

Sie feilschten kühl um die Uhrzeit und einigten sich auf 13.30 Uhr. Vittoria streckte mir ihre Hand hin, ich ergriff sie, als wäre ich ein kleines Mädchen, sie war kalt. Sie hielt mich sehr fest, vielleicht fürchtete sie, ich könnte ihr weglaufen und wieder zurück in die Wohnung rennen. Mit der freien Hand drückte sie den Fahrstuhlknopf, vor den Augen meiner Mutter, die sich, reglos auf der Schwelle, nicht dazu durchringen konnte, die Tür zu schließen.

So ungefähr war es.

5

Diese zweite Begegnung beeinflusste mich noch mehr als die erste. Ich entdeckte, dass ich eine Leere in mir hatte, die jedes Gefühl in kürzester Zeit verschlingen konnte. Die Last der aufgedeckten Lüge, die Schande des Verrats, der ganze Schmerz über den Schmerz, den ich meinen Eltern sicherlich zugefügt hatte, dauerten nur bis zu dem Moment, da ich durch das Eisengitter und die Glasscheibe des Fahrstuhls sah, wie meine Mutter die Wohnungstür schloss. Sobald ich aber unten im Hausflur war und später in Vittorias Auto, neben ihr, die sich mit sichtlich zitternden Händen sofort eine Zigarette anzündete, passierte mir etwas, was mir noch sehr oft im Leben passieren sollte und was mich manchmal tröstete und manchmal entmutigte. Die Verbundenheit mit bekannten Orten, mit sicheren Zuneigungen wich der Neugier auf das, was ich erleben würde. Die Nähe dieser bedrohlichen, spannenden Frau nahm mich gefangen und ja, schon beobachtete ich jede ihrer Aktionen. Jetzt lenkte sie ein dreckiges, nach Zigarettenrauch stinkendes Auto, doch nicht mit der entschlossenen, energischen Fahrweise meines Vaters, auch nicht mit der gelassenen meiner Mutter, sondern entweder zerstreut oder zu ängstlich, mit Ruckeln, alarmierendem Quietschen, abrupten Bremsmanövern und holprigem Anfahren, so dass der Motor fast immer abgewürgt wurde und es Beschimpfungen von ungeduldigen Autofahrern hagelte, denen sie, mit der Zigarette zwischen den Fingern oder zwischen den Lippen, mit Unflätigkeiten antwortete, die ich aus dem Mund einer Frau noch nie gehört hatte. Kurz, meine Eltern landeten ohne Weiteres im Abseits, und der Kummer, den ich ihnen zugefügt hatte, indem ich mit ihrer Feindin gemeinsame Sache gemacht hatte, geriet in Vergessenheit. Nach wenigen Minuten hatte ich kein schlechtes Gewissen mehr und fragte mich auch nicht, wie ich ihnen am Nachmittag entgegentreten sollte, wenn wir alle drei wieder zu Hause in der Via San Giacomo dei Capri sein würden. Natürlich blieb eine bohrende Unruhe. Aber die Gewissheit, dass sie mich immer und unter allen Umständen lieben würden, die gefährliche Raserei des grünen Kleinwagens, die zunehmend fremde Stadt, durch die wir kamen, und Vittorias unbeherrschte Bemerkungen zwangen mich zu einer Aufmerksamkeit, zu einer Anspannung, die wie ein Betäubungsmittel wirkten.

Wir fuhren hinauf nach Doganella, parkten nach einem heftigen Streit mit einem illegalen Parkplatzwächter, der Geld wollte. Meine Tante kaufte rote Rosen und weiße Margeriten, beschwerte sich über den Preis, überlegte es sich anders, nachdem der Strauß fertig war, und nötigte die Verkäuferin, ihn wieder aufzubinden und zwei Sträuße daraus zu machen. Zu mir sagte sie: Ich bringe ihm den hier und du den hier, er wird sich freuen. Sie meinte natürlich ihren Enzo, von dem sie mir, wenn auch mit zahllosen Unterbrechungen, fortwährend erzählt hatte, seit wir ins Auto gestiegen waren, und dies mit einer Zärtlichkeit, die im Gegensatz zu der Bissigkeit stand, mit der sie der Stadt trotzte. Sie sprach auch noch von ihm, als wir zwischen Grabnischen und großen Grabmalen, alten und neuen, über schmale Wege und Treppen weitergingen, die ständig abwärts führten, als wären wir im Nobelviertel der Toten, müssten aber, um Enzos Grab zu finden, immer tiefer hinab. Mich beeindruckten die Stille, das Grau der vom Rost geäderten Grabnischen, der Geruch nach modriger Erde und dunkle, kreuzförmige Schlitze im Marmor, die aussahen, als hätte man Luftlöcher für die gelassen, die keine Luft zum Atmen mehr brauchten.

Ich war bis dahin noch nie auf einem Friedhof gewesen. Mein Vater und meine Mutter waren nie mit mir dorthin gegangen, und ich wusste auch nicht, ob sie je dort gewesen waren, auf jeden Fall nicht zu Allerseelen. Vittoria begriff es sofort und nutzte die Gelegenheit, um meinem Vater auch das anzukreiden. Er hat Angst, sagte sie, so war es schon immer, er hat Angst vor Krankheiten und vor dem Tod. Alle überheblichen Menschen, Giannì, alle, die sich für wer weiß was halten, tun so, als würde es den Tod nicht geben. Als deine Großmutter – Gott hab sie selig – starb, hat sich dein Vater nicht mal beim Begräbnis blicken lassen. Und genauso hat er es bei deinem Großvater gehalten, zwei Minuten und weg war er, weil er feige ist, er wollte sie nicht tot sehen, um nicht zu spüren, dass auch er mal sterben würde.

Ich versuchte, allerdings vorsichtig, einzuwenden, dass mein Vater sehr mutig sei, und griff zu seiner Verteidigung auf das zurück, was er mir einmal gesagt hatte, nämlich, dass die Toten wie Gegenstände seien, die kaputtgegangen sind, wie ein Fernseher, ein Radio, ein Mixer, und das Beste sei, sich an sie zu erinnern, wie sie waren, als sie noch funktionierten, denn das einzige akzeptable Grab sei die Erinnerung. Aber diese Antwort gefiel ihr nicht, und da sie mich nicht wie ein Kleinkind behandelte, bei dem man seine Worte abwägen muss, wies sie mich zurecht, sagte, ich wiederholte wie ein Papagei die Idiotien meines Vaters, auch deine Mutter macht das, und auch ich habe das als kleines Mädchen gemacht. Aber als sie Enzo kennengelernt habe, hätte sie meinen Vater aus ihrem Kopf gestrichen. Ge-stri-chen, skandierte sie und blieb endlich an einer Gräberwand stehen, wies nach unten auf eine Grabnische, zu der ein kleines, eingezäuntes Beet gehörte, ein brennendes Lämpchen in Form einer Flamme und zwei Porträts in ovalen Rahmen. Da wären wir, sagte sie, hier ist es, das links ist Enzo, das andere ist seine Mutter. Doch anstatt sich feierlich oder tieftraurig zu benehmen, wie ich es erwartet hätte, regte sie sich auf, weil ein paar Schritte weiter etwas Papier und vertrocknete Blumen herumlagen. Sie tat einen langen, unzufriedenen Atemzug, drückte mir ihre Blumen in die Hand, sagte: Warte hier, rühr dich nicht vom Fleck, an diesem beschissenen Ort läuft gar nichts, wenn man nicht stinksauer wird, und ließ mich stehen.

Ich stand mit den zwei Blumensträußen in der Hand da und starrte Enzo auf dem Schwarz-Weiß-Foto an. Ich fand nicht, dass er gut aussah, und das enttäuschte mich. Er hatte ein rundes Gesicht, lächelte mit weißen Wolfszähnen. Seine Nase war groß, die Augen sehr lebhaft, die Stirn ziemlich niedrig und von schwarzen Locken begrenzt. Bestimmt war er ein Trottel, dachte ich, bei mir zu Hause galt eine hohe Stirn – meine Mutter, mein Vater und ich hatten so eine – als untrügliches Zeichen für Intelligenz und edle Gefühle, während eine niedrige Stirn – sagte mein

Vater – den Schwachköpfen vorbehalten war. Aber – sagte ich mir – auch die Augen sind wichtig (das behauptete meine Mutter): Je mehr sie strahlen, umso wacher ist der Mensch, und Enzos Augen schleuderten fröhliche Blitze, was mich verwirrte, sein Blick stand in klarem Widerspruch zu seiner Stirn.

Inzwischen ertönte in der Stille des Friedhofs die laute Stimme Vittorias, die mit jemandem einen Kampf ausfocht, was mich beunruhigte, ich fürchtete, man könnte sie schlagen oder verhaften, und ich würde den Ausgang dieses Ortes allein nicht wiederfinden, wo alles gleich aussah, dazu Rascheln, kleine Vögel, verwelkte Blumen. Doch sie kam schon bald mit einem alten Mann zurück, der ihr kleinlaut einen Eisenstuhl mit gestreiftem Stoff aufklappte und sich sofort daranmachte, den Weg zu fegen. Sie überwachte ihn feindselig und fragte mich dabei:

»Wie findest du Enzo? Er sieht gut aus, sieht er nicht gut aus?«

»Ja«, log ich.

»Ja, sehr«, korrigierte sie mich. Als der Mann gegangen war, warf sie die alten Blumen aus den Vasen beiseite, kippte das faulige Wasser aus und befahl mir, neues Wasser von einem Brunnen zu holen, den ich gleich um die Ecke finden würde. Da ich Angst hatte, mich zu verlaufen, suchte ich nach Ausflüchten, aber sie wedelte mit der Hand, um mich wegzuschicken: Na los, geh schon.

Ich ging und fand den Brunnen, dessen Wasser nur schwach rieselte. Schaudernd stellte ich mir vor, dass Enzos Geist Vittoria durch die kreuzförmigen Schlitze zärtliche Worte zuraunte. Wie sehr gefiel mir dieses Band, das nie zerrissen war. Das Wasser zischte kurz und ließ seinen Strahl langsam in die Metallvasen rinnen. Dass Enzo hässlich war, je nun, ich fand diese Hässlichkeit plötzlich rührend, das Wort verlor sogar an Bedeutung, es löste sich im Plätschern des Wassers auf. Was wirklich zählte, war die Fähigkeit, Liebe zu wecken, auch wenn man hässlich war, auch wenn man schlecht war, auch wenn man dumm war. Ich spürte hier etwas Großes und hoffte, dass, egal was für ein Gesicht ich gerade bekam, auch mir diese Fähigkeit zuteilwerden könnte, wie sie sicherlich Enzo zuteilgeworden war, und Vittoria. Ich kehrte mit den zwei vollen Vasen und mit dem Wunsch zum Grab zurück, meine Tante möge weiter mit mir reden wie mit einer Erwachsenen und mir in ihrer schamlosen, halbdialektalen Sprache bis ins Kleinste von dieser vollkommenen Liebe erzählen.

Aber als ich um die Ecke bog, erschrak ich. Vittoria saß breitbeinig auf dem Klappstuhl, den der alte Mann ihr gebracht hatte, und war nach vorn gebeugt, das Gesicht in den Händen, die Ellbogen auf den Oberschenkeln. Sie redete, redete mit Enzo, das bildete ich mir nicht ein, ich hörte ihre Stimme, aber nicht, was sie sagte. Sie pflegte ihre Beziehung zu ihm allen Ernstes auch über den Tod hinaus, dieses Gespräch der beiden wühlte mich auf. Ich ging so langsam ich konnte, wobei ich fest auftrat, damit ich auf dem ungepflasterten Weg zu hören war. Doch sie schien mich erst zu bemerken, als ich wieder neben ihr stand. Da nahm sie ihre Hände vom Gesicht, die zuvor langsam über ihre Haut gefahren waren, mir schien das eine kummervolle Geste zu sein, die darauf abzielte, die Tränen wegzuwischen und mir zugleich ausdrücklich ihren Schmerz zu zeigen, ungeniert, ja sogar wie eine Zierde. Rote, glänzende Augen, feucht in den Augenwinkeln. Bei mir zu Hause war es Pflicht, seine Gefühle zu verbergen, es nicht zu tun galt als schlechte Erziehung. Sie dagegen war nach siebzehn Jahren – für mich eine Ewigkeit – noch immer verzweifelt, weinte am Grab, sprach zum Marmor, wandte sich an Knochen, die sie noch nicht einmal sah, an einen Mann, den es nicht mehr gab. Sie nahm nur eine der Vasen, sagte matt: Du stellst ihm deine Blumen hin und ich meine. Ich gehorchte, stellte meine Vase auf die Erde und wickelte die Blumen aus, während sie die Nase hochzog, ihre Blumen auspackte und brummte:

»Hast du deinem Vater gesagt, dass ich dir von Enzo erzählt habe? Und hat er dir von ihm erzählt? Hat er die Wahrheit gesagt? Hat er dir gesagt, dass er sich erst mit ihm angefreundet hat – er wollte alles über Enzo wissen, erzähl mal, hat er zu ihm gesagt – und ihn dann gequält hat, ihn mir zugrunde gerichtet hat? Hat er dir gesagt, wie wir uns wegen der Wohnung in die Haare geraten sind, der Wohnung unserer Eltern, dieser beschissenen Wohnung, in der ich jetzt lebe?«

Ich schüttelte den Kopf, und gern hätte ich ihr erklärt, dass ich mich nicht im Geringsten für ihre Streitereien interessierte, ich wollte nur, dass sie mir von der Liebe erzählte, ich kannte niemanden, der mit mir so darüber sprechen konnte wie sie. Aber Vittoria wollte vor allem über meinen Vater herziehen und verlangte, dass ich ihr zuhörte, sie wollte, dass ich genau verstand, warum sie sauer auf ihn war. So begann sie – sie auf dem Klappstuhl, während sie die Blumen drapierte, ich, die weniger als einen Meter entfernt auf dem Boden hockend das Gleiche tat – mit der Geschichte vom Streit um die Wohnung, das Einzige, das die Eltern ihren fünf Kindern hinterlassen hatten.

Es war eine lange Geschichte, und sie tat mir weh. Dein Vater – sagte sie – wollte nicht nachgeben. Er hat darauf bestanden: Die Wohnung gehört uns Geschwistern gemeinsam, es ist die Wohnung von Papà und Mamma, sie haben sie mit ihrem Geld gekauft, und nur ich habe ihnen geholfen, und um ihnen zu helfen, habe ich mein Geld dort reingesteckt. Ich habe ihm geantwortet: Das stimmt, André, aber ihr seid alle versorgt, habt irgendeine Arbeit, ich dagegen habe gar nichts, und unsere anderen Geschwister sind damit einverstanden, sie mir ganz zu überlassen. Aber er hat gesagt, die Wohnung muss verkauft und der Erlös unter uns fünf aufgeteilt werden. Wenn unsere anderen Geschwister auf ihren Anteil verzichten wollen, wunderbar, aber er will seinen haben. Dieser Streit hat sich monatelang hingezogen: dein Vater auf der einen Seite, ich und die anderen drei Geschwister auf der anderen. Weil sich keine Lösung fand, hat sich irgendwann Enzo eingeschaltet – sieh ihn dir an, dieses Gesicht, diese Augen, dieses Lächeln. In die Geschichte unserer großen Liebe war damals noch keiner eingeweiht, außer deinem Vater, der Enzos Freund war, mein Bruder und unser Ratgeber. Enzo hat mich in Schutz genommen, hat gesagt: André, deine Schwester kann dich nicht auszahlen, wo soll sie denn das Geld dafür hernehmen. Und dein Vater hat geantwortet: Du sei still, du Null, du kriegst nicht einen fehlerfreien Satz zustande, was gehen dich da meine Angelegenheiten und die meiner Schwester an. Enzo war tief gekränkt, er sagte: Na gut, lassen wir den Wert der Wohnung schätzen, ich zahle dir deinen Anteil. Aber dein Vater fing an zu fluchen, er schrie: Was willst du mir geben, du Arschloch, du bist ein kleiner Polizist, wo willst du denn das Geld herhaben, wenn du welches hast, heißt das, du bist ein Gauner, ein Gauner in Uniform. Und immer so weiter, verstehst du? Dein Vater hat sich sogar dazu verstiegen, zu sagen – hör jetzt gut zu, er wirkt wie ein feiner Mann, aber er ist ein

Bauer –, dass Enzo nicht nur mich fickt, sondern mit der Wohnung unserer Eltern auch uns ficken will. Da hat Enzo gesagt, wenn er so weitermacht, holt er seine Pistole raus und knallt ihn ab. Er hat *Ich knall dich ab* so überzeugend gesagt, dass dein Vater weiß vor Angst wurde, nichts mehr gesagt hat und abgehauen ist. Und jetzt, Giannì – meine Tante putzte sich die Nase, trocknete sich die Augen und verzog den Mund, um ihre Erschütterung und Wut zurückzuhalten –, pass auf, was dein Vater sich geleistet hat: Er ist sofort zu Enzos Frau gegangen und hat vor den drei Kindern gesagt: Margherì, dein Mann vögelt meine Schwester. Das hat er gemacht, diese Schuld hat er auf sich geladen, und er hat damit mir, Enzo, Margherita und den drei armen Kindchen, die noch klein waren, das Leben versaut.

Die Sonne war nun auf dem Beet angekommen, und die Blumen in den Vasen leuchteten noch mehr als das flammenförmige Lämpchen. Das Tageslicht ließ die Farben so hell erstrahlen, dass mir das Totenlicht sinnlos vorkam, es schien erloschen zu sein. Ich war traurig, traurig wegen Vittoria, wegen Enzo, wegen seiner Frau Margherita, wegen der drei kleinen Kinder. War es möglich, dass mein Vater sich so verhalten hatte? Ich konnte es nicht glauben, er hatte mir immer gesagt: Giovanna, es gibt nichts Schlimmeres als jemanden zu verpetzen. Aber Vittoria zufolge hatte er genau das getan, und selbst wenn er gute Gründe dafür gehabt haben sollte – dessen war ich mir sicher –, sah ihm das nicht ähnlich, nein, ausgeschlossen. Doch ich traute mich nicht, Vittoria das zu sagen, ich fand es sehr verletzend, am 17. Jahrestag ihrer großen Liebe zu behaupten, dass sie hier an Enzos Grab log. Also hielt ich den Mund, wenn auch bekümmert, weil ich meinen Vater schon wieder nicht verteidigte, und schaute sie unsicher an, während sie, wie um sich zu beruhigen, mit dem tränennassen Taschentuch die ovalen Scheiben putzte, die die Fotos schützten. Das Schweigen lastete auf mir, und ich fragte:

»Woran ist Enzo denn gestorben?«

»An einer schlimmen Krankheit.«

»Und wann?«

»Wenige Monate nachdem zwischen uns alles aus war.«

»Ist er vor Kummer gestorben?«

»Ja, vor Kummer. Dein Vater war die Ursache für unsere Trennung, er hat ihn krankgemacht. Er hat ihn umgebracht.«

Ich sagte:

»Und warum bist du nicht krank geworden und gestorben? Hattest du keinen Kummer?«

Sie sah mir in die Augen, so dass ich sofort den Blick senkte.

»Giannì, ich habe gelitten, ich leide immer noch. Aber der Kummer hat mich nicht getötet, erstens, damit ich nicht aufhöre, an Enzo zu denken; zweitens, weil ich seine Kinder und auch Margherita liebe, denn ich bin ein guter Mensch und habe mich verpflichtet gefühlt, ihr zu helfen, die drei Kindchen großzuziehen, ihnen zuliebe war und bin ich von morgens bis abends die Putzfrau in den vornehmen Häusern von halb Neapel; und drittens, weil ich voller Hass bin, voller Hass auf deinen Vater, einem Hass, der einen auch dann weiterleben lässt, wenn man das gar nicht mehr will.«

Ich ließ nicht locker:

»Und wie kommt es, dass Margherita sich nicht aufgeregt hat, als du ihr den Mann ausgespannt hast, sondern sich im Gegenteil hat helfen lassen, von dir, obwohl du ihn ihr weggenommen hast?«

Sie zündete sich eine Zigarette an, zog heftig daran. Während mein Vater und meine Mutter bei meinen Fragen mit keiner Wimper zuckten, sondern auswichen, wenn sie in Verlegenheit waren, und sich manchmal berieten, bevor sie mir antworteten, wurde Vittoria dagegen nervös, gebrauchte Schimpfwörter und zeigte ihre Unduldsamkeit, antwortete aber, klar und deutlich, wie kein Erwachsener es mir gegenüber je getan hatte. Siehst du, ich habe recht, sagte sie, du bist nicht dumm, eine kleine, intelligente Schlampe wie ich, aber ein ziemliches Miststück, du spielst die Brave, aber es macht dir Spaß, mit dem Messer in der Wunde zu bohren. Ihr den Mann wegnehmen, genau, du hast recht, das habe ich getan. Ich habe mir Enzo genommen, habe ihn Margherita und den Kindern weggenommen, und ich wäre lieber gestorben, als ihn zurückzugeben. Das ist schlimm, rief sie, aber wenn die Liebe stark ist, muss man so was manchmal machen. Du hast keine Wahl, erkennst, dass es ohne das Hässliche das Schöne nicht gibt, und handelst so, weil du nicht anders kannst. Und was Margherita betrifft, jawohl, sie hat sich aufgeregt, hat sich ihren Mann mit Gezeter und Schlägen zurückgeholt, aber als sie dann sah, dass es Enzo schlecht ging, wegen einer Krankheit, die nach wenigen Wochen voller wütender Szenen bei ihm ausgebrochen war, bedrückte sie das, und sie sagte: Los, geh wieder zu Vittoria, es tut mir leid, wenn ich gewusst hätte, dass du krank wirst, hätte ich dich früher zurückgeschickt zu ihr. Aber da war es schon zu spät, und so haben wir seine Krankheit gemeinsam durchgestanden, sie und ich, bis zur letzten Minute. Margherita ist ein toller Mensch, eine großartige, sensible Frau, ich will, dass du sie kennenlernst. Als sie gesehen hat, wie sehr ich ihren Mann liebte und wie sehr ich litt, hat sie gesagt: Also gut, wir haben denselben Mann geliebt, und ich verstehe dich, wie könnte man Enzo nicht lieben. Darum Schluss jetzt, diese Kinder habe ich mit Enzo gemacht, wenn du sie auch lieben willst, dann habe ich nichts dagegen. Verstehst du? Verstehst du, wie großzügig das ist? Dein Vater, deine Mutter und ihre Freunde, alle diese wichtigen Leute, haben die vielleicht so eine Größe, so eine Großzügigkeit?

Ich wusste nicht, was ich antworten sollte, flüsterte nur: »Ich habe dir den Jahrestag verdorben, das tut mir leid, ich hätte dich nicht fragen dürfen.«

»Du hast mir überhaupt nichts verdorben, im Gegenteil, du hast mir eine Freude gemacht. Ich habe von Enzo erzählt, und jedes Mal, wenn ich das tue, erinnere ich mich nicht nur an das Leid, sondern auch daran, wie glücklich wir waren.«

»Darüber will ich noch mehr wissen.«

»Über das Glück?«

»Ja.«

Ihre Augen blitzten auf.

»Weißt du, was sich zwischen Männern und Frauen abspielt?«

»Ja.«

»Du sagst ja, aber du hast keine Ahnung. Sie ficken. Kennst du dieses Wort?«

Ich zuckte zusammen.

»Ja.«

»Enzo und ich haben das insgesamt elf Mal gemacht. Dann ist er zu seiner Frau zurück, und ich habe es nie wieder gemacht, mit keinem. Enzo küsste mich und fasste mich an und leckte mich überall, und ich fasste ihn auch an und küsste ihn bis zu den Zehenspitzen und streichelte ihn und leckte und lutschte. Dann schob er mir seinen Schwanz tief rein und hielt meinen Arsch mit beiden Händen, eine hier und eine da, und er vögelte mich so heftig, dass ich schrie. Wenn du das in deinem Leben nicht wenigstens einmal so machst, wie ich es gemacht habe, mit der Leidenschaft und mit der Liebe, mit der ich es gemacht habe, und ich rede hier nicht von elf Mal, sondern von wenigstens einem Mal, dann ist dein Leben sinnlos. Sag das deinem Vater: Vittoria hat gesagt, wenn ich nicht ficke, wie sie mit Enzo gefickt hat, dann ist mein Leben sinnlos. Genauso musst du ihm das sagen. Er glaubt, er hat mir durch das, was er mir angetan hat, was weggenommen. Aber er hat mir gar nichts weggenommen, ich hatte alles, ich *habe* alles. Dein Vater ist derjenige, der nichts hat.«

Diese Worte sind mir nicht mehr aus dem Kopf gegangen. Sie kamen unerwartet, nie hätte ich gedacht, dass sie so etwas zu mir sagen könnte. Gewiss, sie behandelte mich wie eine Erwachsene, und ich war froh, dass sie von Anfang an darauf verzichtet hatte, den Ton anzuschlagen, in dem man mit einem dreizehnjährigen Mädchen spricht. Trotzdem waren ihre Sätze so überraschend, dass ich mir fast die Ohren zugehalten hätte. Ich tat es nicht, blieb reglos und konnte mich auch nicht ihrem Blick entziehen, der in meinem Gesicht nach der Wirkung ihrer Worte forschte. Kurz, es war körperlich – ja körperlich – überwältigend, dass sie auf diese Weise mit mir sprach, hier, auf dem Friedhof, vor Enzos Bild, ohne sich darum zu scheren, ob andere sie hören konnten. Was für eine Geschichte. Ja, so sprechen zu lernen, ohne die Konventionen meines Elternhauses. Bis dahin hatte sich mir gegenüber – unmittelbar mir gegenüber – noch niemand zu einer so dringlich körperlichen Lust bekannt, ich war fassungslos. Ich hatte eine Glut im Bauch gespürt, die viel stärker war als die Glut während des Tanzes mit Vittoria. Und sie ließ sich auch keineswegs mit der angenehmen Hitze gewisser Heimlichtuereien mit Angela vergleichen, mit dem Sehnen, das mir manche unserer Umarmungen in letzter Zeit verursachten, wenn wir uns bei ihr oder bei mir zu Hause zusammen im Bad einschlossen. Als ich Vittoria zuhörte, wünschte ich mir nicht nur das Vergnügen, das sie nach eigener Aussage empfunden hatte, sondern ich hatte auch den Eindruck, dass dieses Vergnügen unmöglich gewesen wäre, wenn ihm nicht sogleich der Schmerz, den sie noch immer spürte, und ihre unvergängliche Treue gefolgt wären. Da ich nichts sagte, warf sie mir unruhige Blicke zu, sie knurrte:

»Los, gehen wir, es ist schon spät. Aber vergiss diese Dinge nicht. Haben sie dir gefallen?«

»Ja.«

»Wusste ich's doch: Du und ich, wir sind vom gleichen Schlag.«

Sie stand munter auf, klappte den Stuhl zusammen und starrte einen Augenblick auf das Armband mit den blauen Blättern.

»Ich habe dir«, sagte sie, »ein viel schöneres geschenkt.«

6

Mich mit Vittoria zu treffen, wurde bald zu einer Gewohnheit. Meine Eltern machten mir zu meiner Überraschung – doch wenn man es recht bedenkt, eigentlich in völliger Übereinstimmung mit ihren Lebensentscheidungen und mit der Erziehung, die sie mir gegeben hatten – keine Vorwürfe. Sie vermieden Sätze wie: Du hättest uns Bescheid sagen müssen, dass du eine Verabredung mit Tante Vittoria hast. Vermieden Sätze wie: Du wolltest heimlich die Schule schwänzen, das ist erbärmlich, was für eine Dummheit. Vermieden Sätze wie: Die Stadt ist gefährlich, du kannst nicht einfach so herumlaufen, in deinem Alter kann dir alles mögliche passieren. Und vor allem vermieden sie Sätze wie: Schlag dir das aus dem Kopf, diese Frau hasst uns, das weißt du, du darfst sie nicht wiedersehen. Sie taten vielmehr das Gegenteil, besonders meine Mutter. Sie wollten wissen, ob der Vormittag interessant gewesen sei. Fragten mich, welchen Eindruck der Friedhof auf mich gemacht hätte. Lächelten amüsiert, als ich erzählte, wie schlecht Vittoria Auto fuhr. Sogar als mein Vater mich – fast wie nebenbei – fragte, worüber wir gesprochen hätten, und ich – fast unwillkürlich – den Streit um die vererbte Wohnung und Enzo erwähnte, wurde er nicht wütend, sondern antwortete knapp: Ja, wir haben uns gestritten, ich war mit ihren Entscheidungen nicht einverstanden, es war klar, dass dieser Enzo sich die Wohnung unserer Eltern unter den Nagel reißen wollte, unter seiner Uniform war er ein Verbrecher, er hat mich sogar mit der Pistole bedroht, also musste ich, um den Ruin meiner Schwester zu verhindern, alles seiner Frau erzählen. Meine Mutter fügte, was diesen Punkt betraf, nur hinzu, dass ihre Schwägerin trotz ihres miesen Charakters eine naive Frau sei, und anstatt sich über sie aufzuregen, müsse man sie bemitleiden, weil sie sich mit ihrer Naivität das Leben kaputtgemacht habe. Wie auch immer – sagte sie später unter vier Augen zu mir –, dein Vater und ich vertrauen dir und deinem gesunden Menschenverstand, enttäusche uns nicht. Und da ich ihr kurz zuvor gesagt hatte, dass ich gern die anderen von Vittoria erwähnten Onkel und Tanten kennenlernen wollte und vielleicht auch die Cousins und Cousinen, die wohl in meinem Alter waren, zog meine Mutter mich auf ihren Schoß, zeigte sich erfreut über meine Neugier und sagte schließlich: Wenn du Vittoria wiedersehen möchtest, nur zu, Hauptsache, du erzählst es uns.

Dann erörterten wir die Möglichkeit weiterer Treffen, und ich schlug sofort einen einsichtsvollen Ton an. Ich sagte, ich müsse lernen und die Schule zu schwänzen, sei ein Fehler gewesen, wenn ich meine Tante wirklich sehen wollte, würde ich es sonntags tun. Natürlich erwähnte ich niemals, wie Vittoria über ihre Liebe zu Enzo gesprochen hatte. Ich ahnte, dass meine Eltern sich furchtbar aufgeregt hätten, wenn ich auch nur einige dieser Wörter in den Mund genommen hätte.

So begann eine unbeschwertere Zeit. Zum Schuljahresende war es besser gelaufen, ich wurde mit einem Durchschnitt von sieben versetzt, die Ferien begannen. Wir fuhren im Juli wie immer gemeinsam mit Mariano, Costanza, Angela und Ida für zwei Wochen ans Meer nach Kalabrien. Und mit ihnen verbrachten wir auch die ersten zehn Augusttage in Villetta Barrea in den Abruzzen. Die Zeit verging wie im Flug, das neue Schuljahr fing an, ich kam in die unterste Gymnasialklasse, aber nicht in der Schule, an der mein Vater unterrichtete oder in der meiner Mutter, sondern in einem Gymnasium am Vomero. Meine Beziehung zu Vittoria beeinträchtigte das nicht, im Gegenteil. Schon vor den Sommerferien hatte ich damit begonnen, sie anzurufen, ich brauchte diesen groben Ton, es gefiel mir, von ihr wie eine Erwachsene behandelt zu werden.

Während unseres Urlaubs am Meer und in den Bergen brachte ich in einem fort das Gespräch auf sie, sobald Angela und Ida mit ihren reichen Verwandten und Großeltern prahlten. Und im September traf ich sie mit dem Einverständnis meiner Eltern mehrere Male.

Anfangs glaubte ich, durch mich habe es eine Annäherung zwischen den Geschwistern gegeben, ich gelangte sogar zu der Überzeugung, es sei meine Pflicht, für ihre Versöhnung zu sorgen. Aber dazu kam es nicht. Stattdessen gab es nun eisige Rituale. Meine Mutter fuhr mich zwar bis zum Haus ihrer Schwägerin, brachte sich aber etwas zum Lesen oder Korrigieren mit und wartete im Auto. Vittoria holte mich in San Giacomo dei Capri ab, klingelte aber nicht mehr plötzlich an unserer Tür, wie sie es beim ersten Mal getan hatte, sondern ich ging zu ihr runter auf die Straße. Meine Tante sagte nie: Frag deine Mutter, ob sie auf einen Kaffee raufkommen will. Mein Vater hütete sich wohlweislich vorzuschlagen: Bitte sie rauf, sie kann sich ja kurz setzen, wir reden ein bisschen, und dann fahrt ihr los. Ihr Hass aufeinander blieb unverändert, und schon bald verzichtete auch ich auf jeden Vermittlungsversuch. Stattdessen machte ich mir klar, dass mir dieser Hass nützte: Hätten sich mein Vater und seine Schwester versöhnt, wären meine Treffen mit Vittoria nichts Besonderes mehr gewesen, vielleicht wäre ich zur Nichte degradiert worden, und garantiert hätte ich meine Rolle als Freundin, Vertraute, Komplizin verloren. Manchmal spürte ich, dass ich, wenn sie aufgehört hätten, sich zu hassen, selbst dafür gesorgt hätte, dass sie wieder damit anfingen.

7

Einmal brachte mich meine Tante ohne jede Vorankündigung zu ihren anderen Geschwistern. Wir fuhren zu Onkel Nicola, der Eisenbahner war. Vittoria nannte ihn ihren großen Bruder, als wäre mein Vater, der der Älteste von ihnen war, nie geboren worden. Wir fuhren auch zu Tante Anna und zu Tante Rosetta, beides Hausfrauen. Anna war mit einem Drucker vom *Mattino* verheiratet, Rosetta mit einem Postangestellten. Es war eine Art Erkundung der Blutsverwandtschaft, Vittoria selbst sagte im Dialekt zu diesem Herumfahren: Komm, wir wollen dein Blut kennenlernen. Wir fuhren mit dem grünen Cinquecento durch Neapel, zunächst nach Cavone, wo Tante Anna wohnte, dann nach Campi Flegrei, wo Onkel Nicola wohnte, schließlich nach Pozzuoli, wo Tante Rosetta lebte.

Ich konnte mich kaum an diese Verwandten erinnern, vielleicht hatte ich auch ihre Namen nie gehört. Ich versuchte, das zu verheimlichen, aber Vittoria bemerkte es und fing sofort an, schlecht über meinen Vater zu reden, der mir die Zuneigung von Menschen vorenthalten habe, die zwar nicht studiert hätten und nicht redegewandt seien, aber ein großes Herz besäßen. Sie legte viel Wert auf das Herz, in ihren Gesten war es identisch mit ihrem großen Busen, auf den sie sich mit ihrer breiten Hand und den knotigen Fingern schlug. Bei diesen Besuchen begann sie auf mich einzureden: Sieh dir an, wie wir sind und wie dein Vater und deine Mutter sind, und dann erzählst du es mir. Sie beharrte sehr auf dem Hinschauen. Sagte, ich hätte Scheuklappen wie ein Pferd, ich würde zwar gucken, aber alles, was mich stören könnte, nicht sehen. Schau hin, schau genau hin, hämmerte sie mir ein.

Tatsächlich ließ ich mir nichts entgehen. Diese Menschen und ihre Kinder, wenig älter als ich oder genauso alt, waren etwas angenehm Neues für mich. Vittoria bugsierte mich ohne Vorankündigung in ihre Wohnungen, und doch empfingen mich Onkel, Tanten, Nichten und Neffen mit großer Vertrautheit, als würden sie mich gut kennen und als hätten sie im Lauf der Jahre nichts anderes getan, als auf diesen meinen Besuch zu warten. Die Wohnungen waren klein, grau, mit Dingen eingerichtet, die man mir beigebracht hatte, als unkultiviert, wenn nicht gar als geschmacklos zu bewerten. Keine Bücher, nur bei Tante Anna entdeckte ich ein paar Krimis. Alle sprachen in einem herzlichen, mit Italienisch vermischten Dialekt mit mir, und ich bemühte mich, es ihnen gleichzutun oder ließ zumindest in meinem hyperkorrekten Italienisch etwas Platz für einen leicht neapolitanischen Einschlag. Niemand erwähnte meinen Vater, niemand fragte, wie es ihm gehe, niemand trug mir Grüße für ihn auf, alles deutliche Zeichen von Feindseligkeit, aber sie versuchten auf jede erdenkliche Art, mir zu zeigen, dass sie nicht auf mich sauer waren. Sie nannten mich Giannina, wie auch Vittoria es tat und wie meine Eltern mich nie nannten. Ich liebte sie alle, noch nie war ich so offen für Zuneigung gewesen wie an diesem Tag. Und ich war so unbefangen und unterhaltsam, dass mir der Gedanke kam, dieser Name – Giannina –, den mir Vittoria gegeben hatte, habe in meinem Körper auf wundersame Weise eine andere Person zum Leben erweckt, eine sympathischere oder jedenfalls eine, die sich von der Giovanna unterschied, mit der ich bei meinen Eltern, bei Angela, bei Ida, bei meinen Schulkameraden bekannt war. Dies waren glückliche Momente für mich und, ich glaube, auch für Vittoria, die, anstatt die aggressiven Seiten ihres Wesens hervorzukehren, bei diesen Besuchen gutmütig war. Vor allem fiel mir auf, dass Brüder, Schwestern, Schwäger, Nichten und Neffen sie zärtlich behandelten, wie man es mit einem unglücklichen Menschen tut, den man sehr liebhat. Besonders Onkel Nicola überhäufte sie mit Liebenswürdigkeiten, erinnerte sich daran, wie gern sie Erdbeereis aß, und schickte, als er erfuhr, dass auch ich es gern aß, eines der Kinder los, um für alle welches zu kaufen. Als wir uns verabschiedeten, küsste er mich auf die Stirn und sagte:

»Zum Glück schlägst du überhaupt nicht nach deinem Vater.«

Unterdessen lernte ich immer besser, meine Erlebnisse vor meinen Eltern zu verbergen. Oder vielmehr perfektionierte ich meine Art zu lügen, indem ich die Wahrheit sagte. Natürlich tat ich das nicht leichten Herzens, es bedrückte mich. Wenn ich zu Hause war und sie mit dem gewohnten Schritt, den ich liebte, durch die Zimmer gehen hörte, wenn wir gemeinsam frühstückten, zu Mittag oder zu Abend aßen, überwog meine Liebe zu ihnen, und ich war stets kurz davor zu schreien: Papà, Mamma, ihr habt recht, Vittoria kann euch nicht ausstehen, sie ist rachsüchtig, will mich euch wegnehmen, um euch wehzutun, haltet mich davon ab, verbietet mir, mich mit ihr zu treffen. Aber sobald sie mit ihren hyperkorrekten Sätzen anfingen, mit ihrem beherrschten Ton, als würde jedes Wort eigentlich andere, wahrhaftigere Worte verbergen, rief ich heimlich Vittoria an und verabredete mich mit ihr.

Die Einzige, die mich behutsam über das ausfragte, was ich erlebte, war nur noch meine Mutter.

»Wo seid ihr gewesen?«

»Zu Hause bei Onkel Nicola, er lässt euch grüßen.«

»Wie fandest du ihn?«
»Ein bisschen dämlich.«
»So spricht man nicht von seinem Onkel.«
»Er lacht immer ohne Grund.«
»Ja, ich erinnere mich, das tut er.«
»Er hat nicht die geringste Ähnlichkeit mit Papà.«
»Das stimmt.«

Schon bald wurde ich zu einem anderen wichtigen Besuch mitgeschleppt. Meine Tante brachte mich – wieder ohne Vorankündigung – zu Margherita, die nicht weit entfernt von Vittoria wohnte. Diese ganze Gegend ließ die Ängste meiner Kindheit wiederaufleben. Mich beunruhigten der abgebröckelte Putz an den Mauern, die niedrigen, wie leer wirkenden Häuser, die graublauen und gelblichen Farbtöne, die wilden Hunde, die dem Cinquecento eine Weile bellend folgten, der Geruch nach Gas. Vittoria stellte das Auto ab, steuerte auf einen großen Hof inmitten von blassblauen Wohnblocks zu, trat in einen Hauseingang, und erst an der Treppe drehte sie sich zu mir um und sagte: Hier wohnt Enzos Frau mit den Kindern.

Wir kamen in den dritten Stock, doch anstatt zu klingeln – das war die erste Überraschung –, öffnete Vittoria die Tür mit einem eigenen Schlüssel. Sie sagte laut: Wir sind's, und sofort ertönte ein begeisterter Schrei im Dialekt – *uh, da freu ich mich aber* –, der das Erscheinen einer kleinen, runden Frau ankündigte, ganz in Schwarz, mit einem schönen Gesicht, in dem wie in einem Kreis rosigen Fettes die blauen Augen versunken waren. Sie bot uns einen Platz in der dunklen Küche an und stellte mir ihre Kinder vor, zwei Jungen um die zwanzig, Tonino und Corrado, und ein Mädchen, Giuliana, die achtzehn sein mochte. Sie war schlank, bildschön, brünett, mit stark geschminkten Augen, ihre Mutter musste in jungen Jahren genauso ausgesehen haben. Auch Tonino, der Älteste, sah sehr gut aus, er strahlte Kraft aus, schien aber schüchtern zu sein, schon als er mir die Hand gab, wurde er rot, und er sprach so gut wie kein Wort mit mir. Corrado dagegen, der einzige Redselige, hatte große Ähnlichkeit mit dem Mann von dem Foto auf dem Friedhof: das gleiche lockige Haar, die gleiche niedrige Stirn, die gleichen lebhaften Augen, das gleiche Lächeln. Als ich an der Küchenwand ein Foto von Enzo entdeckte, in Polizeiuniform und mit der Pistole an der Seite, ein viel größeres Foto als das auf dem Friedhof – es steckte in einem pompösen Rahmen mit einem brennenden, roten Grablicht davor –, und mir auffiel, dass er einen langen Oberkörper und kurze Beine gehabt hatte, kam mir sein Sohn vor wie sein lebendiger Wiedergänger. Er sagte mir auf eine gelassene, gewinnende Art im Spaß alles mögliche, es war ein Schwall ironischer Komplimente, und ich amüsierte mich, freute mich, dass er mir seine Aufmerksamkeit widmete. Aber Margherita fand ihn rüpelhaft, brummte mehrmals: Currà, benimm dich, lass die Kleine in Ruhe, und befahl ihm im Dialekt, aufzuhören. Corrado verstummte und sah mich mit glühenden Augen an, während seine Mutter mich mit Süßigkeiten vollstopfte, die schöne Giuliana mit den üppigen Formen und den grellen Farben sich mit hoher Stimme bei mir einschmeichelte und Tonino mich mit stummen Liebenswürdigkeiten überhäufte.

Sowohl Margherita als auch Vittoria warfen häufig einen Blick auf den Mann im Bilderrahmen. Ebenso oft brachten sie das Gespräch auf ihn, in Halbsätzen wie: Du, darüber hätte sich Enzo amüsiert, du, das hätte ihn aufgeregt, du, das hätte ihm gefallen. Wahrscheinlich benahmen sie sich seit fast zwanzig Jahren so, ein Frauenpaar, das sich an denselben Mann erinnerte. Ich betrachtete sie, musterte sie. Stellte mir Margherita in jungen Jahren vor, mit Giulianas Aussehen, und Enzo mit dem von Corrado, und Vittoria mit meinem Gesicht, und meinen Vater – auch meinen Vater – wie auf dem Foto aus der Blechschachtel, dem, in dessen Hintergrund REI zu lesen war. Bestimmt hatte es in jenen Straßen eine Konditorei, eine Metzgerei, eine Schneiderei gegeben, wer weiß, und sie waren dort ein und aus gegangen und hatten sich sogar fotografiert, vielleicht bevor die junge, raubgierige Vittoria der bildschönen, zarten Margherita den Ehemann mit den Wolfszähnen weggenommen hatte oder vielleicht auch später, während ihres heimlichen Verhältnisses, und nie mehr danach, als mein Vater gepetzt hatte und es nur noch Schmerz und Wut gegeben hatte. Aber das Leben war weitergegangen. Jetzt hatten meine Tante und Margherita beide einen ruhigen, besänftigten Ton, und doch wurde ich den Gedanken nicht los, dass der Mann auf dem Foto Margheritas Hintern auf genau die gleiche Weise gepackt haben musste wie den meiner Tante, als sie ihn ihr ausgespannt hatte, mit der gleichen geübten Kraft. Dieser Gedanke ließ mich erröten, so dass Corrado sagte: Du denkst wohl gerade an was Schönes, und ich fast schon kreischte: nein, diese Bilder aber nicht mehr aus dem Kopf bekam und mir weiter vorstellte, dass sich die zwei Frauen hier, in dieser dunklen Küche, wer weiß wie oft in allen Einzelheiten von den Taten und Worten des Mannes erzählt hatten, den sie sich geteilt hatten, und dass es zunächst schwer für sie gewesen sein musste, bevor sie zwischen guten und schlechten Gefühlen zu einem Gleichgewicht gefunden hatten.

Auch sich die Kinder zu teilen, dürfte alles andere als ungetrübt vonstattengegangen sein. Wahrscheinlich war das noch jetzt so. Mir fielen nämlich schnell wenigstens drei Dinge auf: Erstens, Corrado war Vittorias Liebling, und die anderen beiden ärgerten sich darüber; zweitens, Margherita ordnete sich meiner Tante unter, sie beobachtete sie beim Sprechen genau, um zu sehen, ob sie ihr zustimmte, und falls nicht, nahm sie sofort zurück, was sie gesagt hatte; drittens, alle drei Kinder liebten ihre Mutter, manchmal schienen sie sie vor Vittoria zu beschützen, und doch brachten sie meiner Tante eine ängstliche Ergebenheit entgegen, respektierten sie wie eine Schutzgöttin, die über ihre Leben wachte, und fürchteten sie. Die Natur ihrer Beziehung wurde mir vollends klar, als sich irgendwie herausstellte, dass Tonino einen Freund hatte, einen gewissen Roberto, der dort in Pascone aufgewachsen und im Alter von etwa fünfzehn Jahren mit seiner Familie nach Mailand gezogen war, der nun aber am Abend kommen würde und von Tonino eingeladen worden war, bei ihnen zu übernachten. Das regte Margherita auf:

»Was fällt dir ein, wo soll er denn schlafen?«

»Ich konnte es ihm nicht abschlagen.«

»Warum denn nicht? Bist du ihm was schuldig? Was für einen Gefallen hat er dir getan?«

»Gar keinen.«

»Was dann?«

Sie stritten sich eine Weile. Giuliana schlug sich auf Toninos Seite, Corrado auf die seiner Mutter. Sie alle, begriff ich, kannten diesen Jungen schon lange, er und Tonino waren zusammen zur Schule gegangen, Giuliana betonte leidenschaftlich, was für ein guter Mensch er sei, bescheiden und sehr intelligent. Nur Corrado konnte ihn nicht ausstehen. Er wandte sich an mich und korrigierte seine Schwester:

»Glaub das bloß nicht, der geht einem auf die Eier.«

»Pass auf, was du sagst, wenn du über ihn sprichst«, begehrte Giuliana wütend auf, während Tonino aggressiv zu ihm sagte:

»Immer noch besser als deine Freunde.«

»Meine Freunde reißen ihm den Arsch auf, wenn er noch mal so was loslässt wie neulich«, erwiderte Corrado.

Einen Moment lang herrschte Schweigen. Margherita, Tonino, Giuliana schauten zu Vittoria, und Corrado unterbrach sich wie jemand, der seine Worte gern zurückgenommen hätte. Meine Tante ließ sich noch einen Augenblick Zeit, dann schaltete sie sich mit einem Ton ein, den ich noch nicht an ihr kannte, drohend und zugleich leidend, als hätte sie Magenschmerzen:

»Wer sind denn deine Freunde, lass hören.«

»Niemand«, sagte Corrado mit einem nervösen Lachen.

»Redest du vom Sohn des Rechtsanwalts Sargente?«

»Nein.«

»Redest du von Rosario Sargente?«

»Ich hab gesagt, dass ich von niemandem rede.«

»Currà, du weißt, dass ich dir alle Knochen breche, wenn du zu diesem ›Niemand‹ auch bloß guten Tag sagst.«

Es entstand eine so große Spannung, dass Margherita, Tonino und Giuliana drauf und dran schienen, den Konflikt mit Corrado herunterzuspielen, nur um ihn vor dem Zorn meiner Tante zu schützen. Aber Corrado steckte nicht zurück, er zog weiter über Roberto her.

»Jedenfalls ist der nach Mailand abgehauen und hat kein Recht, uns vorzuschreiben, wie wir uns hier zu verhalten haben.«

Da regte sich Giuliana erneut auf, weil ihr Bruder nicht einlenkte und so auch meine Tante brüskierte:

»Du bist derjenige, der hier den Mund halten muss, ich würde immer auf Roberto hören.«

»Weil du bescheuert bist.«

»Jetzt reicht's aber, Currà«, wies ihn seine Mutter zurecht. »Roberto ist ein Goldjunge. Aber, Tonì, warum muss er ausgerechnet hier schlafen?«

»Weil ich ihn eingeladen habe«, sagte Tonino.

»Na und? Du sagst ihm, dass du dich geirrt hast, die Wohnung ist zu klein, wir haben keinen Platz.«

»Und sag ihm auch«, schaltete sich Corrado wieder ein, »er soll sich hier im ganzen Viertel lieber nicht blicken lassen, das ist besser für ihn.«

Nun wandten sich Tonino und Giuliana aufgebracht an Vittoria, als wäre es ihre Aufgabe, die Sache auf die eine oder die andere Art zu regeln. Mich verstörte, dass sich auch Margherita zu ihr drehte, als wollte sie sagen: Vittò, was soll ich bloß machen? Vittoria sagte leise: Eure Mutter hat recht, hier ist kein Platz, am besten wird es sein, wenn Corrado bei mir schläft. Wenige Worte nur, Margheritas, Toninos und Giulianas Augen leuchteten dankbar auf. Corrado dagegen schnaufte, er wollte noch etwas gegen den Gast einwenden, doch meine Tante zischte: Sei still. Er hob andeutungsweise die Hände, wie um sich, allerdings widerwillig, zu ergeben. Dann trat er hinter Vittoria, als hätte er begriffen, dass er ihr eine deutlichere Geste der Unterwerfung schuldete, und küsste sie mehrmals geräuschvoll auf Hals und Wange. Sie saß am Küchentisch, spielte die Gelangweilte, sagte im Dialekt: Du lieber Gott, Currà, was bist du anhänglich. Waren irgendwie auch diese drei Jugendlichen von ihrem Blut und somit von meinem? Tonino, Giuliana und Corrado gefielen mir, auch Margherita gefiel mir. Wie schade, die zuletzt Gekommene zu sein, nicht die Sprache zu haben, die sie hatten, kein wirklich inniges Verhältnis zu ihnen zu haben.

8

Als hätte Vittoria mein Gefühl des Fremdseins bemerkt, schien sie mir manchmal helfen zu wollen, es zu überwinden, verstärkte es manchmal aber auch absichtlich. Meine Güte, rief sie aus, sieh dir das an, wir haben die gleichen Hände, und sie hielt ihre Hände neben meine, Daumen stieß an Daumen, und diese Berührung wühlte mich auf, am liebsten hätte ich sie fest umarmt oder mich neben sie gelegt, den Kopf auf ihrer Schulter, und ihren Atem gehört, ihre grobe Stimme. Aber viel öfter wies sie mich zurecht, sobald ich etwas sagte, was sie für falsch hielt, sie rief: Der Apfel fällt nicht weit vom Stamm. Oder sie zog mich damit auf, wie meine Mutter mich kleidete: Du bist doch schon groß, merkst du nicht, was du für Brüste hast, du kannst doch nicht wie ein Püppchen angezogen aus dem Haus gehen, du musst dich wehren, Giannì, die verderben dich. Schließlich fing sie wieder mit ihrer Litanei an: Sieh sie dir an, deine Eltern, sieh sie dir genau an, lass dir nichts vormachen.

Das war ihr sehr wichtig, und jedes Mal, wenn wir uns trafen, bestand sie darauf, dass ich ihr erzählte, wie sie ihre Tage verbrachten. Aber da ich mich auf allgemeine Informationen beschränkte, wurde sie schnell ärgerlich, machte sich boshaft über mich lustig oder lachte lauthals mit ihrem großen, weit aufgerissenen Mund. Sie regte sich auf, weil ich ihr nur erzählte, dass mein Vater viel arbeite, sehr geachtet sei und in einer bekannten Zeitschrift ein Artikel von ihm veröffentlicht worden sei, dass meine Mutter ihn wegen seines guten Aussehens und seiner Intelligenz vergöttere und dass beide einfach toll seien, meine Mutter korrigiere und bearbeite Liebesgeschichten, die extra für Frauen geschrieben seien, sie wisse alles und sei sehr freundlich. Du hast sie lieb, sagte Vittoria finster vor Missgunst, weil sie deine Eltern sind, aber wenn du nicht erkennen kannst, dass sie Arschlöcher sind, wirst du genauso ein Arschloch wie sie, und dann will ich dich nie wiedersehen.

Um sie zufriedenzustellen, sagte ich ihr einmal, dass mein Vater viele Stimmen habe und er sie der jeweiligen Situation anpasse. Er habe eine liebevolle Stimme, eine herrische und eine eisige, sie alle in schönstem Italienisch, doch er habe auch eine Stimme der Verachtung, ebenfalls auf Italienisch, aber manchmal auch im Dialekt, und er setze sie bei allen ein, über die er sich ärgere, besonders bei betrügerischen Händlern, bei unfähigen Autofahrern, bei Leuten ohne Manieren. Von meiner Mutter erzählte ich ihr, dass sie ein wenig unter der Fuchtel ihrer Freundin Costanza stehe und sich manchmal über deren Ehemann, Mariano, aufrege, einen brüderlichen Freund meines Vaters, der gemeine Witze mache. Aber auch diese mehr ins Detail gehenden, vertraulichen Mitteilungen gefielen Vittoria nicht, sie sagte sogar, sie seien nur Geschwätz. An Mariano, so fand ich heraus, erinnerte sie sich noch, sie bezeichnete ihn als einen Idioten, von wegen brüderlicher Freund. Dieses Adjektiv regte sie auf. Andrea weiß nicht, sagte sie sehr schroff, was das Wort brüderlich bedeutet. Ich erinnere mich noch, dass wir bei ihr in der Küche saßen und es draußen, auf der trostlosen Straße, regnete. Vermutlich zog ich ein trauriges Gesicht, Tränen traten mir in die Augen, und zu meinem Erstaunen, zu meiner Freude, rührte sie das, wie es noch nie vorgekommen war. Sie lächelte mich an, drückte mich an sich, zog mich auf ihren Schoß, gab mir einen kräftigen Kuss auf die Wange und biss sanft hinein. Dann flüsterte sie im Dialekt: Entschuldige, ich bin nicht auf dich sauer, sondern auf deinen Vater. Schließlich schob sie ihre Hand unter meinen Rock und tätschelte mich zwischen Oberschenkel und Pobacke. Wieder raunte sie mir ins Ohr: Sieh sie dir genau an, deine Eltern, sonst bist du nicht zu retten.

9

Diese plötzlichen Liebesausbrüche aus einem fast immer unzufriedenen Tonfall heraus wurden häufiger und machten mir Vittoria zunehmend unentbehrlich. Die Zeit zwischen unseren Begegnungen verging unerträglich langsam, und in den Phasen, in denen ich sie nicht sah und nicht anrufen konnte, hatte ich das Bedürfnis, über sie zu sprechen. Daher vertraute ich mich immer öfter Angela und Ida an, nachdem ich ihnen Schwüre größter Verschwiegenheit abverlangt hatte. Sie waren die Einzigen, vor denen ich mit meiner Beziehung zu meiner Tante angeben konnte, aber anfangs hörten sie mir kaum zu und wollten mir sofort Geschichtchen und Anekdoten von ihren eigenartigen Verwandten erzählen. Sie mussten allerdings bald aufgeben, die Verwandten, von denen sie berichteten, waren nicht annähernd vergleichbar mit Vittoria, die – wie ich sie darstellte – völlig jenseits ihrer Erfahrung lag. Ihre Tanten und Cousinen und Großmütter waren wohlhabende Damen vom Vomero, aus Posillipo, aus der Via Manzoni, aus der Via Tasso. Ich dagegen versetzte die Schwester meines Vaters phantasievoll in eine Gegend von Friedhöfen, von Fiumare, von wilden Hunden, von lodernden Gasflammen, von verwahrlosten Rohbauten, und ich sagte: Sie hatte nur eine einzige, unglückliche Liebe, er ist vor Kummer gestorben, aber sie wird ihn für immer lieben.

Einmal vertraute ich ihnen mit sehr leiser Stimme an: Wenn Tante Vittoria darüber spricht, wie sie sich geliebt haben, sagt sie »ficken«, sie hat mir erzählt, wie und wie oft Enzo und sie gefickt haben. Angela beeindruckte vor allem der erste Punkt, sie fragte mich lange aus, und womöglich übertrieb ich in meinen Antworten, ich ließ Vittoria Dinge sagen, die mir selbst seit einer Weile durch den Kopf spukten. Aber ich hatte kein schlechtes Gewissen, der Kern war genau der, meine Tante hatte mir genau so davon erzählt. Ihr wisst ja nicht – sagte ich gerührt –, wie schön die Freundschaft zwischen ihr und mir ist, wir sind uns sehr nah, sie umarmt mich, küsst mich, sagt mir oft, dass wir gleich sind. Natürlich verschwieg ich die Konflikte, die sie mit meinem Vater gehabt hatte, die Streitereien um das Erbe einer Bruchbude, den Verrat, der daraus folgte, diese Dinge kamen mir ziemlich würdelos vor. Stattdessen erzählte ich, wie Margherita und Vittoria nach Enzos Tod im Geist einer bewundernswerten Zusammenarbeit gelebt und sich um die Kinder gekümmert hatten, ganz als hätten sie sie abwechselnd zur Welt gebracht, ein bisschen die eine und ein bisschen die andere. Dieses Bild, muss ich gestehen, kam mir zufällig in den Sinn, aber ich schmückte es in den nachfolgenden Erzählungen weiter aus, bis ich selbst glaubte, dass Tonino, Giuliana und Corrado wie durch ein Wunder von beiden gemacht worden waren. Besonders wenn ich mit Ida sprach, fehlte nicht viel und ich hätte, beinahe unbewusst, den zwei Frauen die Fähigkeit verliehen, durch nächtliche Himmel zu fliegen oder Zaubertränke aus Wunderkräutern zu brauen, die sie im Wald von Capodimonte gesammelt hatten. Jedenfalls sagte ich ihr, dass Vittoria auf dem Friedhof immer mit Enzo sprach und er ihr Ratschläge gab.

»Unterhalten sie sich so wie du und ich jetzt?«, fragte Ida.

»Ja.«

»Also ist er derjenige, der wollte, dass auch deine Tante die Mutter seiner Kinder ist.«

»Ganz bestimmt. Er war Polizist, er konnte tun, was er wollte, er hatte auch eine Pistole.«

»Das heißt, so als würden meine Mutter und deine Mutter die Mütter von uns dreien sein?«

»Genau.«

Ida war sehr aufgeregt, doch auch Angela fing Feuer. Je öfter ich diese Erzählungen wiederholte, abwandelte und ausschmückte, umso lebhafter riefen sie: Ist das schön, das ist ja zum Weinen. Ihr Interesse war allerdings besonders groß, wenn ich darüber sprach, wie amüsant Corrado war, wie schön Giuliana und wie bezaubernd Tonino. Ich staunte selbst über die Wärme, mit der ich Letzteren beschrieb. Auch für mich war es eine Entdeckung, dass er mir gefallen hatte, anfangs hatte er keinen großen Eindruck auf mich gemacht, er schien mir sogar der unscheinbarste der drei Geschwister zu sein. Aber ich sprach so oft von ihm, erfand ihn so gut, dass ich, als Ida, die Romanexpertin, zu mir sagte: du hast dich verliebt, zugab – vor allem, um zu sehen, wie Angela reagieren würde –, dass es so war, ich liebte ihn.

So kam es, dass meine Freundinnen ständig neue Details über Vittoria und über Tonino, Corrado, Giuliana und ihre Mutter wissen wollten und ich mich nicht lange bitten ließ. Eine Weile ging alles glatt. Dann fingen sie an, mich zu fragen, ob sie nicht wenigstens Tante Vittoria und Tonino kennenlernen könnten. Ich sagte sofort nein, das war meine Privatsache, meine Phantasiegeschichte, mit der es mir gutging, solange sie andauerte, ich hatte übertrieben, und die Wirklichkeit hätte eine schlechte Figur gemacht. Außerdem ahnte ich, dass das Wohlbefinden meiner Eltern nur gespielt war, ich musste mich schon sehr anstrengen, um alles im Lot zu halten. Ein falscher Schritt hätte genügt – Mamma, Papà, kann ich Angela und Ida mitnehmen zu Tante Vittoria –, und es hätte Ärger bei uns gegeben. Aber Angela und Ida waren neugierig, sie ließen nicht locker. Den Herbst verbrachte ich orientierungslos, unter Druck gesetzt von meinen Freundinnen und auch von Vittoria. Die einen wollten nachprüfen, ob die Welt, der ich mich gerade zuwandte, wirklich spannender war als die, in der wir lebten, und die andere schien kurz davor zu sein, mich aus jener Welt zu verbannen, falls ich nicht zugab, dass ich auf ihrer Seite stand. Und so fühlte ich mich nunmehr farblos in meiner Familie, farblos bei Vittoria und ohne ein ehrliches Gesicht bei meinen Freundinnen. In dieser Stimmung begann ich, fast ohne mir dessen bewusst zu sein, allen Ernstes meinen Eltern nachzuspionieren.

10

Alles, was ich über meinen Vater herausbekam, war seine ungeahnte Liebe zum Geld. Ich hörte mehrmals mit an, wie er meine Mutter leise, aber eindringlich bezichtigte, unnötig viel Geld auszugeben. Ansonsten war sein Leben wie immer: vormittags Schule, nachmittags Studien, abends Versammlungen entweder bei uns oder bei anderen zu Hause. Was meine Mutter anging, so hörte ich sie beim Thema Geld oft und stets leise widersprechen: Dieses Geld verdiene ich selbst, etwas davon werde ich ja wohl für mich ausgeben dürfen. Neu war allerdings, dass sie, die sich über die Versammlungen meines Vaters immer ein wenig lustig gemacht hatte und sie, um besonders Mariano zu verspotten, »Komplotte zur Rettung der Welt« genannt hatte, eines Tages begann daran teilzunehmen. Das tat sie nicht nur, wenn sie bei uns zu Hause stattfanden, sondern zum deutlich gezeigten Verdruss meines Vaters auch dann, wenn sie anderswo abgehalten wurden, so dass ich die Abende häufig am Telefon mit Angela oder mit Vittoria verbrachte.

Von Angela erfuhr ich, dass Costanza nicht die gleiche Neugier wie meine Mutter für die Versammlungen aufbrachte und sie selbst dann, wenn sie bei ihr zu Hause stattfanden, lieber ausging oder allenfalls fernsah oder las. Ich berichtete wiederum Vittoria – wenn auch mit einiger Unsicherheit – sowohl von den Geldstreitereien als auch vom plötzlichen Interesse meiner Mutter an den abendlichen Beschäftigungen meines Vaters. Überraschenderweise lobte sie mich:

»Merkst du endlich, wie sehr dein Vater am Geld hängt.«
»Ja.«
»Wegen Geld hat er mein Leben ruiniert.«

Ich erwiderte nichts, ich war schon froh, zu guter Letzt eine Information präsentieren zu können, die sie zufriedenstellte. Sie fragte drängend:
»Was kauft sich denn deine Mutter so?«
»Kleider, Slips. Und viel Cremes.«
»So eine Schlampe«, rief sie zufrieden.
Ich begriff, dass Vittoria genau so etwas hören wollte. Nicht nur als Bestätigung dafür, dass sie im Recht war und mein Vater und meine Mutter im Unrecht, sondern auch als Zeichen dafür, dass ich lernte, hinter die Fassade zu schauen und zu verstehen.

Dass sie sich mit Petzereien dieser Art begnügte, machte mir alles in allem Mut. Ich wollte nicht aufhören, Tochter zu sein, wie sie es offenbar verlangte, die Bindung zu meinen Eltern war stark, und ich schloss aus, dass das Interesse meines Vaters am Geld oder die kleinen Verschwendungen meiner Mutter meine Liebe zu ihnen schmälern könnten. Die Gefahr bestand vielmehr darin, dass ich, nur um Vittoria eine Freude zu machen und unser Vertrauensverhältnis zu festigen, nahezu unbeabsichtigt anfing, mir Sachen auszudenken, weil ich so gut wie nichts zu erzählen hatte. Aber zum Glück waren die Lügen, die mir einfielen, völlig übertrieben, ich hängte meiner Familie so abwegige Vergehen an, dass ich mich lieber zügelte, ich hatte Angst, Vittoria könnte sagen: Du bist eine Lügnerin. Also suchte ich nur nach winzigen, realen Abweichungen und schmückte sie ein klein wenig aus. Aber auch das beruhigte mich nicht. Ich war keine wirklich liebende Tochter und auch kein wirklich loyaler Spitzel.

Eines Abends gingen wir zum Essen zu Mariano und Costanza. Auf dem Weg zur Via Cimarosa hinunter hatte mich eine schwarze Wolkenmasse, die zerfasernde Finger ausstreckte, wie eine schlechte Vorahnung verstört. In der großen Wohnung meiner Freundinnen war mir von Anfang an kalt, die Heizung war noch nicht eingeschaltet, ich hatte meine Wolljacke anbehalten, die meine Mutter sehr schick fand. Obwohl man im Haus unserer Gastgeber stets sehr gut aß – sie hatten eine stille Haushaltshilfe, die ausgezeichnet kochen konnte, bei ihrem Anblick dachte ich an Vittoria, die in Wohnungen wie dieser den Haushalt führte –, nahm ich kaum einen Bissen, weil ich fürchtete, die Jacke zu bekleckern, meine Mutter hatte mir davon abgeraten, sie anzulassen. Ida, Angela und ich langweilten uns, und bis zum Nachtisch dauerte es eine Ewigkeit, ausgefüllt mit Marianos Geschwätz. Endlich war es so weit, dass wir fragen konnten, ob wir aufstehen durften, und Costanza erlaubte es uns. Wir gingen in den Flur hinaus und setzten uns auf den Boden, Ida fing an, mit einem roten Gummiball zu werfen, um mich und Angela zu ärgern, die sich unterdessen bei mir erkundigte, wann ich mich entschließen würde, sie mit meiner Tante bekannt zu machen. Sie war ungewöhnlich aufdringlich, sagte:

»Soll ich dir mal was sagen?«

»Was denn.«

»Ich glaube, deine Tante gibt es gar nicht.«

»Natürlich gibt es sie.«

»Also, wenn es sie gibt, dann ist sie nicht so, wie du es erzählst. Darum stellst du sie uns nicht vor.«

»Sie ist sogar noch besser, als ich es erzähle.«

»Dann bring uns zu ihr«, sagte Ida und warf den Ball mit voller Wucht in meine Richtung. Um ihm auszuweichen, ließ ich mich nach hinten fallen und lag nun der Länge nach zwischen der Wand und der offenen Tür zum Esszimmer. Der Tisch, an dem unsere Eltern immer noch saßen, war rechteckig und stand mitten im Raum. Von meinem Platz aus sah ich alle vier im Profil. Meine Mutter saß Mariano gegenüber, Costanza meinem Vater gegenüber, sie redeten über ich weiß nicht was. Mein Vater sagte etwas, Costanza lachte, Mariano antwortete. Ich lag auf dem Boden, und deutlicher als ihre Gesichter sah ich ihre Beine, ihre Füße. Mariano hatte seine unter dem Tisch lang ausgestreckt, sprach mit meinem Vater und hielt währenddessen einen Fuß meiner Mutter zwischen seinen Füßen.

Hastig richtete ich mich mit einem dunklen Gefühl von Scham auf und warf den Ball heftig zurück zu Ida. Aber ich konnte nur ein paar Minuten widerstehen, dann legte ich mich wieder auf den Boden. Mariano hatte seine Beine noch immer unter dem Tisch ausgestreckt, doch meine Mutter hatte ihre weggezogen und sich mit dem ganzen Körper meinem Vater zugewandt. Sie sagte gerade: Es ist November und trotzdem noch warm.

Was machst du denn da, fragte Angela und legte sich vorsichtig und sehr langsam auf mich, wobei sie sagte: Gerade erst haben wir noch genau zusammengepasst, und jetzt, sieh mal, bist du länger als ich.

11

Für den Rest des Abends ließ ich meine Mutter und Mariano nicht mehr aus den Augen. Sie beteiligte sich kaum an der Unterhaltung, wechselte nicht einen Blick mit ihm, schaute immer zu Costanza oder zu meinem Vater, doch so, als sähe sie sie nicht, weil ihr dringende Probleme durch den Kopf gingen. Mariano dagegen konnte den Blick nicht von ihr wenden. Er betrachtete sie immer wieder, mit einer düsteren, melancholischen Miene, die im Widerspruch zum üblichen Ton seiner verletzenden Reden stand. In den seltenen Momenten, da sie miteinander sprachen, antwortete meine Mutter einsilbig, und Mariano redete ohne ersichtlichen Grund mit einer leisen, zärtlichen Stimme, die ich noch nie bei ihm gehört hatte. Kurze Zeit später begann Angela darauf zu drängen, dass ich bei ihnen übernachtete, das tat sie oft bei solchen Gelegenheiten, und für gewöhnlich stimmte meine Mutter nach wenigen Worten über die Umstände, die ich machen würde, zu, während mein Vater stets von vornherein dafür war. Aber diesmal wurde der Bitte nicht so schnell entsprochen, meine Mutter zauderte. Da mischte sich Mariano ein, der, nachdem er darauf hingewiesen hatte, dass der nächste Tag ein Sonntag und schulfrei war, ihr versicherte, er werde mich vor dem Mittagessen persönlich nach San Giacomo dei Capri bringen. Ich hörte sie unnötig debattieren, es stand außer Frage, dass ich über Nacht dortbleiben würde, und ich argwöhnte, dass sie sich in ihrem Gespräch – in den Worten meiner Mutter lag ein müder Widerstand, in denen von Mariano eine drängende Forderung – etwas anderes sagten, etwas, was für sie offenkundig war, uns anderen jedoch entging. Als meine Mutter mir erlaubte, bei Angela zu schlafen, setzte Mariano eine ernste und beinahe gerührte Miene auf, ganz als hinge von meiner Übernachtung wer weiß was ab, seine Universitätskarriere oder die Lösung der gravierenden Probleme, mit denen er und mein Vater sich seit Jahrzehnten beschäftigten.

Kurz nach dreiundzwanzig Uhr entschlossen sich meine Eltern nach vielem Hin und Her zu gehen.

»Du hast keinen Schlafanzug«, sagte meine Mutter.

»Sie kriegt einen von mir«, sagte Angela.
»Und eine Zahnbürste?«
»Hat sie auch, beim letzten Mal hat sie ihre hiergelassen, und ich habe sie aufgehoben.«
Costanza schaltete sich mit einem Fünkchen Spott über diesen ungewöhnlichen Widerstand gegen eine völlig normale Sache ein. Wenn Angela bei euch ist, sagte sie, kriegt sie dann keinen Schlafanzug von Giovanna, und hat sie dann keine eigene Zahnbürste? Doch, natürlich, kapitulierte meine Mutter widerwillig und sagte: Andrea, lass uns gehen, es ist schon spät. Mein Vater zog sich mit einer leicht gelangweilten Miene vom Sofa hoch und wollte einen Gute-Nacht-Kuss von mir. Meine Mutter war zerstreut, sie wollte keinen, stattdessen küsste sie Costanza so geräuschvoll auf beide Wangen, wie sie es sonst nie tat und wie es nach meinem Eindruck wohl von dem Bedürfnis diktiert war, ihren alten Freundschaftsbund zu bekräftigen. Ihr Blick war unruhig, ich dachte: Was hat sie denn, es geht ihr nicht gut. Sie wandte sich zur Tür, aber als wäre ihr plötzlich eingefallen, dass Mariano direkt hinter ihr stand und sie sich noch nicht von ihm verabschiedet hatte, ließ sie sich geradezu wie bei einer Ohnmacht mit dem Rücken gegen seine Brust fallen und drehte ihm aus dieser Position – während mein Vater sich von Costanza verabschiedete und zum wiederholten Mal das Essen lobte – ihr Gesicht und ihren Mund zu. Es war nur ein kurzer Moment, ich glaubte mit zugeschnürter Kehle, sie würden sich gleich wie im Kino küssen. Stattdessen streifte er mit den Lippen ihre Wange, und sie tat das Gleiche bei ihm.

Kaum waren meine Eltern gegangen, begannen Mariano und Costanza den Tisch abzudecken und forderten uns auf, uns für die Nacht fertigzumachen. Aber ich war mit meinen Gedanken woanders. Was war da unter meinen Augen geschehen, was hatte ich gesehen: einen harmlosen Scherz von Mariano oder etwas Absichtliches, Verbotenes seinerseits, etwas Verbotenes von beiden? Meine Mutter war doch immer so klar: Wie hatte sie diese Berührung unter dem Tisch dulden können, noch dazu von einem Mann, der viel unattraktiver war als mein Vater? Sie konnte Mariano nicht leiden – was für ein Blödmann, hatte sie in meinem Beisein mehrfach gesagt –, und auch Costanza gegenüber hatte sie kein Blatt vor den Mund genommen, hatte sie mit müdem Witz oft gefragt, wie sie es denn schaffe, einen Menschen zu ertragen, der nie den Mund halten könne. Was, also, hatte ihr Fuß zwischen seinen Füßen zu bedeuten? Wie lange hatten sie schon so dagesessen? Ein paar Sekunden, eine Minute, zehn? Warum hatte meine Mutter ihren Fuß nicht unverzüglich weggezogen? Und ihre dann folgende Zerstreutheit? Ich war verwirrt.

Ich putzte mir viel zu lange die Zähne, so dass Ida genervt sagte: Das reicht jetzt, du putzt sie ja noch ganz weg. So war es immer, kaum zogen wir uns in das Zimmer von ihr und Angela zurück, wurde sie aggressiv. Sie hatte Angst, wir zwei älteren Mädchen könnten sie ausschließen, weshalb sie schon im Voraus mit uns schmollte. Daher kündigte sie streitlustig an, auch in Angelas Bett schlafen zu wollen und nicht allein in ihrem. Die beiden Schwestern stritten sich eine Weile – das ist zu eng, hau ab, nein, wir haben doch viel Platz –, aber Ida gab nicht auf, in dieser Hinsicht gab sie nie auf. Also zwinkerte Angela mir zu und sagte zu ihr: Aber wenn du eingeschlafen bist, gehe *ich* rüber in dein Bett. Prima, rief Ida, und froh nicht so sehr darüber, dass sie die ganze Nacht bei mir schlafen würde, sondern darüber, dass ihre Schwester das nicht tun würde, versuchte sie, eine Kissenschlacht anzufangen. Wir parierten lustlos, sie hörte auf, legte sich zwischen uns und löschte das Licht. Im Dunkeln sagte sie aufgekratzt: Es regnet, wie toll, dass wir zusammen sind, ich bin gar nicht müde, lasst uns die ganze Nacht reden. Aber Angela zischte sie aus, sagte, sie jedenfalls sei müde, und nach ein bisschen Gekicher war nur noch der Regen an den Fensterscheiben zu hören.

Sofort fiel mir der Fuß meiner Mutter zwischen Marianos Füßen wieder ein. Ich versuchte, diesem Bild seine Schärfe zu nehmen, wollte mir einreden, dass es nichts zu bedeuten hatte, dass es nur ein Scherz unter Freunden war. Das gelang mir nicht. Wenn es nichts zu bedeuten hat, sagte ich mir, kannst du es ja Vittoria erzählen. Meine Tante hätte mir garantiert sagen können, welches Gewicht ich dieser Szene beimessen sollte, hatte nicht schließlich sie mich dazu gedrängt, meine Eltern auszuspionieren? Schau hin, schau genau hin, hatte sie gesagt. Jetzt hatte ich hingeschaut, und ich hatte etwas gesehen. Es würde genügen, ihrem Rat noch beharrlicher zu folgen, um zu erfahren, ob es sich um eine Lappalie handelte oder eben nicht. Aber sofort wurde mir klar, dass ich ihr nie, nie, nie erzählen würde, was ich gesehen hatte. Selbst wenn gar nichts Schlimmes daran war, Vittoria würde etwas Schlimmes daran finden. Ich hatte – würde sie mir erläutern – die Lust zu ficken gesehen, und nicht die Lust zu ficken aus den Aufklärungsbüchlein, die mir meine Eltern geschenkt hatten, mit bunten Bildchen und einfachen, sauberen Erklärungen, sondern etwas Abstoßendes und zugleich Lächerliches, wie ein Krächzen, wenn man Halsschmerzen hat. Das würde ich nicht ertragen. Zugleich überwältigte mich bei dem bloßen Gedanken an meine

Tante die erregende Hässlichkeit ihrer Sprache, ich sah in der Dunkelheit deutlich Mariano und meine Mutter auf die Art umschlungen, die Vittorias Vokabular mir einflüsterte. War es möglich, dass die zwei zusammen die gleiche außergewöhnliche Lust empfanden, die meine Tante nach eigener Aussage erlebt hatte und die sie mir sogar als das einzige wahre Geschenk gewünscht hatte, das das Leben für mich bereithielt? Allein der Gedanke, sie könnte, wenn ich petzen würde, die gleichen Wörter verwenden wie die für Enzo und sie selbst, doch in abwertender Weise, um meine Mutter herabzuwürdigen und mit ihr auch meinen Vater, überzeugte mich zusätzlich davon, dass es das Beste war, ihr niemals von dieser Szene zu erzählen.

»Sie schläft«, flüsterte Angela.

»Das machen wir jetzt auch.«

»Ja, aber in ihrem Bett.«

Ich hörte, wie sie sich vorsichtig durch die Dunkelheit tastete. Sie tauchte neben mir auf, nahm meine Hand, ich glitt behutsam weg, folgte ihr in das andere Bett. Wir deckten uns zu, es war kalt. Ich dachte an Mariano und meine Mutter, dachte an meinen Vater, an den Moment, da er ihr Geheimnis entdecken würde. Ich wusste genau, dass sich bei mir zu Hause schlagartig alles zum Schlechten ändern würde. Ich sagte mir: Auch wenn ich Vittoria nichts davon erzähle, wird sie es herausfinden. Oder vielleicht weiß sie es ja längst und hat mich nur angestachelt, damit ich es mit eigenen Augen sehe. Angela raunte:

»Erzähl mir von Tonino.«

»Er ist groß.«

»Und was noch?«

»Er hat tiefschwarze, forschende Augen.«

»Will er wirklich mit dir gehen?«

»Ja.«
»Und wenn ihr zusammen seid, werdet ihr euch dann küssen?«
»Ja.«
»Mit Zunge?«
»Ja.«

Sie umarmte mich fest und ich sie, wie immer, wenn wir in einem Bett schliefen. So blieben wir liegen, möglichst eng umschlungen, ich mit den Armen um ihren Hals, sie mit ihren um meine Taille. Langsam drang ein Geruch von ihr zu mir, den ich gut kannte, stark, süß und wärmend. Du hältst mich zu fest, flüsterte ich, und sie nannte mich Tonino, wobei sie ein Kichern an meiner Brust unterdrückte. Ich seufzte, sagte: Angela. Sie wiederholte, diesmal ohne zu kichern: Tonino, Tonino, Tonino, und fügte hinzu: Schwör mir, dass du mich mit ihm bekannt machst, sonst bist du nicht mehr meine Freundin. Ich schwor es, und wir gaben uns lange Küsse und streichelten uns. Obwohl wir müde waren, konnten wir nicht aufhören. Es war ein unbekümmertes Vergnügen, es vertrieb die Sorgen, deshalb sahen wir keinen Grund, darauf zu verzichten.

III

I

Tagelang spähte ich meine Mutter aus. Wenn das Telefon klingelte und sie allzu eilfertig hinlief, um das Gespräch anzunehmen, und ihre Stimme, die zunächst laut gewesen war, schnell zu einem Flüstern wurde, argwöhnte ich, dass sie mit Mariano sprach. Wenn sie zu viel Zeit auf ihr Äußeres verwandte und ein Kleid und dann noch eins und noch eins verwarf und zudem auf die Idee kam, mich zu rufen, um von mir zu hören, welches ihr besser stand, war ich felsenfest davon überzeugt, dass sie zu einem heimlichen Rendezvous mit ihrem Geliebten ging, eine Formulierung, die ich aus den Korrekturabzügen der Liebesromane hatte, in denen ich manchmal las.

Ich entdeckte nun, dass ich heillos eifersüchtig werden konnte. Bis dahin war ich mir sicher gewesen, dass meine Mutter mir gehörte und dass das Recht, sie immer zu meiner Verfügung zu haben, unanfechtbar war. In meinem Kopfkino gehörte mein Vater mir und rechtmäßig auch ihr. Sie schliefen zusammen, küssten sich, hatten mich auf die Art und Weise gezeugt, die man mir schon erklärt hatte, als ich ungefähr sechs gewesen war. Ihre Beziehung war für mich eine feststehende Tatsache und hatte mich, soweit ich wusste, gerade deshalb nie gestört. Aber meine Mutter sah ich außerhalb dieser Beziehung unlogischerweise als unteilbar und unantastbar an, sie gehörte nur mir. Ich betrachtete ihren Körper als mein Eigentum und ebenso ihren Duft und sogar ihre Gedanken, die – davon war ich überzeugt, seit ich mich erinnern konnte – um nichts anderes kreisten als um mich. Jetzt aber war es plötzlich denkbar geworden – und hier gebrauchte ich erneut Formulierungen aus den Schmökern, die sie korrigierte –, dass meine Mutter sich außerhalb des Familienbundes heimlich einem anderen hingab. Dieser andere hielt sich für ermächtigt, ihren Fuß unter dem Tisch zwischen seine Füße zu klemmen, und er sabberte womöglich in ihren Mund, saugte an ihren Brustwarzen, an denen ich gesaugt hatte, und – wie Vittoria es in einem dialektalen Ton gesagt hatte, den ich nicht beherrschte, den ich in meiner Verzweiflung nun aber mehr denn je gern beherrscht hätte – er packte ihren Hintern, erst die eine Backe, dann die andere. Wenn sie atemlos nach Hause kam, weil zahllose berufliche und häusliche Pflichten auf sie warteten, sah ich, dass ihre Augen leuchteten, ahnte ich unter ihren Kleidern die Zärtlichkeiten von Marianos Händen, bemerkte den Zigarettengeruch seiner vom Nikotin gelben Finger. Selbst sie nur flüchtig zu berühren, wurde mir schnell zuwider, und trotzdem ertrug ich es nicht, das Vergnügen eingebüßt zu haben, mich auf ihren Schoß zu setzen, mit ihren Ohrläppchen zu spielen, um sie zu necken, und zu hören, wie sie sagte: lass das, deinetwegen bekomme ich rote Ohren, und mit ihr gemeinsam zu lachen. Warum tut sie das, grübelte ich. Ich sah nicht einen guten Grund, der ihre Untreue gerechtfertigt hätte, daher versuchte ich herauszufinden, wie ich dafür sorgen konnte, dass sie wieder in den Zustand vor jener Berührung unter dem Esstisch gelangte und ich sie wieder so haben würde, wie sie war, als mir gar nicht bewusst gewesen war, wie sehr ich an ihr hing, und ich es sogar für selbstverständlich gehalten hatte, dass sie da war, bereit für meine Bedürfnisse, und immer da sein würde.

2

In dieser Phase vermied ich es, Vittoria anzurufen, sie zu sehen. Ich rechtfertigte mich mit dem Gedanken: So kann ich Angela und Ida leichter erklären, dass sie viel zu tun hat und ihr nicht mal die Zeit für ein Treffen mit mir bleibt. Aber ich hatte andere Gründe. Ich musste ständig weinen, und ich wusste inzwischen, dass ich das völlig ungehemmt mit Schluchzen und Schreien nur bei meiner Tante tun konnte. Oh ja, ich wünschte mir, meinen Gefühlen für einen Moment freien Lauf zu lassen, ohne Worte, ohne Bekenntnisse, nur eine Austreibung des Schmerzes. Doch wer garantierte mir, dass ich in dem Augenblick, da ich in Tränen ausbrechen würde, ihr nicht ihre Schuld vorwerfen würde, dass ich nicht mit der ganzen Wut, der ich mich fähig fühlte, schreien würde, dass ich, jawohl, getan hatte, wozu sie mir geraten hatte, dass ich genau so hingeschaut hatte, wie sie es mir geraten hatte, und jetzt wusste ich, was ich nicht wissen sollte, was ich auf keinen Fall wissen sollte, denn ich hatte entdeckt, dass der beste Freund meines Vaters – ein alles in allem abstoßender Mann – während eines Abendessens den Fuß meiner Mutter zwischen seinen Füßen gehalten hatte und meine Mutter nicht entrüstet aufgesprungen war, nicht gerufen hatte: Was erlaubst du dir!, sondern es sich hatte gefallen lassen? Kurz, ich fürchtete, ich könnte, wenn ich ungehemmt losweinte, auch schlagartig meinen Entschluss zu schweigen vergessen, und das wollte ich auf keinen Fall. Ich wusste nur zu gut, dass Vittoria, sobald ich mich ihr anvertraut hätte, zum Telefonhörer greifen würde und meinem Vater aus Spaß daran, ihm wehzutun, alles erzählen würde.

Aber was denn alles? Allmählich beruhigte ich mich. Zum x-ten Mal rekapitulierte ich, was ich denn eigentlich gesehen hatte, verjagte mühsam meine Hirngespinste, versuchte Tag für Tag das Gefühl zu verbannen, dass meiner Familie gerade etwas Schreckliches passierte. Ich brauchte Gesellschaft, wollte mich ablenken. Darum traf ich mich noch öfter als früher mit Angela und Ida, was ihre Forderung, meine Tante kennenzulernen, noch nachdrücklicher werden ließ. Schließlich dachte ich: Was soll's, was ist schon dabei? Also beschloss ich eines Nachmittags, meine Mutter zu fragen: Und wenn ich Angela und Ida sonntags mal mitnehme zu Tante Vittoria?

Abgesehen von meinen fixen Ideen hatte meine Mutter damals tatsächlich sehr viel Arbeit. Sie hastete zur Schule, kam nach Hause, ging erneut weg, kam wieder, zog sich in ihr Zimmer zurück und arbeitete bis tief in die Nacht hinein. Für mich stand außer Frage, dass sie zerstreut antworten würde: Ist gut. Aber sie war nicht einverstanden.

»Was haben denn jetzt Angela und Ida mit Tante Vittoria zu schaffen?«

»Sie sind meine Freundinnen, sie wollen sie kennenlernen.«

»Du weißt doch, dass Tante Vittoria keinen guten Eindruck machen wird.«

»Warum denn nicht?«

»Weil sie nicht vorzeigbar ist.«

»Wie bitte?«

»Hör auf, ich habe jetzt keine Zeit für lange Diskussionen. Ich finde, auch du solltest dich nicht mehr mit ihr treffen.«

Ich wurde wütend, sagte, ich wolle mit meinem Vater darüber sprechen. Gleichzeitig fuhr mir unwillkürlich durch den Kopf: *Du* bist nicht vorzeigbar, Tante Vittoria schon; ich werde Papà jetzt erzählen, was du mit Mariano treibst, und dann wirst du dafür büßen. Ich rannte, ohne ihre üblichen Vermittlungsbemühungen abzuwarten, zum Arbeitszimmer meines Vaters und spürte – erstaunt über mich selbst, entsetzt und unfähig, mich zu bremsen –, dass ich wirklich imstande war, ihm alles entgegenzuschleudern, was ich gesehen hatte, und auch das, was ich erraten hatte. Aber als ich ins Zimmer stürzte und, als ginge es um Leben und Tod, schrie, dass ich Angela und Ida mit Vittoria bekannt machen wolle, schaute er von seinen Papieren auf und sagte liebenswürdig: Es ist nicht nötig, so zu schreien, was ist denn los?

Ich war sofort erleichtert. Ich schluckte die Denunziation herunter, die mir auf der Zunge lag, küsste ihn vehement auf die Wange, erzählte ihm von Angelas und Idas Bitte und beklagte mich über die harte Haltung meiner Mutter. Er behielt seinen versöhnlichen Ton bei und verbot mir mein Vorhaben nicht, bekräftigte aber die Abneigung gegen seine Schwester. Er sagte: Vittoria ist deine Sache, deine private Neugier, ich will mich da nicht einmischen, aber du wirst sehen, dass sie Angela und Ida nicht gefallen wird.

Erstaunlicherweise ließ Costanza, die meine Tante noch nie in ihrem Leben gesehen hatte, die gleiche Feindseligkeit erkennen, ganz als hätte sie sich mit meiner Mutter abgesprochen. Ihre Töchter mussten lange um die Erlaubnis gekämpft haben, sie erzählten mir, dass sie vorgeschlagen habe: Ladet sie doch zu uns ein oder trefft euch, was weiß ich, in einer Kaffeebar an der Piazza Vanvitelli, nur kurz, um sie kennenzulernen und Giovanna zufriedenzustellen, und dann nichts wie weg. Mariano war auch nicht besser: Wozu denn einen Sonntag mit dieser Frau verbringen, und du lieber Himmel, dann auch noch da runterfahren, schreckliche Gegend, da gibt's nichts zu sehen. Aber in meinen Augen hatte er nicht das Recht, auch nur den Mund aufzumachen, und so log ich Angela an und erklärte ihr, meine Tante hätte gesagt, wir würden entweder zu ihr fahren, in ihre Wohnung, oder gar nichts tun. Am Ende kapitulierten Costanza und Mariano, organisierten mit meinen Eltern unseren Transport aber bis ins Kleinste: Vittoria sollte mich um 9.30 Uhr abholen; dann würden wir zusammen um zehn Uhr Angela und Ida abholen; auf dem Rückweg sollten meine Freundinnen schließlich um 14 Uhr vor ihrem Haus abgesetzt werden und ich um 14.30 Uhr bei mir zu Hause.

Nun erst rief ich Vittoria an, und ich tat es, ehrlich gesagt, mit einiger Beklommenheit, bis dahin hatte ich noch gar nicht mit ihr gesprochen. Sie war schroff wie üblich, beschwerte sich, weil ich mich so lange nicht gemeldet hatte, schien sich aber im Grunde darüber zu freuen, dass ich meine Freundinnen mitbringen wollte. Sie sagte: Alles, was dir Freude macht, macht auch mir Freude, und sie akzeptierte den peniblen Zeitplan, der uns auferlegt worden war, allerdings mit dem Ton eines Menschen, der bei sich denkt: Ja, sicher doch, ich tue sowieso, was ich will.

3

So kam es, dass Vittoria an einem Sonntag, als in den Schaufenstern schon die Weihnachtsdekorationen auftauchten, pünktlich bei mir zu Hause vorfuhr. Ich wartete sehr angespannt bereits seit einer Viertelstunde vor der Tür. Sie wirkte fröhlich, fuhr mit dem Cinquecento in gedrosseltem Tempo bis zur Via Cimarosa hinunter, wobei sie ein Lied trällerte und auch mich zum Singen nötigte. Dort trafen wir Costanza und ihre Töchter, alle drei picobello wie aus der Fernsehwerbung. Als ich bemerkte, dass meine Tante, die noch nicht rechts herangefahren war, mit der Zigarette zwischen den Lippen und einem höhnischen Blick bereits Costanzas auffällige Eleganz registrierte, sagte ich beunruhigt:

»Bleib du im Auto, ich hole meine Freundinnen, und wir fahren los.«

Aber sie hörte mir gar nicht zu, lachte und knurrte im Dialekt:

»Ist die so ins Bett gegangen, oder will sie jetzt schon zu einer Party?«

Sie stieg aus dem Auto und begrüßte Costanza mit einer so überschwenglichen Herzlichkeit, dass deren Künstlichkeit unübersehbar war. Ich wollte auch aussteigen, aber die Tür klemmte, und während ich mit ihr kämpfte, beobachtete ich alarmiert Costanza, die mit Angela an der einen Seite und Ida an der anderen freundlich lächelte, während Vittoria etwas sagte und mit weit ausholenden Gesten die Luft zerschnitt. Ich hoffte, dass sie nicht gerade Schimpfwörter losließ, als ich die Tür endlich aufbekam. Ich stürzte hinaus und hörte, wie meine Tante halb auf Italienisch, halb im Dialekt meinen Freundinnen Komplimente machte.

»Schön, schön, schön. Ganz die Mutter.«

»Danke«, sagte Costanza.

»Und diese Ohrringe?«

Sie fing an, Costanzas Ohrringe zu bewundern – streifte sie mit den Fingern –, machte dann mit der Halskette weiter, mit dem Kleid, berührte alles sekundenlang, als hätte sie eine dekorierte Schaufensterpuppe vor sich. Ich begann zu fürchten, sie könnte einen Zipfel von Costanzas Kleid hochheben, um ihre Strumpfhosen besser begutachten zu können und sich ihren Slip anzusehen, sie wäre dazu imstande gewesen. Stattdessen riss sie sich plötzlich zusammen, als hätte sich eine unsichtbare Schlinge um ihren Hals gelegt, die ihr befahl, sich gesetzter zu benehmen, und so konzentrierte sie sich todernst auf das Armband an Costanzas Handgelenk, ein Armband, das ich gut kannte und an dem Costanza sehr viel lag, aus Weißgold, mit einer Blüte aus Brillanten und Rubinen, buchstäblich strahlend, denn es sandte wirklich Licht aus, auch meine Mutter beneidete sie darum.

»Ist das schön«, sagte Vittoria, die Costanzas Hand hielt und das Schmuckstück auf eine Art mit den Fingerspitzen berührte, die mir aufrichtige Bewunderung auszudrücken schien.

»Ja, mir gefällt es auch sehr.«

»Hängen Sie sehr daran?«

»Ich liebe es, ich habe es schon viele Jahre.«

»Na, dann passen Sie mal schön auf, dass kein Gauner um die Ecke kommt und Ihnen den Flitter klaut.«

Sie ließ ihre Hand los, als wäre ein Anflug von Abscheu plötzlich an die Stelle der Lobeshymnen getreten, und wandte sich Angela und Ida zu. Scheinheilig sagte sie, dass sie viel kostbarer seien als sämtliche Armbänder der Welt, und ließ uns ins Auto steigen, während Costanza uns ermahnte: Benehmt euch anständig, macht mir keinen Kummer, ich warte hier um zwei auf euch. Und weil meine Tante nicht antwortete und sich sogar mit einer ihrer finstersten Mienen ans Steuer gesetzt hatte, ohne sich zu verabschieden, rief ich mit aufgesetzter Fröhlichkeit aus dem Fenster: Ja, Costanza, um zwei, keine Sorge.

4

Wir fuhren los, und Vittoria brachte uns mit ihrem wie immer ungeschickten und doch waghalsigen Fahrstil über die Umgehungsstraße hinunter nach Pascone. Sie war nicht nett zu meinen Freundinnen, wies sie während der Fahrt häufig zurecht, weil sie zu laut sprachen. Auch ich redete laut, der Motor machte einen Höllenlärm, und da war es nur natürlich, dass man schrie, aber sie hatte es allein auf die beiden abgesehen. Wir versuchten, uns zu zügeln, sie regte sich trotzdem auf, sagte, sie habe Kopfschmerzen, befahl uns, den Mund zu halten. Ich ahnte, dass ihr irgendetwas nicht gepasst hatte, vielleicht hatten die zwei Mädchen sie enttäuscht, schwer zu sagen. Wir fuhren eine Weile, ohne ein Wort zu sagen, ich neben ihr, Angela und Ida auf der unbequemen Rückbank. Bis meine Tante unversehens selbst das Schweigen brach, aber ihre Stimme klang rauh und boshaft, sie fragte meine Freundinnen:

»Seid ihr etwa auch nicht getauft?«

»Nein«, sagte Ida prompt.

»Aber«, ergänzte Angela, »Papà hat gesagt, falls wir wollen, können wir uns taufen lassen, wenn wir groß sind.«

»Und wenn ihr vorher sterbt? Dann kommt ihr in die Vorhölle, wisst ihr das?«

»Die Vorhölle gibt es nicht«, sagte Ida.

»Und das Paradies, das Fegefeuer und die Hölle auch nicht«, sagte Angela.

»Wer hat das denn erzählt?«

»Papà.«

»Und wohin schickt Gott dann seiner Meinung nach die Sünder und die, die nicht gesündigt haben?«

»Gott gibt es auch nicht«, sagte Ida.

»Und genauso wenig gibt es die Sünde«, stellte Angela klar.

»Hat euch das auch Papà erzählt?«

»Ja.«

»Papà ist ein Arschloch.«

»Schimpfwörter sagt man nicht«, wies Ida sie zurecht.

Ich schaltete mich ein, um zu verhindern, dass Vittoria endgültig die Geduld verlor:

»Die Sünde gibt es: Das ist, wenn keine Freundschaft da ist, keine Liebe, und wenn man was Schönes vergeudet.«

»Seht ihr?«, sagte Vittoria. »Giannina weiß Bescheid und ihr nicht.«

»Das stimmt nicht, ich weiß auch Bescheid«, sagte Ida nervös. »Die Sünde richtet Schaden an. Wir sagen *wie schade*, wenn etwas, was wir mögen, herunterfällt und kaputtgeht.«

Sie wartete darauf, gelobt zu werden, aber das Lob kam nicht, meine Tante sagte nur: Schaden, ja? Ich fand es ungerecht, wie sie meine Freundin behandelte, die kleiner war, doch sehr schlau, sie las jede Menge Bücher, mir hatte ihre Bemerkung gefallen. Darum wiederholte ich ein-, zweimal wie schade, ich wollte, dass Vittoria es genau hörte, wie schade, schade. Währenddessen wuchs in mir ein Gefühl der Beklemmung, ohne einen bestimmten Grund. Vielleicht dachte ich daran, wie brüchig alles geworden war, schon vor der hässlichen Bemerkung meines Vaters über mein Gesicht, als ich meine Tage bekommen hatte, als meine Brust angeschwollen war, wer weiß. Was tun?

Ich hatte die Worte, die mich verletzt hatten, zu schwer genommen, hatte diese Tante zu wichtig genommen, ach, wieder ein kleines Kind sein, sechs, sieben, vielleicht acht Jahre alt, oder noch jünger, und die Stationen auslöschen, die mich zu den Füßen von Mariano und meiner Mutter geführt hatten, dazu, jetzt in dieser Schrottkiste eingesperrt zu sein, die jeden Augenblick mit anderen Autos zusammenkrachen und von der Straße abkommen könnte, so dass ich in ein paar Minuten womöglich tot sein würde oder schwerverletzt, und ich einen Arm, ein Bein verlieren könnte oder für den Rest meines Lebens blind wäre.

»Wohin fahren wir?«, fragte ich, wohl wissend, dass das verboten war, ich hatte es zuvor nur ein einziges Mal gewagt, Vittoria so eine Frage zu stellen, und sie hatte ärgerlich erwidert: Was weiß ich. Doch diesmal schien sie gern zu antworten. Sie schaute im Rückspiegel nicht mich, sondern Angela und Ida an und sagte:

»In die Kirche.«

»Wir kennen nicht ein Gebet«, warnte ich sie.

»Nicht gut, ihr müsst welche lernen, so was braucht man.«

»Aber im Moment kennen wir keins.«

»Im Moment macht das nichts. Im Moment fahren wir nicht zum Beten hin, wir fahren zum Weihnachtsmarkt der Gemeinde. Wenn ihr nicht beten könnt, so könnt ihr doch garantiert beim Verkauf helfen.«

»Ja«, rief Ida erfreut. »Das kann ich gut.«

Ich war erleichtert.

»Hast du den organisiert?«, fragte ich Vittoria.

»Die ganze Gemeinde, aber vor allem meine Kinder.«

Zum ersten Mal bezeichnete sie Margheritas drei Kinder in meinem Beisein als ihre, und sie tat es voller Stolz.

»Corrado auch?«, fragte ich.

»Corrado ist ein Stück Scheiße, aber er macht, was ich sage, sonst breche ich ihm alle Knochen.«

»Und Tonino?«

»Tonino packt ordentlich zu.«

Angela konnte sich nicht beherrschen und schrie auf vor Entzücken.

5

Ich war sehr selten in einer Kirche gewesen und nur dann, wenn mein Vater mir eine zeigen wollte, die er für besonders schön hielt. Neapels Kirchen waren seiner Ansicht nach erlesene Bauwerke, reich an Kunstwerken, und durften nicht dem Zustand der Verwahrlosung überlassen bleiben, in dem sie sich befanden. Irgendwann – ich glaube, wir waren in San Lorenzo, aber beschwören würde ich das nicht – hatte er mich zurechtgewiesen, weil ich durch die Kirchenschiffe gerannt war und ihn dann, als ich ihn nicht gefunden hatte, mit einem entsetzten Schrei gerufen hatte. Ihm zufolge mussten sich Menschen, die nicht an Gott glaubten, wie eben auch er und ich, aus Respekt vor den Gläubigen trotzdem gesittet benehmen: Es war in Ordnung, wenn man sich nicht die Finger im Weihwasserbecken benetzte, in Ordnung, wenn man sich nicht bekreuzigte, aber den Hut musste man abnehmen, auch in der kalten Jahreszeit, man durfte nicht laut sprechen, sich keine Zigarette anzünden und auch nicht mit einer brennenden hereinkommen. Doch Vittoria schleifte uns mit der glimmenden Zigarette zwischen den Lippen in eine Kirche, die außen grauweiß und innen düster war, und sagte laut: Bekreuzigt euch. Das taten wir nicht, sie bemerkte es und nahm nacheinander unsere rechte Hand – Idas zuerst und meine zuletzt – und führte sie an unsere Stirn, an die Brust und an die Schultern, wobei sie gereizt sagte: Im Namen des Vaters, des Sohnes und des Heiligen Geistes. Dann schleifte sie uns durch das kaum erleuchtete Kirchenschiff und knurrte: Wegen euch komme ich zu spät. Als wir vor einer Tür angelangt waren, deren Klinke übermäßig glänzte, öffnete sie sie, ohne anzuklopfen, schloss sie hinter sich und ließ uns draußen stehen.

»Deine Tante ist unsympathisch und potthässlich«, raunte Ida mir zu.

»Gar nicht.«

»Doch«, sagte Angela todernst.

Mir kamen die Tränen, ich versuchte, dagegen anzukämpfen.

»Sie hat gesagt, wir zwei sind vom gleichen Schlag.«

»Ach, wo«, sagte Angela. »Du bist nicht hässlich und auch nicht unsympathisch.«

Ida präzisierte:

»Das bist du nur manchmal und nur ein bisschen.«

Vittoria tauchte in Begleitung eines jungen Mannes wieder auf, der von kleiner Statur war und ein schönes, liebenswürdiges Gesicht hatte. Er trug einen schwarzen Pullover, graue Hosen und um den Hals an einem Lederband ein Holzkreuz ohne den Körper von Jesus.

»Das ist Giannina, und das sind ihre Freundinnen«, sagte meine Tante.

»Giacomo«, stellte sich der junge Mann vor, seine Stimme war zart und dialektfrei.

»Don Giacomo«, korrigierte ihn Vittoria ärgerlich.

»Bist du der Priester?«, erkundigte sich Ida.

»Ja.«

»Wir sprechen keine Gebete.«

»Das macht nichts. Man kann auch beten, ohne Gebete zu sprechen.«

Ich wurde neugierig.

»Wie denn?«

»Man muss nur aufrichtig sein. Du faltest die Hände und sagst: Herr, bitte beschütze mich, hilf mir und so weiter.«

»Betet man nur in der Kirche?«

»Nein, überall.«

»Und erhört dich Gott auch, wenn du nichts über ihn weißt und nicht mal daran glaubst, dass es ihn gibt?«

»Gott hört alle an«, antwortete der Priester freundlich.

»Unmöglich«, sagte Ida. »Das wäre ja so ein Krach, dass keiner was versteht.«

Meine Tante gab ihr mit den Fingerspitzen eine Kopfnuss und schnauzte sie an, man könne zu Gott nicht sagen: das ist unmöglich, für ihn sei alles möglich. Don Giacomo sah Idas Kummer und streichelte sie genau dort, wo Vittoria sie getroffen hatte, wobei er beinahe flüsternd sagte, Kinder dürften sagen und tun, was sie wollten, sie seien trotzdem unschuldig. Zu meiner Überraschung brachte er das Gespräch auf einen gewissen Roberto, denselben – das begriff ich rasch –, über den vor einer Weile in Margheritas Wohnung gesprochen worden war, der junge Mann, der hier aus der Gegend stammte und jetzt in Mailand lebte und studierte, der Freund von Tonino und Giuliana. Don Giacomo nannte ihn *unseren Roberto* und sprach voller Zuneigung von ihm, weil er es gewesen sei, der ihn darauf aufmerksam gemacht habe, dass es keineswegs selten sei, dass Kinder feindselig behandelt würden, auch die heiligen Apostel hätten das getan, sie haben nicht verstanden, dass man wie ein Kind werden muss, um ins Reich Gottes zu gelangen, und so weist Jesus sie zurecht, er sagt: Was tut ihr, lasset die Kinder und wehret ihnen nicht, zu mir zu kommen. An dieser Stelle wandte er sich ausdrücklich an meine Tante, wobei seine Hand weiterhin auf Idas Kopf lag – unsere Unzufriedenheit darf niemals die Kinder treffen, sagte er, und ich dachte, auch der Priester habe an Vittoria wohl ein Unbehagen bemerkt, das anders war als ihr sonst übliches. Dann fuhr er mit einigen wehmütigen Sätzen über die Kindheit fort, über die Unschuld, die Jugend, die Gefahren der Straße.

»Bist du nicht einverstanden?«, fragte er meine Tante versöhnlich, und sie bekam einen hochroten Kopf, als hätte er sie in einem Moment der Geistesabwesenheit ertappt.

»Mit wem?«

»Mit Roberto.«

»Er hat gut gesprochen, allerdings ohne an die Konsequenzen zu denken.«

»Man spricht gerade dann gut, wenn man nicht an die Konsequenzen denkt.«

Neugierig geworden flüsterte Angela mir zu:

»Wer ist dieser Roberto?«

Ich wusste überhaupt nichts von Roberto. Am liebsten hätte ich gesagt: Ich kenne ihn sehr gut, er ist toll; oder hätte wie nebenbei mit Corrados Worten fallengelassen: Der geht einem auf die Eier. Stattdessen bedeutete ich ihr, den Mund zu halten, ärgerlich, wie ich es immer wurde, wenn meine Zugehörigkeit zur Welt meiner Tante sich als oberflächlich erwies. Angela verstummte gehorsam, aber Ida nicht, sie erkundigte sich beim Priester:

»Wie ist denn Roberto?«

Don Giacomo lachte, sagte, Roberto habe die Schönheit und die Klugheit eines gläubigen Menschen. Wenn er das nächste Mal kommt – versprach er uns –, stelle ich ihn euch vor, aber jetzt sollten wir mit dem Verkauf anfangen, los, sonst beklagen sich die Armen. Also gingen wir durch eine kleine Tür auf einen Hof hinaus, wo es in einem L-förmigen, mit Goldgirlanden und bunter Weihnachtsbeleuchtung dekorierten Bogengang Stände voller Gebrauchtwaren gab und Margherita, Giuliana, Corrado, Tonino und andere, mir unbekannte Menschen waren, die alles schmückten und herrichteten, um mit herausgekehrter Fröhlichkeit die möglichen wohltätigen Käufer zu begrüßen, Leute, die kaum weniger arm aussahen, als wie ich mir die Armen vorstellte.

6

Margherita äußerte sich anerkennend über meine Freundinnen, nannte sie hübsche, junge Damen und stellte sie ihren Kindern vor, die sie herzlich willkommen hießen. Giuliana nahm sich Ida als Hilfe, Tonino wollte Angela, und ich hörte mir das Geschwätz Corrados an, der versuchte, mit Vittoria herumzualbern, von ihr aber denkbar schlecht behandelt wurde. Ich hielt es allerdings nicht lange aus, war mit meinen Gedanken woanders und schlenderte mit der Ausrede, mir die Waren ansehen zu wollen, zwischen den Marktständen umher, wobei ich achtlos dies und das berührte, es gab viele selbstgemachte Kuchen und Süßigkeiten, doch vor allem Brillen, Kartenspiele, einen alten Telefonapparat, Gläser, Tassen, Teller, Bücher, eine Espressokanne, alles abgenutzte Dinge, im Laufe der Jahre durch Hände gegangen, die nun wahrscheinlich die Hände von Toten waren, Armut, die Armut verramschte.

Inzwischen trafen ein paar Leute ein, und ich hörte, dass jemand dem Priester gegenüber das Wort Witwe gebrauchte – die Witwe ist auch da, hieß es –, und da sie zu den Ständen hinübersahen, die von Margherita, ihren Kindern und meiner Tante beaufsichtigt wurden, glaubte ich zunächst, sie meinten Margherita. Aber allmählich wurde mir klar, dass sie Vittoria so nannten. Die Witwe ist auch da, hieß es, heute gibt's Musik und Räuberpistolen. Und ich konnte nicht erkennen, ob das Wort Witwe höhnisch oder respektvoll ausgesprochen worden war. Doch mit Sicherheit überraschte mich, dass meine Tante, die unverheiratet war, sowohl mit Witwenschaft als auch mit Vergnügen in Verbindung gebracht wurde.

Ich betrachtete sie aufmerksam, von weitem. Ihr aufrechter, schmaler Oberkörper mit den großen Brüsten stach an einem der Verkaufstische aus den Stapeln verstaubter Gegenstände hervor. Ich fand sie nicht hässlich, wollte nicht, dass sie es war, und doch hatten Angela und Ida gesagt, dass sie es sei. Vielleicht ist sie es, weil heute irgendwas schiefgegangen ist, dachte ich. Ihre Augen waren unruhig, sie gestikulierte auf ihre aggressive Art, stieß überraschend einen Schrei aus und bewegte sich einen Augenblick im Rhythmus der Musik, die aus einem alten Plattenspieler kam. Ich sagte mir: Ja, sie ist wegen irgendwas wütend, wovon ich nichts weiß, oder sie macht sich Sorgen wegen Corrado. Wir beide sind nun mal so, bei schönen Gedanken werden wir schön, aber bei schlechten werden wir hässlich, die müssen wir uns aus dem Kopf schlagen.

Lustlos spazierte ich auf dem Hof herum. An diesem Vormittag hatte ich meine Beklemmung loswerden wollen, doch nein, es gelang mir nicht. Meine Mutter und Mariano waren eine zu große Last, sie bescherte mir Gliederschmerzen wie bei einer Grippe. Angela war, wenn man ihr so zusah, voller Fröhlichkeit, sie war schön, lachte mit Tonino. In diesem Moment erschienen mir alle wunderschön und gut und untadelig, Don Giacomo besonders, er begrüßte die Gemeindemitglieder herzlich, schüttelte Hände und entzog sich keiner Umarmung, Sonne lag auf ihm. Konnte es sein, dass düster und verkrampft nur Vittoria und ich waren? Nun brannten mir die Augen, ich hatte einen bitteren Geschmack im Mund, und ich fürchtete, Corrado – zu dem ich, teils um ihm ein bisschen zu helfen, teils um Trost zu finden, zurückgekehrt war – könnte meinen schlechten Atem bemerken. Vielleicht kam der beißende und zugleich süßliche Geruch nicht aus meiner Kehle, sondern von den Dingen auf den Verkaufstischen. Ich war niedergeschlagen. Und es war deprimierend, mich die ganze Zeit auf dem Weihnachtsmarkt in meiner Tante zu spiegeln, die mal die Gemeindemitglieder mit künstlicher Lebhaftigkeit begrüßte und mal mit weit offenen Augen ins Leere starrte. Ja, ihr ging es mindestens ebenso schlecht wie mir. Corrado fragte sie: Was ist los, Vittò, bist du krank, du siehst ja schrecklich aus, und sie antwortete: Ja, ich bin krank am Herzen, krank in der Brust, krank im Bauch, und ich sehe wirklich schrecklich aus. Sie zwang sich zu einem breiten Grinsen, aber das glückte ihr nicht, da bat sie ihn kreideblass auf einmal: Hol mir ein Glas Wasser.

Während Corrado das Wasser holte, dachte ich: Sie ist im Innersten krank, und ich bin genau wie sie, sie ist der Mensch, dem ich mich am stärksten verbunden fühle. Der Vormittag verging, ich würde zu meiner Mutter und meinem Vater zurückkehren, und ich wusste nicht, wie lange ich das Durcheinander zu Hause noch aushalten würde. So überfiel mich, wie es schon geschehen war, als meine Mutter mich geärgert hatte und ich zu meinem Vater gelaufen war, um sie anzuschwärzen, plötzlich das dringende Bedürfnis, meinem Herzen Luft zu machen. Es war unerträglich, dass Mariano meine Mutter umarmte und an sich presste, während sie die Kleider trug, die ich an ihr kannte, die Ohrringe und den übrigen Schmuck, mit dem ich von klein auf gespielt hatte und den ich manchmal selbst anlegte. Meine Eifersucht wuchs und produzierte abstoßende Bilder. Ich ertrug das Eindringen dieses miesen Unbefugten nicht, und irgendwann konnte ich nicht mehr widerstehen, ich fasste einen Entschluss, ohne mir dessen bewusst zu sein, und mit einer Stimme, die klang wie zersplitterndes Glas, platzte es aus mir heraus: Tante (obwohl sie mir verboten hatte, sie so zu nennen), Tante, ich muss dir was sagen, aber es ist ein Geheimnis, du darfst es niemandem erzählen, schwöre, dass du es nicht verrätst. Sie erwiderte matt, sie schwöre niemals, der einzige Schwur, den sie je geleistet habe, sei der gewesen, Enzo für immer zu lieben, und den würde sie bis zu ihrem Tod nicht brechen. Ich war verzweifelt, sagte ihr, wenn sie nicht schwöre, könne ich nicht sprechen. Dann fick dich ins Knie, knurrte sie, schlimme Sachen, die du keinem erzählst, werden nachts, wenn du schläfst, zu Hunden, die dir den Kopf zerfressen. Und so zog ich sie, entsetzt über dieses Bild und auf Trost angewiesen, schon einen Augenblick später beiseite und erzählte ihr von Mariano, von meiner Mutter, von dem, was ich gesehen hatte, vermischt mit dem, was ich mir vorgestellt hatte. Danach flehte ich sie an:

»Bitte, sag es nicht Papà.«

Sie starrte mich einen sehr langen Moment an, dann erwiderte sie boshaft und unbegreiflich höhnisch im Dialekt:

»Papà? Was glaubst du denn? Dein Papà interessiert sich einen Scheiß für die Füße von Mariano und Nella unterm Tisch.«

7

Die Zeit wollte nicht vergehen, ich sah immerzu auf die Uhr. Ida amüsierte sich mit Giuliana, Tonino schien sich mit Angela rundum wohlzufühlen, und ich kam mir so misslungen vor wie eine Torte, die mit den falschen Zutaten gemacht worden ist. Was hatte ich getan. Was würde jetzt geschehen. Corrado kam mit dem Wasser für Vittoria wieder, ohne Eile und lustlos. Ich fand ihn langweilig, aber in diesem Moment fühlte ich mich hilflos und hoffte, er würde sich noch ein bisschen um mich kümmern. Das tat er nicht, er wartete nicht einmal, bis meine Tante ausgetrunken hatte, und verschwand zwischen den Gemeindemitgliedern. Vittoria folgte ihm mit dem Blick, sie vergaß, dass ich neben ihr stand und auf Erklärungen und Ratschläge wartete. Konnte es sein, dass sie sogar diese schwerwiegende Sache, die ich ihr erzählt hatte, für unwichtig hielt? Ich beobachtete sie, gerade forderte sie für eine Sonnenbrille nervös eine horrende Summe von einer dicken Frau um die fünfzig und ließ währenddessen Corrado nicht aus den Augen, etwas im Benehmen des jungen Mannes – schien mir – war für sie schwerwiegender als das, was ich ihr enthüllt hatte. Sieh ihn dir an, sagte sie zu mir, er ist zu kontaktfreudig, genau wie sein Vater. Plötzlich rief sie ihn: Currà. Und da er sie nicht hörte oder so tat, als hörte er sie nicht, ließ sie die dicke Frau stehen, der sie gerade die Sonnenbrille einwickelte, umklammerte die Schere, mit der sie die Bänder für die Pakete und Päckchen zuschnitt, griff mit der linken Hand nach mir und zog mich über den Hof.

Corrado unterhielt sich mit ein paar jungen Männern, von denen einer lang und dürr war, mit so stark vorstehenden Zähnen, dass er den Eindruck machte, auch dann zu lachen, wenn es gar nichts zu lachen gab. Meine vermeintlich ruhige Tante forderte ihr Patenkind auf – heute scheint mir das die treffende Bezeichnung für die drei Geschwister zu sein –, auf der Stelle zum Verkaufsstand zurückzukommen. Er antwortete scherzhaft: zwei Minuten und ich komme, und der Kerl mit den vorstehenden Zähnen schien zu lachen. Da fuhr meine Tante zu ihm herum und sagte, sie werde ihm den Schwanz abschneiden – genau dieses Wort benutzte sie, im Dialekt, mit ruhiger Stimme und mit der Schere fuchtelnd –, wenn er nicht aufhöre zu lachen. Aber der Kerl schien nicht aufhören zu wollen, und ich spürte die ganze Wut, die Vittoria in sich hatte, sie war kurz davor, zu explodieren. Ich wurde unruhig, meiner Ansicht nach begriff sie nicht, dass die vorstehenden Zähne den jungen Mann daran hinderten, den Mund zu schließen, sie begriff nicht, dass er auch bei einem Erdbeben gelacht hätte. Und wirklich schrie sie ihn plötzlich an:

»Du lachst, Rosà, du wagst es zu lachen?«

»Nein.«

»Doch, du lachst, weil du dir einbildest, dass dein Vater dich beschützt, aber da irrst du dich, vor mir schützt dich keiner. Dass du mir Corrado ja in Ruhe lässt, verstanden?«

»Ja.«

»Nein, gar nichts hast du verstanden, du glaubst wirklich, dass ich dir nichts anhaben kann, aber pass mal auf.«

Sie richtete die Scherenspitze auf ihn, und vor meinen Augen und vor denen einiger Gemeindemitglieder, die durch die plötzlich lauten Töne neugierig geworden waren, stach sie ihm ins Bein, so dass er zurücksprang und mit dem erschreckten Staunen in seinem Blick die starre Maske des Lachens zerstörte.

Meine Tante bedrängte ihn, drohte damit, ihn erneut zu stechen.

»Hast du jetzt kapiert, Rosà, oder soll ich weitermachen? Mir ist scheißegal, dass du der Sohn von Anwalt Sargente bist.«

Dieser Rosario, der offenbar der Sohn des mir unbekannten Anwalts war, hob zum Zeichen der Kapitulation die Hand, wich zurück und machte sich mit seinen Freunden aus dem Staub.

Corrado wollte ihnen entrüstet folgen, doch Vittoria stellte sich ihm mit der Schere in den Weg und sagte:

»Lass die Scheiße, sonst kriegst du die auch noch zu spüren.«

Ich zog sie am Arm.

»Dieser Kerl«, sagte ich entsetzt, »kann seinen Mund nicht zumachen.«

»Der hat es gewagt, mir ins Gesicht zu lachen«, gab Vittoria zurück, sie rang jetzt nach Luft, »und mir lacht keiner ins Gesicht.«

»Er hat nicht absichtlich gelacht.«

»Absichtlich oder nicht, er hat gelacht.«

Corrado schnaufte, sagte zu mir:

»Lass es gut sein, Giannì, mit ihr zu reden hat keinen Zweck.«

Aber meine Tante stieß einen Schrei aus und zeterte mit abgehackter Stimme:

»Halt den Mund, ich will kein Wort mehr hören.«

Sie umklammerte die Schere, ich sah, dass sie um Fassung rang. Ihre Fähigkeit zu lieben hatte sie wohl schon lange eingebüßt, wahrscheinlich bei Enzos Tod, aber ihre Fähigkeit zu hassen war scheinbar grenzenlos. Gerade hatte ich mit angesehen, wie sie den armen Rosario Sargente behandelt hatte, und sie wäre imstande gewesen, auch Corrado zu verletzen. Nicht auszudenken, also, was sie auch meiner Mutter und vor allem meinem Vater antun konnte, jetzt, da ich ihr von Mariano erzählt hatte. Bei diesem Gedanken traten mir wieder Tränen in die Augen. Ich war leichtsinnig gewesen, die Worte waren einfach so aus mir herausgesprudelt. Oder vielleicht auch nicht, vielleicht hatte ich eigentlich längst beschlossen, Vittoria zu erzählen, was ich gesehen hatte, hatte es schon beschlossen, als ich dem Druck meiner Freundinnen nachgegeben und dieses Treffen arrangiert hatte. Es gelang mir nicht mehr, unschuldig zu sein, hinter den Gedanken existierten andere Gedanken, die Kindheit war vorbei. Ich gab mir alle Mühe, und dennoch entzog sich die Unschuld, die Tränen, die ich ständig in den Augen spürte, waren alles andere als der Beweis für mein Nichtschuldigsein. Zum Glück kam beschwichtigend Don Giacomo, und das hielt mich davon ab, zu weinen. Komm schon, sagte er zu Corrado, dem er einen Arm um die Schulter legte, machen wir Vittoria nicht wütend, es geht ihr heute nicht gut, und hilf ihr, das Gebäck herauszutragen. Meine Tante schnaufte grimmig, legte die Schere auf den Rand eines Verkaufstisches, warf einen Blick auf die Straße vor dem Hof, vielleicht um zu überprüfen, ob Rosario und die anderen etwa noch da waren, sagte dann wütend: Ich will keine Hilfe, und verschwand durch die Seitentür der Kirche.

8

Wenig später kam sie mit zwei großen Tellern voller hellblau und rosa gestreifter Mandelplätzchen zurück, die jeweils mit einem Silberkügelchen verziert waren. Die Gemeindemitglieder rissen sich darum, doch ich brauchte nur eines zu essen, damit mir schlecht wurde, mein Magen krampfte sich zusammen, ich spürte meinen Puls im Hals. Unterdessen holte Don Giacomo ein Akkordeon, er trug es auf den Armen, als wäre es ein kleines Mädchen in Weiß und Rot. Ich dachte, er würde es spielen, doch er gab es etwas unbeholfen an Vittoria weiter, die es nahm, ohne zu protestieren – war es dasselbe, das ich in einer Ecke ihrer Wohnung hatte liegen sehen? –, sich mürrisch auf einen Stuhl setzte und mit geschlossenen Augen spielte, wobei sie das Gesicht verzog.

Angela erschien hinter mir und sagte ausgesprochen heiter: Da siehst du es, deine Tante ist potthässlich. In dem Moment stimmte es wirklich, Vittoria sah mit ihren Grimassen beim Musizieren aus wie eine Hexe, und obwohl sie gut spielte und die Gemeindemitglieder ihr applaudierten, bot sie einen abstoßenden Anblick. Sie schüttelte ihre Schultern, kräuselte die Lippen, runzelte die Stirn und bog den Oberkörper so weit zurück, dass er viel länger wirkte als ihre Beine, die gespreizt waren, wie sie es nicht sein dürfen. Es war eine Wohltat, als ein Mann mit weißen Haaren sie irgendwann ablöste und seinerseits aufspielte. Allerdings beruhigte sich meine Tante nicht, sie ging zu Tonino, packte ihn am Arm und nötigte ihn zu einem Tanz, so dass sie ihn Angela wegnahm. Vittoria wirkte nun fröhlich, aber das mochte die wilde Wut sein, die sie im Leib hatte und die sie mit dem Tanzen abreagieren wollte. Andere folgten ihrem Beispiel und tanzten auch, Alte und Junge, sogar Don Giacomo. Ich schloss die Augen, um alles auszulöschen. Fühlte mich verlassen, und zum ersten Mal in meinem Leben versuchte ich trotz der Erziehung, die ich erhalten hatte, zu beten. Lieber Gott – sagte ich –, lieber Gott, bitte, wenn du wirklich allmächtig bist, mach, dass meine Tante meinem Vater nichts sagt, und ich kniff die Augen fest zusammen, so als könnte dieses Zusammenpressen der Lider helfen, das Gebet mit der nötigen Kraft anzureichern, um es bis zu Gott ins Himmelreich zu schleudern. Danach betete ich, dass meine Tante aufhören möge zu tanzen und sie uns beizeiten zu Costanza zurückbringen möge, ein Gebet, das wie durch ein Wunder erhört wurde. Erstaunlicherweise brachen wir trotz Gebäck, Musik, Gesang und endloser Tänze rechtzeitig auf, um die dunstige Zona Industriale hinter uns zu lassen und pünktlich auf die Minute vor dem Haus von Angela und Ida in der Via Cimarosa auf dem Vomero anzukommen.

Auch Costanza war pünktlich, sie erschien in einem Kleid, das noch schöner war als das am Morgen. Vittoria stieg aus dem Cinquecento, übergab ihr Angela und Ida und war wieder voll des Lobes über Costanza, bewunderte wieder alles an ihr. Sie bewunderte das Kleid, die Frisur, das Make-up, die Ohrringe, die Halskette und das Armband, das sie berührte, ja geradezu streichelte, wobei sie mich fragte: Gefällt es dir, Giannì?

Mir kam es die ganze Zeit so vor, als hielte sie diese Lobreden nur, um Costanza noch schlimmer als am Morgen zu verhöhnen. Wir waren wohl inzwischen so sehr im Einklang miteinander, dass ich in meinem Kopf mit zerstörerischer Kraft ihre gehässige Stimme, ihre vulgären Worte zu hören meinte: Na, was nützt dir jetzt das ganze Auftakeln, du Miststück, dein Mann vögelt trotzdem die Mutter meiner Nichte Giannina, hahaha. Also betete ich erneut zu Gott, besonders als Vittoria ins Auto stieg und wir losfuhren. Ich betete auf dem ganzen Weg nach San Giacomo dei Capri, einer endlosen Fahrt, auf der Vittoria kein einziges Wort sagte und ich mich nicht traute, sie nochmals zu bitten: Sag meinem Vater nichts, ich beschwöre dich; wenn du was für mich tun willst, dann mach meiner Mutter Vorwürfe, aber bewahre das Geheimnis vor meinem Vater. Stattdessen flehte ich Gott an, obwohl es ihn nicht gab: Lieber Gott, mach, dass Vittoria nicht sagt, ich komme mit hoch, ich muss mit deinem Vater sprechen.

Zu meinem großen Erstaunen wurde ich erneut erhört. Wie schön doch Wunder waren und wie entspannend: Vittoria setzte mich vor unserem Haus ab, ohne meine Mutter, Mariano oder meinen Vater auch nur zu erwähnen. Sie sagte nur im Dialekt: Giannì, vergiss nicht, du bist meine Nichte, du und ich, wir sind vom gleichen Schlag, und wenn du mich rufst, wenn du sagst: Vittoria, komm, dann rase ich sofort los, ich werde dich niemals im Stich lassen. Ihr Gesicht schien mir nach diesen Worten heiterer zu sein, und ich wollte glauben, dass Angela, hätte sie sie jetzt gesehen, sie genauso schön gefunden hätte wie ich in diesem Augenblick. Aber sobald ich allein zu Hause war und mich, in mein Zimmer zurückgezogen, im Spiegel des Kleiderschranks betrachtete und feststellte, dass kein Wunder der Welt es schaffen würde, das Gesicht auszulöschen, das ich gerade bekam, gab ich auf und weinte endlich. Ich nahm mir vor, meinen Eltern nicht mehr nachzuspionieren und meine Tante nie wiederzusehen.

9

Wenn ich mich bemühe, den fortwährenden Lebensstrom, der mich bis heute durchzogen hat, in Phasen einzuteilen, wird mir klar, dass ich endgültig eine andere wurde, als eines Nachmittags Costanza ohne ihre Töchter zu Besuch kam und mir – unter der Aufsicht meiner Mutter, die seit Tagen verquollene Augen und ein gerötetes Gesicht hatte, wegen, wie sie sagte, des eisigen Windes, der vom Meer wehte und Fensterscheiben und Balkongitter erzittern ließ – mit einem harten, gelbfahlen Gesicht ihr Weißgoldarmband aushändigte.

»Warum schenkst du es mir?«, fragte ich verblüfft.

»Sie schenkt es dir nicht«, sagte meine Mutter. »Sie gibt es dir zurück.«

Costanza mit ihrem schönen Mund geriet für einen längeren Moment ins Stottern, bevor sie herausbrachte:

»Ich dachte, es ist meins, aber es ist deins.«

Ich verstand das nicht, wollte es nicht verstehen. Wollte mich lieber bedanken und versuchen, es anzulegen, aber das gelang mir nicht. In einer absoluten Stille half mir Costanza mit zitternden Fingern.

»Wie steht es mir?«, fragte ich meine Mutter mit gespielter Lockerheit.

»Gut«, sagte sie ernst und verließ das Zimmer, gefolgt von Costanza, die von nun an nie mehr zu uns nach Hause kam.

Auch Mariano verschwand aus der Via San Giacomo

dei Capri, und demzufolge sah ich auch Angela und Ida seltener. Zunächst riefen wir uns an, keine von uns dreien verstand, was gerade vor sich ging. Ein paar Tage vor Costanzas Besuch hatte mir Angela erzählt, mein Vater und ihr Vater hätten sich in der Wohnung in der Via Cimarosa gestritten. Ihre Diskussion hatte anfangs ungefähr genauso geklungen wie die über die üblichen Themen, Politik, Marxismus, das Ende der Geschichte, Ökonomie, Staat, war dann aber überraschend heftig geworden. Mariano hatte geschrien: Du verlässt auf der Stelle meine Wohnung, ich will dich nie wiedersehen; und mein Vater, der plötzlich nicht mehr dem Bild des geduldigen Freundes entsprach, hatte, im Dialekt, nun seinerseits die schlimmsten Wörter geschrien. Angela und Ida waren erschrocken, aber darum scherte sich niemand, nicht einmal Costanza, die das Geschrei irgendwann nicht mehr aushielt und sagte, sie müsse an die frische Luft. Woraufhin Mariano ebenfalls im Dialekt brüllte: ja, hau bloß ab, du Nutte, und komm ja nicht wieder, und Costanza die Tür so heftig zuknallte, dass sie wieder aufsprang, und Mariano sie, mit einem Fußtritt, wieder schließen musste und mein Vater sie erneut öffnete, um Costanza nachzulaufen.

In den folgenden Tagen taten wir nichts anderes, als am Telefon über diesen Streit zu sprechen. Weder Angela noch Ida, noch ich konnten begreifen, warum der Marxismus und alles andere, worüber unsere Eltern auch schon vor unserer Geburt leidenschaftlich diskutiert hatten, plötzlich so viele Probleme verursachten. Aber eigentlich begriffen sowohl sie als auch ich, aus unterschiedlichen Gründen, viel mehr von diesem Krach, als wir es uns erzählten. Wir ahnten, zum Beispiel, dass es weniger um Marxismus, als vielmehr um Sex ging, aber nicht um den Sex, auf den wir neugierig waren und an dem wir uns bei jeder Gelegenheit ergötzten. Wir spürten, dass ein völlig unattraktiver Sex in unsere Leben einbrach, der uns regelrecht abstieß, weil wir dunkel erkannten, dass er nichts mit unseren Körpern zu tun hatte, nichts mit den Körpern unserer Altersgenossen oder mit denen von Schauspielern und Sängern, sondern mit denen unserer Eltern. Der Sex – so vermuteten wir – hatte sie auf eine ekelhafte Weise mitgerissen, komplett anders als der, den sie selbst in unserer Erziehung propagiert hatten. Die Wörter, mit denen sich Mariano und mein Vater angeschrien hatten, ließen Ida zufolge an abhustende Fieberkranke denken, an Schleimfäden, die alles besudelten, vor allem unsere geheimsten Sehnsüchte. Vielleicht deshalb waren meine Freundinnen – die gern über Tonino und Corrado redeten, darüber, wie sehr ihnen die beiden gefallen hatten – nun niedergeschlagen und gingen fortan über diese Art Sex hinweg. Was mich betraf, nun ja, so wusste ich über die heimlichen Machenschaften in unseren Familien weit mehr als Angela und Ida, weshalb sich auch meine Anstrengung, nicht verstehen zu wollen, was da gerade zwischen meinem Vater, meiner Mutter, Mariano und Costanza ablief, als viel größer erwies und mich zermürbte. Und so war ich dann die Erste, die sich beklommen zurückzog und auch auf unsere vertraulichen Telefonate verzichtete. Ich spürte vielleicht stärker als Angela, stärker als Ida, dass schon ein falsches Wort einen gefährlichen Weg zu den tatsächlichen Fakten frei gemacht hätte.

In dieser Zeit wurden Lüge und Gebet zu festen Bestandteilen meines täglichen Lebens, sie waren mir wieder eine große Hilfe. Belügen tat ich mich vor allem selbst. Ich war unglücklich, gab mich in der Schule und zu Hause jedoch übertrieben fröhlich. Morgens traf ich meine Mutter mit einem Gesicht an, das seine Konturen zu verlieren drohte, rings um die Nase gerötet und von Verzweiflung entstellt, und im Ton einer heiteren Feststellung sagte ich zu ihr: Gut siehst du heute aus. Und meinem Vater – der von einem Tag auf den anderen aufgehört hatte zu arbeiten, sobald er die Augen aufschlug, ich traf ihn frühmorgens schon fertig an, um aus dem Haus zu gehen, oder abends mit erloschenem Blick und leichenblass –, ihm, also, legte ich in einem fort meine Schularbeiten vor, auch wenn sie nicht schwer waren, ganz als wäre es nicht offensichtlich, dass er mit seinen Gedanken woanders war und nicht die geringste Lust hatte, mir zu helfen.

Zur selben Zeit widmete ich mich, obwohl ich nach wie vor nicht an Gott glaubte, dem Gebet. Lieber Gott – flehte ich –, mach, dass mein Vater und Mariano sich wirklich über den Marxismus und das Ende der Geschichte gestritten haben, mach, dass das nicht passiert ist, weil Vittoria meinen Vater angerufen und ihm erzählt hat, was ich ihr verraten habe. Zunächst dachte ich, Gott hätte mich erneut erhört. Soweit ich wusste, war es Mariano gewesen, der sich auf meinen Vater gestürzt hatte und nicht umgekehrt, wie es doch garantiert geschehen wäre, wenn Vittoria mein Verpetzen benutzt hätte, um ihrerseits die Petze zu spielen. Aber ich erkannte schnell, dass etwas nicht stimmte. Warum hatte mein Vater Mariano im Dialekt beschimpft, den er doch sonst nie verwendete? Warum hatte Costanza türschlagend die Wohnung verlassen? Warum war ihr mein Vater, und nicht ihr Mann, nachgelaufen?

Hinter meinen frechen Lügen, hinter meinen Gebeten lebte ich in ständiger Sorge. Vittoria musste meinem Vater alles gesagt haben, und mein Vater war zu Mariano gelaufen, um einen Streit vom Zaun zu brechen. Costanza hatte durch diesen Streit erfahren, dass ihr Mann unter dem Tisch den Fuß meiner Mutter zwischen seinen Füßen gehalten hatte, und nun ihrerseits eine Szene gemacht. So musste es gewesen sein. Aber warum hatte Mariano seiner Frau, als sie verzweifelt aus der Wohnung in der Via Cimarosa gerannt war, hinterhergeschrien: ja, hau bloß ab, du Nutte, und komm ja nicht wieder? Und warum war mein Vater ihr gefolgt?

Ich spürte, dass ich etwas übersah, etwas, dem ich mich zuweilen näherte, um seinen Sinn zu erfassen, aber sobald der Sinn zutage treten wollte, entzog ich mich. Also kehrte ich immer wieder zu den unklarsten Fakten zurück: Costanzas Besuch, beispielsweise, nach dem Streit; das Gesicht meiner Mutter, völlig abgekämpft, und ihre veilchenblauen Augen, mit denen sie einer alten Freundin, der sie sich sonst eher unterordnete, plötzlich herrische Blicke zuwarf; Costanzas zerknirschte Miene und die reumütige Geste, mit der sie mir, wie ich dachte, ein Geschenk machen wollte, dabei war es – wie meine Mutter klarstellte – kein Geschenk, sondern eine Rückgabe; die zitternden Finger, mit denen mir die Mutter von Angela und Ida geholfen hatte, das Weißgoldarmband anzulegen, an dem sie sehr hing; das Armband selbst, das ich nun Tag und Nacht trug. Oh, über diese Dinge, die sich in meinem Zimmer ereignet hatten, über dieses Geflecht aus Blicken, Gesten, Worten rings um ein Schmuckstück, das mir ohne jede Erklärung mit dem Hinweis überreicht worden war, es gehöre mir, wusste ich sicherlich mehr, als ich mir eingestehen konnte. Darum betete ich, besonders nachts, wenn ich erschreckt aus dem Schlaf fuhr. Lieber Gott, flüsterte ich, lieber Gott, ich weiß, dass es meine Schuld ist, ich hätte nicht darauf bestehen dürfen, Vittoria zu treffen, ich hätte nicht gegen den Willen meiner Eltern handeln dürfen, aber jetzt ist es passiert, bitte bring das alles wieder in Ordnung. Ich hoffte, dass Gott das wirklich tat, denn wenn nicht, würde alles zusammenbrechen. San Giacomo dei Capri würde auf den Vomero stürzen und der Vomero auf die ganze Stadt, und die ganze Stadt würde im Meer versinken.

Ich starb vor Angst in der Dunkelheit. Der Druck auf meinen Magen war so stark, dass ich mitten in der Nacht aufstand, weil ich mich übergeben musste. Ich machte absichtlich Lärm, in meiner Brust, in meinem Kopf brannten Gefühle, die mir in meinem tiefsten Inneren wehtaten, ich hoffte, meine Eltern würden kommen und mir helfen. Aber das geschah nicht. Dabei waren sie wach, ein Lichtstreifen zerkratzte die Finsternis genau vor ihrem Schlafzimmer. Daraus schloss ich, dass sie keine Lust mehr hatten, sich um mich zu kümmern, weshalb sie um nichts auf der Welt von ihrem nächtlichen Geflüster abließen. Bestenfalls unterbrachen plötzliche Ausreißer dessen Monotonie, eine Silbe, ein leises Wort, das bei meiner Mutter klang wie eine Messerspitze auf Glas, bei meinem Vater wie fernes Donnergrollen. Am Morgen waren sie fix und fertig. Wir frühstückten schweigend, mit gesenktem Blick, ich hielt das alles nicht mehr aus. Ich betete: Lieber Gott, das reicht jetzt, mach, dass was passiert, irgendwas, egal ob gut oder schlecht. Lass mich, zum Beispiel, sterben, das dürfte sie aufrütteln, sie wieder versöhnen, und dann lass mich in einer wieder glücklichen Familie auferstehen.

An einem Sonntag beim Mittagessen lockerte eine wilde Energie plötzlich meine Gedanken und meine Zunge. In einem fröhlichen Ton sagte ich, mein Armband vorzeigend:

»Papà, das hat mir doch Tante Vittoria geschenkt, oder?«

Meine Mutter trank einen Schluck Wein, mein Vater schaute nicht von seinem Teller auf, er sagte:

»Sozusagen, ja.«

»Und wie kommt es dann, dass du es Costanza gegeben hast?«

Nun schaute er auf, starrte mich mit einem eisigen Blick an und sagte nichts.

»Antworte ihr«, befahl ihm meine Mutter, aber er gehorchte nicht. Da schrie sie:

»Dein Vater hat seit fünfzehn Jahren eine andere Ehefrau.«

Rote Flecken brannten auf ihrem Gesicht, ihr Blick war verzweifelt. Ich ahnte, dass diese Offenbarung schrecklich für sie sein musste, sie bereute es schon, sie mir gegenüber ausgesprochen zu haben. Aber überrascht war ich nicht, und ich sah auch keine Schuld, vielmehr hatte ich den Eindruck, es schon immer gewusst zu haben, und für einen kurzen Augenblick war ich mir sicher, dass alles wieder gut werden konnte. Wenn das Ganze schon fünfzehn Jahre dauerte, konnte es auch für immer dauern, wir mussten nur alle drei sagen, ist schon okay, und es würde wieder Frieden einkehren, meine Mutter in ihrem Zimmer, mein Vater in seinem, Versammlungen, Bücher. Darum sagte ich, wie um ihnen auf dem Weg zu dieser Versöhnung zu helfen, an meine Mutter gewandt:

»Du hast ja auch einen anderen Ehemann.«

Meine Mutter wurde blass, stammelte:

»Ich, nein, ganz sicher nicht, das ist nicht wahr.«

Sie stritt es so verzweifelt ab, dass ich, vielleicht weil mir dieses viele Elend zu weh tat, im Falsett wiederholen musste: ganz sicher nicht, ganz sicher nicht, und loslachte. Dieses Lachen entfuhr mir aus Versehen, ich sah die Entrüstung in den Augen meines Vaters und fürchtete mich davor, ich schämte mich. Gern hätte ich ihm erklärt: Ich habe nicht wirklich gelacht, Papà, das war ein Krampf, den ich nicht unterdrücken konnte, so was kann vorkommen, das habe ich erst vor Kurzem bei einem jungen Mann namens Rosario Sargente gesehen. Aber währenddessen wollte das Lachen nicht verschwinden, es verwandelte sich in ein eisiges Grinsen, ich spürte es auf meinem Gesicht und konnte es nicht abstellen.

Mein Vater stand langsam vom Tisch auf.

»Wo willst du hin?«, fragte meine Mutter alarmiert.

»Ins Bett«, sagte er.

Es war zwei Uhr nachmittags. Um diese Zeit zog er sich normalerweise zum Arbeiten zurück, besonders sonntags oder an seinen schulfreien Tagen, und das bis zum Abendessen. Stattdessen gähnte er laut, um uns zu beweisen, dass er tatsächlich müde war. Meine Mutter sagte:

»Ich gehe auch schlafen.«

Er schüttelte den Kopf, und wir beide lasen ihm vom Gesicht ab, dass es für ihn unerträglich geworden war, sich wie üblich mit ihr in dasselbe Bett zu legen. Bevor er die Küche verließ, sagte er in einem für ihn recht seltenen resignierten Ton zu mir:

»Da ist nichts zu machen, Giovanna, du bist genau wie meine Schwester.«

IV

1

Meine Eltern brauchten fast zwei Jahre für die Entscheidung, sich zu trennen, obwohl sie nur noch sporadisch unter einem Dach lebten. Mein Vater verschwand wochenlang ohne Vorankündigung und ließ mich mit der Angst zurück, er könnte sich an irgendeinem dunklen, dreckigen Ort Neapels das Leben genommen haben. Erst später erfuhr ich, dass er es sich in einer schönen Wohnung in Posillipo wohl sein ließ, die Costanzas Eltern ihrer Tochter geschenkt hatten, welche nun in ständigem Streit mit Mariano lag. Wenn mein Vater wiederauftauchte, war er zärtlich und taktvoll, er schien zu meiner Mutter und mir zurückkehren zu wollen. Aber nach einigen Tagen der Versöhnung fingen meine Eltern wieder an, sich über alles und jedes zu streiten, nur in einem waren sie sich immer einig: Zu meinem Besten durfte ich Vittoria nie wiedersehen.

Ich widersprach nicht, ich war derselben Meinung. Zudem hatte sich meine Tante von dem Moment an, da die Krise ausgebrochen war, nicht mehr blicken oder hören lassen. Ich ahnte, dass sie erwartete, dass ich mich bei ihr meldete: Sie, das Dienstmädchen, glaubte, ich wäre ihr für immer zu Diensten. Aber ich hatte mir gelobt, ihr nicht mehr zu gehorchen. Ich war erschöpft, sie hatte ihr ganzes Selbst auf mir abgeladen, ihren Hass, ihre Rachegefühle, ihre Sprache, und ich wünschte mir, dass aus meinem Gefühlsgemisch von Angst und Faszination ihr gegenüber nun wenigstens die Faszination verschwand.

Doch eines Nachmittags begann Vittoria erneut mich in Versuchung zu führen. Das Telefon klingelte, ich nahm ab und hörte am anderen Ende ihre Stimme: Hallo, ist Giannina da, ich will Giannina sprechen. Ich hielt den Atem an und legte auf. Aber sie rief wieder und wieder an, jeden Tag um die gleiche Zeit, nur sonntags nicht. Ich zwang mich, nicht zu antworten. Ich ließ es klingeln, und wenn meine Mutter zu Hause war und ans Telefon ging, schrie ich: Ich bin für niemanden zu sprechen, wobei ich den Befehlston nachahmte, in dem sie mir manchmal aus ihrem Zimmer den gleichen Satz zurief.

Bei solchen Gelegenheiten hielt ich die Luft an, betete mit halbgeschlossenen Augen, dass es nicht Vittoria sein möge. Und zum Glück war sie es nicht, oder zumindest sagte meine Mutter es mir nicht, falls sie es doch war. Allerdings wurden die Anrufe allmählich seltener, so dass ich glaubte, sie hätte aufgegeben, und ich ging wieder ohne Angst ans Telefon. Doch zu meiner Überraschung bestürmte uns Vittoria erneut, sie schrie am anderen Ende der Leitung: Hallo, Giannina, bist du's, ich will mit Giannina sprechen. Ich wollte aber nicht mehr Giannina sein und legte immer gleich wieder auf. Gewiss, manchmal klang ihre atemlose Stimme gequält, ich empfand Mitleid, und es reizte mich auch, sie wiederzusehen, sie zur Rede zu stellen, sie herauszufordern. In manchen Momenten, wenn ich besonders niedergeschlagen war, hätte ich gern geschrien: Ja, ich bin's, erklär mir mal, was passiert ist, was hast du meinem Vater und meiner Mutter angetan. Aber ich schwieg immer, unterbrach die Verbindung und gewöhnte mir an, keinen Gedanken an sie zuzulassen.

Irgendwann beschloss ich auch, mich von ihrem Armband zu trennen. Ich trug es nicht mehr, verwahrte es im Schubfach meines Nachttisches. Aber jedes Mal, wenn ich mich daran erinnerte, bekam ich Bauchschmerzen, mir brach der Schweiß aus, und ich hatte Gedanken, die nicht mehr verschwinden wollten. Wie konnte es sein, dass mein Vater und Costanza sich schon so lange liebten – bereits vor meiner Geburt –, ohne dass meine Mutter oder Mariano etwas bemerkt hatten? Und wieso hatte sich mein Vater in die Frau seines besten Freundes verliebt, und zwar nicht als das Opfer einer flüchtigen Schwärmerei, sondern – wie er mir sagte – ernsthaft, so dass seine Liebe noch immer anhielt? Und Costanza, die, so fein, so wohlerzogen, so herzlich, bei uns ein und aus gegangen war, seit ich denken konnte, wie hatte sie mit dem Mann meiner Mutter vor deren Augen fünfzehn Jahre lang zusammenbleiben können? Und wieso hatte Mariano, der meine Mutter seit Ewigkeiten kannte, erst vor Kurzem ihren Fuß unter dem Tisch zwischen seinen Füßen gehalten, noch dazu, wie inzwischen klar war – meine Mutter beteuerte es mir gegenüber unentwegt –, ohne ihre Zustimmung? Also, was ging in der Welt der Erwachsenen vor, im Kopf von höchst vernünftigen Menschen, in ihren ideenbeladenen Körpern? Was reduzierte sie auf denkbar unberechenbare Tiere, schlimmer noch als jede falsche Schlange?

Meine Qual war so groß, dass ich auf diese und andere Fragen nie wirkliche Antworten suchte. Sobald sie auftauchten, verwarf ich sie, und noch heute fällt es mir schwer, darauf zurückzukommen. Das Problem war, so begann ich zu argwöhnen, das Armband. Offensichtlich war es geradezu durchsetzt mit den Stimmungen dieser Geschichte, und obwohl ich mich hütete, das Schubfach, in dem ich es aufbewahrte, zu öffnen, drängte es sich mir auf, ganz als würde das Funkeln seiner Steine und seines Goldes Kummer verbreiten. Wie war es möglich, dass mein Vater, der mich doch maßlos liebte, mir das Geschenk meiner Tante vorenthalten und es Costanza gegeben hatte? Und wenn das Armband ursprünglich Vittoria gehört hatte, wenn es also ein Zeichen ihres Geschmacks, ihrer Vorstellung von Schönheit und Eleganz war, wie hatte es da Costanza so sehr gefallen können, dass sie es dreizehn Jahre lang behalten und getragen hatte? Und mein Vater, überlegte ich weiter, der seiner Schwester so feindlich gesinnt und in allem so weit von ihr entfernt war, warum war er der Meinung gewesen, dass ein Schmuckstück, das ihr gehörte, ein Schmuckstück, das mir zugedacht war, nicht etwa zu meiner Mutter passen könnte, sondern zu seiner Zweitfrau, die aus einer Familie von Goldschmieden stammte und so wohlhabend war, dass sie eigentlich keinen zusätzlichen Schmuck brauchte? Vittoria und Costanza waren zwei so ungleiche Frauen, sie unterschieden sich in allem voneinander. Die eine war kaum zur Schule gegangen, die andere war gebildet, die eine war vulgär, die andere kultiviert, die eine war arm, die andere reich. Und doch trieb mich das Armband von einer zur anderen, warf die beiden durcheinander und brachte so auch mich durcheinander.

Heute denke ich, dass es mir gerade durch diese obsessiven Phantastereien nach und nach gelang, Abstand zu dem Leid meiner Eltern zu gewinnen und sogar einzusehen, dass es mich vollkommen kaltließ, wie sie sich gegenseitig beschuldigten, anflehten und verachteten. Aber dazu brauchte es Monate. Anfangs strampelte ich, als würde ich ertrinken, und suchte nach einem festen Halt. Manchmal, besonders nachts, wenn ich unruhig aufwachte, dachte ich, mein Vater hätte befürchtet, obwohl er ein erklärter Feind jeder Form von Magie war, dass mir das Armband wegen seiner Herkunft auf magische Weise etwas antun könnte, und hätte es deshalb zu meinem Besten aus unserem Haus entfernt. Dieser Gedanke beruhigte mich, er hatte den Vorteil, mir einen liebevollen Vater zurückzugeben, der schon in den ersten Monaten meines Lebens versucht hatte, Tante Vittorias Boshaftigkeit von mir fernzuhalten, das Bestreben dieser Hexentante, mich zu beherrschen und mich so werden zu lassen wie sie. Doch das hielt nicht lange an, und schließlich fragte ich mich: Wenn mein Vater aber Costanza so sehr liebte, dass er meine Mutter betrog, so sehr, dass er sie und mich verließ, warum hat er ihr dann ein unheilbringendes Armband geschenkt? Vielleicht – phantasierte ich im Halbschlaf – weil es ihm sehr gefiel und ihn das davon abhielt, es ins Meer zu werfen. Oder weil er, selbst verhext von dem Schmuckstück, es wenigstens einmal an Costanzas Handgelenk hatte sehen wollen, bevor er sich davon trennte, und gerade dieser Wunsch ihn dann ruiniert hatte. Costanza war ihm noch schöner erschienen, als sie ohnehin war, und das verhexte Armband hatte ihn für immer an sie gefesselt und verhindert, dass er weiterhin nur meine Mutter liebte. Kurz, mein Vater hatte, weil er mich beschützen wollte, am Ende selbst unter dem Einfluss des bösen Zaubers seiner Schwester gestanden (ich malte mir oft aus, Vittoria habe diesen seinen falschen Schritt genau geplant), und das hatte unsere ganze Familie zerstört.

Diese Rückkehr zu den Märchen meiner Kindheit, gerade als ich das Gefühl hatte, sie endgültig hinter mir gelassen zu haben, hatte eine Zeitlang den Vorzug, nicht nur die Verantwortung meines Vaters auf ein Minimum zu reduzieren, sondern auch meine eigene. Wenn am Anfang allen Übels wirklich Vittorias Hexenkünste standen, hatte das heutige Drama bereits kurz nach meiner Geburt begonnen, so dass *ich* keine Schuld daran trug, die dunkle Macht, die mich dazu gebracht hatte, nach meiner Tante zu fragen und sie zu treffen, war schon längst am Werk, *ich* hatte nichts damit zu tun, *ich* war, wie die Kindlein Jesu, unschuldig. Aber auch dieses Bild verblasste irgendwann wieder. Hexerei hin oder her, feststand, dass mein Vater vor dreizehn Jahren den Schmuck, den seine Schwester mir geschenkt hatte, schön gefunden hatte und dass diese Schönheit von einer Frau wie Costanza bestätigt worden war. Somit fiel mir – auch in der Märchenwelt, die ich mir gerade bastelte – eine unpassende Nähe von Vulgarität und Kultiviertheit stärker auf, und dieses weitere Fehlen klarer Grenzen in einer Phase, in der ich die Orientierung verlor, verwirrte mich noch mehr. Meine triviale Tante wurde zu einer kultivierten Frau. Kultivierte Menschen wie mein Vater und Costanza wurden – wie auch das Unrecht zeigte, das sie meiner Mutter und selbst dem widerlichen Mariano zugefügt hatten – trivial. Daher stellte ich mir kurz vor dem Einschlafen manchmal einen unterirdischen Tunnel vor, der meinen Vater, Costanza und Vittoria auch gegen ihren Willen miteinander verband. Sosehr sie auch darauf bestanden, jeweils anders als die anderen zu sein, schienen sie mir doch zunehmend aus demselben Holz geschnitzt. In meiner Phantasie packte mein Vater Costanzas Hintern und zog sie an sich, genauso wie Enzo es früher mit meiner Tante und sicherlich mit Margherita gemacht hatte. Damit tat er meiner Mutter weh, die wie in den Märchen bitterlich weinte und viele Flaschen mit Tränen füllte, bis sie den Verstand verlor.

Und ich, die bei ihr geblieben war, würde ein trübes Leben haben, ohne die Späße, die nur er mit mir gemacht hatte, ohne sein kluges Wissen um die Dinge der Welt, Begabungen, in deren Genuss stattdessen Costanza, Ida und Angela kommen würden.

So war die Stimmung, als ich eines Tages aus der Schule nach Hause kam und entdeckte, dass das Armband nicht nur für mich eine schmerzliche Bedeutung hatte. Ich schloss die Wohnungstür auf und fand meine Mutter gedankenversunken vor dem Nachttisch in meinem Zimmer. Sie hatte das Armband aus dem Schubfach genommen, hielt es zwischen den Fingern und starrte es an, als wäre es das Halsband der Harmonia und als wollte sie durch seine Oberfläche zu seinen unheilbringenden Eigenschaften vordringen. Mir fielen ihre stark gebeugten Schultern auf, sie war hager und krumm geworden.

»Du trägst es nicht mehr?«, fragte sie, ohne sich umzudrehen, als sie mich bemerkte.

»Es gefällt mir nicht.«

»Weißt du, dass es nicht Vittoria, sondern deiner Großmutter gehörte?«

»Wer hat dir das gesagt?«

Sie erzählte mir, dass sie mit Vittoria telefoniert und direkt von ihr erfahren hatte, dass deren Mutter es ihr kurz vor ihrem Tod vermacht habe. Ich sah sie verblüfft an, ich hatte geglaubt, man dürfe nie wieder mit Vittoria reden, weil sie unzuverlässig und gefährlich war, aber offensichtlich galt dieses Verbot nur für mich.

»Stimmt das?«, fragte ich und gab mich skeptisch.

»Wer weiß das schon, alles was aus der Familie deines Vaters kommt, dein Vater eingeschlossen, ist fast immer falsch.«

»Hast du mit ihm gesprochen?«

»Ja.«

Genau um jener Frage auf den Grund zu gehen, hatte sie meinen Vater bedrängt – stimmt es, dass das Armband deiner Mutter gehörte, stimmt es, dass sie es deiner Schwester vermacht hat? –, und er hatte gestottert, er hänge sehr an dem Schmuck, er erinnere ihn an seine Mutter, und als er erfahren habe, dass Vittoria ihn verkaufen wollte, habe er ihr Geld gegeben und ihn behalten.

»Wann ist meine Großmutter gestorben?«, fragte ich.

»Bevor du geboren wurdest.«

»Dann hat Tante Vittoria gelogen, sie hat mir das Armband nicht geschenkt.«

»So erzählt es dein Vater.«

Ich merkte, dass sie ihm nicht glaubte, und da ich dagegen Vittoria geglaubt hatte und, wenn auch ungern, noch immer glaubte, bezweifelte auch ich seine Worte. Aber gegen meinen Willen befand sich das Armband nun schon auf dem Weg zu einer neuen, folgenreichen Geschichte. In meinem Kopf wurde es augenblicklich zum Hauptstreitpunkt zwischen den beiden Geschwistern, zu einem weiteren Grund ihres Hasses aufeinander. Ich stellte mir meine Großmutter vor, die nach Luft ringend darniederlag, mit aufgerissenen Augen und weit offenem Mund, und dazu als Randfiguren dieses Todeskampfes meinen Vater und Vittoria, die sich um das Armband stritten. Er entriss es ihr und nahm es unter Beschimpfungen und Flüchen mit sich fort, wobei er Geldscheine in die Luft warf. Ich fragte:

»Was meinst du, hat Papà das Armband Vittoria, wenigstens am Anfang, weggenommen, um es mir zu schenken, wenn ich mal groß bin?«

»Nein.«

Diese eine, entschiedene Silbe tat mir weh, ich sagte: »Jedenfalls hat er es auch nicht weggenommen, um es dir zu schenken.«

Meine Mutter nickte, legte das Armband ins Schubfach zurück, und als würden sie gleich die Kräfte verlassen, sank sie schluchzend auf mein Bett. Ich fühlte mich unbehaglich, sie, die sonst niemals weinte, weinte inzwischen bei jeder Gelegenheit, und auch ich hätte gern geweint, beherrschte mich aber, warum sie nicht? Ich streichelte ihre Schulter, küsste sie aufs Haar. Es war jetzt sonnenklar, dass mein Vater, egal wie er in den Besitz dieses Schmucks gekommen sein mochte, nur die Absicht gehabt hatte, ihn Costanza um ihr zartes Handgelenk zu legen. Das Armband, von welcher Seite man es auch betrachtete, in welche Geschichte man es auch einfügte – in ein Märchen, in eine interessante oder in eine banale Erzählung –, verdeutlichte nur, dass unser Körper, angestachelt vom Leben, das sich in ihm windet und ihn aufzehrt, Dummheiten macht, die er nicht machen sollte. Und wenn ich das im Allgemeinen noch akzeptieren konnte – bei Mariano, zum Beispiel, und sogar bei meiner Mutter und bei mir –, hätte ich doch niemals gedacht, dass die Dummheit auch überlegene Menschen wie Costanza, wie meinen Vater verderben könnte. Ich brütete lange über diese ganze Geschichte, grübelte in der Schule darüber nach, auf der Straße, beim Mittagessen, beim Abendbrot, nachts. Ich suchte nach einem Sinn, um diesen Eindruck mangelnder Intelligenz bei Menschen, die sehr viel davon hatten, zu umgehen.

2

In diesen zwei Jahren geschahen viele wichtige Dinge. Als mein Vater, nachdem er wiederholt hatte, dass ich genau wie seine Schwester sei, zum ersten Mal von zu Hause verschwand, dachte ich, er hätte es aus Abscheu vor mir getan. Verletzt und aufgebracht beschloss ich, nicht mehr zu lernen. Ich schlug kein Lehrbuch mehr auf, machte keine Schulaufgaben mehr, und der Winter verging, während ich versuchte, mir selbst immer fremder zu werden. Ich legte einige Gewohnheiten ab, die er mir aufgenötigt hatte: Zeitung lesen, die Fernsehnachrichten verfolgen. Ich wechselte von Farben wie Weiß und Rosa zu Schwarz, die Augen schwarz, die Lippen schwarz, jedes Kleidungsstück schwarz. Ich war zerstreut, taub für die Ermahnungen der Lehrer, gleichgültig dem Gejammer meiner Mutter gegenüber. Anstatt zu lernen, verschlang ich Romane, schaute mir im Fernsehen Filme an, betäubte mich mit Musik. Ich lebte vor allem schweigend, wenige Worte und fertig. Ich hatte ohnehin schon keine Freunde, von der langen Vertrautheit mit Angela und Ida einmal abgesehen. Aber seit auch sie von der Tragödie unserer Familien verschlungen worden waren, war ich, mit meiner Stimme, die in meinem Kopf kreiselte, vollends allein. Ich lachte vor mich hin, zog vor mir selbst Grimassen, verbrachte viel Zeit entweder auf der Treppe hinter meinem Gymnasium oder im Floridiana-Park auf den von Bäumen und Hecken gesäumten Wegen, auf denen ich früher mit meiner Mutter, mit Costanza, mit Angela und, noch im Kinderwagen, mit Ida spazieren gegangen war. Es gefiel mir, mich geistesabwesend in die glücklichen Zeiten der Vergangenheit zu stürzen, als wäre ich schon alt, während ich blicklos die kleine

Mauer und die Gärten der Santarella anstarrte oder von einer Bank im Floridiana-Park aus auf das Meer und die ganze Stadt blickte.

Angela und Ida meldeten sich erst später wieder und nur telefonisch. Angela war es, die sehr fröhlich anrief, sie sagte, sie wolle mir möglichst bald die neue Wohnung in Posillipo zeigen.

»Wann kommst du?«, fragte sie.
»Keine Ahnung.«
»Dein Vater hat gesagt, dass du oft bei uns sein wirst.«
»Ich muss meiner Mutter Gesellschaft leisten.«
»Bist du sauer auf mich?«
»Nein.«

Nachdem geklärt war, dass ich sie noch gernhatte, schlug sie einen anderen Ton an, wurde besorgter und vertraute mir einige Geheimnisse an, obwohl sie hätte verstehen müssen, dass ich keine Lust hatte, sie zu hören. Sie sagte, mein Vater sei so etwas wie ihr Vater geworden, denn nach der Scheidung würde er Costanza heiraten. Sie sagte, Mariano wolle nicht nur Costanza nicht wiedersehen, sondern auch sie beide nicht, und das weil – hatte er eines Abends geschrien, und sie und Ida hatten es gehört – er felsenfest davon überzeugt sei, dass mein Vater ihr richtiger Vater sei. Schließlich eröffnete sie mir, dass sie einen festen Freund habe, aber ich dürfe es niemandem sagen, dieser Freund sei Tonino. Er habe sie oft angerufen, sie hätten sich in Posillipo getroffen, hätten viele Spaziergänge durch Mergellina gemacht, und vor weniger als einer Woche hätten sie sich ihre Liebe erklärt.

Obwohl das Telefongespräch lang war, schwieg ich fast die ganze Zeit. Ich sagte auch nichts, als sie ironisch flüsterte, dass ich, da wir vielleicht Schwestern waren, Toninos Schwägerin werden würde. Erst als Ida, die offenbar danebenstand, unglücklich schrie: Nein, wir sind keine Schwestern, dein Vater ist nett, aber ich will meinen haben, sagte ich leise: Ida hat recht, selbst wenn eure Mutter meinen Vater heiratet, bleibt ihr Marianos Töchter und ich die Tochter von Andrea. Doch ich behielt für mich, wie sehr mich die Mitteilung ärgerte, dass sie mit Tonino zusammen war. Ich brummte nur:

»Ich habe es nicht ernst gemeint, als ich gesagt habe, dass ich ihm gefalle, ich habe Tonino nie gefallen.«

»Ich weiß, ich habe ihn danach gefragt, bevor ich ja gesagt habe, und er hat mir geschworen, dass er nie was für dich empfunden hat. Er hat mich vom ersten Augenblick an geliebt, er denkt nur an mich.«

Als hätte der hinter dem Geplauder drängende Kummer sämtliche Schleusen geöffnet, brach ich in Tränen aus, entschuldigte mich und legte auf.

Wie viel wir alle weinten, ich ertrug die Tränen nicht mehr. Im Juni ging meine Mutter in meine Schule, um zu sehen, was ich angestellt hatte, und entdeckte, dass ich sitzengeblieben war. Natürlich wusste sie, dass es in der Schule denkbar schlecht für mich lief, aber mich nicht zu versetzen, hielt sie für übertrieben. Sie wollte mit den Lehrern sprechen, wollte mit der Direktorin sprechen, schleppte mich mit, als wäre ich der Beweis dafür, dass mir Unrecht geschehen war. Es war ein Leidensweg für uns beide. Die Lehrer erinnerten sich kaum an mich, präsentierten aber ihre Klassenbücher mit den schlechten Noten und bewiesen ihr, dass ich eine Unmenge von Fehltagen hatte. Sie war betroffen, besonders wegen der Fehltage. Fragte leise: Wo warst du, was hast du gemacht. Ich sagte: Ich war im Floridiana-Park. Dem Mädchen, schaltete sich da der

Lehrer für Latein und Altgriechisch ein, fehlt offensichtlich das Talent für die Altphilologie. Und er wandte sich freundlich an mich: Nicht wahr? Ich antwortete nicht, hätte aber gern geschrien, dass ich jetzt, da ich groß war, jetzt, da ich kein Püppchen mehr war, das Gefühl hatte, für gar nichts Talent zu haben: Ich war nicht intelligent, war positiver Gefühle nicht fähig, war nicht schön und nicht einmal sympathisch. Meine Mutter – zu viel Makeup an den Augen, zu viel Rouge auf den Wangen, ihre Gesichtshaut straff wie ein gespanntes Segel – antwortete an meiner Stelle: Sie hat Talent, sie hat viel Talent, sie hat in diesem Jahr nur ein bisschen die Orientierung verloren.

Auf der Straße begann sie gleich gegen meinen Vater zu wettern: Alles seine Schuld, er ist abgehauen, dabei hätte er auf dich aufpassen müssen, er hätte dir helfen und dich ermutigen müssen. Zu Hause machte sie weiter, und da sie nicht wusste, wie sie ihren schuldigen Mann sonst aufspüren konnte, ging sie tags darauf zu seiner Schule. Ich weiß nicht, wie es zwischen ihnen lief, aber am Abend sagte meine Mutter:

»Wir sagen es niemandem.«

»Was denn?«

»Dass du sitzengeblieben bist.«

Nun fühlte ich mich noch gedemütigter. Mir wurde klar, dass ich ganz im Gegenteil wollte, dass es bekannt wurde, schließlich war dieses Sitzenbleiben mein einziges Unterscheidungsmerkmal. Ich hatte gehofft, meine Mutter würde es ihren Kollegen in der Schule und den Leuten erzählen, für die sie Korrektur las und irgendwas schrieb, und mein Vater – vor allem mein Vater – würde es denen sagen, die ihn schätzten und liebten: Giovanna ist nicht wie ich und ihre Mutter, sie lernt nicht, sie strengt sich nicht an, sie ist innerlich und äußerlich so hässlich wie ihre Tante, vielleicht zieht sie zu ihr, in die Gegend von Macello in der Zona Industriale.

»Warum nicht?«, fragte ich.

»Weil es unnötig ist, eine Tragödie daraus zu machen, das ist doch nur ein kleiner Misserfolg. Du wiederholst das Jahr, lernst fleißig und wirst die Klassenbeste. Sind wir uns da einig?«

»Ja«, antwortete ich widerwillig und wollte in mein Zimmer gehen, aber sie hielt mich zurück:

»Warte, denk dran, dass du es auch Angela und Ida nicht erzählst.«

»Sind sie versetzt worden?«

»Ja.«

»Hat Papà dich darum gebeten, es nicht mal ihnen zu sagen?«

Sie antwortete nicht, beugte sich über ihre Arbeit, schien mir noch hagerer zu sein. Ich begriff, dass sie sich für meinen Misserfolg schämten, vielleicht war es das einzige Gefühl, das sie noch verband.

3

In diesem Sommer gab es keine Ferien, meine Mutter machte keine, mein Vater weiß ich nicht, wir sahen ihn erst im darauffolgenden Jahr im Spätwinter wieder, als sie ihn einbestellte, um ihn aufzufordern, die Trennung offiziell zu machen. Aber ich litt nicht darunter, ich verbrachte den ganzen Sommer damit, so zu tun, als bemerkte ich die Verzweiflung meiner Mutter nicht. Ich blieb sogar gleichgültig, als sie und mein Vater über die Aufteilung ihrer Sachen diskutierten und sich heftig stritten, als er anfing mit: Nella, ich brauche dringend die Notizen aus der obersten Schreibtischschublade, und sie ihn anschrie, sie werde ihn stets mit allen Mitteln daran hindern, auch nur ein Buch aus dieser Wohnung mitzunehmen, auch nur ein Heft, auch nur den Stift, den er für gewöhnlich benutzte, und die Schreibmaschine. Verletzt und beschämt hatte mich dagegen jene Anweisung: Sag niemandem, dass du sitzengeblieben bist. Zum ersten Mal erschienen sie mir genauso erbärmlich, wie Vittoria sie mir ausgemalt hatte, und so vermied ich es, Angela und Ida anzurufen oder zu sehen. Ich hatte Angst, sie könnten sich nach meinen schulischen Leistungen erkundigen oder, was weiß ich, danach, wie es in der zweiten Klasse der gymnasialen Unterstufe lief, während ich doch gerade die erste wiederholte. Zu lügen machte mir zunehmend Spaß, ich spürte nun, dass zu beten und irgendwelche Märchen zu erzählen mich gleichermaßen trösteten. Aber eine Unwahrheit sagen zu müssen, um zu verhindern, dass meine Eltern der Lüge überführt wurden und herauskam, dass ich nicht ihre Fähigkeiten geerbt hatte, kränkte mich, deprimierte mich.

Einmal, als Ida anrief, ließ ich meine Mutter sagen, ich wäre nicht da, obwohl ich in dieser Zeit vieler Lektüren und sehr vieler Filme lieber mit Ida als mit Angela gesprochen hätte. Ich zog die Isolation vor, und wenn es möglich gewesen wäre, hätte ich nicht einmal mehr mit meiner Mutter gesprochen. Für die Schule kleidete und schminkte ich mich nun so, dass ich aussah wie eine Frau mit lockerem Lebenswandel zwischen anständigen Kindern, und ich hielt alle auf Abstand, auch die Lehrer, die mein kratzbürstiges Benehmen nur tolerierten, weil meine Mutter hatte durchblicken lassen, dass auch sie Lehrerin sei. Zu

Hause drehte ich, wenn sie nicht da war, die Musik laut auf und tanzte manchmal mit wilder Hingabe. Oft kamen die Nachbarn, um sich zu beschweren, sie läuteten, aber ich machte nicht auf.

Eines Nachmittags, als ich allein war und ausgelassen herumsprang, klingelte es, ich schaute, auf wütende Leute gefasst, durch den Spion und sah Corrado auf dem Treppenabsatz stehen. Ich beschloss, auch diesmal nicht zu öffnen, aber mir wurde klar, dass er meine Schritte auf dem Flur gehört haben musste. Er starrte mit seiner üblichen Unverschämtheit auf die Linse des Spions, vielleicht bemerkte er sogar meinen Atem hinter der Tür, denn seine ernste Miene verwandelte sich in ein breites, vertrauenerweckendes Lächeln. Mir fiel das Friedhofsfoto seines Vaters wieder ein, auf dem Vittorias Liebhaber zufrieden lächelte, und ich dachte, dass man auf Friedhöfe keine Fotos bringen sollte, auf denen die Toten lächeln, zum Glück war Corrados Lächeln das eines lebendigen jungen Mannes. Ich ließ ihn vor allem deshalb herein, weil meine Eltern mir stets verboten hatten, in ihrer Abwesenheit jemanden hereinzulassen, und ich bereute es nicht. Er blieb eine Stunde, und zum ersten Mal seit Beginn dieser langen Krise erfasste mich eine Heiterkeit, derer ich mich nicht mehr fähig geglaubt hatte.

Als ich Margheritas Kinder kennenlernte, hatten mir Toninos beherrschte Art und die lebhaften Reaktionen der bildschönen Giuliana gefallen, aber Corrados etwas gehässiges Geschwätz, seine Art, mit Witzchen, die nicht witzig waren, jeden lächerlich zu machen, sogar Tante Vittoria, war mir auf die Nerven gegangen. Doch an diesem Nachmittag lachte ich Tränen bei allem, was er sagte – meistens unbestreitbar dummes Zeug. Das war neu und ist später typisch für mich geworden: Ich lache zunächst wegen irgendeiner Kleinigkeit und kann dann nicht mehr aufhören, ich bekomme einen Lachkrampf. Der Höhepunkt an diesem Nachmittag war das Wort *Schnarchnase*. Ich hatte es nie zuvor gehört, und als er es sagte, fand ich es lustig, ich prustete los. Daraufhin benutzte Corrado es in seinem italienisierten Dialekt ständig, um mal seinen Bruder Tonino und mal seine Schwester Giuliana herabzusetzen – *die Schnarchnase hier, die Schnarchnase da* – und dabei in meinem Gelächter zu schwelgen. Ihm zufolge war Tonino eine Schnarchnase, weil er sich mit meiner Freundin Angela verlobt hatte, die eine noch größere Schnarchnase war. Er hatte seinen Bruder gefragt: Hast du sie geküsst? Ein paar Mal. Und fasst du ihr an die Brust? Nein, ich respektiere sie. Du respektierst sie? Dann bist du wirklich eine Schnarchnase, nur eine Schnarchnase verlobt sich und respektiert dann die Verlobte, wieso, zum Geier, hast du dich verlobt, wenn du sie respektierst? Du wirst sehen, wenn Angela keine Schnarchnase ist, also keine noch größere Schnarchnase als du, dann wird sie zu dir sagen: Tonì, hör auf mich zu respektieren, sonst verlasse ich dich. Ha ha ha.

Ich amüsierte mich großartig an diesem Nachmittag. Mir gefiel die Unbefangenheit, mit der Corrado über Sex sprach, mir gefiel, wie er die Verlobung seines Bruders mit Angela ins Lächerliche zog. Er schien aus eigener Erfahrung viel darüber zu wissen, was bei Liebespaaren so läuft, und manchmal ließ er im Dialekt die Bezeichnung für irgendeine Sexualpraktik fallen, und ebenfalls im Dialekt erklärte er mir, worum es dabei ging. Obwohl ich wegen dieses Wortschatzes, den ich nicht beherrschte, kaum etwas verstand, kicherte ich zaghaft und verklemmt, um erst dann wieder richtig loszulachen, wenn er in egal welchem Zusammenhang erneut *Schnarchnase* sagte.

Er war unfähig, zwischen Ernst und Spaß zu unterscheiden, Sex war für ihn immer lustig. Für ihn – verstand ich – war es lustig, sich zu küssen, aber auch, sich nicht zu küssen, sich anzufassen, aber auch, sich nicht anzufassen. Die Lustigsten von allen waren seiner Meinung nach seine Schwester Giuliana und Roberto, Toninos hochintelligenter Freund. Nachdem die beiden sich schon als Kinder geliebt hatten, ohne es sich zu sagen, hatten sie sich endlich zusammengetan. Giuliana sei wahnsinnig in Roberto verknallt, für sie sei er der Schönste, Klügste, Mutigste, Anständigste, und außerdem glaube er noch viel mehr an Gott als Jesus Christus dies tue, der doch immerhin dessen Sohn sei. Sämtliche Betschwestern aus Pascone und auch die aus Mailand, wo Roberto studiert habe, seien derselben Ansicht wie Giuliana, aber, erzählte mir Corrado, es gebe auch jede Menge Leute, die nicht auf den Kopf gefallen seien und diese ganze Begeisterung keineswegs teilten. Zu denen müsse man auch ihn zählen und seine Freunde, den Typ mit den vorstehenden Zähnen, zum Beispiel, Rosario.

»Vielleicht irrt ihr euch, vielleicht hat Giuliana ja recht«, sagte ich.

Er schlug einen ernsten Ton an, aber ich wusste sofort, dass der nur gespielt war.

»Roberto kennst du nicht, aber du kennst Giuliana, du warst in der Gemeinde und hast gesehen, was für Tänze sie tanzen, dazu Vittoria mit ihrem Akkordeon, die Leute, die da sind. Also: Glaubst du das, was die denken, oder das, was ich denke?«

Ich musste schon lachen und sagte:

»Das, was du denkst.«
»Und was ist, nüchtern betrachtet, dann deiner Meinung nach Roberto?«
»Eine Schnarchnase«, platzte ich heraus und lachte hemmungslos, mir taten vom vielen Lachen schon die Gesichtsmuskeln weh.

Je mehr wir so redeten, umso mehr genoss ich ein angenehmes Gefühl des Ungehorsams. *Ich* hatte diesen jungen Mann, der wohl mindestens sechs oder sieben Jahre älter war als ich, in die leere Wohnung gelassen, *ich* hatte eingewilligt, fast eine Stunde lang fröhlich mit ihm über Sex zu reden. Allmählich fühlte ich mich zu jedem möglichen Regelverstoß bereit, und er ahnte es, bekam funkelnde Augen, sagte: Soll ich dir mal was zeigen. Ich schüttelte den Kopf, allerdings kichernd, und auch Corrado lachte, er zog seinen Reißverschluss herunter, flüsterte: Gib mir deine Hand, dann kannst du ihn wenigstens mal anfassen. Aber weil ich lachte und sie ihm nicht gab, nahm er sie sanft. Halt ihn mal, sagte er, nein, das ist zu fest, ja, so is' gut, so 'ne Schnarchnase hast du noch nie angefasst, was. Er sagte das absichtlich, damit ich wieder einen Lachkrampf bekam, und ich lachte, flüsterte: Hör auf, meine Mutter kann jeden Moment kommen, und er erwiderte: Na, dann lassen wir sie die Schnarchnase auch mal anfassen. Was haben wir gelacht, ich fand es sehr witzig, dieses plumpe, harte Ding in der Hand zu halten, ich zog es selbst hervor und dachte dabei, dass er mich nicht einmal geküsst hatte. Das dachte ich, während er mich aufforderte: Steck ihn dir in den Mund, und das hätte ich sogar getan, in diesem Augenblick hätte ich alles getan, was er von mir verlangte, nur um zu lachen, aber aus seiner Hose drang ein schwerer Latrinengeruch, vor dem ich mich ekelte, und außerdem sagte er plötzlich: Schluss jetzt, nahm ihn mir aus der Hand und steckte ihn mit einem sehr kehligen Seufzer, der mich beeindruckte, zurück in seine Unterhose. Ich sah, wie er sich für wenige Sekunden mit geschlossenen Augen gegen die Sessellehne fallen ließ, dann raffte er sich auf, zog den Reißverschluss hoch, sprang auf, schaute auf die Uhr und sagte:

»Ich muss los, Giannì, aber wir hatten so viel Spaß zusammen, wir müssen uns wiedersehen.«

»Meine Mutter lässt mich nicht ausgehen, ich muss für die Schule lernen.«

»Du brauchst nicht zu lernen, du bist doch schon gut.«

»Ich bin nicht gut, ich bin sitzengeblieben, ich wiederhole das Schuljahr gerade.«

Ungläubig sah er mich an.

»Ach, komm, das kann doch nicht sein. Ich bin nie sitzengeblieben, aber du? Das ist unfair, du musst Rabatz machen. Du weißt doch, dass ich in der Schule nicht gerade eine Leuchte war? Mir haben sie meinen Abschluss als Fachmechaniker geschenkt, weil ich so nett bin.«

»Du bist nicht nett, du bist bescheuert.«

»Willst du damit sagen, du hast dich mit einem bescheuerten Idioten amüsiert?«

»Ja.«

»Dann bist du also auch bescheuert?«

»Ja.«

Erst als er im Hausflur stand, schlug Corrado sich gegen die Stirn und rief: Ich hab was Wichtiges vergessen, und zog einen ramponierten Umschlag aus der Hosentasche. Er sagte, er sei ja extra deswegen hergekommen, Vittoria schicke mir das. Zum Glück sei es ihm noch eingefallen, hätte er es vergessen, dann hätte meine Tante gekreischt wie ein Frosch. Er sagte *Frosch*, um mich mit diesem blödsinnigen Vergleich wieder zum Lachen zu bringen, aber diesmal lachte ich nicht. Kaum hatte er mir den Umschlag gegeben und war die Treppe hinunter und weg, kam meine Beklemmung wieder.

Der Umschlag war zugeklebt, völlig zerknittert, dreckig. Hastig riss ich ihn auf, bevor meine Mutter zurückkehrte. Nur wenige Zeilen, trotzdem mit vielen Rechtschreibfehlern. Vittoria schrieb, da ich nicht mehr angerufen hätte, da ich nicht ans Telefon ginge, hätte ich ihr bewiesen, dass ich genau wie mein Vater und wie meine Mutter verwandtschaftlicher Liebe nicht fähig sei, ich solle ihr deshalb das Armband zurückgeben. Sie würde Corrado schicken, um es abzuholen.

4

Ich begann aus zwei Gründen, das Armband wieder zu tragen. Erstens wollte ich, da Vittoria es zurückforderte, wenigstens für kurze Zeit in der Schule damit angeben und den Eindruck erwecken, dass mein Status als Sitzenbleiberin so gut wie nichts über das Mädchen aussagte, das ich war; und zweitens sollte mein Vater, der vor der Scheidung nun versuchte, den Kontakt zu mir wiederherzustellen, immer, wenn er sich vor meiner Schule blicken ließ, das Armband an meinem Handgelenk sehen, damit ihm klarwurde, dass ich es garantiert tragen würde, falls er mich je in Costanzas Wohnung einladen sollte. Aber weder meine Mitschülerinnen noch mein Vater schienen den Schmuck zu beachten, jene aus Neid, dieser weil wahrscheinlich schon der bloße Hinweis darauf ihn in Verlegenheit brachte.

Mein Vater erschien für gewöhnlich mit herzlichen Umgangsformen am Schultor, dann gingen wir zusammen Panzarotti und Pastacresciuta essen, in einer Imbissbude unweit der Funicolare. Er erkundigte sich nach meinen Lehrern, nach dem Unterricht, nach meinen Zensuren, aber ich hatte den Eindruck, dass meine Antworten ihn nicht interessierten, obwohl er ein aufmerksames Gesicht zog. Außerdem war dieses Thema schnell erschöpft, er schnitt kein neues an, ich traute mich nicht, Fragen zu seinem neuen Leben zu stellen, und am Ende schwiegen wir beide.

Dieses Schweigen machte mich traurig und wütend, ich spürte, dass mein Vater nun aufhörte, mein Vater zu sein. Er musterte mich, wenn er glaubte, ich sei abgelenkt und bemerke es nicht, aber ich bemerkte es sehr wohl, sein Blick war verblüfft, als hätte er Mühe, mich wiederzuerkennen, so ganz in Schwarz, von Kopf bis Fuß, dazu das dick aufgetragene Make-up; oder vielleicht als würde er mich nun bestens kennen, besser als damals, als ich seine geliebte Tochter war, er wusste, dass ich unehrlich und hinterhältig war. Vor unserem Haus wurde er wieder herzlich, küsste mich auf die Stirn, sagte: Grüß Mamma von mir. Ich winkte ihm zum Abschied ein letztes Mal zu, und als die Haustür hinter mir ins Schloss fiel, stellte ich mir melancholisch vor, wie er mit quietschenden Reifen erleichtert wegfuhr.

Auf der Treppe oder im Fahrstuhl bekam ich oft Lust, neapolitanische Lieder, die ich nicht ausstehen konnte, vor mich hin zu trällern. Ich tat so, als wäre ich eine Sängerin, lockerte meinen Kragen und modulierte halblaut Verse, die in meinen Ohren ausgesprochen lächerlich klangen. Auf unserem Treppenabsatz zügelte ich mich wieder, schloss die Tür auf und betrat die Wohnung, wo ich auf meine Mutter traf, die ebenfalls gerade aus der Schule nach Hause gekommen war.

»Papà lässt dich grüßen.«
»Na prima. Hast du was gegessen?«
»Ja.«
»Was denn?«
»Panzarotti und Pastacresciuta.«
»Sag ihm, bitte, du kannst nicht immer nur dieses frittierte Zeug essen. Ihm tut das übrigens auch nicht gut.«

Mich überraschte der offenherzige Ton dieses letzten Satzes und vieler ähnlicher Bemerkungen, die ihr gelegentlich entschlüpften. Nach ihrer langen Verzweiflung veränderte sich nun etwas in ihr, vielleicht gerade das Wesen dieser Verzweiflung. Sie war nur noch Haut und Knochen, sie rauchte mehr als Vittoria, ihre Schultern waren zunehmend gebeugt, und wenn sie sich an den Schreibtisch setzte, sah sie aus wie ein Angelhaken, der ausgeworfen worden war, um wer weiß welche nie greifbaren Fische zu fangen. Und doch schien sie seit einiger Zeit, anstatt sich um sich selbst zu sorgen, um ihren Ex-Mann besorgt zu sein. Manchmal sah ich, dass sie ihn für dem Tode nahe oder wirklich schon für tot hielt, auch wenn das noch niemand bemerkt hatte. Nicht dass sie aufgehört hätte, ihm jede nur mögliche Schuld zuzuweisen, aber in ihr mischten sich Groll und Besorgnis, sie verabscheute ihn und schien trotzdem Angst zu haben, er könnte außerhalb ihres Schutzes schnell seine Gesundheit und sein Leben einbüßen. Ich wusste nicht, was ich tun sollte. Ihr körperlicher Zustand beunruhigte mich, aber ihr zunehmendes Desinteresse für alles außer der Zeit, die sie mit ihrem Mann verbracht hatte, machte mich wütend. Jedes Mal, wenn ich flüchtig in die Geschichten hineinschaute, die sie durchsah und umschrieb, kam darin ein außergewöhnlicher Mann vor, der aus diesem oder jenem Grund verschwunden war. Und wenn Freundinnen von ihr bei uns vorbeischauten – meistens Lehrerinnen aus dem Gymnasium, an dem sie arbeitete –, hörte ich meine Mutter Sätze sagen wie: mein Ex-Mann hat wirklich viele Fehler, doch in einem hat er absolut recht, er sagt, dass, er denkt, dass. Sie zitierte ihn in einem fort und voller Respekt. Und damit nicht genug. Als sie erfuhr, dass mein Vater nun mit einer gewissen Regelmäßigkeit für die *Unità* schrieb, begann sie, die für gewöhnlich die *Repubblica* las, nun auch jene Zeitung zu kaufen, zeigte mir seinen gedruckten Namen, unterstrich einige Sätze, schnitt die Artikel aus. Ich dachte bei mir, dass ich, wenn mir ein Mann angetan hätte, was er ihr angetan hatte, ihm den Brustkorb zerschmettert und das Herz herausgerissen hätte, und ich war mir sicher, dass auch sie sich in dieser ganzen Zeit solche Gemetzel ausgemalt hatte. Aber jetzt folgte auf einen verbitterten Sarkasmus immer öfter ein friedlicher Erinnerungskult. Eines Abends kam ich dazu, als sie die Familienfotos sortierte, auch die, die sie in der Blechschachtel unter Verschluss hielt. Sie sagte:

»Komm her, sieh mal, wie gut dein Vater hier aussah.«

Sie zeigte mir eine Schwarz-Weiß-Fotografie, die ich noch nie gesehen hatte, obwohl ich vor einer Weile überall herumgestöbert hatte. Sie hatte sie gerade aus einem Italienisch-Wörterbuch genommen, das sie seit ihrer Gymnasialzeit besaß, dort hätte ich niemals nach einem Foto gesucht. Auch mein Vater dürfte nichts davon gewusst haben, denn darauf war, ohne übermalt worden zu sein, auch Vittoria als junges Mädchen zu sehen und – ich erkannte ihn sofort – kein Geringerer als Enzo. Und nicht nur das: Zwischen meinem Vater und meiner Tante auf der einen Seite und Enzo auf der anderen saß in einem Sessel eine kleine, noch nicht alte, doch auch nicht mehr junge Frau mit, wie mir schien, finsterer Miene. Ich sagte leise:

»Hier scheinen sich Papà und Tante Vittoria zu freuen, sieh mal, wie sie ihn anlächelt.«

»Ja.«

»Und das ist Enzo, der kriminelle Polizist.«

»Ja.«

»Auch er und Papà sind hier nicht wütend aufeinander.«

»Nein. Am Anfang waren sie Freunde, Enzo war oft zu Besuch bei der Familie.«

»Und wer ist die Frau hier?«

»Deine Großmutter.«

»Wie war sie?«

»Unausstehlich.«

»Warum?«

»Sie konnte deinen Vater nicht leiden und darum auch mich nicht. Sie hat nie auch nur mit mir sprechen oder mich sehen wollen, ich war immer die, die nicht zur Familie gehörte, eine Fremde. Stell dir vor, sie hatte Enzo lieber als deinen Vater.«

Ich betrachtete das Foto eingehend, mir stockte der Atem. Ich nahm die Lupe aus der Stiftebox und betrachtete das rechte Handgelenk der Mutter meines Vaters.

»Sieh mal«, sagte ich, »meine Großmutter hat mein Armband um.«

Sie nahm die Lupe nicht, beugte sich in ihrer Angelhakenhaltung über das Bild, schüttelte den Kopf und murmelte:

»Das ist mir nie aufgefallen.«
»Ich habe das gleich gesehen.«
Genervt verzog sie das Gesicht.
»Ja, du hast das gleich gesehen. Aber eigentlich habe ich dir deinen Vater gezeigt, und du hast ihn dir nicht mal angeschaut.«
»Ich habe ihn mir angeschaut, und ich finde nicht, dass er so gut aussieht, wie du sagst.«
»Er sieht sehr gut aus, du bist noch klein, du kannst nicht verstehen, wie gut ein sehr intelligenter Mann aussehen kann.«
»Doch, das verstehe ich sehr wohl. Aber hier sieht er aus wie der Zwillingsbruder von Tante Vittoria.«
Meine Mutter verstärkte ihren müden Ton.
»Hör mal, er hat mich verlassen, nicht dich.«
»Er hat uns beide verlassen, ich hasse ihn.«
Sie schüttelte den Kopf.
»Es ist meine Sache, ihn zu hassen.«
»Meine auch.«
»Nein, du bist jetzt wütend und sagst Dinge, die du nicht so meinst. Aber er hat einen guten Kern. Er wirkt wie ein verlogener Verräter, dabei ist er ehrlich und in gewisser Weise sogar treu. Seine wahre große Liebe ist Costanza, mit ihr ist er in all diesen Jahren zusammengeblieben, und mit ihr wird er bis zu seinem Tod zusammenbleiben. Aber vor allem wollte er wirklich ihr das Armband seiner Mutter schenken.«

5

Meine Entdeckung tat uns beiden weh, doch wir reagierten unterschiedlich darauf. Wer weiß, wie oft meine Mutter in diesem Wörterbuch geblättert hatte, wer weiß, wie oft sie sich dieses Bild angesehen hatte, und trotzdem hatte sie nie bemerkt, dass das Armband, das Marianos Ehefrau seit Jahren zur Schau stellte und das sie selbst seit Jahren bewunderte und auch gern besessen hätte, dasselbe war wie das, welches ihre Schwiegermutter auf dem Foto am Handgelenk trug. Sie hatte auf dem Schwarz-Weiß-Bild immer nur meinen jungen Vater gesehen. Hatte darauf die Gründe dafür wiedererkannt, weshalb sie ihn liebte, und darum das Foto in dem Wörterbuch aufbewahrt wie eine Blume, die uns, auch wenn sie vertrocknet, an den Moment erinnern soll, in dem wir sie geschenkt bekommen haben. Auf alles Übrige hatte sie nicht geachtet, und so musste sie schrecklich gelitten haben, als ich sie auf den Schmuck aufmerksam machte. Aber sie tat es, ohne es mir zu zeigen, behielt ihre Reaktionen unter Kontrolle und versuchte, mich mit albernem oder nostalgischem Geschwätz abzulenken. Mein Vater gut, ehrlich, treu? Costanza die große Liebe, die wahre Ehefrau? Meine Großmutter, die Vittorias Verführer Enzo ihrem eigenen Sohn vorzog? Sie improvisierte eine ganze Reihe solcher Märchen, und während sie von einem zum nächsten sprang, flüchtete sie sich nach und nach in einen Kult ihres Ex-Mannes. Gewiss, heute kann ich sagen, wenn sie die Leere, die er hinterlassen hatte, nicht irgendwie ausgefüllt hätte, wäre sie hineingestürzt und gestorben. Aber in meinen Augen war der Weg, für den sie sich da entschieden hatte, der abstoßendste.

Was mich betraf, so erlaubte mir das Foto die kühne Erwägung, Vittoria das Armband unter keinen Umständen zurückzugeben. Die Gründe, die ich mir zurechtlegte, waren sehr verworren. Es ist meins – sagte ich mir –, weil es meiner Großmutter gehörte. Es ist meins – sagte ich mir –, weil Vittoria es sich gegen den Willen meines Vaters genommen hat, weil mein Vater es sich gegen den Willen Vittorias genommen hat. Es ist meins – sagte ich mir –, weil es mir zusteht, es steht mir so oder so zu, entweder weil Vittoria es mir tatsächlich geschenkt hat oder weil das eine Lüge ist und stattdessen mein Vater es ihr weggenommen hat, um es einer Fremden zu schenken. Es ist meins – sagte ich mir –, weil diese Fremde, Costanza, es mir zurückgegeben hat und meine Tante folglich zu Unrecht Anspruch darauf erhebt. Es ist meins – dachte ich schließlich –, weil ich es auf dem Foto wiedererkannt habe und meine Mutter nicht, weil ich dem Schmerz ins Gesicht sehen und ihn aushalten und ihn sogar zufügen kann, sie aber nicht, sie tut mir leid, sie war nicht mal fähig, Marianos Geliebte zu werden, sie kann nicht genießen, und dürr und krumm, wie sie ist, vergeudet sie ihre Kraft mit blödsinnigen Büchern für Menschen, die so sind wie sie.

Ich war nicht so wie sie. Ich war wie Vittoria und wie mein Vater, die sich auf diesem Foto äußerlich sehr ähnelten. Also verfasste ich einen Brief an meine Tante. Er geriet viel länger als der, den sie mir geschrieben hatte, ich zählte ihr alle die verwickelten Gründe auf, weshalb ich das Armband behalten wollte. Dann steckte ich den Brief in meinen Schulrucksack und wartete auf den Tag, an dem Corrado oder Vittoria wiederauftauchen würden.

6

Stattdessen erschien vor der Schule überraschenderweise Costanza. Ich hatte sie seit dem Morgen nicht gesehen, als sie mir auf Druck meiner Mutter das Armband gebracht hatte. Ich fand sie noch schöner als früher, noch eleganter, mit einem leichten Parfüm, das meine Mutter jahrelang benutzt hatte, jetzt aber nicht mehr trug. Das einzige Detail, das mir nicht gefiel: Ihre Augen waren geschwollen. Sie sagte mit ihrer verführerischen, vollen Stimme, dass sie mich zu einer kleinen Familienparty mit mir und ihren Töchtern abholen wolle, mein Vater habe fast den ganzen Nachmittag in der Schule zu tun, aber sie habe bereits mit meiner Mutter telefoniert, die einverstanden sei.

»Wo?«, fragte ich.

»Bei mir zu Hause.«

»Warum?«

»Weißt du nicht mehr? Heute ist Idas Geburtstag.«

»Ich habe viele Schulaufgaben auf.«

»Morgen ist Sonntag.«

»Ich hasse es, sonntags zu lernen.«

»Willst du nicht ein kleines Opfer bringen? Ida spricht ständig von dir, sie hat dich sehr gern.«

Ich gab nach, stieg in ihr Auto, das so duftete wie sie, und wir fuhren nach Posillipo. Sie fragte nach der Schule, und ich hütete mich, ihr zu sagen, dass ich immer noch in der ersten Klasse der Unterstufe war, obwohl ich nicht wusste, was man in der zweiten lernte, und sie Gymnasiallehrerin war, ich hatte bei jeder Antwort Angst, einen Fehler zu machen. Ich wich aus, indem ich mich nach Angela erkundigte, und Costanza erzählte mir sofort, wie sehr ihre Töchter darunter litten, dass wir uns nicht mehr sahen.

Sie sagte, Angela habe kürzlich von mir geträumt, in dem Traum habe sie einen Schuh verloren und ich hätte ihn wiedergefunden, oder etwas in der Art. Während sie sprach, spielte ich an meinem Armband herum, ich wollte, dass sie es bemerkte. Dann antwortete ich: Es ist nicht unsere Schuld, dass wir uns nicht mehr sehen. Kaum hatte ich das gesagt, vergaß Costanza ihren herzlichen Ton, sie sagte leise: Du hast recht, das ist nicht eure Schuld, und verstummte, als hätte sie beschlossen, sich wegen des Verkehrs nur noch aufs Fahren konzentrieren zu müssen. Doch sie konnte sich nicht beherrschen und fügte unvermittelt hinzu: Glaub nicht, dass dein Vater schuld ist, bei dem, was passiert ist, gibt es keine Schuld, man verletzt andere, ohne es zu wollen. Sie bremste, hielt am Straßenrand, sagte: Entschuldige und – du lieber Himmel, wie hatte ich die ganze Heulerei satt – brach in Tränen aus.

»Du weißt ja nicht«, schluchzte sie, »wie sehr dein Vater leidet, wie viele Sorgen er sich um dich macht, er kann nicht schlafen, du fehlst ihm, und du fehlst auch Angela, Ida und mir.«

»Er fehlt mir auch«, sagte ich unwirsch. »Ihr fehlt mir alle, auch Mariano. Und ich weiß, dass keiner Schuld hat, es ist nun mal passiert, da kann man nichts machen.«

Sie trocknete sich die Augen mit den Fingerspitzen, jede ihrer Bewegungen war leicht und umsichtig.

»Wie klug du bist«, sagte sie. »Du hattest immer einen sehr guten Einfluss auf meine Mädchen.«

»Ich bin nicht klug, ich lese nur viele Romane.«

»Bravo, du wirst langsam erwachsen, deine Antworten sind witzig.«

»Nein, ich meine es ernst: Statt eigener Worte fallen mir Sätze aus Büchern ein.«

»Angela liest nicht mehr. Weißt du, dass sie einen Freund hat?«
»Ja.«
»Hast du auch einen?«
»Nein.«
»Die Liebe ist kompliziert, Angela hat zu früh damit angefangen.«

Sie schminkte sich ihre geröteten Augen, fragte mich, ob sie ordentlich aussehe, und fuhr wieder los. Dabei redete sie in diskreten Andeutungen weiter über ihre Tochter, sie wollte, ohne mir direkte Fragen zu stellen, herausfinden, ob ich besser informiert war als sie. Ich wurde nervös, wollte nichts Falsches sagen. Ich erkannte schnell, dass sie von Tonino gar nichts wusste, weder wie alt er war noch was er machte, nicht einmal seinen Namen, und ich hütete mich, ihn mit Vittoria, Margherita und Enzo in Zusammenhang zu bringen, ich verriet auch nicht, dass er fast zehn Jahre älter war als Angela. Ich brabbelte nur, dass er ein sehr ernsthafter Junge sei, und um nicht noch mehr sagen zu müssen, wollte ich gerade vortäuschen, dass ich mich nicht wohlfühlte und deshalb nach Hause wolle. Aber inzwischen waren wir fast angekommen, das Auto glitt bereits durch eine baumbestandene Straße, Costanza parkte ein. Ich war überwältigt von dem Licht, das vom Meer heraufstrahlte, und von der Pracht des Gartens: Wie viel Neapel man hier sah, wie viel Himmel, wie viel Vesuv. Hier also lebte mein Vater jetzt. Beim Verlassen der Via San Giacomo dei Capri hatte er nicht groß an Höhe eingebüßt und obendrein noch Schönheit gewonnen. Costanza fragte mich:

»Könntest du mir einen klitzekleinen Gefallen tun?«
»Ja.«

»Kannst du das Armband abnehmen? Die Mädchen wissen nicht, dass ich es dir gegeben habe.«
»Vielleicht wäre alles unkomplizierter, wenn man die Wahrheit sagen würde.«
Bekümmert sagte sie:
»Die Wahrheit ist nicht so einfach, wenn du groß bist, wirst du das verstehen, dafür genügen Romane nicht. Tust du mir nun diesen Gefallen?«
Lügen, nichts als Lügen, die Erwachsenen verbieten sie und lügen dabei selbst, was das Zeug hält. Ich nickte, hakte das Armband auf und steckte es in meine Tasche. Sie bedankte sich, wir gingen ins Haus. Nach langer Zeit sah ich Angela wieder, sah ich Ida wieder, wir fanden schnell zu einer äußeren Vertrautheit zurück, obwohl wir uns alle drei sehr verändert hatten. Wie dünn du bist, sagte Ida zu mir, und diese großen Füße, aber du hast viel Busen, ja, der ist riesig; warum gehst du ganz in Schwarz?

Wir aßen in einer sonnendurchfluteten Küche voller blitzender Möbel und Haushaltsgeräte. Wir drei Mädchen begannen herumzualbern, ich bekam einen Lachkrampf, Costanza wirkte erleichtert, als sie uns so sah. Jede Spur ihrer Tränen war verschwunden, sie war so freundlich, dass sie sich um mich mehr kümmerte als um ihre Töchter. Irgendwann beschwerte ich mich bei den beiden, weil sie mir in ihrem Feuereifer jede Kleinigkeit einer Reise erzählten, die sie mit den Großeltern nach London unternommen hatten, und mich nie zu Wort kommen ließen. Die ganze Zeit über betrachtete mich Costanza mit Sympathie, zweimal flüsterte sie mir ins Ohr: Ich bin so froh, dass du hier bist, was bist du für eine schöne, junge Dame geworden. Was hat sie bloß vor, fragte ich mich. Vielleicht will sie meiner Mutter auch mich wegnehmen, will, dass ich in diese Wohnung ziehe. Hätte ich etwas dagegen? Nein, wohl nicht. Sie war geräumig, strahlend hell, voller Annehmlichkeiten. Mit fast hundertprozentiger Sicherheit würde ich mich hier wohlfühlen, wenn nicht mein Vater in diesen Räumen genauso schlafen, essen, ins Bad gehen würde, wie er es getan hatte, als er bei uns in San Giacomo dei Capri gewohnt hatte. Aber gerade das war das Problem. Er wohnte hier, und seine Anwesenheit machte es unvorstellbar, dass ich hier einzog, meine Beziehung zu Angela und Ida wiederaufnahm und die Mahlzeiten aß, die Costanzas stille, fleißige Haushaltshilfe zubereitete. Was ich am meisten fürchtete – wurde mir klar –, war der Moment, in dem mein Vater mit der Tasche voller Bücher von sonst woher nach Hause kommen und diese Ehefrau auf den Mund küssen würde, wie er es immer mit der anderen getan hatte, und er würde sagen, dass er sehr müde sei, und würde trotzdem mit uns dreien Späße machen, er würde so tun, als liebte er uns, würde Ida auf den Schoß nehmen und ihr helfen, die Kerzen auszupusten, er würde ein Geburtstagslied singen, und dann, plötzlich kalt, wie er sein konnte, würde er sich in ein anderes Zimmer zurückziehen, in das neue Arbeitszimmer, dessen Funktion die gleiche war wie die des Büros in der Via San Giacomo dei Capri, und er würde sich einschließen, und Costanza würde genauso, wie meine Mutter es immer getan hatte, sagen: Sprecht bitte leise, stört Andrea nicht, er muss arbeiten.

»Mamma«, schnaufte Angela, »kannst du uns mal in Ruhe lassen?«

7

Wir drei verbrachten den Nachmittag allein, die meiste Zeit redete Angela unermüdlich über Tonino. Sie tat alles, um mich davon zu überzeugen, dass ihr dieser Junge sehr am Herzen lag. Tonino rede wenig, mit zu viel Phlegma, aber er sage immer wichtige Sachen. Tonino lasse sich von ihr um den Finger wickeln, weil er sie liebe, könne sich aber durchsetzen, wenn ihm jemand auf der Nase herumtanzen wolle. Tonino hole sie jeden Tag von der Schule ab, sie würde ihn unter tausend anderen erkennen, so gut sehe er aus, hochgewachsen, mit lockigen Haaren, er habe breite Schultern, und seine Muskeln seien sogar dann zu sehen, wenn er eine Jacke trage. Tonino habe eine abgeschlossene Ausbildung als Vermessungstechniker und arbeite schon ein bisschen, aber er habe große Ziele und studiere heimlich Architektur, was er nicht einmal seiner Mutter und seinen Geschwistern sage. Tonino sei eng mit Roberto befreundet, Giulianas Verlobtem, obwohl sie grundverschieden seien. Sie habe ihn kennengelernt, als sie zu viert Pizza essen gegangen seien, was für eine Enttäuschung, Roberto sei ein ganz gewöhnlicher Typ, sogar ein bisschen langweilig, sie verstehe nicht, wieso Giuliana, dieses bildschöne Mädchen, ihn so sehr liebe, und auch nicht, wieso Tonino, der Roberto an Schönheit und Klugheit weit übertraf, ihn so bewundere.

Ich hörte geduldig zu, aber Angela konnte mich nicht überzeugen, ich hatte sogar den Eindruck, sie benutzte ihren Freund, um mir zu beweisen, dass sie trotz der Trennung ihrer Eltern glücklich war. Ich fragte sie:

»Warum hast du deiner Mutter nichts von ihm erzählt?«

»Was hat denn meine Mutter damit zu tun?«
»Sie wollte mich ausfragen.«
Sie wurde unruhig:
»Hast du ihr gesagt, wer er ist, hast du ihr gesagt, wo ich ihn kennengelernt habe?«
»Nein.«
»Sie darf nichts davon erfahren.«
»Und Mariano?«
»Erst recht nicht.«
»Weißt du, dass mein Vater, wenn er ihn sieht, auf der Stelle dafür sorgen wird, dass du ihn verlässt?«
»Dein Vater hat nichts zu melden, der soll mal schön den Mund halten, der hat kein Recht, mir zu sagen, was ich tun soll.«
Ida gab unübersehbare Zeichen der Zustimmung und bekräftigte:
»Unser Vater ist Mariano, das hat sich aufgeklärt. Aber meine Schwester und ich haben beschlossen, dass wir die Töchter von niemandem sind, auch unsere Mutter ist für uns nicht mehr unsere Mutter.«
Angela senkte die Stimme, wie wir es üblicherweise taten, wenn wir mit vulgären Ausdrücken über Sex sprachen:
»Sie ist eine Schlampe, die Schlampe deines Vaters.«
Ich sagte:
»Ich lese gerade ein Buch, in dem ein Mädchen auf das Foto ihres Vaters spuckt, und eine Freundin von ihr macht das auch.«
Angela fragte:
»Würdest du auch auf das Foto deines Vaters spucken?«
»Und du?«, fragte ich zurück.
»Auf das meiner Mutter ja.«
»Ich nicht«, sagte Ida.

Ich dachte einen Augenblick nach, sagte:
»Auf das meines Vaters würde ich pissen.«
Diese Möglichkeit begeisterte Angela.
»Das können wir zusammen machen.«
»Wenn ihr das macht«, sagte Ida, »sehe ich euch zu und beschreibe euch.«
»Was soll das heißen, du beschreibst uns?«, fragte ich.
»Ich schreibe über euch, wie ihr auf Andreas Foto pisst.«
»Eine Geschichte?«
»Ja.«
Ich war froh. Dieses Exil der zwei Schwestern in ihrem eigenen Zuhause, dieses Kappen der Blutsverbindungen, genau wie ich sie gern gekappt hätte, gefiel mir, und auch ihre ordinäre Sprache.
»Wenn du gern solche Geschichten schreibst, kann ich dir Sachen erzählen, die ich wirklich gemacht habe«, sagte ich.
»Was denn für Sachen?«, fragte Angela.
Ich senkte die Stimme:
»Ich bin eine viel größere Schlampe als eure Mutter.«
Meine Offenbarung interessierte sie sehr, sie drängten darauf, dass ich ihnen alles erzählte.
»Hast du einen Freund?«, fragte Ida.
»Um eine Schlampe zu sein, braucht man doch keinen Freund. Eine Schlampe ist man für jeden x-Beliebigen.«
»Und bist du eine Schlampe für jeden x-Beliebigen?«, fragte Angela.
Ich bejahte. Erzählte, dass ich mich mit den Jungen in unflätigen Dialektausdrücken über Sex unterhielt und viel, sehr viel lachte, und wenn ich genug gelacht hätte, würden die Jungen ihn rausholen und wollen, dass ich ihn in die Hand nahm oder in den Mund.

»Ist ja eklig«, sagte Ida.
»Ja«, gab ich zu, »das ist alles ein bisschen eklig.«
»Was – alles?«, fragte Angela.
»Die Jungs, man kommt sich vor wie auf einem Bahnhofsklo.«
»Aber die Küsse sind schön«, sagte Ida.
Ich schüttelte energisch den Kopf.
»Jungs haben keine Lust zu küssen, die berühren dich nicht mal, die ziehen gleich den Reißverschluss runter und wollen bloß, dass du sie anfasst.«
»Das stimmt nicht«, platzte Angela heraus. »Tonino küsst mich.«
Ich war beleidigt, weil sie anzweifelte, was ich sagte.
»Tonino gibt dir Küsse, aber mehr gibt er dir nicht.«
»Das ist nicht wahr.«
»Na dann lass mal hören: Was machst du denn so mit ihm?«
Angela murmelte:
»Er ist sehr gläubig, er respektiert mich.«
»Siehst du? Wozu bist du mit einem Jungen zusammen, wenn er dich respektiert?«
Angela schwieg, schüttelte den Kopf, fuhr ungehalten auf:
»Ich bin mit ihm zusammen, weil er mich liebt. Dich liebt vielleicht keiner. Sie haben dich ja sogar sitzenbleiben lassen.«
»Stimmt das?«, fragte Ida.
»Wer hat euch das erzählt?«
Angela zögerte, sie schien schon zu bereuen, dass sie dem Impuls nachgegeben hatte, mich zu beschämen. Leise sagte sie:
»Du hast es Corrado gesagt, und Corrado hat es Tonino gesagt.«

Ida wollte mich trösten.

»Aber wir haben es niemandem erzählt«, sagte sie und wollte meine Wange streicheln. Ich entzog mich, zischte:

»Nur solche Arschkühe wie ihr plappern in der Schule alles nach, werden versetzt und lassen sich von ihren Verlobten respektieren. Ich tue nichts für die Schule, bleibe mit Absicht sitzen und bin eine Schlampe.«

8

Mein Vater kam, als es schon dunkel war. Costanza wirkte gereizt, fragte ihn: Warum kommst du denn so spät, du wusstest doch, dass Giovanna da ist. Wir aßen Abendbrot, er gab sich fröhlich. Ich kannte ihn genau, er stellte eine Heiterkeit zur Schau, die er nicht empfand. Ich hoffte, er möge sich früher, als er noch mit meiner Mutter und mir zusammengelebt hatte, nie so verstellt haben, wie er es an diesem Abend offensichtlich tat.

Ich dagegen tat nichts, um zu verhehlen, dass ich wütend war, dass Costanza mir mit ihrer süßlichen Aufmerksamkeit auf die Nerven ging, dass Angela mich beleidigt hatte und ich nichts mehr mit ihr zu tun haben wollte, dass ich die vielen Liebesbekundungen, mit denen Ida versuchte, mich zu beschwichtigen, nicht ertrug. Ich spürte eine Bosheit in mir, die um jeden Preis herauswollte, garantiert ist sie mir von den Augen, vom ganzen Gesicht abzulesen, dachte ich erschrocken über mich selbst. Schließlich flüsterte ich Ida ins Ohr: Heute ist dein Geburtstag, und Mariano ist nicht da, dafür gibt es bestimmt einen Grund; vielleicht bist du zu wehleidig, vielleicht bist du zu anhänglich. Ida redete nicht mehr mit mir, ihre Unterlippe zitterte, es war, als hätte ich ihr eine Ohrfeige gegeben.

Das blieb nicht unbeobachtet. Mein Vater bemerkte, dass ich etwas Gemeines zu Ida gesagt hatte, unterbrach irgendeine freundliche Plauderei mit Angela, wandte sich abrupt mir zu und wies mich zurecht: Giovanna, bitte, benimm dich, hör auf. Ich sagte nichts, musste nur auf eine Art grinsen, die ihn noch mehr ärgerte, so dass er mit Nachdruck hinzufügte: Haben wir uns verstanden? Ich nickte, wobei ich es vermied zu lachen, wartete ein wenig und sagte mit einem Gesicht, das wie Feuer brannte: Ich muss mal kurz ins Bad.

Ich schloss mich ein und rubbelte mir das Gesicht ab, um die Zornesröte loszuwerden. Er glaubt, mir wehtun zu können, aber das kann ich auch. Bevor ich wieder ins Esszimmer ging, schminkte ich meine Augen nach, wie es Costanza nach ihren Tränen getan hatte, kramte in meiner Tasche nach dem Armband und legte es an, dann kehrte ich an den Tisch zurück.

Angela machte große Augen, sie sagte:

»Wieso hast du denn Mammas Armband?«

»Sie hat es mir gegeben.«

Sie wandte sich an Costanza:

»Warum hast du es ihr gegeben, das wollte doch ich haben.«

»Mir hat es auch gefallen«, murrte Ida.

Mein Vater schaltete sich ein, grau im Gesicht:

»Giovanna, gib das Armband zurück.«

Costanza schüttelte den Kopf, auch sie wirkte plötzlich kraftlos.

»Auf keinen Fall, das Armband gehört Giovanna, ich habe es ihr geschenkt.«

»Und warum?«, fragte Ida.

»Weil sie ein gutes, fleißiges Mädchen ist.«

Ich schaute zu Angela und Ida, sie waren bekümmert. Meine Rachsucht verflog, ihr Kummer tat mir leid. Alles war traurig und düster, es gab nichts nichts nichts, worüber ich mich hätte freuen können, so wie ich es als Kind getan hatte, als auch die beiden noch Kinder gewesen waren. Doch jetzt – durchfuhr es mich – sind sie so verletzt, so tief getroffen, dass sie, um sich besser zu fühlen, mein Geheimnis verraten werden, sie werden erzählen, dass ich sitzengeblieben bin, dass ich nicht für die Schule lerne, dass ich von Natur aus dumm bin, dass ich nur schlechte Eigenschaften habe und das Armband nicht verdiene. Wütend sagte ich zu Costanza:

»Ich bin nicht gut und auch nicht fleißig. Letztes Jahr bin ich sitzengeblieben, ich wiederhole die Klasse.«

Costanza sah meinen Vater unsicher an, er hüstelte, sagte widerstrebend, doch abwiegelnd, als müsste er eine Übertreibung meinerseits korrigieren:

»Das stimmt, aber in diesem Jahr ist sie sehr gut und kann wahrscheinlich zwei Jahre in einem absolvieren. Na los, Giovanna, gib Angela und Ida das Armband.«

Ich sagte:

»Das Armband ist von meiner Großmutter, das kann ich keinen Fremden geben.«

Da holte mein Vater seine schreckliche Stimme hervor, die voller Kälte und Verachtung:

»Ich weiß selbst, wem dieses Armband gehört, nimm es sofort ab.«

Ich riss es mir vom Handgelenk und schleuderte es gegen eines der Möbel.

9

Mein Vater brachte mich mit dem Auto nach Hause. Ich verließ die Wohnung in Posillipo unverhofft als Siegerin, aber erschöpft und voller Unbehagen. In meinem Rucksack hatte ich das Armband und ein Stück Torte für meine Mutter. Costanza hatte sich über meinen Vater aufgeregt, sie selbst hatte den Schmuck vom Boden aufgehoben. Nachdem sie sich davon überzeugt hatte, dass er unversehrt geblieben war, hatte sie, ohne den Blickkontakt mit ihrem Lebensgefährten zu unterbrechen und jedes Wort deutlich betonend, entgegnet, das Armband gehöre mir und sie wünsche keine weitere Diskussion. Da hatte Ida in einer Atmosphäre, die nicht einmal mehr vorgetäuschte Fröhlichkeit zuließ, die Geburtstagskerzen ausgeblasen, das Fest war vorbei, Costanza hatte mir etwas Kuchen für ihre Ex-Freundin aufgedrängt – das ist für Nella –, und Angela hatte niedergeschlagen ein dickes Stück abgeschnitten und sorgfältig verpackt. Jetzt fuhr mein Vater zum Vomero, er war außer sich, so hatte ich ihn noch nie gesehen. Seine Gesichtszüge hatten sich vollkommen verändert, seine Augen glänzten, die Gesichtshaut war über den Knochen straff gespannt, und vor allem gab er wirre Worte von sich, wobei er den Mund verzog, als könnte er sie nur mit äußerster Anstrengung artikulieren.

Er begann mit Sätzen wie: Ich verstehe dich, du denkst, ich habe das Leben deiner Mutter zerstört, und jetzt willst du dich rächen, indem du mein Leben, das von Costanza und das von Angela und Ida zerstörst. Sein Ton klang gutmütig, doch ich spürte seine ganze Anspannung und bekam Angst, ich fürchtete, er könnte mich unversehens schlagen und wir würden am Ende gegen eine Mauer oder gegen ein anderes Auto prallen. Er bemerkte es, sagte leise, du hast Angst vor mir, ich log, sagte nein, rief, das sei nicht wahr, ich wolle ihn nicht ruinieren, ich hätte ihn lieb. Aber er ließ nicht locker, überschüttete mich mit unzähligen Worten. Du hast Angst vor mir, sagte er, ich scheine für dich nicht mehr der zu sein, der ich einmal war, und vielleicht hast du recht, vielleicht werde ich manchmal zu dem Menschen, der ich nie sein wollte, verzeih mir, wenn ich dich erschrecke, gib mir Zeit, du wirst sehen, ich werde wieder so, wie du mich kennst, ich mache gerade eine schlimme Zeit durch, alles bricht zusammen, ich habe geahnt, dass es so kommen würde, und du musst dich nicht dafür rechtfertigen, dass du negative Gefühle hast, das ist normal, nur vergiss nicht, dass du meine einzige Tochter bist, du wirst immer meine einzige Tochter bleiben, und auch deine Mutter, auch sie werde ich immer liebhaben, jetzt kannst du das nicht verstehen, aber später wirst du es verstehen, es ist schwer, ich war deiner Mutter viele Jahre lang treu, aber ich liebte Costanza schon in der Zeit vor deiner Geburt, trotzdem war zwischen uns nie etwas, für mich war sie wie die Schwester, die ich gern gehabt hätte, das Gegenteil deiner Tante, genau das Gegenteil, intelligent, gebildet, sensibel, für mich war sie wie eine Schwester, so wie Mariano wie ein Bruder für mich war, ein Bruder, mit dem ich studieren, diskutieren und Geheimnisse teilen konnte, ich wusste alles von ihm, er hat Costanza immer betrogen, du bist jetzt groß, ich kann dir das sagen, Mariano hatte andere Frauen, und es gefiel ihm, mir von jeder seiner Affären zu erzählen, und ich dachte, arme Costanza, sie tat mir leid, ich hätte sie gern vor ihrem eigenen Verlobten, vor ihrem eigenen Ehemann beschützt, ich glaubte, meine Teilnahme rührte daher, dass wir wie Bruder und Schwester fühlten, aber einmal machten wir zufällig, wirklich zufällig, eine Reise zusammen, eine Dienstreise, Lehrerkram, ihr lag viel daran, und mir lag auch viel daran, aber ohne Hintergedanken, ich schwöre dir, ich habe deine Mutter nie betrogen – ich liebte deine Mutter seit der Schulzeit, und ich habe sie auch jetzt noch lieb, ich habe dich und sie lieb –, aber wir waren bei einem Abendessen, Costanza, ich und viele andere Leute, und wir haben viel geredet, erst im Restaurant, dann auf der Straße, dann die ganze Nacht in meinem Zimmer, ausgestreckt auf dem Bett, wie wir es auch immer gemacht haben, wenn Mariano und deine Mutter dabei waren, wir vier waren jung damals, wir schmiegten uns aneinander und diskutierten, du kannst das verstehen, nicht wahr, so wie du, Ida und Angela, wenn ihr über alles mögliche redet, aber nun waren nur Costanza und ich im Zimmer, und wir haben gemerkt, dass uns keine geschwisterliche Liebe verband, es war eine andere Liebe, wir waren selbst erstaunt, man weiß nie, wie und warum so was passiert, welche tieferen und welche äußeren Gründe es dafür gibt, aber glaub nicht, dass wir danach weitergemacht hätten, nein, nur ein intensives, unausweichliches Gefühl, es tut mir so leid, Giovanna, entschuldige bitte, entschuldige auch die Sache mit dem Armband, für mich gehörte es immer zu Costanza, ich sah es und dachte: Das würde ihr bestimmt gefallen, das würde ihr bestimmt gut stehen, und aus diesem Grund wollte ich es nach dem Tod meiner Mutter auch unbedingt haben, ich habe Vittoria eine Ohrfeige gegeben, weil sie so hartnäckig darauf bestand, dass es ihres war, und als du geboren wurdest, sagte ich zu ihr: Schenk es der Kleinen, und ausnahmsweise hörte sie mal auf mich, aber ich, ja, ich habe es sofort

Costanza geschenkt, das Armband meiner Mutter, die mich nie geliebt hat, nie, vielleicht war meine Liebe zu ihr schlecht für sie, ich weiß es nicht, man tut irgendwas, aber eine Tat ist nicht einfach eine Tat, sie ist ein Symbol, du weißt ja, was Symbole sind, diese Sache muss ich dir erklären, Gutes wird zu Bösem, ohne dass du es merkst, versteh mich doch, dir habe ich kein Unrecht getan, du warst gerade erst geboren, stattdessen hätte ich Costanza Unrecht getan, in meinen Gedanken hatte ich ihr das Armband schon längst geschenkt.

So machte er die ganze Fahrt über weiter, in Wirklichkeit war er noch viel konfuser, als ich es hier zusammenfasse. Ich habe nie verstanden, wie ein dermaßen dem Denken und der Gelehrsamkeit verpflichteter Mann, der fähig war, gestochen klare Sätze zu formulieren, manchmal, wenn seine Gefühle ihn überwältigten, derart unzusammenhängende Reden halten konnte. Ich versuchte mehrmals, ihn zu unterbrechen. Sagte: Papà, ich verstehe dich ja. Sagte: Das geht mich nichts an, das ist eure Sache, Mammas und deine, Costanzas und deine, ich will nichts davon wissen. Sagte: Es tut mir leid, dass es dir so schlecht geht, auch mir geht es schlecht, auch Mamma geht es schlecht, und es ist schon ein bisschen komisch, findest du nicht, dass all das Schlechte bedeutet, dass du uns liebhast und Gutes für uns willst.

Ich wollte nicht sarkastisch sein. Eigentlich wollte ich in dem Augenblick wirklich über das Böse mit ihm diskutieren, das sich, während du glaubst, gut zu sein, langsam oder plötzlich in deinem Kopf, in deinem Bauch, in deinem ganzen Körper ausbreitet. Wo kommt das her, Papà – wollte ich ihn fragen –, wie kann man es beherrschen, und warum fegt es das Gute nicht weg, sondern existiert stattdessen neben ihm. In dem Moment kam es mir, obwohl er hauptsächlich über Liebe sprach, so vor, als wüsste er mehr über das Böse als Tante Vittoria, und da auch ich das Böse in mir spürte, ich spürte, dass es auf dem Vormarsch war, hätte ich gern mit ihm darüber gesprochen. Aber das war unmöglich, er hörte aus meinen Worten nur Sarkasmus heraus und war weiterhin ängstlich bestrebt, Rechtfertigungen und Anschuldigungen zusammenzuwürfeln, den Drang, sich anzuschwärzen, und den Drang, sich reinzuwaschen, indem er seine großartigen Beweggründe und seine Leiden aufzählte. Vor unserem Haus küsste ich ihn knapp neben den Mund und machte, dass ich wegkam, er hatte einen säuerlichen Geruch, der mich anwiderte.

Meine Mutter fragte mich ohne Neugier:
»Wie war's?«
»Gut. Costanza hat mir ein Stück Torte für dich mitgegeben.«
»Iss du es.«
»Ich will das nicht.«
»Auch nicht morgen zum Frühstück?«
»Nein.«
»Dann wirf es weg.«

10

Einige Zeit verging, und Corrado tauchte wieder auf. Ich wollte gerade ins Schulgebäude gehen, da hörte ich, dass mich jemand rief, und noch bevor ich seine Stimme erkannte, noch bevor ich mich umdrehte und ihn im Gedränge der Schüler sah, hatte ich gewusst, dass ich ihn an diesem Morgen treffen würde. Ich war froh, es schien mir ein gutes Omen zu sein, aber ich muss zugeben, dass ich schon eine Weile an ihn gedacht hatte, besonders an den langweiligen Nachmittagen mit Schulaufgaben, wenn meine Mutter ausging und ich allein zu Hause saß und hoffte, er würde hereinschneien wie beim letzten Mal. Ich hielt das nicht für Liebe, mir ging anderes durch den Kopf. Ich fürchtete, wenn Corrado sich nicht mehr blicken ließe, könnte das bedeuten, dass meine Tante persönlich auftauchte, um das Armband zurückzufordern, wodurch sich der Brief, den ich verfasst hatte, erübrigen würde, ich müsste ihr direkt unter die Augen treten, eine Vorstellung, die mich in Angst und Schrecken versetzte.

Aber da war noch etwas anderes. Inzwischen spürte ich ein heftiges Verlangen nach Verkommenheit – nach einer furchtlosen Verkommenheit allerdings, den Drang, mich heldenhaft verdorben zu fühlen –, und wie mir schien, hatte Corrado dieses Bedürfnis geahnt und stand bereit, es zu befriedigen, ohne lange zu fackeln. Also wartete ich auf ihn, wünschte mir, dass er sich blicken ließe, und da war er nun, endlich tauchte er auf. Er bat mich, wie immer auf seine Art, die zwischen Ernst und Spaß schwankte, nicht zum Unterricht zu gehen, und ich war sofort einverstanden, ich zog ihn vom Eingang des Gymnasiums weg, aus Angst, die Lehrer könnten ihn sehen, und schlug vor, in den Floridiana-Park zu gehen, ich lotste ihn mit Vergnügen dorthin.

Er fing an herumzublödeln, um mich zum Lachen zu bringen, aber ich unterbrach ihn, holte den Brief heraus.

»Gibst du den Vittoria?«

»Ist da das Armband drin?«

»Das gehört mir, das kriegt sie nicht.«

»Hör mal, sie wird sich aufregen, sie lässt mir jetzt schon keine Ruhe mehr, du ahnst ja nicht, wie sehr sie daran hängt.«

»Und du ahnst nicht, wie sehr ich daran hänge.«

»Das war ja ein böser Blick eben. Wie schön, du hast mir richtig gefallen.«

»Nicht nur mein Blick ist böse, ich bin es auch, ich bin ganz und gar schlecht, von Natur aus.«

»Ganz und gar?«

Wir hatten uns von den Wegen entfernt, waren jetzt gut versteckt hinter Bäumen und Hecken, die nach frischem Grün dufteten. Diesmal küsste er mich, aber ich mochte seine Zunge nicht, sie war dick und rauh, er schien mir meine in den Hals zurückschieben zu wollen. Er küsste mich und fasste mir an die Brüste, war aber grob, drückte sie zu fest. Das tat er zunächst über meinem Shirt, dann versuchte er, seine Hand in ein Körbchen meines BHs zu schieben, aber nicht besonders engagiert, er verlor schnell das Interesse. Er ließ meine Brust los, wobei er mich weiter küsste, schob meinen Rock hoch, stieß mit der Hand heftig gegen den Schritt meines Slips und rieb ein paar Sekunden daran. Ich flüsterte kichernd: hör auf, und musste ihn nicht lange bitten, er schien froh zu sein, dass ich ihm diese Pflichtübung ersparte. Er schaute sich um, zog den Reißverschluss seiner Hose herunter und zog meine Hand hinein. Ich analysierte die Lage. Wenn er mich anfasste, tat er mir weh, es war mir unangenehm, und ich bekam Lust, nach Hause zu gehen und mich schlafen zu legen. Also beschloss ich, selbst aktiv zu werden, das schien mir ein gutes Mittel zu sein, um zu verhindern, dass er etwas tat. Vorsichtig zog ich sein Ding heraus, flüsterte ihm ins Ohr: Kann ich dir einen blasen. Ich kannte nur den Ausdruck, mehr nicht, und ich sagte ihn in einem unnatürlichen Dialekt. Ich stellte mir vor, dass man kräftig saugen musste, so als würde man gierig an einer großen Brustwarze hängen, oder vielleicht auch lecken. Ich hoffte, er würde mir erklären, was zu tun sei, aber egal, was es sein mochte, lieber das als die Berührung mit seiner Reibeisenzunge. Ich war durcheinander, warum bin ich hier, warum will ich das machen. Ich spürte kein Verlangen, hielt das nicht für ein amüsantes Spiel, war auch nicht neugierig, der Geruch, der von seinem dicken, steifen, sehr prallen Gewächs ausging, war unangenehm. Ängstlich wünschte ich mir, dass uns jemand – eine Mutter, die mit ihren Kindern frische Luft schnappte – vom Weg aus sah und Vorwürfe und Beschimpfungen schrie. Das geschah nicht, und da er nichts sagte, ja sogar verblüfft schien, entschied ich mich für einen leichten Kuss, eine sanfte Berührung mit den Lippen. Zum Glück reichte das. Er steckte sein Ding sofort wieder in die Unterhose und stieß ein kurzes Ächzen aus. Dann spazierten wir durch den Park, aber ich langweilte mich. Corrado war nicht mehr darauf versessen, mich zum Lachen zu bringen, er redete in einem ernsten, künstlichen Ton und bemühte sich, Italienisch zu sprechen, während mir der Dialekt lieber gewesen wäre. Bevor wir uns trennten, fragte er mich:

»Erinnerst du dich noch an meinen Freund Rosario?«
»Der mit den vorstehenden Zähnen?«
»Ja, er ist ein bisschen hässlich, aber in Ordnung.«
»Er ist nicht hässlich, er ist so lala.«
»Ich sehe jedenfalls besser aus.«
»Na ja.«
»Er hat ein Auto. Kommst du mit auf eine Spritztour?«
»Kommt drauf an.«

»Auf was denn?«
»Darauf, ob ich mit euch Spaß habe oder nicht.«
»Du wirst deinen Spaß haben.«
»Mal sehen«, sagte ich.

11

Corrado rief mich ein paar Tage später an, um mir von meiner Tante zu erzählen. Vittoria hatte ihm aufgetragen, mir wortwörtlich auszurichten, dass, falls ich mir noch einmal herausnehmen sollte, mich als kleine Lehrerin aufzuspielen, wie ich es in meinem Brief getan hätte, sie zu mir nach Hause kommen und mich vor dieser Dreckschlampe von meiner Mutter ohrfeigen würde. Darum – drängte er mich – gib ihr bitte das Armband, sie will es spätestens bis nächsten Sonntag haben, sie braucht es, sie will wohl auf irgendeiner Gemeindeveranstaltung damit glänzen.

Er beschränkte sich nicht darauf, mir die Nachricht zu überbringen, er sagte mir auch, wie wir es machen würden. Er und sein Freund wollten mich mit dem Auto abholen und mich nach Pascone bringen. Ich sollte das Armband zurückgeben – aber pass auf, wir halten dort an dem kleinen Platz: Du darfst Vittoria nicht sagen, dass ich dich im Auto meines Freundes abgeholt habe, vergiss das nicht, sie würde ausrasten, du musst sagen, dass du mit dem Bus gekommen bist – und danach würden wir uns richtig amüsieren. Zufrieden?

In diesen Tagen war ich besonders unruhig, es ging mir nicht gut, ich hatte Husten. Ich hielt mich für schrecklich und wollte immer noch schrecklicher werden. Schon seit einer Weile entfaltete ich, bevor ich morgens zur Schule ging, vor dem Spiegel einen fieberhaften Tatendrang, um mich wie eine Übergeschnappte zu kleiden und zu frisieren. Ich wollte, dass die Leute sich nicht wohl mit mir fühlten, genauso wie ich mich mit ihnen nicht wohlfühlte, was ich auf jede erdenkliche Art zu zeigen versuchte. Mir gingen alle auf die Nerven, Nachbarn, Passanten, Mitschüler, Lehrer. Vor allem ging mir meine Mutter auf die Nerven mit ihrer ewigen Qualmerei, mit ihrem Gin vor dem Schlafengehen, mit dem trägen Gejammer über alles und jedes, mit dieser Miene zwischen besorgt und überdrüssig, die sie aufsetzte, sobald ich sagte, dass ich ein Heft oder ein Buch brauchte. Aber am wenigsten ertrug ich sie wegen der immer stärker ausgeprägten Ergebenheit, die sie inzwischen für alles bekundete, was mein Vater tat oder sagte, als hätte er sie nicht jahrelang mit einer Frau betrogen, die ihre Freundin gewesen war, die die Ehefrau seines besten Freundes war. Kurz, ich war sehr gereizt. Neuerdings hatte ich meinen gleichgültigen Gesichtsausdruck aufgegeben und mir angewöhnt, sie in einem dürftigen, mutwilligen Neapolitanisch anzuschreien, dass sie aufhören solle, dass ihr das alles scheißegal sein solle, geh ins Kino, Ma', geh tanzen, er ist nicht mehr dein Mann, betrachte ihn als tot, er ist zu Costanza gezogen, kann es denn wahr sein, dass du dich immer noch nur um ihn kümmerst, dass du immer noch an ihn denkst? Ich wollte ihr zeigen, dass ich sie verachtete, dass ich nicht wie sie war und nie wie sie sein würde. Darum hatte ich einmal, als mein Vater anrief und sie mit gehorsamen Worten begann wie: keine Sorge, ich kümmere mich darum, ihre sklavischen Sätze mit extrem lauter Stimme nachgeäfft, sie aber mit schlecht gelernten und schlecht artikulierten Beschimpfungen und Unflätigkeiten im Dialekt durchsetzt. Sie hatte hastig aufgelegt, um ihrem Ex-Mann meine vulgäre Sprache zu ersparen, hatte mich sekundenlang angestarrt und war dann in ihr Arbeitszimmer gegangen, natürlich um zu weinen. Deshalb Schluss jetzt, ich nahm Corrados Vorschlag sofort an. Es lieber mit meiner Tante aufnehmen und den zwei Typen einen blasen, als hier in San Giacomo dei Capri eingesperrt zu sein, in diesem Scheißleben.

Meiner Mutter erzählte ich, dass ich mit meinen Schulkameraden einen Ausflug nach Caserta machte. Ich schminkte mich, zog den kürzesten Rock an, den ich hatte, entschied mich für ein enges, tief ausgeschnittenes Oberteil, steckte das Armband in meine Handtasche, für den Fall, dass ich in die Verlegenheit kam, es zurückgeben zu müssen, und lief, wie mit Corrado verabredet, um Punkt neun Uhr morgens vors Haus. Zu meiner großen Überraschung wartete ein gelber Wagen auf mich, weshalb es mir leidtat, dass sich mein Verhältnis zu Angela und Ida so verschlechtert hatte, es wäre eine Genugtuung gewesen, vor ihnen anzugeben. Am Steuer saß Rosario, auf der Rückbank Corrado, und beide waren Wind und Sonne ausgesetzt, denn das Auto war ein offenes Cabrio.

Als Corrado mich aus der Haustür kommen sah, winkte er mir übertrieben freudig zu, aber als ich mich dann neben Rosario setzen wollte, sagte er entschieden:

»Nein, meine Schöne, du sitzt neben mir.«

Ich war enttäuscht, wollte lieber auf dem Sitz neben dem Fahrer glänzen, der sich mit einem dunkelblauen Jackett mit goldfarbenen Knöpfen, mit einem hellblauen Hemd und einer roten Krawatte in Schale geworfen hatte und seine Haare nach hinten gekämmt hatte, was ihm das Profil eines starken, gefährlichen Mannes gab, obendrein mit riesigen Hauern. Versöhnlich lächelnd blieb ich dabei:

»Ich setze mich hierhin, danke.«

Aber Corrado sagte mit unerwartet rabiater Stimme:

»Giannì, bist du taub, ich habe gesagt, du kommst sofort hierher.«

Solche Töne war ich nicht gewohnt, sie schüchterten mich ein, trotzdem widersprach ich:

»Ich leiste Rosario Gesellschaft, er ist schließlich nicht dein Chauffeur.«

»Chauffeur, wieso Chauffeur, du gehörst mir, du hast dich dahin zu setzen, wo ich bin.«

»Ich gehöre niemandem, Corrà, und überhaupt ist das Rosarios Auto, und ich setze mich dahin, wohin er es will.«

Rosario sagte nichts, drehte sich nur mit seinem Gesicht eines ewig lachenden Kerls zu mir, starrte für einen langen Moment auf meinen Busen und fuhr dann mit den Knöcheln seiner rechten Hand über den Beifahrersitz. Ich setzte mich sofort dorthin, schlug die Autotür zu, und er fuhr mit einem kalkulierten Reifenquietschen an. Ah, ich hatte es geschafft, die Haare im Wind, die Sonne dieses schönen Sonntags auf dem Gesicht, ich entspannte mich. Und Rosario fuhr gut, er scherte mit der Lässigkeit eines Rennfahrers aus, ich hatte keine Angst.

»Ist das dein Auto?«

»Ja.«

»Bist du reich?«

»Ja.«

»Fahren wir danach zum Parco della Rimembranza?«

»Wir fahren, wohin du willst.«

Sofort schaltete sich Corrado ein, wobei er seine Hand ausstreckte und meine Schulter drückte.

»Aber du machst, was ich dir sage.«

Rosario schaute in den Rückspiegel.

»Currà, entspann dich, Giannina macht, was ihr gefällt.«

»Entspann dich doch selber: Ich habe sie mitgebracht.«

»Na und?«, mischte ich mich ein und wischte seine Hand weg.

»Halt die Klappe, das ist was zwischen mir und Rosario.«

Ich antwortete, ich würde reden, wie und wann ich wollte, und widmete mich die ganze Fahrt über Rosario. Ich merkte, dass er stolz auf sein Auto war, und sagte, er fahre viel besser als mein Vater. Ich brachte ihn dazu, anzugeben, interessierte mich für alles, was er über Motoren wusste, und ließ mich sogar dazu hinreißen, ihn zu fragen, ob er mir bald einmal beibringen könne, so zu fahren wie er. Und da seine Hand fast ständig auf der Gangschaltung war, legte ich meine schließlich auf seine und sagte: So helfe ich dir in die Gänge, und schon ging das Gekicher los, ich lachte wegen meines Lachkrampfs, er lachte wegen seiner Zähne. Die Berührung meiner Hand erregte ihn, das merkte ich. Wie kann es sein, dachte ich, dass Jungs so dumm sind, wie kann es sein, dass die beiden hier blind werden, sobald ich sie berühre, sobald ich mich berühren lasse, und sie nicht einmal sehen und spüren, wie sehr ich mich vor mir selbst ekle. Corrado litt, weil ich mich nicht neben ihn gesetzt hatte, Rosario war hocherfreut, weil ich mit meiner Hand auf seiner neben ihm saß. Konnte man sie mit ein bisschen Hinterlist zu allem bewegen? Genügten nackte Schenkel und ein zur Schau gestellter Busen? Genügte es, sie zu berühren? Hatte sich meine Mutter als junges Mädchen auf diese Weise meinen Vater geangelt? Hatte Costanza ihn ihr auf diese Weise ausgespannt? Hatte auch

Vittoria es so mit Enzo gemacht, um ihn Margherita zu entreißen? Als der unglückliche Corrado mit seinen Fingern über meinen Hals fuhr und den Stoffrand streichelte, unter dem sich die Welle meines Busens erhob, ließ ich ihn machen. Aber gleichzeitig drückte ich für einige Sekunden fest Rosarios Hand. Und ich bin nicht mal schön, dachte ich verblüfft, während unter Zärtlichkeiten, Gekicher, andeutenden oder sogar schweinischen Bemerkungen, bei Wind und weißgestreiftem Himmel das Auto zusammen mit der Zeit dahinraste und die Tuffsteinmauern mit dem Stacheldraht obendrauf, die verlassenen Fabrikhallen und die flachen, blassblauen Wohnblocks unten in Pascone auftauchten.

Kaum hatte ich sie erkannt, bekam ich Bauchschmerzen, mein Machtgefühl verflog. Jetzt musste ich mich mit meiner Tante anlegen. Corrado erklärte, immer noch, um vor allem sich selbst zu bestätigen, dass er das Sagen hatte:

»Wir setzen dich hier ab.«

»Okay.«

»Wir parken an dem kleinen Platz, lass uns nicht warten. Und vergiss nicht, du bist mit den Öffentlichen gekommen.«

»Was für Öffentlichen?«

»Bus, Funicolare, U-Bahn. Auf keinen Fall darfst du sagen, dass wir dich hergefahren haben.«

»Okay.«

»Und ein bisschen Beeilung, ja.«

Ich nickte, stieg aus.

12

Mit Herzklopfen ging ich ein kurzes Stück zu Fuß, erreichte Vittorias Haus, klingelte, sie öffnete mir. Zunächst verstand ich nichts. Ich hatte mir eine kleine Ansprache zurechtgelegt, die ich energisch vortragen wollte, ganz auf die Gefühle konzentriert, die sich rings um das Armband verfestigt hatten und es voll und ganz zu meinem Eigentum machten. Aber dazu kam ich nicht. Kaum hatte Vittoria mich gesehen, bestürmte sie mich mit einem langen, aggressiven, herzzerreißenden, pathetischen Monolog, der mich verwirrte und einschüchterte. Je länger sie redete, desto klarer wurde mir, dass die Rückgabe des Schmucks nichts als ein Vorwand gewesen war. Vittoria hatte mich liebgewonnen, hatte geglaubt, dass auch ich sie liebte, und hatte meinen Besuch vor allem gewollt, um mir vorzuhalten, wie sehr ich sie enttäuscht hatte.

Ich habe gehofft – sagte sie sehr laut im Dialekt, den ich trotz meiner jüngsten Versuche, ihn zu lernen, nur mit Mühe verstand –, dass du jetzt auf meiner Seite bist, dass es dir gereicht hat, zu sehen, was für Leute dein Vater und deine Mutter wirklich sind, um zu erkennen, wer dagegen ich bin und was für ein Leben ich durch die Schuld meines Bruders gehabt habe. Aber nein, jeden Sonntag habe ich umsonst auf dich gewartet. Schon ein Anruf hätte mir genügt, aber Fehlanzeige, du hast rein gar nichts kapiert, hast sogar gedacht, es ist meine Schuld, dass sich deine Familie als so beschissen entpuppt hat, und zum Schluss, was hast du da gemacht, hier, sieh dir das an, den Brief hier hast du mir geschrieben – den Brief hier, mir –, um mir unter die Nase zu reiben, dass du schreiben kannst und ich nicht. Ach, du bist genau wie dein Vater, oder nein, noch schlimmer, du hast keinen Respekt vor mir, du siehst nicht, was für ein Mensch ich bin, bist zu keinem Gefühl fähig. Also gib mir das Armband zurück, es gehörte meiner Mutter selig, und du hast es nicht verdient. Ich habe mich geirrt, du bist nicht von meinem Blut, du bist eine Fremde.

Alles in allem glaubte ich zu verstehen, dass die Rückgabe des Armbands nicht so wichtig gewesen wäre, wenn ich mich in diesem endlosen Familienstreit auf die richtige Seite geschlagen hätte, wenn ich Vittoria wie die einzige mir verbliebene Stütze, wie die einzige Lehrmeisterin meines Lebens behandelt hätte, wenn ich die Kirchengemeinde, Margherita, ihre Kinder als so etwas wie eine ständige, sonntägliche Zuflucht akzeptiert hätte. Während sie so schrie, hatte sie einen wilden und zugleich schmerzerfüllten Blick, und ich sah Schaumspritzer auf ihren Lippen. Vittoria wollte ganz einfach mein Eingeständnis, dass ich sie liebhatte, dass ich ihr dankbar war, weil sie mir gezeigt hatte, wie mittelmäßig mein Vater war, dass ich sie deshalb für immer sehr gern haben würde, dass ich aus Dankbarkeit die Stütze ihres Alters sein würde und immer so weiter. Und ich beschloss auf der Stelle, ihr genau das zu sagen. Nach kurzem Herumreden verstieg ich mich sogar zu der Lüge, meine Eltern hätten mir verboten, sie anzurufen, dann fügte ich hinzu, dass in dem Brief die Wahrheit stünde: Das Armband sei mir ein sehr teures Andenken daran, wie sehr sie mir geholfen, mich gerettet, mich geleitet hätte. So redete ich, mit bewegter Stimme, und ich wunderte mich selbst, dass ich mich so inbrünstig vor ihr verstellen konnte, dass ich so sorgfältig effektvolle Worte wählte, dass ich letzten Endes nicht so war wie sie, sondern schlimmer.

Nach und nach beruhigte sich Vittoria, ich war erleichtert. Jetzt musste ich, in der Hoffnung, dass sie das Armband vergessen hatte, nur noch einen Weg finden, um mich zu verabschieden und zu den zwei wartenden Jungs zurückzukehren.

Sie erwähnte es auch wirklich nicht mehr, bestand aber darauf, dass ich mit ihr in die Kirche ging, wo Roberto predigte. Pech gehabt, ihr lag viel daran. Sie sprach in den höchsten Tönen von Toninos Freund, nach seiner Verlobung mit Giuliana war er wohl ihr Liebling geworden. Du kannst dir nicht vorstellen, was für ein feiner Kerl er ist – sagte sie –, gutaussehend, ausgeglichen. Danach essen wir alle bei Margherita, komm doch auch mit. Ich sagte freundlich, ich könne wirklich nicht, ich müsse nach Hause, und dabei umarmte ich sie, als liebte ich sie tatsächlich, und wer weiß, vielleicht tat ich das ja auch, ich wurde aus meinen Gefühlen nicht mehr schlau. Leise sagte ich:

»Ich gehe jetzt, Mamma wartet auf mich, aber ich besuche dich bald wieder.«

Sie gab auf:

»Gut, ich komme mit.«

»Nein, nein, nein, das ist nicht nötig.«

»Ich bring' dich zur Bushaltestelle.«

»Nein, ich weiß, wo der Bus hält, danke.«

Es war nichts zu machen, sie wollte mich begleiten. Ich hatte keine Ahnung, wo die Bushaltestelle war, hoffte, sie möge weit weg von der Stelle sein, wo Rosario und Corrado auf mich warteten. Aber anscheinend gingen wir genau darauf zu, und auf dem ganzen Weg wiederholte ich: Gut, danke, ich geh jetzt allein weiter. Doch meine Tante ließ sich nicht von ihrem Vorhaben abbringen, im Gegenteil, je mehr ich versuchte, mich aus dem Staub zu machen, umso mehr verriet ihr Gesicht ihre Ahnung, dass etwas nicht stimmte. Schließlich bogen wir um die Ecke, und wie befürchtet lag die Haltestelle genau an dem kleinen Platz, an dem Corrado und Rosario parkten, gut sichtbar im Auto mit dem offenen Verdeck.

Vittoria entdeckte den Wagen sofort, er war ein in der Sonne blitzender Fleck aus gelbem Blech.

»Bist du mit Corrado und dieser Arschgeige da gekommen?«

»Nein.«

»Schwör es.«

»Ich schwöre es dir, nein.«

Sie schubste mich mit einem Stoß gegen die Brust von sich und ging Beschimpfungen im Dialekt schreiend auf das Auto zu. Rosario fuhr mit quietschenden Reifen davon, und sie rannte noch einige Meter hinterher, wobei sie wilde Schreie ausstieß, zog sich dann einen Schuh aus und warf ihn dem Cabrio nach. Das Auto verschwand, voller Wut stand sie vornübergebeugt am Straßenrand.

»Du bist eine Lügnerin«, sagte sie, noch keuchend, zu mir, nachdem sie ihren Schuh aufgehoben hatte.

»Nein, wirklich nicht.«

»Ich rufe jetzt deine Mutter an, dann werden wir ja sehen.«

»Bitte nicht. Ich bin nicht mit diesen Typen gekommen, aber ruf meine Mutter nicht an.«

Ich erzählte ihr, weil meine Mutter nicht wollte, dass ich sie besuchte, ich sie aber unbedingt hatte sehen wollen, hätte ich zu Hause gesagt, dass ich mit meinen Schulkameraden einen Ausflug nach Caserta machte. Ich war überzeugend: Die Tatsache, dass ich meine Mutter belogen hatte, um sie zu besuchen, beschwichtigte sie.

»Den ganzen Tag?«
»Am Nachmittag muss ich zurück sein.«
Mit unschlüssiger Miene forschte sie in meinen Augen.
»Dann kommst du mit, um Roberto zu hören, und fährst danach nach Hause.«
»Dann besteht die Gefahr, dass ich zu spät komme.«
»Dann besteht die Gefahr, dass es Ohrfeigen setzt, wenn ich rauskriege, dass du mich anlügst, um mit diesen Typen loszuziehen.«
Ich folgte ihr missmutig, ich betete: Lieber Gott, bitte, ich will nicht in die Kirche, mach, dass Corrado und Rosario nicht weggefahren sind, mach, dass sie irgendwo auf mich warten, hilf mir, meine Tante loszuwerden, in der Kirche sterbe ich vor Langeweile. Den Weg kannte ich inzwischen: leere Straßen, Unkraut und Müll, Mauern voller Graffiti, baufällige Wohnblocks. Die ganze Zeit über hatte Vittoria einen Arm um meine Schultern gelegt, hin und wieder drückte sie mich fest an sich. Sie redete vor allem über Giuliana – Corrado machte ihr Sorgen, doch sie hielt große Stücke auf das Mädchen und auf Tonino –, darüber, wie verständig sie geworden war. Die Liebe – sagte sie verzückt unter Verwendung einer Formulierung, die nicht zu ihr passte, die mich sogar irritierte und ärgerte – ist ein Sonnenstrahl, der deine Seele wärmt. Ich war enttäuscht. Vielleicht hätte ich meine Tante mit der gleichen Aufmerksamkeit beobachten sollen, mit der ich auf ihr Drängen hin meine Eltern ausspioniert hatte. Vielleicht hätte ich entdeckt, dass hinter der Härte, die mich so fasziniert hatte, eine weichliche, nichtsahnende Trine steckte, äußerlich zäh, aber innen schwach. Wenn Vittoria wirklich so ist, dachte ich entmutigt, dann ist sie widerlich, widerlich gewöhnlich.

Währenddessen sah ich verstohlen bei jedem Motorengeräusch auf, in der Hoffnung, Rosario und Corrado würden auftauchen und mich entführen, fürchtete aber auch, Vittoria könnte wieder losschreien und sich über mich aufregen. Wir kamen zur Kirche, ich war überrascht, dass sie so voll war. Schnurstracks ging ich zum Weihwasserbecken, tauchte meine Finger hinein und bekreuzigte mich, bevor Vittoria mich dazu zwang. Es roch nach verbrauchter Luft und Blumen, ein wohlerzogenes Gemurmel war zu hören und die laute Stimme eines Kindes, das sofort mit erstickten Tönen zurechtgewiesen wurde. Hinter einem Tisch am Ende des Mittelschiffs sah ich mit dem Rücken zum Altar die kleine Gestalt Don Giacomos stehen, er sagte gerade salbungsvoll ein paar Schlussworte. Offenbar freute er sich über unser Kommen, er winkte uns grüßend zu, ohne sich zu unterbrechen. Gern hätte ich mich in eine der letzten Bänke gesetzt, die leer waren, aber meine Tante packte mich am Arm und lenkte mich durch das rechte Seitenschiff. Wir setzten uns in eine der vorderen Reihen neben Margherita, die ihr einen Platz freigehalten hatte und, als sie mich sah, vor Freude errötete. Ich zwängte mich zwischen sie und Vittoria, die eine dick und weich, die andere hager und angespannt. Don Giacomo verstummte, das Gemurmel wurde lauter, ich konnte gerade noch einen Blick in die Runde werfen und in der ersten Reihe Giuliana entdecken, in überraschend schlichter Aufmachung, und zu ihrer Rechten Tonino, mit breiten Schultern und kerzengeradem Oberkörper. Dann sagte der Priester: Komm, Roberto, was machst du da drüben, setz dich zu mir, und eine beeindruckende Stille senkte sich herab, als hätte es allen Anwesenden plötzlich den Atem verschlagen.

Doch vielleicht war es gar nicht so, wahrscheinlich war

ich es, die jedes Geräusch ausblendete, als ein hochgewachsener, doch gebückter junger Mann aufstand, dünn wie ein Schatten. Mir schien, als wäre an seinem Rücken eine lange, nur für mich sichtbare Goldkette befestigt, an der er leicht pendelte, ganz als würde er von der Kuppel herabhängen, seine Schuhspitzen berührten kaum den Boden. Als er den Tisch erreichte und sich umdrehte, hatte ich den Eindruck, dass sein Gesicht fast nur aus den Augen bestand. Sie waren hellblau, hellblau in einem dunklen, knochigen, unregelmäßigen Gesicht, das von einer widerspenstigen Haarmähne und einem dichten, blau schimmernden Bart umschlossen war.

Ich war fast fünfzehn Jahre alt, und kein Junge hatte mich bis dahin wirklich gereizt, schon gar nicht Corrado, schon gar nicht Rosario. Doch kaum hatte ich Roberto gesehen – noch bevor er den Mund auftat, noch bevor er sich für irgendetwas begeisterte, noch bevor er ein Wort sagte –, spürte ich einen heftigen Schmerz in der Brust, und ich wusste, dass sich nun alles in meinem Leben änderte, dass ich ihn wollte, dass ich ihn unbedingt haben musste, dass ich, obwohl ich nicht an Gott glaubte, jeden Tag und jede Nacht dafür beten würde und dass nur dieser Wunsch, nur diese Hoffnung, nur dieses Gebet mich davon abhalten konnten, jetzt, augenblicklich, tot umzufallen.

V

I

Don Giacomo saß an dem armseligen Tisch am Ende des Kirchenschiffs und schaute, die Wange in die Hand gestützt, in einer Haltung konzentrierten Zuhörens die ganze Zeit über Roberto an. Roberto sprach im Stehen, in einer scharfen und trotzdem einnehmenden Art, mit dem Rücken zum Altar und zu einem großen Kruzifix, einem dunklen Kreuz mit einem gelben Christus. Ich erinnere mich an fast nichts mehr von dem, was er sagte, vielleicht weil er sich aus einer Kultur heraus äußerte, die mir fremd war, vielleicht, weil ich ihm vor Aufregung nicht zuhörte. Ich habe viele Sätze im Kopf, die garantiert von ihm stammen, aber ich kann sie nicht zeitlich einordnen, ich bringe die Worte von damals und die späteren durcheinander. Aber einige sind an jenem Sonntag ganz bestimmt gesagt worden. So denke ich manchmal, dass er dort in der Kirche über die Parabel der guten Bäume gesprochen hat, die gute Früchte tragen, und über die schlechten, die schlechte Früchte tragen und daher beim Brennholz landen. Oder noch öfter bin ich mir sicher, dass er nachdrücklich die genaue Einschätzung unserer Mittel anmahnte, bevor wir uns in eine große Unternehmung stürzen, weil es falsch sei, etwa mit dem Bau eines Turms zu beginnen, wenn man nicht das Geld hat, ihn bis zum letzten Stein hochzuziehen. Oder ich nehme an, dass er uns alle aufrief, Mut zu haben, und uns daran erinnerte, dass der einzige Weg, unser Leben nicht zu vergeuden, darin besteht, es zur Rettung anderer zu verlieren. Oder ich stelle mir vor, dass er über die Notwendigkeit gesprochen hat, wirklich gerecht, barmherzig und treu zu sein, ohne Ungerechtigkeit, Hartherzigkeit und Untreue mit der Achtung der Konventionen zu bemänteln. Kurzum, ich weiß es nicht, die Zeit ist vergangen, und ich kann mich nicht entscheiden. Für mich war seine Rede von Anfang bis Ende vor allem ein Fluss bezaubernder Klänge, die aus seinem schönen Mund, aus seiner Kehle drangen. Ich betrachtete seinen stark ausgeprägten Adamsapfel, als würde hinter dieser Wölbung tatsächlich der Atem des ersten, zur Welt gekommenen Menschen männlichen Geschlechts vibrieren und nicht der einer der zahllosen Reproduktionen, die die Erde bevölkern. Wie schön und überwältigend waren seine hellen, in das dunkle Gesicht gravierten Augen, seine schmalen Finger, seine glänzenden Lippen. Nur bei einem Wort bin ich mir sicher, dass er es an jenem Tag häufig sagte und es entblätterte wie eine Margerite. Ich meine die »Bußfertigkeit«, ich verstand, dass er den Begriff auf eine unübliche Art benutzte. Er sagte, sie müsse von dem schlechten Gebrauch gesäubert werden, den man von ihr gemacht habe, verglich sie mit einer Nadel, die den Faden durch die losen Stücke unserer Existenz führen müsse. Er gab ihr die Bedeutung einer extremen Wachsamkeit gegen sich selbst, sie sei das Messer, mit dem man dem Gewissen Stiche versetze, um es am Einschlafen zu hindern.

2

Sobald Roberto verstummt war, zog mich meine Tante zu Giuliana. Ich war verblüfft, wie sehr sie sich verändert hatte, ihre Schönheit hatte etwas Kindliches. Sie ist nicht geschminkt, dachte ich, trägt nicht die Farben einer Frau, und ich fühlte mich nicht wohl in meinem kurzen Rock, mit meinen dick bemalten Augenlidern und dem Lippenstift, mit meinem weiten Ausschnitt. Ich passe nicht hierher, sagte ich mir, während Giuliana raunte: Ich freue mich so, dich zu sehen, hat es dir gefallen? Ich murmelte ein paar wirre Komplimente für sie und eine begeisterte Zustimmung für die Worte ihres Verlobten. Machen wir ihn mit ihr bekannt, redete Vittoria dazwischen, und Giuliana brachte uns zu Roberto.

»Das ist meine Nichte«, sagte meine Tante mit einem Stolz, der mich noch verlegener machte, »ein sehr kluges Mädchen.«

»Ich bin nicht klug«, platzte ich heraus und streckte ihm die Hand hin, ich wünschte mir, dass er sie wenigstens flüchtig ergriff.

Er nahm sie zwischen seine Hände, ohne sie zu drücken, sagte mit einem herzlichen Blick sehr erfreut, während meine Tante mich zurechtwies: Sie ist zu bescheiden, ganz im Gegensatz zu meinem Bruder, der immer hochnäsig gewesen ist. Roberto fragte mich nach der Schule, was ich lernte, was ich las. Nur wenige Sekunden, ich hatte den Eindruck, seine Fragen seien ernst gemeint, ich merkte, dass ich eiskalt war. Ich stammelte etwas darüber, wie langweilig der Unterricht sei, und über ein schwieriges Buch, das ich seit Monaten las, es nehme kein Ende und handle von der Suche nach der verlorenen Zeit. Giuliana sagte nervös zu ihm: Man ruft nach dir, aber er sah mir weiterhin in die Augen, war erstaunt, dass ich ein ebenso schönes wie vertracktes Buch las, und wandte sich an seine Verlobte: Du hast gesagt, sie ist gut, aber sie ist sehr gut. Meine Tante wiederholte stolz, dass ich ihre Nichte sei, und währenddessen winkten einige Gemeindemitglieder herüber und wiesen auf den Priester. Ich suchte nach Worten, die Roberto tief berühren könnten, aber mein Kopf war leer, ich fand nichts. Außerdem war er schon von der Sympathie mitgerissen worden, die er ausgelöst hatte, er verabschiedete sich mit einer bedauernden Geste und verschwand im Gedränge, in dem auch Don Giacomo war.

Ich traute mich nicht, ihm auch nur mit meinen Blicken zu folgen, ich blieb bei Giuliana, die eine strahlende Erscheinung war. Ich dachte an das gerahmte Foto ihres Vaters in Margheritas Küche, an die kleine Flamme des Grablichts, die auf dem Glas gezuckt hatte und seine Pupillen aufleuchten ließ, und es verwirrte mich, dass eine junge Frau die Züge dieses Mannes tragen und doch schön sein konnte. Ich spürte, dass ich sie beneidete, ihr reinlicher Körper in dem beigefarbenen Kleidchen und ihr reinliches Gesicht verbreiteten eine fröhliche Kraft. Als ich sie kennengelernt hatte, war diese Energie allerdings mit einer lauten Stimme und übertriebenen Gesten zum Ausdruck gekommen. Jetzt saß Giuliana anstandsvoll da, als hätte der Stolz, zu lieben und geliebt zu werden, jedem Überschwang unsichtbare Fesseln angelegt. Sie sagte in einem bemühten Italienisch: Ich weiß, was dir passiert ist, es tut mir so leid, ich kann dich gut verstehen. Und sie nahm sogar meine Hand zwischen ihre, wie es kurz zuvor ihr Verlobter getan hatte. Doch es war mir nicht unangenehm, ich erzählte ihr freiheraus vom Leid meiner Mutter, auch wenn meine wachsame Seite Roberto nicht aus den Augen ließ, ich hoffte, er würde mich mit seinem Blick suchen. Das geschah nicht, vielmehr stellte ich fest, dass er sich mit der gleichen herzlichen Neugier, die er mir entgegengebracht hatte, auch an jeden x-Beliebigen wandte. Er tat es ohne Eile, während er seine Gesprächspartner aufhielt und es so einrichtete, dass diejenigen, die sich um ihn drängten, um nur mit ihm zu reden und sich an seinem sympathischen Lächeln, an seinem schönen, von Unregelmäßigkeiten geprägten Gesicht zu erfreuen, nach und nach begannen, auch mit den anderen zu sprechen. Wenn ich zu ihm gehen würde, dachte ich, würde er bestimmt auch mir Raum geben und mich in eine Diskussion einbeziehen. Aber dann müsste ich mich klarer ausdrücken, und er würde sofort merken, dass es nicht stimmt, ich bin nicht gut, ich weiß nichts über die Dinge, die ihm am Herzen liegen. Also verließ mich der Mut, und darauf zu drängen, mit ihm zu sprechen, hätte mich beschämt, er hätte sich gesagt: Wie ungebildet dieses Mädchen ist. Und unvermittelt, während Giuliana noch mit mir sprach, teilte ich ihr mit, dass ich losmüsse. Sie wollte unbedingt, dass ich zum Mittagessen zu ihr nach Hause kam: Roberto ist *auch* da, sagte sie. Aber ich war jetzt verängstigt, wollte buchstäblich verschwinden. Mit schnellen Schritten verließ ich die Kirche.

Draußen auf dem Vorplatz wurde mir schwindlig von der frischen Luft. Ich schaute mich um, als wäre ich gerade nach einem packenden Film aus dem Kino gekommen. Nicht nur, dass ich nicht wusste, wie ich nach Hause kommen sollte, es war mir auch nicht wichtig, dorthin zurückzukehren. Ich würde für immer dableiben, unter dem Portal schlafen, weder essen noch trinken und mich mit den Gedanken an Roberto dem Tod überlassen. Keine andere Zuneigung, kein anderer Wunsch interessierten mich in diesem Moment.

Da hörte ich, dass mich jemand rief, es war Vittoria, sie holte mich ein. Sie benutzte ihre aufdringlichste Art, um mich zurückzuhalten, bis sie schließlich aufgab und mir erklärte, was ich tun müsse, um nach San Giacomo dei Capri zu kommen: Mit der U-Bahn fährst du bis Piazza Amedeo, dort nimmst du die Funicolare, und ab Piazza Vanvitelli weißt du ja, wie es weitergeht. Als sie meine Verstörung bemerkte – was ist, hast du das nicht verstanden? –, bot sie an, mich mit dem Cinquecento nach Hause zu fahren, obwohl sie zum Essen bei Margherita eingeladen war. Ich lehnte die Fahrt mit dem Auto höflich ab, sie begann, in übertrieben sentimentalem Dialekt zu sprechen, wobei sie mir übers Haar strich, meinen Arm nahm, mich mehrmals mit ihren feuchten Lippen auf die Wange küsste, und ich gelangte noch mehr zu der Überzeugung, dass sie keine rächende Gorgone war, sondern eine arme, einsame Frau, die sich nach Zuneigung sehnte und mich gerade besonders liebte, weil sie mit mir eine gute Figur vor Roberto hatte machen können. Du warst nicht übel, sagte sie, ich lerne dies, ich lese das, bravo, bravo, bravo. Ich fühlte mich ihr gegenüber wenigstens genauso schuldig, wie mein Vater es sicherlich war, und wollte es wiedergutmachen, ich kramte in meiner Tasche, in der ich das Armband hatte, und überließ es ihr.

»Ich wollte es dir nicht geben«, sagte ich. »Ich war der Meinung, es ist meins, aber es gehört dir, und niemand außer dir soll es haben.«

Diese Geste hatte sie nicht erwartet, sie betrachtete das

Armband mit sichtlichem Widerwillen, als wäre es eine kleine Schlange oder ein böses Omen. Sie sagte:

»Nein, ich habe es dir geschenkt, mir reicht es, dass du mich liebhast.«

»Doch, nimm es.«

Schließlich akzeptierte sie es widerstrebend, legte es aber nicht an. Sie steckte es in ihre Handtasche und blieb an der Haltestelle stehen, umarmte mich fest, lachte, sang, bis der Bus kam. Ich stieg ein, als wäre jeder Schritt ein Abschluss und als würde ich nun überraschend in eine andere meiner Geschichten und in ein anderes meiner Leben übertreten.

Ich war, mit einem Sitzplatz am Fenster, schon einige Minuten unterwegs, als ich ein hartnäckiges Hupen hörte. Nebenan, auf der Überholspur, fuhr Rosarios Sportwagen. Corrado fuchtelte mit den Armen und schrie: Steig aus, Giannì, komm. Sie hatten, wer weiß wo versteckt, geduldig auf mich gewartet und sich die ganze Zeit über vorgestellt, dass ich jeden ihrer Wünsche befriedigte. Ich betrachtete sie mit Sympathie, sie kamen mir rührend unwichtig vor, während sie dem Wind ausgesetzt dahinrasten. Rosario saß am Steuer und winkte mich mit einer langsamen Geste zu sich, Corrado schrie weiter: Wir warten an der nächsten Haltestelle auf dich, wir werden Spaß haben, und warf mir dabei herrische Blicke zu, er hoffte, ich würde ihm gehorchen. Da ich geistesabwesend lächelte und nicht reagierte, schaute auch Rosario auf, um zu sehen, was ich vorhatte. Ich schüttelte den Kopf nur für ihn, sagte lautlos zu ihm: Ich kann jetzt nicht mehr.

Das Cabrio beschleunigte und ließ den Bus hinter sich.

3

Meine Mutter wunderte sich, dass der Ausflug nach Caserta so kurz gewesen war. Wieso, fragte sie unwillig, bist du denn schon zurück, ist was passiert, hattest du Streit? Ich hätte schweigen können, mich wie üblich in mein Zimmer zurückziehen und laut Musik hören können und lesen, lesen, lesen, von der vergangenen Zeit oder sonst was, aber das tat ich nicht. Ich gestand ihr ohne Umschweife, dass ich nicht in Caserta, sondern bei Vittoria gewesen war, und als ich sah, dass sie blass vor Enttäuschung wurde, machte ich etwas, was ich schon seit einigen Jahren nicht mehr getan hatte: Ich setzte mich auf ihre Knie, schlang meine Arme um ihren Hals und gab ihr leichte Küsse auf die Augen. Sie wehrte sich. Murrte, ich sei groß und schwer, wies mich zurecht, weil ich sie belogen hatte und wegen meines Kleidungsstils, wegen meiner ordinären Schminke, wobei sie mich mit ihren dürren Armen an der Taille festhielt. Irgendwann erkundigte sie sich nach Vittoria.

»Hat sie was getan, was dich erschreckt hat?«
»Nein.«
»Du wirkst angespannt.«
»Mir geht's gut.«
»Aber du hast kalte Hände, und du schwitzt. Sicher, dass nichts passiert ist?«
»Absolut.«

Sie war erstaunt, war besorgt, war froh, oder vielleicht war ich es, die in dem Glauben, es wären ihre Reaktionen, eine Mischung aus Freude, Erstaunen und Sorge empfand. Roberto erwähnte ich kein einziges Mal, ich spürte, dass ich nicht die richtigen Worte gefunden und mich dafür gehasst hätte. Stattdessen erzählte ich ihr, dass mir einige Reden, die ich in der Kirche gehört hatte, gefallen hätten.

»Jeden Sonntag«, erzählte ich ihr, »lädt der Priester einen sehr klugen Freund von sich ein, stellt einen Tisch hinten ins Mittelschiff, und es wird diskutiert.«

»Worüber denn?«

»Das kann ich jetzt nicht mehr wiederholen.«

»Siehst du, du bist angespannt.«

Ich war nicht angespannt, eher in einem Zustand glücklicher Erregung, der sich auch nicht änderte, als sie mir verlegen eröffnete, sie habe einige Tage zuvor rein zufällig Mariano getroffen und, da sie gewusst habe, dass ich in Caserta sei, ihn für diesen Nachmittag zum Kaffee eingeladen.

Nicht einmal diese Nachricht konnte mir die Laune verderben, ich fragte:

»Willst du was mit Mariano anfangen?«

»Ach wo.«

»Kann es sein, dass ihr es nie schafft, die Wahrheit zu sagen?«

»Giovanna, du hast mein Wort, das *ist* die Wahrheit: Da ist nichts zwischen ihm und mir, und da war nie was. Aber wenn dein Vater sich wieder mit ihm trifft, warum soll ich ihn da nicht auch treffen?«

Die letzte Mitteilung tat mir weh. Meine Mutter erzählte mir, ohne dass es etwas Neues zu sein schien, dass die beiden Ex-Freunde sich begegnet seien, als Mariano seine Töchter besucht habe, und sich den Mädchen zuliebe nett unterhalten hätten. Ich platzte heraus:

»Wenn mein Vater sich wieder mit einem Freund vertragen hat, der ihn betrogen hatte, warum geht er dann nicht in sich und verträgt sich auch wieder mit seiner Schwester?«

»Weil Mariano kultiviert ist und Vittoria nicht.«
»Blödsinn. Weil Mariano an der Universität unterrichtet, das lässt ihn gut aussehen, das wertet ihn auf, während Vittoria ihn spüren lässt, wer er ist.«
»Ist dir klar, wie du gerade über deinen Vater sprichst?«
»Ja.«
»Also hör auf damit.«
»Ich sage, was ich denke.«

Ich ging in mein Zimmer, flüchtete mich in die Gedanken an Roberto. Vittoria war es, die ihn mir vorgestellt hatte. Er gehörte zur Welt meiner Tante, nicht zu der meiner Eltern. Vittoria besuchte ihn häufig, schätzte ihn, hatte seine Verlobung mit Giuliana befürwortet, wenn nicht sogar begünstigt. Das machte sie in meinen Augen sensibler und intelligenter als die Menschen, mit denen meine Eltern seit Ewigkeiten Umgang hatten, allen voran Mariano und Costanza. Ich schloss mich aufgewühlt im Bad ein, schminkte mich gründlich ab, zog Jeans und eine weiße Bluse an. Was hätte Roberto wohl gesagt, wenn ich ihm von den Ereignissen bei mir zu Hause erzählt hätte, vom Benehmen meiner Eltern, von dieser Umverteilung der Rollen im Moder einer alten Freundschaft. Der brutale Elektroschock der Sprechanlage ließ mich zusammenzucken. Ein paar Minuten vergingen, dann hörte ich Marianos Stimme, dann die meiner Mutter, ich hoffte, dass sie mich nicht zu sich zitierte. Sie tat es nicht, ich setzte mich an meine Schulaufgaben, aber da war nichts zu machen, irgendwann hörte ich sie rufen: Giovanna, komm und sag Mariano guten Tag. Ich schnaufte, klappte das Buch zu, ging zu ihnen.

Ich war betroffen, wie mager der Vater von Angela und Ida war, er wirkte genauso mitgenommen wie meine Mutter. Als ich ihn so sah, tat er mir leid, aber das hielt nicht lange vor. Mich störte sein erregter Blick, der sofort meinen Busen suchte, genau wie der von Corrado und Rosario, obwohl mein Busen diesmal von der Bluse gut verhüllt war.

»Wie groß du geworden bist«, rief er ergriffen und wollte mich umarmen, mich auf die Wangen küssen.

»Willst du eine Praline? Die hat Mariano mitgebracht.«

Ich lehnte ab, sagte, ich müsse lernen.

»Ich weiß, dass du darauf hinarbeitest, das verlorene Jahr aufzuholen«, sagte er.

Ich nickte, murmelte: Ich geh dann mal. Bevor ich das Zimmer verließ, spürte ich erneut seinen Blick auf mir und schämte mich. Ich dachte daran, dass Roberto mir ausschließlich in die Augen gesehen hatte.

4

Was geschehen war, wurde mir schnell klar, ich hatte mich Hals über Kopf verliebt. Über Liebe auf den ersten Blick hatte ich viel gelesen, aber, ich weiß nicht warum, ich verwendete diese Formulierung nie. Ich betrachtete Roberto – sein Gesicht, seine Stimme, seine Hände, die meine Hand umschlossen – lieber als einen wunderbaren Trost für unruhige Tage und Nächte. Natürlich wollte ich ihn wiedersehen, doch an die Stelle der ersten Verwirrung – dem unvergesslichen Moment, in dem ihn zu sehen und sich heftig nach ihm zu verzehren eins waren – war ein ruhiger Realismus getreten. Roberto war ein Mann, ich ein kleines Mädchen. Roberto liebte eine andere, die sehr schön und gut war. Roberto war unerreichbar, wohnte in Mailand, und ich wusste nichts von dem, was ihm wichtig war. Der einzige mögliche Kontakt war der über Vittoria, und Vittoria war ein komplizierter Mensch, ganz zu schweigen davon, dass jeder Versuch, mich mit ihr zu treffen, meine Mutter verletzt hätte. Also ließ ich, unschlüssig, was zu tun sei, die Tage verstreichen. Dann dachte ich, dass ich ein Recht auf mein eigenes Leben hätte, ohne mich ständig um die Reaktionen meiner Eltern kümmern zu müssen, zumal sie sich überhaupt nicht um meine scherten. Und ich konnte nicht widerstehen. Eines Nachmittags, als ich allein zu Hause war, rief ich meine Tante an. Ich bereute, dass ich die Einladung zum Mittagessen ausgeschlagen und eine wichtige Gelegenheit verschenkt hatte, und wollte vorfühlen, wann ich sie wieder besuchen und mit einiger Sicherheit Roberto antreffen könnte. Ich war davon überzeugt, nach der Rückgabe des Armbands herzlich willkommen zu sein, aber Vittoria ließ mich keinen halben Satz ausreden. Ich erfuhr von ihr, dass meine Mutter schon am Tag nach der Caserta-Lüge mit ihr telefoniert hatte, um ihr auf ihre müde Art zu sagen, sie solle mich in Ruhe lassen und dürfe mich nie wieder treffen. Darum war sie nun außer sich. Sie wetterte gegen ihre Schwägerin, schrie, sie würde sie vor dem Haus abpassen, um sie abzustechen, kreischte: Wie kann sie es wagen, zu behaupten, dass *ich* alles daransetze, um dich ihr wegzunehmen, wo doch *ihr* es gewesen seid, die mir jeden Grund zum Weiterleben genommen habt, *ihr*, dein Vater, deine Mutter, und auch du hast gedacht, es reicht, mir das Armband zurückzugeben, und alles ist wieder in Ordnung. Sie schrie mich an: Wenn du auf der Seite deiner Eltern bist, brauchst du mich nie wieder anzurufen, kapiert? Und keuchend ließ sie eine Reihe wüster Beschimpfungen gegen ihren Bruder und ihre Schwägerin los, bevor sie auflegte.

Ich versuchte zurückzurufen, um ihr zu sagen, dass ich auf ihrer Seite stand, dass mich dieser Anruf meiner Mutter sogar furchtbar aufregte, aber sie nahm nicht ab. Ich war deprimiert, brauchte ihre Zuneigung in diesem Moment, fürchtete, ohne sie nie wieder die Gelegenheit zu haben, Roberto zu sehen. Unterdessen verging die Zeit, Tage zunächst voller düsterer Unzufriedenheit, dann voller angestrengter Überlegungen. Ich begann, an ihn zu denken wie an die Umrisse eines weit entfernten Gebirges, eine bläuliche, von scharfen Linien gehaltene Masse. Wahrscheinlich – sagte ich mir – hat kein Mensch aus Pascone ihn je mit der Klarheit gesehen, die ich dort in der Kirche gehabt habe. Er ist in der Gegend geboren, dort aufgewachsen, ist Toninos Freund seit Kindertagen. Alle achten ihn wie eine besonders leuchtende Gestalt in dieser elenden Umgebung, und auch Giuliana dürfte sich nicht wegen dem, was er wirklich ist, in ihn verliebt haben, sondern wegen ihrer gemeinsamen Herkunft und wegen seiner Aura eines Menschen, der zwar aus der stinkenden Zona Industriale kommt, doch in Mailand studiert und es geschafft hat, sich von den anderen abzuheben. Aber – überlegte ich – gerade die Eigenschaften, die alle in dieser Gegend zu lieben imstande sind, verhindern, dass man ihn wirklich sieht und sein außergewöhnliches Wesen erkennt. Roberto darf nicht wie ein beliebiger Mensch mit guten Fähigkeiten behandelt werden, Roberto muss beschützt werden. Wenn ich, zum Beispiel, Giuliana wäre, würde ich nach Kräften dafür sorgen, dass er nicht zum Mittagessen zu meiner Familie kommt, ich würde Vittoria, Margherita und Corrado daran hindern wollen, ihn mir zu verderben und auch die Gründe zu verderben, aus denen er sich für mich entschieden hat. Ich würde ihn von dieser Umgebung fernhalten, würde zu ihm sagen: Lass uns hier verschwinden, ich komme mit zu dir nach Mailand. Aber meiner Meinung nach weiß Giuliana gar nicht, was für ein Glück sie hat. Was mich betrifft, würde ich, falls ich mich wenigstens ein bisschen mit ihm anfreunden könnte, ihn niemals Zeit mit meiner Mutter vergeuden lassen, obwohl sie viel vorzeigbarer als Vittoria und Margherita ist. Und vor allen Dingen würde ich jedes Treffen mit meinem Vater vermeiden. Die Energie, die von Roberto ausgeht, braucht Fürsorge, damit sie sich nicht verflüchtigt, und ich fühle, dass ich ihm die garantiert geben kann. Ja, seine Freundin werden, nur das, und ihm beweisen, dass ich irgendwo in mir die Qualitäten habe, die er braucht.

5

In dieser Zeit kam mir der Gedanke, dass ich, wenn ich schon nicht körperlich schön war, es doch vielleicht geistig sein könnte. Aber wie? Ich hatte bereits erkannt, dass ich keinen guten Charakter hatte, ich neigte zu schlechten Worten und Taten. Gute Eigenschaften unterdrückte ich absichtlich, um mir nicht wie eine Tussi aus gutem Hause vorzukommen. Mir war, als hätte ich den Weg meiner Rettung gefunden, wäre aber nicht fähig, ihn zu gehen, und hätte ihn vielleicht nicht verdient.

In dieser Verfassung war ich, als ich eines Nachmittags zufällig Don Giacomo traf, den Priester von Pascone. Ich war an der Piazza Vanvitelli, warum, weiß ich nicht mehr, und lief ihm gedankenversunken in die Arme. Giannina, rief er. Sein plötzlicher Anblick wischte für einige Sekunden die Piazza und die Häuser fort und katapultierte mich zurück in die Kirche, auf den Sitzplatz neben Vittoria, und zu Roberto, der hinter dem Tisch stand. Als alles wieder an Ort und Stelle war, freute ich mich, dass der Priester mich erkannt und sich an meinen Namen erinnert hatte. Ich war so froh, dass ich ihn umarmte wie einen Gleichaltrigen, den ich seit der Grundschule kannte. Doch dann wurde ich schüchtern, stotterte herum, siezte ihn, er bestand auf dem Du. Er war auf dem Weg zur Funicolare von Montesanto, ich bot an, ihn ein Stück zu begleiten, und ging sofort und allzu jubelnd dazu über, von der Veranstaltung in der Kirche zu schwärmen.

»Wann hält Roberto denn mal wieder einen Vortrag?«, erkundigte ich mich.

»Hat er dir gefallen?«

»Ja.«

»Hast du gemerkt, was er alles aus dem Evangelium herausholen kann?«

Ich erinnerte mich an gar nichts – was wusste ich schon vom Evangelium –, mir hatte sich nur Roberto eingeprägt. Trotzdem nickte ich, sagte leise:

»Kein Lehrer in der Schule ist so mitreißend wie er, ich werde noch mal kommen, um ihm zuzuhören.«

Die Miene des Priesters verdüsterte sich, und da erst bemerkte ich, dass sich sein Äußeres verändert hatte. Sein Gesicht war gelblich, die Augen waren gerötet.

»Roberto kommt nicht zurück«, sagte er. »Und es wird in der Kirche keine solche Veranstaltungen mehr geben.«

Ich war betroffen.

»Haben sie keinen Anklang gefunden?«

»Bei meinen Vorgesetzten und einigen Gemeindemitgliedern nicht.«

Nun war ich enttäuscht und wütend, ich sagte:

»Ist dein Vorgesetzter nicht Gott?«

»Ja, aber die erste Geige spielen seine Diener.«

»Dann wende dich doch direkt an ihn.«

Don Giacomo machte eine Handbewegung, wie um eine unbestimmte Entfernung zu beschreiben, und ich sah, dass er auf den Fingern und auf dem Handrücken bis zum Handgelenk große, violette Flecken hatte.

»Gott ist außen vor«, sagte er lächelnd.

»Und das Beten?«

»Ich bin müde, ich bete, wie man sieht, nun von Berufs wegen. Aber du? Hast du gebetet, obwohl du nicht an ihn glaubst?«

»Ja.«

»Und hat es geholfen?«

»Nein, das ist ein Zauber, der am Ende nicht klappt.«

Don Giacomo schwieg. Ich merkte, dass ich irgendetwas falsch gemacht hatte, wollte mich entschuldigen.

»Manchmal sage ich alles, was mir gerade in den Kopf kommt«, sagte ich leise. »Entschuldigung.«

»Wofür denn? Du hast Licht in meinen Tag gebracht, zum Glück habe ich dich getroffen.«

Er schaute auf seine rechte Hand, als enthielte sie ein Geheimnis.

»Bist du krank?«

»Ich war gerade bei einem befreundeten Arzt hier in der Via Kerbaker, es ist nur ein Hautausschlag.«

»Woher kommt der?«

»Wenn man dich zwingt, Dinge zu tun, die du nicht tun

willst, und du gehorchst, ist das schlecht für den Kopf, es ist schlecht für alles.«

»Ist Gehorsam eine Hautkrankheit?«

Einen Moment lang sah er mich verblüfft an, er lächelte:

»Bravo, genau das ist er, eine Hautkrankheit. Und du bist eine gute Medizin dagegen, bleib, wie du bist, sag immer alles, was dir in den Kopf kommt. Noch ein paar Plauderstündchen mit dir, und es geht mir garantiert besser.«

Impulsiv sagte ich:

»Ich will auch besser werden. Was muss ich tun?«

Der Priester antwortete:

»Den ständig lauernden Hochmut fernhalten.«

»Und weiter?«

»Andere mit Güte und Gerechtigkeitssinn behandeln.«

»Und weiter?«

»Dann ist da noch etwas, was in deinem Alter am schwierigsten ist: Vater und Mutter ehren. Du musst es versuchen, Giannì, es ist wichtig.«

»Ich verstehe meinen Vater und meine Mutter nicht mehr.«

»Wenn du groß bist, wirst du sie verstehen.«

Alle sagten mir, wenn ich groß sein würde, könnte ich verstehen. Ich antwortete:

»Dann werde ich nicht groß.«

Wir verabschiedeten uns an der Funicolare, und seitdem habe ich ihn nicht wiedergesehen. Ich hatte mich nicht getraut, nach Roberto zu fragen, hatte mich nicht erkundigt, ob Vittoria mit ihm über mich gesprochen hatte, ob sie ihm von der Situation bei mir zu Hause erzählt hatte. Ich sagte nur beschämt:

»Ich fühle mich hässlich und charakterlos, und trotzdem will ich geliebt werden.«

Doch ich sagte es zu spät, in einem Atemzug, als er mir schon den Rücken zuwandte.

6

Diese Begegnung half mir, ich versuchte zunächst einmal, das Verhältnis zu meinen Eltern zu verändern. Sie zu ehren, schloss ich aus, aber einen Weg zu suchen, um mich ihnen wenigstens ein bisschen anzunähern, hielt ich für möglich.

Mit meiner Mutter ließen sich die Dinge recht gut an, obwohl es nicht leicht war, meine aggressiven Töne unter Kontrolle zu bringen. Ihren Anruf bei Vittoria erwähnte ich nie, aber manchmal schrie ich ihr unbeherrscht Befehle, Vorwürfe, Beschuldigungen und Gemeinheiten ins Gesicht. Für gewöhnlich reagierte sie nicht, blieb ungerührt, als hätte sie die Fähigkeit, auf Bestellung taub zu werden. Aber nach und nach änderte ich mein Verhalten. Ich beobachtete sie vom Flur aus, sorgfältig gekleidet und frisiert, wie sie war, auch wenn sie nicht aus dem Haus ging und keinen Besuch erwartete, und ihr knochiger, stundenlang über ihre Arbeit gebeugter Rücken eines leidgeprüften Menschen rührte mich an. Als ich sie eines Abends heimlich betrachtete, stellte ich sie plötzlich neben meine Tante. Natürlich waren sie verfeindet, natürlich waren sie, was Erziehung und Kultiviertheit betraf, nicht miteinander zu vergleichen. Aber war Vittoria Enzo nicht verbunden geblieben, obwohl er seit langem tot war? Und hatte ich ihre Treue nicht als ein Zeichen von Größe angesehen? Ich ertappte mich auf einmal bei dem Gedanken, dass meine Mutter eine noch edlere Seele offenbarte, und umkreiste diesen Gedanken stundenlang.

Vittorias Liebe war erwidert worden, ihr Geliebter hatte sie stets wiedergeliebt. Meine Mutter dagegen war auf die miseste Art betrogen worden, und trotzdem hatte sie es geschafft, ihre Zuneigung unversehrt zu bewahren. Sie konnte und wollte sich nicht ohne ihren Ex-Mann vorstellen, ja, sie glaubte sogar, ihr Leben hätte nur noch einen Sinn, wenn mein Vater sich dazu herabließ, sich telefonisch zu melden und ihn ihr zuzubilligen. Ihre Fügsamkeit gefiel mir plötzlich. Wie hatte ich sie für diese Abhängigkeit nur angreifen und beschimpfen können? War es möglich, dass ich die Kraft – jawohl, die Kraft – ihrer absoluten Art zu lieben mit Schwäche verwechselt hatte?

Einmal sagte ich im Ton einer nüchternen Feststellung zu ihr:

»Wenn dir Mariano gefällt, nimm ihn dir doch.«

»Wie oft soll ich es dir noch sagen? Ich kann Mariano nicht ausstehen.«

»Und Papà?«

»Papà ist Papà.«

»Warum redest du nie schlecht über ihn?«

»Was ich rede, ist das eine, was ich denke, etwas anderes.«

»Lässt du in Gedanken Dampf ab?«

»Ein bisschen, aber dann denke ich wieder an all die Jahre, in denen wir glücklich waren, und ich vergesse, ihn zu hassen.«

Mir schien, dass dieser Satz – *ich vergesse, ihn zu hassen* – etwas Wahres, Lebendiges eingefangen hatte, und auf genau diese Weise wollte ich auch neu über meinen Vater nachdenken. Ich sah ihn inzwischen kaum noch, in die Wohnung in Posillipo war ich nicht mehr gegangen, ich hatte Angela und Ida aus meinem Leben gestrichen. Und sosehr ich mich auch bemühte, zu verstehen, warum er mich und meine Mutter verlassen hatte und zu Costanza und ihren Töchtern gezogen war, es gelang mir nicht. Früher hatte ich ihn als meiner Mutter bei weitem überlegen angesehen, doch jetzt empfand ich ihn als jemanden ohne jede seelische Größe, selbst in schlechten Zeiten. Die seltenen Male, da er mich von der Schule abholte, hörte ich sehr aufmerksam zu, wenn er sich beklagte, doch nur, um mir im Stillen zu bestätigen, dass es unechte Klagen waren. Er wollte mir weismachen, dass er nicht glücklich war oder dass er jedenfalls nur ein kleines bisschen weniger unglücklich war als in der Via San Giacomo dei Capri. Ich glaubte ihm natürlich nicht, aber währenddessen musterte ich ihn und dachte: Ich muss meine heutigen Gefühle beiseitelassen, muss an die Zeit zurückdenken, als ich klein war und ihn vergöttert habe; denn wenn Mamma trotz allem immer noch sehr an ihm hängt, wenn sie vergessen kann, ihn zu hassen, war seine Außergewöhnlichkeit vielleicht doch nicht nur eine kindheitsbedingte Vermutung. Kurz, ich unternahm große Anstrengungen, um ihm wieder einige Vorzüge zuzugestehen. Doch nicht aus Zuneigung, ich glaubte nun, überhaupt kein Gefühl mehr für ihn zu haben. Ich versuchte lediglich, mir einzureden, dass meine Mutter immerhin einen Menschen mit Format geliebt hatte, und bemühte mich daher, herzlich zu sein, wenn ich ihn sah. Ich erzählte ihm von der Schule, von irgendeiner Dummheit der Lehrer, und machte ihm sogar Komplimente, mal dafür, wie er mir eine schwierige Passage eines lateinischen Autors erklärt hatte, mal für seinen Haarschnitt.

»Zum Glück haben sie sie dir diesmal nicht zu kurz geschnitten. Hast du einen neuen Friseur?«

»Nein, das lohnt sich nicht, meiner ist gleich bei mir um

die Ecke. Und was interessieren mich meine Haare, sie sind ja schon weiß, deine sind viel interessanter, sie sind jung und wunderschön.«

Ich ging nicht auf die Bemerkung über die Schönheit meiner Haare ein, fand sie sogar unangebracht. Ich sagte:

»Deine sind doch nicht weiß, nur ein bisschen grau an den Schläfen.«

»Ich werde alt.«

»Als ich klein war, warst du viel älter, du bist jünger geworden.«

»Schmerz macht einen nicht jünger.«

»Wie man sieht, hast du kaum welchen. Ich weiß, dass du wieder Kontakt zu Mariano hast.«

»Wer hat dir das gesagt?«

»Mamma.«

»Das ist nicht wahr, aber wir sehen uns manchmal, wenn er die Mädchen besuchen kommt.«

»Und streitet ihr euch?«

»Nein.«

»Also, wo ist das Problem?«

Es gab kein Problem, er wollte mir nur zu verstehen geben, dass ich ihm fehlte und er darunter litt. Das setzte er manchmal so gut in Szene, dass ich vergaß, ihm nicht zu glauben. Er sah immer noch gut aus, war nicht abgemagert wie meine Mutter, hatte auch keinen Hautausschlag: sich im Netz seiner liebevollen Stimme zu verfangen, wieder in die Kindheit zurückzugleiten, mich ihm anzuvertrauen, war nicht schwer. Eines Tages, als wir wie üblich in der Nähe der Schule Panzarotti und Pastacresciuta aßen, sagte ich ihm aus heiterem Himmel, dass ich das Evangelium lesen wolle.

»Wie kommt's denn?«
»Ist das falsch?«
»Das ist genau richtig.«
»Und wenn ich Christin werde?«
»Ich kann nichts Schlimmes dabei finden.«
»Und wenn ich mich taufen lasse?«
»Hauptsache, es ist nicht bloß ein Spleen. Wenn du den Glauben hast, ist doch alles in Ordnung.«

Kein Konflikt, also, aber ich bereute sofort, dass ich mit ihm über diese Absicht gesprochen hatte. Ihn mir als einen wichtigen Menschen vorzustellen, der es wert war, geliebt zu werden, war mir jetzt, nach Roberto, unerträglich. Welche Rolle spielte er noch in meinem Leben? Ich wollte ihm keineswegs wieder Autorität und Zuneigung zugestehen. Falls ich je das Evangelium lesen sollte, dann für den jungen Mann, der in der Kirche gesprochen hatte.

7

Dieser – von Anfang an missglückte – Versuch, mich meinem Vater wieder anzunähern, stärkte mein Verlangen, Roberto wiederzusehen. Ich hielt es nicht aus und beschloss, Vittoria erneut anzurufen. Sie meldete sich mit einer niedergeschlagenen, von den Zigaretten kratzigen Stimme, und diesmal griff sie mich nicht an, beschimpfte mich nicht, war aber auch nicht liebevoll.

»Was willst du denn?«
»Ich wollte wissen, wie es dir geht.«
»Mir geht's gut.«
»Kann ich mal sonntags bei dir vorbeikommen?«
»Um was zu tun?«

»Um dich zu besuchen. Außerdem habe ich mich gefreut, Giulianas Verlobten kennenzulernen. Falls er mal wiederkommt, würde ich ihm gern guten Tag sagen.«

»In der Kirche findet nichts mehr statt, den Priester wollen sie rausschmeißen.«

Sie ließ mir keine Zeit, um ihr zu sagen, dass ich Don Giacomo getroffen hatte und Bescheid wusste. Sie verfiel in den reinen Dialekt, war wütend auf alle, auf die Gemeindemitglieder, die Bischöfe, die Kardinäle, den Papst, doch auch auf Don Giacomo und sogar auf Roberto.

»Der Priester hat den Bogen überspannt«, sagte sie. »Er hat gewirkt wie manche Arzneimittel: Zuerst hat er uns geheilt, dann kamen die Nebenwirkungen, und jetzt fühlen wir uns viel schlechter als vorher.«

»Und Roberto?«

»Roberto macht es sich zu leicht. Er kommt her, bringt alles durcheinander und verschwindet wieder, ich habe ihn seit Monaten nicht gesehen. Mal ist er in Mailand, mal ist er hier, das schadet Giuliana.«

»Aber die Liebe nicht«, sagte ich. »Liebe ist nicht schädlich.«

»Was weißt du denn schon?«

»Liebe ist gut, sie übersteht auch lange Trennungen, sie hält alles aus.«

»Du hast ja keine Ahnung, Giannì, du redest in deinem Italienisch, aber du hast keine Ahnung. Liebe ist so undurchsichtig wie ein Klofenster.«

Dieses Bild verstörte mich, ich spürte sofort, dass es im Widerspruch zu der Art stand, wie sie mir ihre Geschichte mit Enzo erzählt hatte. Ich schmeichelte ihr, sagte, ich wolle öfter mit ihr sprechen, fragte:

»Wenn ihr alle mal wieder zum Mittagessen zusammen

seid – du, Margherita, Giuliana, Corrado, Tonino, Roberto –, kann ich da auch kommen?«

Sie wurde ungehalten, aggressiv.

»Du bleib lieber zu Hause: Das hier ist, wenn man deiner Mutter glauben will, kein Ort für dich.«

»Aber ich möchte euch gern sehen. Ist Giuliana da? Dann verabrede ich mich mit ihr.«

»Giuliana ist bei sich zu Hause.«

»Und Tonino?«

»Meinst du vielleicht, Tonino isst, schläft und scheißt hier?«

Abrupt unterbrach sie die Verbindung, ruppig und vulgär wie immer. Ich hätte gern eine Einladung bekommen, die Gewissheit, dass ich Roberto wiedersehen würde, von mir aus auch erst in sechs Monaten, in einem Jahr. Das war nicht geschehen, trotzdem war ich angenehm aufgeregt. Vittoria hatte nichts Deutliches über die Beziehung von Giuliana und Roberto gesagt, aber ich hatte herausgehört, dass etwas nicht stimmte. Natürlich konnte man den Einschätzungen meiner Tante nicht trauen, höchstwahrscheinlich war das, was sie störte, genau das, was den beiden Verlobten gefiel. Dennoch malte ich mir aus, dass ich mit Ausdauer, mit Geduld und mit den besten Absichten eine Art Vermittlerin zwischen meiner Tante und ihnen werden könnte, jemand, der die Sprache von allen beherrschte. Ich suchte nach einem Exemplar des Evangeliums.

8

Zu Hause fand ich keines, aber ich hatte nicht daran gedacht, dass ich meinem Vater gegenüber ein Buch nur zu erwähnen brauchte, um es sofort von ihm zu bekommen. Einige Tage nach unserem Gespräch erschien er mit einer kommentierten Ausgabe der Evangelien vor der Schule.

»Es zu lesen, reicht nicht«, sagte er. »Solche Texte muss man studieren.«

Seine Augen leuchteten auf, als er diesen Satz sagte. Seine wahre Daseinsform offenbarte sich, sobald er sich mit Büchern, Ideen, bedeutenden Fragen beschäftigen konnte. Dann erwies sich, dass er nur unglücklich war, wenn sein Kopf leer war und er nicht vor sich verbergen konnte, was er meiner Mutter und mir angetan hatte. Wenn er sich dagegen großen Gedanken widmete, die durch fleißig mit Anmerkungen versehene Bücher erhärtet waren, war er überglücklich, ihm fehlte nichts. Er hatte sein Leben in Costanzas Wohnung verlegt und lebte dort sehr behaglich. Sein neues Arbeitszimmer war ein großer, heller Raum, von dessen Fenster aus man das Meer sah. Er hatte die Versammlungen mit all den Leuten, die ich seit meiner Kindheit kannte, außer natürlich Mariano, wiederaufgenommen, aber die Vortäuschung einer Rückkehr zur Tagesordnung hatte sich inzwischen gut etabliert, und so war absehbar, dass bald auch er wieder an den Debatten teilnehmen würde. Was ihm die Tage verdarb, waren also nur die leeren Augenblicke, in denen er mit seinen Missetaten konfrontiert war. Doch er brauchte nicht viel, um dem zu entwischen, und mein Wunsch war da sicher eine gute Gelegenheit, er gab ihm wohl das Gefühl, dass sich nun auch mit mir wieder alles einrenkte.

Tatsächlich ließ er auf die kommentierte Ausgabe eifrig einen alten Band der Evangelien in Griechisch und Latein folgen – Übersetzungen sind ja schön und gut, doch der Originaltext ist fundamental – und drängte mich dann übergangslos, meine Mutter zu bitten, ihm bei äußerst lästigen Urkundenangelegenheiten oder sonst was zu helfen. Ich nahm das Buch und versprach, mit ihr zu reden. Als ich es dann tat, schnaufte sie, ärgerte sich, wurde ironisch, gab aber nach. Und obwohl sie tagsüber in der Schule war oder Hausaufgaben und Druckfahnen korrigierte, nahm sie sich die Zeit, um lange an den Schaltern der verschiedensten Behörden anzustehen und sich mit trägen Beamten herumzustreiten.

Bei dieser Gelegenheit fiel mir auf, wie sehr ich mich selbst verändert hatte. Ich regte mich kaum noch über die Unterwürfigkeit meiner Mutter auf, als ich von meinem Zimmer aus hörte, wie sie ihm am Telefon mitteilte, dass sie es geschafft hatte. Ich wurde nicht wütend, als ihre von zu vielen Zigaretten und vom abendlichen Schnaps verbrannte Stimme zärtlich wurde und sie ihn einlud, vorbeizukommen, um die Dokumente abzuholen, die sie für ihn beim Standesamt aufgetrieben hatte, die Fotokopien, die sie für ihn in der Nationalbibliothek gemacht hatte, die Zeugnisse, die sie für ihn in der Universität beschafft hatte. Ich schmollte nicht einmal besonders, als mein Vater eines Abends mit niedergeschlagener Miene auftauchte und sie unter vier Augen im Wohnzimmer plauderten. Ich hörte meine Mutter ein-, zweimal lachen, dann nicht mehr, sie musste wohl gemerkt haben, dass dieses Lachen in die Vergangenheit gehörte. Und ich dachte auch nicht: Wenn sie so dämlich ist, Pech für sie; ich glaubte nun, ihre Gefühle zu verstehen. Viel schwankender war dagegen mein

Verhalten meinem Vater gegenüber, ich hasste seinen Opportunismus. Und ich wurde aufsässig, als er mich rief, um sich von mir zu verabschieden, und zerstreut fragte:
»Und? Studierst du die Evangelien?«
»Ja«, sagte ich, »aber die Geschichte gefällt mir nicht.«
Er grinste spöttisch:
»Wie interessant: Die Geschichte gefällt dir nicht.«
Er gab mir einen Kuss auf die Stirn und sagte an der Tür:
»Wir diskutieren später darüber.«
Mit ihm darüber diskutieren, bestimmt nicht. Was konnte ich ihm denn sagen. Ich hatte mit der Vorstellung zu lesen begonnen, es handele sich um ein Märchen, das mich zur Liebe zu Gott führen würde, ähnlich der, die Roberto empfand. Ich sehnte mich danach, mein Körper war wie unter Strom. Doch diese Texte hatten nicht die Handlung eines Märchens, sie spielten an realen Schauplätzen, die Leute hatten reale Berufe, es gab Personen, die real existiert hatten. Und am hervorstechendsten war die Grausamkeit. Nachdem ich ein Evangelium gelesen hatte, begann ich das nächste, und ich fand die Geschehnisse immer schrecklicher. Ja, es war eine erschütternde Geschichte. Ich las und wurde ärgerlich. Wir standen alle im Dienst eines Herrn, der uns überwachte, um zu sehen, wofür wir uns entschieden, für das Böse oder für das Gute. Wie absurd, wie konnte man denn eine solche Knechtschaft akzeptieren? Ich verabscheute die Vorstellung, es gebe oben im Himmel einen Vater und uns Kinder unten, in Dreck und Blut. Was für ein Vater war Gott denn, was für eine Familie war die seiner Geschöpfe, er jagte mir Angst ein und machte mich gleichzeitig wütend. Ich verabscheute diesen Vater, der so zerbrechliche Wesen erschaffen hatte, ständig dem Schmerz ausgesetzt und leicht ver-

derblich. Ich verabscheute, dass er zuschaute, wie wir Spielfiguren uns mit Hunger, Durst, Krankheiten, Angst und Schrecken, Grausamkeit, Hochmut und sogar mit guten Gefühlen herumschlugen, die, nie vor Unredlichkeit gefeit, Verrat kaschierten. Ich verabscheute, dass er einen Sohn hatte, der von einer Jungfrau geboren war, und ihn wie die unglücklichsten seiner Geschöpfe dem Schlimmsten aussetzte. Ich verabscheute, dass dieser Sohn, obwohl er die Kraft hatte, Wunder zu tun, diese Kraft nur für kaum hilfreiche Spielchen verwendete, nichts, was die Lage der Menschheit wirklich verbessert hätte. Ich verabscheute, dass dieser Sohn dazu neigte, seine Mutter anzuherrschen, und nicht den Mut fand, sich mit seinem Vater anzulegen. Ich verabscheute, dass der Herrgott diesen Sohn unter den grausamsten Qualen sterben ließ und sich nicht bemüßigt fühlte, auf dessen Bitte um Hilfe zu antworten. Ja, diese Geschichte deprimierte mich. Und die abschließende Auferstehung? Ein schrecklich gemarterter Körper, der ins Leben zurückkehrte? Ich gruselte mich vor Auferstandenen, konnte nachts nicht schlafen. Wozu die Erfahrung des Todes machen, wenn man danach für alle Ewigkeit ins Leben zurückkehrt? Und was für einen Sinn hatte das ewige Leben inmitten einer Menge von auferstandenen Toten? War das wirklich eine Belohnung oder ein Zustand unerträglichen Schreckens? Nein, nein, der im Himmel wohnende Vater war genauso wie der gleichgültige Vater in den Versen von Matthäus und Lukas, wie der Vater, der seinem hungernden, um Brot bittenden Sohn Steine, Schlangen und Skorpione gibt. Wenn ich darüber nun mit meinem Vater diskutiert hätte, dann hätte mir herausrutschen können: Dieser Vater ist noch schlimmer als du. Daher wollte ich alle Geschöpfe entschuldigen, auch die schlimmsten. Ihre Lage war schwierig, und wenn es ihnen gelang, trotzdem aus ihrem Schlamm heraus wahre, große Gefühle zu äußern, dann war ich auf ihrer Seite. Auf der Seite meiner Mutter, zum Beispiel, nicht auf der ihres Ex-Mannes. Er nutzte sie aus und bedankte sich dann mit Gefühlsduselei bei ihr, wobei er von ihrer Fähigkeit profitierte, ein erhabenes Gefühl zu hegen.

Eines Abends sagte meine Mutter zu mir:

»Dein Vater ist unreifer als du. Du wirst langsam erwachsen, er ist ein Kind geblieben. Er wird immer ein Kind bleiben, ein außergewöhnlich intelligentes Kind, das in sein Spiel versunken ist. Wenn man nicht auf ihn aufpasst, tut er sich weh. Das hätte ich als junges Mädchen erkennen müssen, aber damals hielt ich ihn für einen gestandenen Mann.«

Sie hatte einen Fehler gemacht, und trotzdem hielt sie an ihrer Liebe fest. Ich sah sie zärtlich an. Auch ich wollte so lieben, doch nicht einen Mann, der das nicht verdiente. Sie fragte mich:

»Was liest du da?«

»Die Evangelien.«

»Und warum?«

»Weil es einen Jungen gibt, der mir gefällt und der sie gut kennt.«

»Hast du dich verliebt?«

»Nein, bist du verrückt, er ist verlobt. Ich will einfach nur mit ihm befreundet sein.«

»Erzähl Papà nichts davon, er würde eine Diskussion mit dir vom Zaun brechen und dir die Lektüre vermiesen.«

Aber diese Gefahr bestand nicht, ich hatte schon alles bis zur letzten Zeile gelesen, und hätte mein Vater mich ausgefragt, hätte er nur allgemeine Bemerkungen von mir gehört. Ich hoffte, eines Tages mit Roberto darüber zu sprechen und dann kluge Sachen sagen zu können. In der Kirche hatte ich das Gefühl gehabt, ohne ihn nicht leben zu können, doch die Zeit verging, und ich lebte weiter. Der Eindruck, dass er unentbehrlich sei, veränderte sich. Unentbehrlich erschien mir jetzt nicht mehr seine körperliche Anwesenheit – ich stellte ihn mir in der Ferne, in Mailand, vor, glücklich, mit unzähligen schönen und nützlichen Dingen beschäftigt und allseits für seine Verdienste geachtet –, unentbehrlich erschien mir nun meine Neuorientierung auf ein einziges Ziel: jemand zu werden, der Robertos Wertschätzung verdiente. Er war für mich nun eine ebenso unbestimmte – würde er mein Handeln gutheißen oder wäre er dagegen? – wie unanfechtbare Autorität. In dieser Zeit gewöhnte ich es mir auch ab, mich als Entschädigung für die unerträgliche Anstrengung des Lebens abends vor dem Einschlafen zu streicheln. Ich hatte geglaubt, die armen, dem Tod geweihten Geschöpfe hätten nur ein einziges, kleines Glück: den Schmerz zu lindern und ihn für einen Augenblick zu vergessen, indem sie zwischen den Beinen den Mechanismus in Gang setzten, der etwas Freude brachte. Aber ich gelangte zu der Überzeugung, dass es Roberto, wenn er davon gewusst hätte, leidgetan hätte, neben sich jemanden geduldet zu haben, und wenn auch nur für einige Minuten, der die Angewohnheit hatte, sich selbst Lust zu verschaffen.

9

In dieser Phase begann ich ohne eine bewusste Entscheidung, sondern eher so, wie man eine alte Gewohnheit auffrischt, wieder zu lernen, obwohl ich die Schule mehr denn je für einen Ort ungeschliffenen Palaverns hielt. Ich erzielte schon bald recht ordentliche Ergebnisse und zwang mich auch, meinen Mitschülern gegenüber aufgeschlossener zu sein, so dass ich anfing, samstagabends mit ihnen auszugehen, ohne jedoch freundschaftliche Beziehungen zuzulassen. Natürlich gelang es mir nicht, meinen gehässigen Ton, meine aggressiven Wutausbrüche, mein feindseliges Schweigen ganz abzustellen. Trotzdem glaubte ich, besser werden zu können. Manchmal musterte ich Teller, Gläser, Löffel oder auch einen Stein auf der Straße oder ein dürres Blatt, und ich staunte über ihre Form, egal ob sie bearbeitet war oder sich im natürlichen Zustand präsentierte. Straßen im Rione Alto, die ich von klein auf kannte, betrachtete ich nun, als sähe ich sie zum ersten Mal, Geschäfte, Passanten, achtstöckige Wohnhäuser, Balkone wie weiße Striche an ockerfarbenen, grünen oder hellblauen Hauswänden. Mich faszinierten die schwarzen Lavasteine der Via San Giacomo dei Capri, über die ich schon tausend Mal gegangen war, die alten graurosa oder rostroten Gebäude, die Gärten. Ebenso erging es mir mit den Menschen: Lehrer, Nachbarn, Händler, die Leute auf den Straßen des Vomero. Ich staunte über eine Geste von ihnen, über einen Blick, über einen Gesichtsausdruck. In solchen Momenten hatte ich das Gefühl, dass alles einen geheimen Hintergrund hatte und dass es an mir sei, ihn zu entdecken. Aber das hielt nicht lange an. Obwohl ich dagegen ankämpfte, überwog bisweilen meine Abneigung gegen alles, mein Hang zu bissigen Urteilen, meine Streitsucht. So will ich nicht sein, sagte ich mir vor allem im Halbschlaf, aber ich war so, und manchmal brachte mich die Erkenntnis, dass ich nicht anders als so in Erscheinung treten konnte – schroff, giftig –, nicht dazu, in mich zu gehen, sondern mit einem boshaften Vergnügen alles noch schlimmer zu machen. Ich dachte: Wenn ich nicht liebenswert bin, na gut, dann lieben sie mich eben nicht; keiner von denen weiß, was ich Tag und Nacht mit mir rumschleppe, und ich flüchtete mich in die Gedanken an Roberto.

Währenddessen stellte ich erfreut und zu meiner Überraschung fest, dass meine Mitschüler und Mitschülerinnen trotz meiner Unbeherrschtheit zunehmend meine Nähe suchten, mich zu Partys einluden und offenbar sogar an meinen Schikanen Gefallen fanden. Ich glaube, durch dieses neue Klima gelang es mir, Corrado und Rosario auf Abstand zu halten. Von den beiden meldete sich Corrado als Erster wieder. Er tauchte vor der Schule auf, sagte:

»Komm, wir drehen eine Runde im Floridiana-Park.«

Ich wollte ablehnen, doch um die Neugier meiner Mitschülerinnen zu wecken, die mich beobachteten, nickte ich, und als er seinen Arm um meine Schulter legte, entglitt ich ihm. Zunächst versuchte er, mich zum Lachen zu bringen, und ich lachte, um nett zu sein, aber als er mich vom Weg in die Büsche ziehen wollte, sagte ich nein, zunächst freundlich, dann energisch.

»Sind wir denn nicht zusammen?«, fragte er ehrlich erstaunt.

»Nein.«

»Wieso denn nicht? Und das, was wir zusammen gemacht haben?«

»Was denn?«

Er wurde verlegen.
»Du weißt schon.«
»Keine Ahnung.«
»Du hast gesagt, dass es dir gefallen hat.«
»Dann habe ich gelogen.«
Zu meiner Verwunderung schien er befangen zu sein. Er versuchte es weiter, ratlos probierte er, mich zu küssen. Dann gab er auf, war deprimiert, brummelte: Ich verstehe dich nicht, was du tust, gefällt mir nicht. Wir setzten uns auf eine weiße Treppe vor ein strahlendes Neapel, das unter einer durchsichtigen Kuppel zu liegen schien, draußen der hellblaue Himmel und darunter ein Dunst, als würden sämtliche Steine der Stadt atmen.
»Du machst einen Fehler«, sagte er.
»Was denn für einen Fehler?«
»Du glaubst, du bist was Besseres als ich, du hast nicht kapiert, wer ich bin.«
»Wer bist du denn?«
»Wart's ab, du wirst schon sehen.«
»Ich warte.«
»Wer aber nicht wartet, Giannì, das ist Rosario.«
»Was hat denn Rosario damit zu tun?«
»Er ist verliebt in dich.«
»Ach, Quatsch.«
»Doch. Du hast ihn ermutigt, und jetzt ist er sich sicher, dass du ihn liebst, er redet ständig davon, was für einen Busen du hast.«
»Er irrt sich, sag ihm, dass ich einen anderen liebe.«
»Und wen?«
»Kann ich dir nicht sagen.«
Er ließ nicht locker, ich versuchte, das Thema zu wechseln, er legte mir wieder seinen Arm um die Schulter.

»Bin ich dieser Andere?«

»Bestimmt nicht.«

»Es kann doch nicht sein, dass du die ganzen schönen Sachen mit mir gemacht hast, ohne mich zu lieben.«

»War aber so, das kannst du mir glauben.«

»Dann bist du eine Nutte.«

»Wenn ich will, ja.«

Ich wollte ihn nach Roberto fragen, wusste aber, dass er ihn nicht ausstehen konnte, dass er das Thema mit ein paar abfälligen Bemerkungen beenden würde, also hielt ich mich zurück, versuchte es auf dem Umweg über Giuliana.

»Sie ist sehr schön«, sagte ich anerkennend über seine Schwester.

»Von wegen, sie magert gerade total ab, sieht aus wie ein ausgegrabenes Gerippe, du hast sie noch nicht morgens kurz nach dem Aufwachen gesehen.«

Er machte ein paar vulgäre Bemerkungen, sagte, Giuliana spiele jetzt die Heilige, um sich einen studierten Verlobten zu halten, aber heilig sei an ihr gar nichts. »Wenn einer eine Schwester hat«, sagte er schließlich, »vergeht ihm die Lust auf Frauen, weil er weiß, dass ihr in allem schlechter seid als wir Männer.«

»Dann nimm deine Hände weg und versuch nie wieder, mich zu küssen.«

»Was hat das denn damit zu tun, ich bin verliebt.«

»Und wenn du verliebt bist, dann siehst du mich nicht?«

»Ich sehe dich, aber ich vergesse, dass du so bist wie meine Schwester.«

»Roberto ist genauso: Er sieht Giuliana nicht so, wie du sie siehst, er sieht sie so, wie du mich siehst.«

Er wurde gereizt, dieses Argument ärgerte ihn.

»Was soll Roberto deiner Meinung nach denn sehen, er ist geblendet und hat keine Ahnung von Frauen.«

»Kann sein, aber wenn er spricht, hören ihm alle zu.«

»Du auch?«

»Ach wo.«

»Der gefällt doch bloß den Idioten.«

»Ist deine Schwester denn eine Idiotin?«

»Ja.«

»Und du bist der einzige Schlaue hier?«

»Ich, du und Rosario. Er will sich mit dir treffen.«

Ich dachte einen Moment nach, dann sagte ich:

»Ich habe jede Menge Schulaufgaben.«

»Der rastet aus, sein Vater ist Rechtsanwalt Sargente.«

»Ist der ein hohes Tier?«

»Ein hohes Tier und gefährlich.«

»Ich habe keine Zeit, Corrà, ihr zwei geht nicht zur Schule, ich schon.«

»Willst du bloß mit welchen zusammen sein, die studieren?«

»Nein, aber zwischen dir und – sagen wir – Roberto liegen Welten. Der hat ganz sicher keine Zeit zu vergeuden, er hockt ständig über seinen Büchern.«

»Der schon wieder? Bist du in den verliebt?«

»Quatsch.«

»Wenn Rosario mitkriegt, dass du in Roberto verliebt bist, bringt er ihn um oder lässt ihn umbringen.«

Ich sagte, ich müsse jetzt unbedingt los. Roberto erwähnte ich nicht mehr.

10

Wenig später erschien auch Rosario vor der Schule. Ich sah ihn sofort, an sein Cabrio gelehnt, groß, dünn, zwangsläufig lächelnd, in protzig teuren Klamotten, was unter meinen Mitschülerinnen als uncool galt. Er machte keinerlei Anstalten, auf sich aufmerksam zu machen, offenbar glaubte er, wenn er schon nicht ins Auge fiel, so doch garantiert sein gelbes Auto. Und er hatte recht, das Auto wurde von allen mit Bewunderung bemerkt. Und natürlich bemerkten sie auch, dass ich, ungern, aber wie ferngesteuert, zu ihm ging. Rosario setzte sich mit betonter Lässigkeit ans Steuer, ich setzte mich mit der gleichen Lässigkeit neben ihn.

»Du musst mich auf der Stelle nach Hause fahren«, sagte ich.

»Wie du befiehlst, Gebieterin«, antwortete er.

Er startete den Motor und fuhr nervös an, wobei er mehrfach hupte, um sich einen Weg durch die Schüler zu bahnen.

»Weißt du noch, wo ich wohne?«, fragte ich sofort alarmiert, als er den Weg hinauf nach San Martino einschlug.

»Oben in San Giacomo dei Capri.«

»Aber wir fahren nicht nach San Giacomo dei Capri.«

»Wir fahren später hin.«

Er hielt in einer kleinen Straße in der Nähe von Sant'Elmo, drehte sich zu mir und sah mich mit seinem stets lustigen Gesicht an.

»Giannì«, sagte er todernst. »Du hast mir schon gefallen, als ich dich das erste Mal gesehen habe. Ich wollte es dir unter vier Augen sagen, an einem ruhigen Ort.«

»Ich bin hässlich, such dir ein hübsches Mädchen.«

»Du bist nicht hässlich, du bist schräg.«

»Schräg heißt hässlich.«

»Von wegen, so einen Busen wie du haben nicht mal die Statuen.«

Er beugte sich vor, um mich auf den Mund zu küssen, ich wich zurück, schob sein Gesicht weg.

»Wir können uns nicht küssen«, sagte ich. »Deine Zähne stehen zu weit vor, und deine Lippen sind zu dünn.«

»Und warum haben mich dann die anderen Mädels geküsst?«

»Die hatten offenbar keine Zähne, lass dich von denen küssen.«

»Mach dich nicht lustig über mich, Giannì, das ist nicht in Ordnung.«

»Ich mache mich nicht lustig, sondern du bist lustig. Ständig lachst du, da muss ich einfach Witze reißen.«

»Du weißt, dass ich von Natur aus so aussehe. Eigentlich bin ich vollkommen ernst.«

»Ich auch. Du hast mir gesagt, dass ich hässlich bin, und ich habe dir gesagt, dass du vorstehende Zähne hast. Jetzt sind wir quitt, fahr mich nach Hause, meine Mutter macht sich sonst Sorgen.«

Doch er wich nicht zurück, war nur wenige Zentimeter von mir entfernt. Er wiederholte, ich sei schräg, was ihm gefalle, und er beklagte sich leise, dass ich nicht verstanden hätte, wie ernst es ihm sei. Plötzlich wurde er laut und sagte unruhig:

»Corrado ist ein Lügner, er sagt, du hast so Sachen mit ihm gemacht, aber ich glaube ihm nicht.«

Ich versuchte, die Autotür zu öffnen, und sagte ärgerlich:

»Ich muss los.«

»Warte. Wenn du die mit ihm gemacht hast, warum dann nicht auch mit mir?«

Ich verlor die Geduld.

»Du gehst mir auf den Wecker, Rosà, ich mache überhaupt nichts, mit keinem.«

»Du bist in einen anderen verliebt.«

»Ich bin in niemanden verliebt.«

»Corrado sagt, seit du Roberto Matese getroffen hast, siehst du keine klaren Bilder mehr.«

»Ich weiß nicht mal, wer Roberto Matese ist.«

»Das kann ich dir sagen: einer, der große Töne spuckt.«

»Dann ist das nicht der Roberto, den ich kenne.«

»Glaub mir, er ist es. Und wenn du es nicht glaubst, bring ich ihn dir her, und dann sehen wir weiter.«

»Du bringst ihn zu mir? Du?«

»Du brauchst es nur zu befehlen.«

»Und er kommt?«

»Nein, nicht freiwillig. Ich bringe ihn dir mit Gewalt.«

»Das ist ja lächerlich. Der Roberto, den ich kenne, lässt sich von niemandem unter Druck setzen.«

»Das kommt auf den Druck an. Mit dem richtigen Druck macht jeder, was er soll.«

Ich sah ihn besorgt an. Er lachte, doch seine Augen waren vollkommen ernst.

»Ich habe nichts am Hut mit irgendeinem Roberto und auch nicht mit Corrado und auch nicht mit dir«, sagte ich.

Er starrte mir intensiv auf den Busen, als hätte ich ein Geheimnis in meinem BH, dann knurrte er:

»Gib mir einen Kuss, dann bringe ich dich nach Hause.«

Damals war ich davon überzeugt, dass er mir etwas antun würde, und trotzdem kam mir unpassenderweise der

Gedanke, dass er mir, obwohl er hässlich war, besser gefiel als Corrado. Für einen Augenblick kam er mir vor wie ein strahlend heller Dämon, der mit beiden Händen meinen Kopf packen und mich zuerst gewaltsam küssen und mich dann so lange gegen das Autofenster schmettern würde, bis er mich getötet hätte.

»Ich gebe dir überhaupt nichts«, sagte ich. »Entweder bringst du mich nach Hause, oder ich steige aus und verschwinde.«

Er schaute mir sehr lange in die Augen, dann ließ er den Motor an.

»Stets zu Diensten.«

11

Ich erfuhr, dass auch die Jungen aus meiner Klasse mit Interesse über meinen großen Busen sprachen. Meine Banknachbarin Mirella erzählte es mir und fügte hinzu, dass ein Freund von ihr aus der zweiten Klasse der Oberstufe – er hieß Silvestro, das weiß ich noch, und genoss einiges Ansehen, weil er mit einem Neid erregenden Motorrad zur Schule kam – laut auf dem Schulhof gesagt hatte: Ihr Arsch ist auch nicht ohne, man muss bloß ihr Gesicht mit einem Kissen zudecken, dann kriegt man einen ordentlichen Fick.

Ich schlief die ganze Nacht nicht, weinte wegen dieser Demütigung und vor Wut. Ich erwog, es meinem Vater zu sagen, ein Gedanke, der ein unangenehmes Überbleibsel aus meiner Kindheit war, als kleines Mädchen hatte ich mir eingebildet, er würde absolut jedes meiner Probleme anpacken und lösen. Doch gleich darauf fiel mir meine Mutter ein, die nicht das kleinste bisschen Busen hatte, und auch Costanza, deren Brüste rund und voll waren, und ich dachte, dass meinem Vater der Busen von uns Frauen bestimmt noch mehr gefiel, als dies bei Silvestro, Corrado und Rosario der Fall war. Er war wie alle Männer, und wenn ich nicht seine Tochter gewesen wäre, hätte er in meinem Beisein über Vittoria garantiert mit genau der gleichen Verachtung gesprochen, mit der Silvestro über mich gesprochen hatte, hätte gesagt, sie sei hässlich, habe aber einen riesigen Busen, einen prallen Arsch, und Enzo hätte bloß ihr Gesicht mit einem Kissen zudecken müssen. Arme Vittoria, meinen Vater als Bruder zu haben: Wie ungehobelt Männer waren, wie brutal mit jedem Wort, wenn sie über Liebe sprachen. Sie genossen es, uns zu erniedrigen und uns auf ihrem mit Schweinereien gepflasterten Weg mitzuziehen. Ich war niedergedrückt, und blitzartig – in schmerzvollen Momenten ist mir noch heute so, als hätte ich ein Blitzgewitter im Kopf – zuckte die Frage in mir auf, ob auch Roberto so war, ob er sich auch auf diese Weise ausdrückte. Ich hielt das für unmöglich, allerdings verbitterte mich die Tatsache, dass ich mir diese Frage überhaupt gestellt hatte, noch zusätzlich. Mit Giuliana, überlegte ich, spricht er sicherlich in freundlichen Sätzen, und natürlich begehrt er sie, ist doch klar, aber er begehrt sie voller Sanftmut. Schließlich beruhigte ich mich mit dem Gedanken, dass ihre Beziehung sehr von Feingefühl geprägt war, und schwor mir, dass ich eine Möglichkeit finden würde, beide zu lieben und mein Leben lang der Mensch zu sein, dem sie alles anvertrauten. Also Schluss mit Busen, Arsch und Kissen. Wer war schon dieser Silvestro, was wusste der über mich, der war nicht mal ein Bruder, der von klein auf an meiner Seite gewesen war und die Alltäglichkeit meines Körpers kannte, zum Glück hatte ich keine Brüder. Wie hatte er es sich erlauben können, so zu reden, vor all den anderen.

Ich regte mich ab, doch es dauerte ein paar Tage, bis Mirellas Offenbarung an Schärfe verlor. Eines Morgens saß ich im Unterricht und dachte an nichts Böses. Als ich meinen Bleistift anspitzte, läutete es zur Pause. Ich ging auf den Flur hinaus und stand plötzlich vor Silvestro. Er war stämmig, zehn Zentimeter größer als ich, mit schneeweißer Haut und Sommersprossen. Es war warm, er trug ein gelbes Hemd mit kurzen Ärmeln. Ohne darüber nachzudenken, stach ich ihm den Bleistift in den Arm, ich tat es mit ganzer Kraft. Er kreischte auf, mit einem langgezogenen Schrei wie von einer Möwe, starrte auf seinen Arm, sagte: Die Spitze ist dringeblieben. Ihm kamen die Tränen, ich rief: Ich wurde geschubst, entschuldige, das war keine Absicht. Dabei sah ich mir den Bleistift an und sagte leise: Die Spitze ist wirklich abgebrochen, zeig mal her.

Ich war erstaunt. Hätte ich ein Messer in der Hand gehabt, was hätte ich wohl damit gemacht, hätte ich es ihm in den Arm oder sonst wohin gerammt? Silvestro schleppte mich, von seinen Gefährten unterstützt, zur Schulleiterin, ich hörte auch vor ihr nicht auf, mich zu verteidigen, und beteuerte, ich wäre im Pausengedränge angerempelt worden. Ich fand es zu demütigend, die Geschichte mit dem großen Busen und dem Kissen vorzubringen, ertrug es nicht, als eine gelten zu müssen, die hässlich ist und das nicht akzeptieren will. Als klar war, dass Mirella nicht eingreifen würde, um meine Beweggründe zu verraten, war ich wirklich erleichtert. Es war ein Unfall, wiederholte ich bis zum Abwinken. Nach und nach konnte die Direktorin Silvestro beruhigen, sie lud meine Eltern vor.

12

Meine Mutter nahm es sehr schlecht auf. Sie wusste, dass ich wieder angefangen hatte zu lernen, und verließ sich fest auf meinen Entschluss, die Prüfung abzulegen, um das verlorene Jahr wieder aufzuholen. Diese dumme Geschichte kam ihr vor wie ein weiterer Verrat unter vielen, vielleicht bestätigte sie ihr, dass weder sie noch ich seit dem Weggang meines Vaters noch mit Würde leben konnten. Sie sagte leise, wir müssten das, was wir seien, schützen, müssten uns unserer selbst bewusst sein. Und sie regte sich auf, wie sie sich sonst nie aufregte, aber nicht über mich, sie führte nun alle meine Probleme zwanghaft auf Vittoria zurück. Sie sagte, dass ich meiner Tante auf diese Weise in die Hände spiele, dass sie mich im Verhalten, in der Sprache, in allem zum Abbild ihrer selbst machen wolle. Ihre kleinen Augen lagen noch tiefer in den Höhlen, ihre Gesichtsknochen schienen durch die Haut treten zu wollen. Langsam sagte sie: Sie will dich benutzen, um zu beweisen, dass dein Vater und ich nichts als Schein sind, dass du, während wir ein kleines bisschen aufgestiegen sind, umso tiefer fallen wirst und sich alles wieder ausgleicht. Dann ging sie zum Telefon und erzählte alles ihrem Ex-Mann, aber während sie bei mir die Beherrschung verloren hatte, gewann sie sie bei ihm wieder. Sie redete sehr leise, als gäbe es Absprachen zwischen ihnen, von denen ich umso mehr ausgeschlossen war, als ich drohte, sie mit meinem falschen Benehmen zu unterlaufen. Verzweifelt dachte ich: Wie zerstückelt doch alles ist, ich versuche, die Einzelteile zusammenzuhalten, und schaffe es nicht, mit mir stimmt irgendwas nicht, mit allen stimmt irgendwas nicht, außer mit Roberto und Giuliana. Unterdessen sagte meine Mutter am Telefon: Bitte, geh du hin. Und sie wiederholte mehrmals: Gut, du hast recht, ich weiß, dass du viel zu tun hast, aber bitte, geh da hin. Als sie das Gespräch beendet hatte, sagte ich grollend:

»Ich will nicht, dass Papà zur Direktorin geht.«

Sie antwortete:

»Halt den Mund, du willst, was wir wollen.«

Es war bekannt, dass die Direktorin zu denen nett war, die sich ihre Standpauken schweigend anhörten und zu den eigenen Sprösslingen ein paar vorwurfsvolle Worte sagten, aber besonders barsch zu den Eltern war, die ihre Kinder in Schutz nahmen. Auf meine Mutter, da war ich mir sicher, konnte ich mich verlassen, sie war mit der Direktorin immer bestens klargekommen. Mein Vater dagegen hatte des Öfteren und manchmal geradezu fröhlich verkündet, dass ihn alles, was mit Schule zu tun hatte, nervös mache – seine Kollegen verdarben ihm die Laune, er hasste Hierarchien und die Riten der Kollegien –, und darum habe er sich jedes Mal wohlweislich gehütet, als Vater einen Fuß in meine Schule zu setzen, er wisse, dass er mir garantiert schaden würde. Aber diesmal erschien er pünktlich zum Ende des Unterrichts. Ich sah ihn im Flur und ging unwillig zu ihm. Beunruhigt und bewusst mit einem neapolitanischen Akzent flüsterte ich ihm zu: Papà, ich habe das wirklich nicht mit Absicht gemacht, trotzdem ist es besser, wenn du dich gegen mich stellst, sonst wird es ungemütlich. Er sagte, ich solle mir keine Sorgen machen, und gab sich, sobald wir bei der Direktorin waren, äußerst liebenswürdig. Er hörte ihr sehr aufmerksam zu, als sie ihm bis ins Kleinste erzählte, wie schwer es sei, ein Gymnasium zu leiten, erzählte ihr seinerseits eine Anekdote über die Dummheit des amtierenden Schulrats und machte ihr unvermittelt Komplimente dafür, wie gut ihr ihre Ohrringe standen. Die Direktorin blinzelte geschmeichelt, fuhr mit der Hand leicht durch die Luft, als wollte sie ihn wegschicken, lachte und hielt sich dieselbe Hand vor den Mund. Erst als es den Anschein hatte, dass sie überhaupt nicht mehr mit dem Geplapper aufhören wollte, kam mein Vater abrupt auf mein schlechtes Benehmen zu sprechen. Er sagte, und es verschlug mir den Atem, dass ich Silvestro sicherlich mit Absicht verletzt hätte, dass er mich gut kenne, dass ich, wenn ich so reagiert hatte, wohl einen guten Grund dafür gehabt hätte, dass er nicht wisse, was für ein guter Grund das sei, und es auch nicht wissen wolle, aber er habe längst gelernt, dass bei den Rangeleien zwischen Männern und Frauen die Männer stets im Unrecht seien und die Frauen stets im Recht, und wenn das auch in diesem Fall nicht so sei, müssten Jungen doch dazu erzogen werden, Verantwortung zu übernehmen, selbst wenn sie die scheinbar nicht hätten. Natürlich ist das hier nur eine ungefähre Zusammenfassung, mein Vater redete lange, und seine Sätze waren ebenso faszinierend wie geschliffen, von der Sorte, die einen mit offenem Mund dastehen lassen, weil sie so elegant formuliert sind, während man begreift, dass sie, mit großer Autorität vorgetragen, keinen Widerspruch dulden.

Ängstlich wartete ich darauf, dass die Direktorin ihm antwortete. Sie tat es mit devoter Stimme, nannte ihn Professore, war so betört, dass ich mich schämte, als Mädchen geboren zu sein, dazu bestimmt, mich auf diese Weise von einem Mann behandeln zu lassen, selbst als studierte Frau, die ein wichtiges Amt bekleidete. Trotzdem schrie ich nicht wütend auf, sondern war sogar froh. Die Direktorin wollte meinen Vater gar nicht mehr weglassen, es war zu erkennen, dass sie ihm eine Frage nach der anderen stellte, nur um nochmals seine Stimme zu hören, und womöglich in der Hoffnung auf weitere Komplimente oder auf den Anfang einer Freundschaft mit einem liebenswürdigen Feingeist, der sie schöner Betrachtungen für würdig erachtet hatte.

Während sie sich immer noch nicht entschließen konnte, uns gehen zu lassen, war ich mir schon sicher, dass mein Vater, um mich zum Lachen zu bringen, bereits auf dem Hof ihre Stimme nachäffen würde, ihre Art, sich zu vergewissern, dass ihre Frisur saß, und die Miene, mit der sie auf seine Komplimente reagiert hatte. Und genau so kam es.

»Hast du gesehen, wie sie mit den Wimpern geklimpert hat? Und diese Handbewegung, um sich die Haare zu ordnen? Und ihre Stimme! Oh ja, ach nein, Professore, nicht doch.«

Ich lachte, genau wie damals als kleines Mädchen, und schon kehrte meine alte, kindliche Bewunderung für diesen Mann zurück. Ich lachte laut, aber verlegen. Ich wusste nicht, ob ich mich entspannen oder mich daran erinnern sollte, dass er diese Bewunderung nicht verdiente, und ob ich ihn anschreien sollte: Du hast zu ihr gesagt, Männer sind immer im Unrecht und müssen Verantwortung übernehmen, aber du hast bei Mamma nie welche übernommen und auch bei mir nicht. Du bist ein Lügner, Papà, ein Lügner, der mir Angst macht, gerade weil du so sympathisch wirken kannst, wenn du es darauf anlegst.

13

Die Euphorie über den Erfolg seines Auftritts dauerte an, bis wir ins Auto stiegen. Noch während er sich ans Steuer setzte, reihte mein Vater einen großmäuligen Satz an den anderen.

»Lass dir das eine Lehre sein. Man kann schlichtweg jeden strammstehen lassen. Für die restliche Zeit am Gymnasium wird diese Frau immer auf deiner Seite sein, verlass dich drauf.«

Ich konnte mich nicht zurückhalten und antwortete:
»Nicht auf meiner, sondern auf deiner.«

Er bemerkte meinen Groll, schien sich für seine Selbstbeweihräucherung zu schämen. Er startete das Auto nicht, fuhr sich mit beiden Händen von der Stirn bis zum Kinn übers Gesicht, als wollte er das wegwischen, was er kurz zuvor noch gewesen war.

»Hättest du das alles lieber allein geregelt?«
»Ja.«
»Hat es dir nicht gefallen, wie ich mich benommen habe?«
»Du warst gut. Wenn du sie gefragt hättest, ob sie sich mit dir verloben will, hätte sie ja gesagt.«
»Und was hätte ich deiner Meinung nach tun sollen?«
»Gar nichts, dich um deinen eigenen Kram kümmern. Du bist weggegangen, hast eine andere Frau und andere Töchter, lass mich und Mamma in Ruhe.«
»Deine Mutter und ich lieben uns. Und du bist meine einzige, heißgeliebte Tochter.«
»Das ist eine Lüge.«

In den Augen meines Vaters blitzte Wut auf, er schien gekränkt zu sein. Na bitte, dachte ich, daher habe ich also den Antrieb, Silvestro zu attackieren. Aber diese Heißblütigkeit dauerte nur einen kurzen Augenblick, er sagte leise:

»Ich bringe dich nach Hause.«

»Zu mir oder zu dir?«

»Wohin du willst.«

»Ich will gar nichts. Immer wird das gemacht, was du willst, Papà, du weißt, wie man Leuten was einredet.«

»Blödsinn.«

Da war es wieder, das hitzige Blut, ich sah es in seinen Augen: Ich konnte ihn, wenn ich wollte, tatsächlich aus der Ruhe bringen. Aber er wird nie so weit gehen, mich zu ohrfeigen, dachte ich, das hat er nicht nötig. Er kann mich mit Worten vernichten, das kann er gut, das hat er schon in jungen Jahren trainiert, so hat er die Liebe von Vittoria und Enzo zerstört. Und garantiert hat er auch mich trainiert, er wollte, dass ich so werde wie er, bis ich ihn enttäuscht habe. Aber auch mit Worten wird er mich nicht angreifen, er glaubt, mich zu lieben, und hat Angst, mir wehzutun. Ich schlug einen anderen Ton an.

»Entschuldige«, brummelte ich. »Ich will nicht, dass du dir Sorgen um mich machst, ich will nicht, dass du meinetwegen deine Zeit damit vergeudest, Dinge zu tun, die du nicht tun möchtest.«

»Dann benimm dich. Was fällt dir bloß ein, diesen Jungen zu attackieren? So was tut man nicht, das ist nicht in Ordnung. Meine Schwester hat so was gemacht, und sie ist ja auch nicht weiter als bis zur fünften Grundschulklasse gekommen.«

»Ich habe mir vorgenommen, das Jahr, das ich verloren habe, wieder aufzuholen.«

»Das sind gute Neuigkeiten.«

»Und ich will Tante Vittoria nicht mehr wiedersehen.«

»Wenn das deine Entscheidung ist, freut mich das.«
»Aber mit den Kindern von Margherita will ich mich weiter treffen.«
Er sah mich verblüfft an:
»Wer ist Margherita?«
Einen kurzen Moment dachte ich, er spiele mir etwas vor, dann änderte ich meine Meinung. Während seine Schwester wie besessen sogar seine heimlichsten Entscheidungen in Erfahrung brachte, hatte er sich seit ihrem Zerwürfnis nicht mehr für sie interessiert. Er kämpfte seit Jahrzehnten gegen Vittoria, doch über ihr Leben wusste er nichts, mit einer überheblichen Gleichgültigkeit, die ein wichtiger Teil seiner Abneigung gegen sie war. Ich erklärte ihm:
»Margherita ist eine Freundin von Tante Vittoria.«
Er winkte ärgerlich ab.
»Stimmt, ich hatte ihren Namen vergessen.«
»Sie hat drei Kinder: Tonino, Giuliana und Corrado. Giuliana ist die Beste von allen. Ich mag sie sehr gern, sie ist fünf Jahre älter als ich und sehr intelligent. Ihr Verlobter ist an der Universität in Mailand, er hat dort seinen Abschluss gemacht. Ich habe ihn kennengelernt, er ist großartig.«
»Wie heißt er?«
»Roberto Matese.«
Er sah mich unsicher an.
»Roberto Matese?«
Der Ton meines Vaters ließ keinen Zweifel zu: Ihm war jemand eingefallen, den er aufrichtig bewunderte und kaum wahrnehmbar beneidete. Er wurde neugierig, wollte wissen, bei welcher Gelegenheit ich ihn kennengelernt hatte, und erkannte schnell, dass mein Roberto eben der junge

Wissenschaftler war, der hervorragende Aufsätze für eine bedeutende Zeitschrift der katholischen Universität schrieb. Mir brannte das Gesicht vor Stolz und Rachegefühlen. Ich dachte: Du liest, studierst, schreibst, aber er ist viel besser als du, das weißt du selbst, in diesem Augenblick gibst du es zu. Er fragte erstaunt:

»Ihr seid euch in Pascone begegnet?«

»Ja, in der Kirche, er ist in der Gegend geboren, aber später ist er nach Mailand gezogen. Tante Vittoria hat mich mit ihm bekannt gemacht.«

Er war verwirrt, als wäre ihm im Verlauf weniger Sätze die Geographie durcheinandergeraten und als hätte er Mühe, Mailand, den Vomero, Pascone und das Haus, in dem er geboren war, zusammenzubringen. Doch er fand eilig zu seinem üblichen, verständnisvollen Ton zwischen väterlich und lehrerhaft zurück:

»Gut, das freut mich. Du hast das Recht und die Pflicht, jeden Menschen, der deine Neugier weckt, genauer kennenzulernen. So wird man erwachsen. Nur schade, dass du deine Beziehung zu Angela und Ida auf ein Minimum reduziert hast. Ihr habt so viel gemeinsam. Ihr solltet euch wieder so gernhaben wie früher. Wusstest du, dass auch Angela Freunde in Pascone hat?«

Mir schien, dass dieser Ortsname, der für gewöhnlich mit Ärger, Bitterkeit und Verachtung erwähnt wurde, und zwar nicht nur in meiner Gegenwart, sondern wahrscheinlich auch in Angelas, um die Freundschaften seiner Stieftochter als schändlich zu brandmarken, diesmal weniger widerwillig ausgesprochen wurde. Aber ich übertrieb vielleicht, ich hatte meinen für mich durchaus auch schmerzhaften Drang, ihn herabzusetzen, nicht unter Kontrolle. Ich betrachtete seine zarte Hand, die den Schlüssel herumdrehte, um den Motor anzulassen, und fasste einen Entschluss:

»Na gut, ich komme kurz mit zu dir nach Hause.«

»Ohne ein langes Gesicht zu ziehen?«

»Ja.«

Er freute sich, fuhr los.

»Es ist aber nicht nur mein Zuhause, es ist auch deins.«

»Ich weiß«, sagte ich.

Auf dem Weg nach Posillipo fragte ich ihn nach langem Schweigen:

»Unterhältst du dich oft mit Angela und Ida, verstehst du dich gut mit ihnen?«

»Ja, doch.«

»Besser als sie sich mit Mariano verstehen?«

»Kann sein, ja.«

»Liebst du sie so, wie du mich liebst?«

»Was redest du denn da? Dich liebe ich viel mehr.«

14

Es wurde ein schöner Nachmittag. Ida las mir einige ihrer Gedichte vor, die ich sehr schön fand. Sie umarmte mich fest, als ich mich begeistert darüber äußerte; beklagte sich über die langweilige, quälende Schule, dem größten Hindernis für die freie Entfaltung ihrer literarischen Neigungen; versprach, mir einen langen, von uns dreien inspirierten Roman zum Lesen zu geben, sobald sie die Zeit fände, ihn abzuschließen. Und Angela berührte und umarmte mich in einem fort, als wäre sie meine Anwesenheit nicht mehr gewohnt und wollte sich vergewissern, dass ich auch wirklich da war. Aus heiterem Himmel fing sie an, mit großer Vertrautheit Geschichten aus unserer Kindheit zu erzählen, mal lachend, mal mit Tränen in den Augen. Ich konnte mich an so gut wie nichts von dem erinnern, was sie hervorkramte, sagte es ihr aber nicht. Ich nickte ununterbrochen, lachte, und manchmal erfasste mich, als ich sie so glücklich sah, eine große Sehnsucht nach einer Zeit, die, wie mir schien, endgültig vergangen und von ihrer allzu liebevollen Phantasie nur unzulänglich wieder wachgerufen worden war.

Wie gut du sprichst, sagte sie zu mir, sobald Ida sich unwillig zum Lernen zurückgezogen hatte. Und ich wollte ihr dasselbe sagen. Ich war auf Vittorias Gebiet vorgedrungen, ganz zu schweigen von Corrados, von Rosarios, und hatte mir den Mund mutwillig mit Dialekt und dialektalen Tönen vollgestopft. Und doch klang bereits wieder unser Jargon durch, der überwiegend aus Bruchstücken kindlicher Lektüren stammte, an die wir uns nicht mehr erinnerten. Du hast mich alleingelassen, beschwerte sie sich – jedoch ohne Vorwurf –, und gestand lachend, sie habe sich fast ununterbrochen fehl am Platz gefühlt, ihre Normalität sei ich. Kurz, am Ende war es ein angenehmes Wiedererkennen, und sie schien sich zu freuen. Ich erkundigte mich nach Tonino, sie antwortete:

»Ich versuche, ihn nicht wiederzusehen.«

»Warum denn nicht?«

»Er gefällt mir nicht.«

»Er sieht doch gut aus.«

»Wenn du willst, schenke ich ihn dir.«

»Nein, danke.«

»Siehst du? Dir gefällt er auch nicht. Und mir hat er nur gefallen, weil ich dachte, dass er dir gefällt.«

»Das gibt's doch nicht.«

»Oh doch. Immer wenn dir was gefällt, bemühe ich mich sofort darum, dass es mir auch gefällt.«

Ich legte ein paar gute Worte für Tonino und seine Geschwister ein, sagte, dass er ein feiner Kerl mit guten Absichten sei. Aber Angela entgegnete, dass er immer so ernst sei, so pathetisch mit seinen knappen Bemerkungen, die wie Prophezeiungen klangen. Als einen schon alt geborenen Jungen bezeichnete sie ihn, als zu sehr mit den Priestern verbunden. Die seltenen Male, wenn sie sich sahen, habe Tonino nichts anderes zu tun, als sich darüber zu beklagen, dass man Don Giacomo wegen der von ihm organisierten Diskussionen weggeschickt habe, man habe ihn nach Kolumbien beordert. Das sei sein einziges Gesprächsthema, er habe keine Ahnung von Filmen, vom Fernsehen, von Büchern, von Musikern. Bestenfalls rede er noch über Häuser, er sage, die Menschen seien Schnecken, die ihr Haus verloren hätten, könnten allerdings nicht lange ohne ein Dach über dem Kopf leben. Seine Schwester sei nicht so wie er, Giuliana habe mehr Charakter und sei vor allem trotz ihrer zunehmenden Magerkeit wunderschön.

»Sie ist zwanzig«, sagte sie, »aber sie wirkt wie ein kleines Mädchen. Sie achtet auf jedes Wort, das mir entschlüpft, als wäre ich wer weiß wer. Manchmal scheine ich sie einzuschüchtern. Und weißt du, was sie über dich gesagt hat? Sie hat gesagt, du bist außergewöhnlich.«

»Ich?«

»Ja.«

»Von wegen.«

»Doch. Sie hat mir erzählt, dass ihr Freund das auch gesagt hat.«

Diese Bemerkung wühlte mich auf, aber ich zeigte es nicht. Konnte ich das glauben? Giuliana hielt mich für außergewöhnlich und Roberto auch? Oder war das nur eine nette Floskel, um mir eine Freude zu machen und unsere Beziehung wieder zu stabilisieren? Ich sagte Angela, dass ich mich wie ein Stein fühlte, unter dem sich ein primitives und alles andere als außergewöhnliches Leben verberge, dass ich aber, falls sie mit Tonino und Giuliana und vielleicht auch mit Roberto ausgehen würde, gern dabei wäre.

Sie war begeistert, und am darauffolgenden Sonnabend rief sie mich an. Giuliana sei nicht da, ihr Freund natürlich auch nicht, aber sie sei mit Tonino verabredet, und allein mit ihm auszugehen, langweile sie, ich möge doch mitkommen. Ich willigte gern ein, und wir schlenderten von Mergellina zum Palazzo Reale am Meer entlang, Tonino in der Mitte, ich auf der einen Seite, Angela auf der anderen.

Wie oft hatte ich diesen Jungen gesehen? Einmal, zweimal? Ich hatte ihn als unbeholfen, doch anziehend in Erinnerung, und er war auch wirklich groß, sehnig und muskulös, mit tiefschwarzem Haar, ebenmäßigen Gesichtszügen und einer Schüchternheit, die ihn dazu trieb, mit seinen Worten und Gesten zu geizen. Allerdings wurde mir der Grund für Angelas Überdruss schnell klar. Tonino schien die Folgen jedes einzelnen Wortes abzuwägen, so dass man Lust bekam, seine Sätze zu vervollständigen oder die überflüssigen zu streichen und ihn anzuschreien: Ich hab's ja kapiert, los, weiter. Ich war geduldig. Im Gegensatz zu Angela, die nicht zuhörte und das Meer und die Palazzi betrachtete, stellte ich ihm viele Fragen und fand alles interessant, was er sagte. Zunächst sprach er über sein heimliches Architekturstudium und beschrieb mir langatmig und in allen Einzelheiten, wie ein Examen verlaufen war, das er glänzend bestanden hatte. Dann erzählte er mir, dass Vittoria noch unerträglicher als sonst geworden sei, seit

Don Giacomo die Gemeinde hatte verlassen müssen, und sie allen das Leben schwermache. Zum Schluss redete er, vorsichtig von mir gedrängt, viel über Roberto, mit großer Zuneigung und einer so maßlosen Wertschätzung, dass Angela sagte: Nicht deine Schwester sollte mit ihm verlobt sein, sondern du. Doch mir gefiel diese Verehrung ohne die geringste Spur von Neid oder Missgunst. Tonino sagte Dinge, die mich bewegten. Roberto habe eine glänzende Universitätslaufbahn vor sich, Roberto habe kürzlich einen Aufsatz in einer renommierten Zeitschrift veröffentlicht. Roberto sei anständig, sei bescheiden, habe eine Energie, die selbst die Mutlosen aufmuntere. Roberto verbreite die besten Gefühle um sich her. Ich hörte zu, ohne ihn zu unterbrechen, von mir aus hätte dieser schleppende Lobgesang ewig so weitergehen können. Aber Angela signalisierte immer öfter ihren Unmut, und so ging der Abend nach nur noch wenigen Sätzen zu Ende.

»Werden er und deine Schwester in Mailand wohnen?«, fragte ich.

»Ja.«

»Nachdem sie geheiratet haben?«

»Giuliana möchte sofort zu ihm ziehen.«

»Und warum tut sie es nicht?«

»Du kennst doch Vittoria, sie hat unsere Mutter gegen sie aufgehetzt. Und jetzt wollen die beiden Frauen, dass sie erst heiraten.«

»Wenn Roberto nach Neapel kommt, würde ich gern mal mit ihm reden.«

»Natürlich.«

»Mit ihm und Giuliana.«

»Gib mir deine Nummer, dann sorge ich dafür, dass sie dich anrufen.«

Als wir uns verabschiedeten, sagte er dankbar:

»Das war ein schöner Abend, danke, ich hoffe, wir sehen uns bald wieder.«

»Wir müssen viel für die Schule tun«, sagte Angela kurz angebunden.

»Stimmt«, sagte ich, »aber ein bisschen Zeit werden wir schon finden.«

»Kommst du nicht mehr nach Pascone?«

»Du weißt doch, wie meine Tante ist, mal ist sie herzlich, und mal will sie mich umbringen.«

Er schüttelte betrübt den Kopf.

»Sie ist kein schlechter Mensch, aber wenn sie so weitermacht, wird sie bald allein dastehen. Nicht mal Giuliana kann sie noch ertragen.«

Er wollte noch mehr über dieses Kreuz sagen – genau so nannte er Vittoria –, das er und seine Geschwister seit ihrer Kindheit zu tragen hatten, doch Angela schnitt ihm schroff das Wort ab. Er versuchte, sie zu küssen, sie entzog sich. Schluss jetzt, stieß meine Freundin fast schon schreiend hervor, nachdem wir ihm den Rücken zugewandt hatten, hast du gemerkt, wie nervtötend er ist, er erzählt immer dasselbe mit immer denselben Worten, nie ein Witz, nie ein Lachen, er ist so ein Schlaffi.

Ich wartete, bis sie sich abreagiert hatte, gab ihr sogar mehrmals recht. Er ist schlimmer als eine Schlaftablette, sagte ich, doch dann fügte ich hinzu: Trotzdem ist er etwas Besonderes, die Männer sind alle mies, aggressiv und widerlich, aber er ist nur ein bisschen zu zurückhaltend, und auch wenn er dir das Ohr abkaut, verlass ihn nicht, den Ärmsten, wo findest du denn noch mal einen wie ihn.

Wir lachten ununterbrochen. Lachten über Wörter wie Schlaffi, Schlaftablette und besonders über einen Ausdruck, den wir von klein auf kannten, vielleicht von Mariano: das Ohr abkauen. Wir lachten, weil Tonino weder Angela noch irgendwem anders je in die Augen sah, so als hätte er sonst was zu verbergen. Und schließlich lachten wir, weil sie mir erzählte, dass seine Hose, sobald er sie auch nur umarmte, derart anschwoll, dass sie aus Ekel sofort den Bauch einzog. Weitere Initiativen ergriff er nicht, nie hatte er in ihren BH gefasst.

15

Tags darauf klingelte das Telefon, ich nahm ab, es war Giuliana. Sie klang herzlich und zugleich sehr ernst, als steuerte sie ein Ziel an, das keine witzigen Töne oder Albernheiten duldete. Sie sagte, sie habe von Tonino erfahren, dass ich sie anrufen wollte, und so sei sie mir fröhlich zuvorgekommen. Sie wolle mich wiedersehen, auch Roberto liege viel daran. In der folgenden Woche werde er zu einer Tagung nach Neapel kommen, und sie beide würden sich sehr freuen, mich zu treffen.

»Mich treffen?«

»Ja.«

»Nein. Dich treffen ja, gern, aber ihn nicht, das wäre mir peinlich.«

»Warum denn? Roberto ist doch nett.«

Ich willigte natürlich ein, seit langem hatte ich auf eine solche Gelegenheit gewartet. Aber um meine Aufregung zu zügeln, vielleicht sogar, um mit einem guten Einvernehmen mit Giuliana in diese Begegnung zu gehen, schlug ich ihr einen gemeinsamen Spaziergang vor. Sie freute sich, sagte: Gern auch heute. Sie arbeitete als Sprechstundenhilfe in einer Zahnarztpraxis in der Via Foria, wir trafen uns am späten Nachmittag an der U-Bahn-Station Piazza Cavour, in einer Gegend, die mir seit einer Weile gut gefiel, weil sie mich an die Großeltern vom Museum erinnerte, an die freundlichen Verwandten aus meiner Kindheit.

Allerdings deprimierte mich Giulianas Anblick schon von Weitem. Sie war groß, bewegte sich harmonisch und strahlte Selbstbewusstsein und Stolz aus, als sie auf mich zu kam. Die Mäßigung, die mir schon früher in der Kirche an ihr aufgefallen war, hatte sich offenbar auch auf ihre Kleidung, ihre Schuhe, ihren Gang ausgewirkt und schien ihr in Fleisch und Blut übergegangen zu sein. Sie begrüßte mich mit einer fröhlichen Redseligkeit, damit ich mich wohlfühlte, und wir schlenderten ziellos umher. Wir kamen am Museum vorbei und gingen schließlich hinauf nach Santa Teresa, mir verschlug es die Sprache, so sehr überwältigten mich ihre extreme Magerkeit und ihr kaum wahrnehmbares Make-up, die ihr eine respekteinflößende, asketische Schönheit verliehen.

Das also, dachte ich, hat Roberto aus ihr gemacht: Er hat eine Vorstadtgöre in ein Mädchen wie aus einem Gedicht verwandelt. Ich rief:

»Hast du dich verändert, du bist noch schöner als damals, als ich dich in der Kirche gesehen habe.«

»Danke.«

»Das muss die Liebe sein«, sagte ich kühn, diesen Satz hatte ich häufig von Costanza und meiner Mutter gehört.

Sie lachte, wehrte ab, sagte:

»Wenn du mit Liebe Roberto meinst, nein, Roberto hat nichts damit zu tun.«

Sie selbst habe das Bedürfnis gehabt, sich zu verändern, und sie habe enorme Anstrengungen unternommen, die noch nicht abgeschlossen seien. Zunächst versuchte sie, mir ganz allgemein das Bedürfnis zu erklären, denen zu gefallen, die wir respektieren, die wir lieben, doch dann verhaspelte sie sich zunehmend bei dem Versuch, sich abstrakt auszudrücken, und ging dazu über, mir zu versichern, dass Roberto alles an ihr gefalle, egal, ob sie so blieb, wie sie von klein auf immer gewesen sei, oder ob sie sich veränderte. Er zwinge sie zu nichts, die Haare so, das Kleid so, nichts davon.

»Ich merke«, sagte sie, »dass du dir Sorgen machst, du glaubst, er ist einer von denen, die immer über den Büchern hocken, einschüchternd wirken und das Sagen haben. So ist das aber nicht, ich weiß noch, wie er als kleiner Junge war, er hat nie besonders viel gelernt, hat auch nie so gelernt, wie die Fleißigen lernen. Er war ständig auf der Straße beim Ballspielen zu sehen, so einer wie er lernt nebenbei, er hat immer zehn Sachen gleichzeitig gemacht. Er ist wie ein Tier, das nicht zwischen essbar und giftig unterscheidet, ihm ist alles recht, weil er – das habe ich gesehen – jedes Ding allein schon durch leichte Berührung verwandelt, so dass du mit offenem Mund dastehst.«

»Vielleicht macht er das ja auch mit den Menschen.«

Sie lachte, es war ein nervöses Lachen.

»Ja, sehr gut, auch mit den Menschen. Sagen wir, ich spürte und spüre in seiner Nähe das Bedürfnis, mich zu verändern. Die Erste, die merkte, dass ich mich veränderte, war natürlich Vittoria, sie kann es nicht ausstehen, wenn wir nicht rundum von ihr abhängig sind, und hat sich aufgeregt, hat gesagt, dass ich gerade verblöde, dass ich nicht esse und bald nur noch ein Strich in der Landschaft bin. Meine Mutter dagegen freut sich, ihr wäre es lieb, wenn ich mich noch mehr verändern würde und wenn sich auch

Tonino verändern würde und Corrado. Eines Abends hat sie heimlich, damit Vittoria es nicht hörte, zu mir gesagt: Wenn du mit Roberto nach Mailand ziehst, nimm deine Geschwister mit, bleibt nicht hier, daraus kann nichts Gutes werden. Aber Vittoria entkommt man nicht, Giannì, sie hört auch das, was geflüstert wird, oder sogar das, was gar nicht ausgesprochen wurde. Und anstatt sich mit meiner Mutter anzulegen, hat sie Roberto zur Rede gestellt, als er neulich in Pascone war, und zu ihm gesagt: Du bist in einem dieser Häuser geboren, bist in diesen Straßen aufgewachsen, Mailand kam erst später, du musst hierher zurückkommen. Er hat ihr zugehört wie immer – sein Wesen veranlasst ihn, sogar auf die Blätter zu lauschen, wenn es windig ist –, und hat dann liebenswürdig etwas über Rechnungen gesagt, die niemals offenbleiben dürfen, wobei er hinzufügte, dass er noch welche in Mailand zu begleichen hat. So ist er eben: Er hört dir zu, und dann folgt er seinem eigenen Weg, oder jedenfalls allen Wegen, die ihn interessieren, womöglich einschließlich des Weges, den du ihm vorschlägst.«

»Also werdet ihr heiraten und in Mailand wohnen?«
»Ja.«
»Das heißt, Roberto wird sich mit Vittoria verkrachen?«
»Nein. Den Kontakt zu Vittoria werde ich abbrechen, wird Tonino abbrechen, wird Corrado abbrechen. Aber Roberto nicht, Roberto tut, was er tun muss, und bricht mit niemandem.«

Sie bewunderte ihn. Was ihr an ihrem Verlobten am meisten gefiel, war seine wohlwollende Bestimmtheit. Ich sah, dass sie sich vollkommen in seine Hände begeben hatte, sie betrachtete ihn als ihren Retter, als den, der sie von ihrem Geburtsort loseisen würde, von der mangelhaften

Schulbildung, von der labilen Mutter, von der Herrschaft meiner Tante. Ich fragte sie, ob sie oft zu Roberto nach Mailand fahre, und ihre Miene verdüsterte sich, sie sagte, das sei nicht so einfach, Vittoria wolle das nicht. Sie sei drei-, viermal dort gewesen und nur, weil Tonino sie begleitet habe, doch diese seltenen Aufenthalte hätten ihr genügt, um sich in die Stadt zu verlieben. Roberto habe viele Freunde, einige sehr bedeutende. Ihm sei es wichtig, sie, Giuliana, allen vorzustellen, er nehme sie immer mit, mal in die Wohnung von diesem, mal zu einer Verabredung mit jenem. Es sei alles wunderschön gewesen, aber sie habe sich auch sehr gestresst gefühlt. Nach diesen Erlebnissen habe sie Herzrasen bekommen. Bei jeder Gelegenheit habe sie sich gefragt, warum Roberto sich ausgerechnet für sie entschieden habe, so dumm und ungebildet, wie sie sei, noch dazu ohne das Talent, sich gut zu kleiden, während es in Mailand doch junge Mädchen der Extraklasse gebe. Und auch in Neapel, fügte sie hinzu, du bist wirklich ein Mädchen, wie man es sich wünscht. Ganz zu schweigen von Angela, sie kann sich gut ausdrücken, ist schön, ist schick. Aber ich? Was bin ich denn, was habe ich mit ihm zu tun?

Mir gefiel die Überlegenheit, die sie mir zugestand, trotzdem sagte ich ihr, dass sie Unsinn erzähle. Angela und ich sprächen so, wie unsere Eltern es uns beigebracht hätten, und unsere Kleidung suchten unsere Mütter für uns aus, oder wir selbst suchten sie nach ihrem Geschmack aus, von dem wir allerdings glaubten, er wäre unser. Tatsache sei aber, dass Roberto sie wolle und nur sie, weil er sich in das verliebt habe, was sie ausmache, weshalb er sie nie gegen eine andere eintauschen würde. Du bist so schön, so voller Leben, rief ich, alles andere lässt sich erlernen, du lernst es ja schon. Wenn du willst, helfe ich dir, Angela auch, wir helfen dir beide.

Wir gingen zurück, ich brachte sie zur U-Bahn-Station Piazza Cavour.

»Du darfst dich vor Roberto nicht schämen«, bekräftigte ich. »Vergiss nicht, er ist sehr umgänglich, du wirst schon sehen.«

Wir umarmten uns, ich war froh über diese beginnende Freundschaft. Aber ich erkannte auch, dass ich auf Vittorias Seite war. Ich wollte, dass Roberto Mailand verließ, dass er nach Neapel zog. Ich wollte, dass meine Tante sich durchsetzte und das künftige Ehepaar zwang, in, was weiß ich, Pascone zu wohnen, so dass ich mein Leben eng mit ihrem verbinden und die zwei sehen konnte, sooft ich wollte, sogar jeden Tag.

16

Ich machte einen Fehler, ich erzählte Angela, dass ich Giuliana getroffen hatte und bald auch Roberto treffen würde. Das gefiel ihr nicht. Sie, die mir gegenüber schlecht über Tonino und in den höchsten Tönen über Giuliana gesprochen hatte, änderte abrupt ihre Meinung. Sie sagte, Tonino sei ein feiner Kerl und seine Schwester ein Biest, sie schikaniere ihn. Es gehörte nicht viel dazu, zu begreifen, dass sie eifersüchtig war. Sie ertrug es nicht, dass Giuliana sich bei mir gemeldet hatte, ohne ihre Vermittlung in Anspruch zu nehmen.

»Besser, wenn sie sich nicht mehr blicken lässt«, sagte sie eines Abends während eines Spaziergangs zu mir. »Sie ist erwachsen und behandelt uns wie Kleinkinder.«

»Stimmt doch gar nicht.«

»Na und ob. Am Anfang hat sie mir gegenüber so getan, als wäre ich die Lehrerin und sie die Schülerin. Sie klebte ständig an mir, sagte: Toll, wenn du Tonino heiratest, dann sind wir verwandt. Aber sie ist eine falsche Schlange. Sie schmeichelt sich ein, spielt die gute Freundin, und dabei denkt sie bloß an sich. Jetzt hat sie dich ins Visier genommen, ich genüge ihr nicht mehr. Sie hat mich benutzt, jetzt schmeißt sie mich weg.«

»Nun übertreib mal nicht. Sie ist in Ordnung, sie kann genauso gut deine Freundin sein wie meine.«

Ich hatte Mühe, sie zu beschwichtigen, und es gelang mir auch nicht ganz. Im Verlauf unseres Gesprächs wurde mir klar, dass sie mehrere Dinge gleichzeitig wollte, was sie in einen Zustand ständiger Unzufriedenheit versetzte. Sie wollte mit Tonino Schluss machen, doch ohne den Kontakt zu Giuliana abzubrechen, die sie ins Herz geschlossen hatte; sie wollte, dass Giuliana sich nicht an mich klammerte und sie ausschloss; sie wollte, dass Roberto unser mögliches eingeschworenes Trio nicht störte und sei es auch nur als Hirngespinst; sie wollte, dass ich, obwohl ich Teil dieses möglichen Trios war, nur sie in den Mittelpunkt meiner Gedanken stellte und nicht Giuliana. Da sie nicht auf meine Zustimmung stieß, hörte sie irgendwann mit dem gehässigen Gerede über Giuliana auf und begann über sie als ein Opfer ihres Verlobten zu sprechen.

»Alles, was Giuliana macht, tut sie für ihn«, sagte sie.

»Ist das denn nicht schön?«

»Ist es deiner Meinung nach schön, eine Sklavin zu sein?«

»Meiner Meinung nach ist es schön, zu lieben.«

»Auch wenn er sie nicht liebt?«

»Woher willst du wissen, dass er sie nicht liebt?«

»Das hat sie gesagt, sie sagt, es kann nicht sein, dass er sie liebt.«

»Jeder, der liebt, hat Angst, dass er nicht wiedergeliebt wird.«

»Wenn dich einer ständig so in Angst leben lässt, wie es Giuliana passiert, was soll dann schön daran sein, zu lieben?«

»Wie kommst du darauf, dass sie ständig in Angst lebt?«

»Ich habe die beiden mal zusammen gesehen, mit Tonino.«

»Und weiter?«

»Giuliana erträgt den Gedanken nicht, ihm nicht mehr zu gefallen.«

»Ihm wird es umgekehrt genauso gehen.«

»Er ist in Mailand, du ahnst nicht, wie viele Frauen er hat.«

Die letzte Bemerkung machte mich außerordentlich nervös. Ich wollte nicht einmal die Möglichkeit in Betracht ziehen, dass Roberto andere Frauen hatte. Ich stellte ihn mir lieber als Giuliana treu und ergeben bis in den Tod vor. Ich fragte:

»Hat Giuliana Angst, betrogen zu werden?«

»Sie hat es mir nie gesagt, aber ich glaube, ja.«

»Als ich ihn gesehen habe, kam er mir nicht vor wie einer, der fremdgeht.«

»Kam dein Vater dir vielleicht wie einer vor, der fremdgeht? Und doch war es so: Er hat deine Mutter mit meiner Mutter betrogen.«

Ich reagierte schroff.

»Mein Vater und deine Mutter sind verlogen.«

Sie zog ein verblüfftes Gesicht.

»Gefällt dir nicht, was ich sage?«

»Nein. Das sind sinnlose Vergleiche.«

»Kann sein. Aber diesem Roberto würde ich gern mal auf den Zahn fühlen.«

»Wie denn?«

Sie ließ ihre Augen funkeln, öffnete leicht den Mund, drückte den Rücken durch und streckte die Brust heraus. So, sagte sie. Mit diesem Gesichtsausdruck und in dieser aufreizenden Pose wollte sie mit ihm reden. Mehr noch, sie wollte ein Oberteil mit einem weiten Dekolleté und einen Minirock anziehen und Roberto oft mit der Schulter anstupsen, so dass ihre Brust auf seinem Arm liegen würde, wollte ihm eine Hand auf den Oberschenkel legen und sich beim Spazierengehen bei ihm unterhaken. Ach, sagte sie sichtlich angewidert, Männer sind Schweine, du brauchst bloß ein bisschen davon zu machen, und sie drehen durch, egal wie alt sie sind, und egal, ob du klapperdürr bist oder fett, picklig oder verlaust.

Diese Tirade machte mich wütend. Angela hatte mit Tönen aus unserer Kindheit begonnen, und jetzt redete sie plötzlich mit einer Vulgarität, wie eine erfahrene Frau sie an den Tag legen könnte. Nur mit Mühe unterdrückte ich einen drohenden Tonfall:

»Untersteh dich, so was mit Roberto zu machen.«

»Warum?«, fragte sie erstaunt. »Das ist doch für Giuliana. Wenn er ein anständiger Kerl ist, gut, aber falls nicht, retten wir sie.«

»Ich an ihrer Stelle würde nicht gerettet werden wollen.«

Sie sah mich an, als verstünde sie nicht, sagte:

»Das war doch nicht ernst gemeint. Versprichst du mir was?«

»Was denn?«

»Ruf mich gleich an, wenn Giuliana sich bei dir meldet, bei dem Treffen mit Roberto will ich auch dabei sein.«

»Gut. Aber falls sie sagt, dass ihren Freund das nervt, kann ich nichts machen.«

Sie schwieg, senkte den Blick, und als sie ihn nach dem Bruchteil einer Sekunde wieder hob, stand eine brennende Bitte um Klarheit in ihren Augen.

»Alles, was zwischen uns war, ist weg, du magst mich nicht mehr.«

»Doch, ich mag dich, und ich werde dich immer mögen.«

»Dann gib mir einen Kuss.«

Ich küsste sie auf die Wange. Sie suchte meinen Mund, ich entzog mich.

»Wir sind keine kleinen Kinder mehr«, sagte ich.

Betrübt ging sie in Richtung Mergellina davon.

17

Giuliana rief eines Nachmittags an, um ein Treffen für den darauffolgenden Sonntag an der Piazza Amedeo auszumachen, Roberto werde auch da sein. Der so ersehnte, so herbeigeträumte Moment war tatsächlich gekommen, und wieder, und noch heftiger, bekam ich es mit der Angst zu tun. Ich geriet ins Stottern und führte die vielen Aufgaben an, die ich in der Schule aufbekommen hatte, doch sie sagte lachend: Giannì, immer mit der Ruhe, Roberto beißt nicht, ich will ihm zeigen, dass auch ich Freundinnen habe, die viel lernen und sich gut ausdrücken können, tu mir den Gefallen.

Ich machte einen Rückzieher, verhaspelte mich, und nur um etwas zu finden, was das Ganze so kompliziert machte, dass ein Treffen unmöglich wurde, brachte ich Angela ins Spiel. Ohne es mir so recht einzugestehen, hatte ich für den Fall, dass Giuliana wirklich ein Treffen mit mir und ihrem Verlobten vereinbaren wollte, schon beschlossen, Angela nichts davon zu erzählen, ich wollte mir weitere Scherereien und Spannungen ersparen. Doch manchmal setzen die Gedanken eine verborgene Kraft frei, greifen gegen deinen Willen Bilder auf und treiben sie dir für einen winzigen Moment vor die Augen. Bestimmt hatte ich im Kopf, dass die einmal heraufbeschworene Gestalt Angelas keinen Anklang bei Giuliana finden würde und sie sie deshalb zu der Antwort veranlassen könnte: In Ordnung, verschieben wir's auf ein andermal. Aber in meinem Kopf geschah noch mehr: Ich sah meine Freundin vor mir, mit einem weiten Dekolleté, wie sie mit einem Augenaufschlag ihre Lippen zu einem O formte und den Rücken durchdrückte, und plötzlich schien mir, sie auf Roberto anzusetzen, damit sie das Paar auseinanderbrachte, könnte zu einem reinigenden Gewitter führen. Ich sagte:

»Da ist noch ein Problem. Ich habe Angela erzählt, dass wir beide uns getroffen haben und dass wir uns wahrscheinlich auch mit Roberto treffen werden.«

»Na und?«

»Sie will mitkommen.«

Giuliana schwieg eine Weile, dann sagte sie:

»Giannì, ich mag Angela, aber sie ist eine Nervensäge, immer will sie im Mittelpunkt stehen.«

»Ich weiß.«

»Und wenn du ihr nichts von unserer Verabredung erzählst?«

»Unmöglich. Irgendwie wird sie erfahren, dass ich deinen Freund getroffen habe, und dann spricht sie nicht mehr mit mir. Lassen wir's lieber.«

Wieder Sekunden des Schweigens, dann willigte sie ein: »Okay, dann bring sie mit.«

Von diesem Moment an war ich in höchster Aufregung. Ich fürchtete, in Robertos Augen unwissend und wenig intelligent zu erscheinen, was mir den Schlaf raubte und mich fast so weit brachte, meinen Vater anzurufen, um ihm Fragen über das Leben, den Tod, Gott, das Christentum und den Kommunismus zu stellen, damit ich seine stets mit Wissen gespickten Antworten in einem eventuellen Gespräch weiterverwenden konnte. Ich hielt mich aber zurück, wollte Giulianas Freund, von dem ich das Bild einer geradezu himmlischen Erscheinung bewahrte, nicht mit der irdischen Armseligkeit meines Vaters besudeln. Außerdem verstärkte sich die zwanghafte Sorge um mein Aussehen. Was sollte ich anziehen? Hatte ich die Chance, mich wenigstens ein bisschen hübscher zu machen?

Im Unterschied zu Angela, die schon von klein auf viel Wert auf ihre Kleidung legte, hatte ich zu Beginn dieser langen Krisenzeit den Drang, mich schön zu machen, provokativ zurückgedrängt. Ich war zu dem Schluss gekommen: Du bist hässlich, und ein hässlicher Mensch macht sich lächerlich, wenn er versucht, sich schön zu machen. So war nur mein Drang nach Sauberkeit geblieben, ich wusch mich in einem fort. Ansonsten vermummte ich mich in Schwarz oder schminkte mich stark mit auffälligen Farben, ich gab mich absichtlich vulgär. Nun aber probierte ich dies und das aus, um eine Ausgewogenheit zu finden, die mir ein annehmbares Outfit verlieh. Da ich mir in keiner Variante gefiel, achtete ich schließlich nur darauf, dass ich keine schreienden Farben wählte, und nachdem ich meiner Mutter zugerufen hatte, dass ich mich mit Angela traf, schlüpfte ich aus der Tür und rannte San Giacomo dei Capri hinunter.

Mir wird vor Stress schlecht werden, dachte ich, während die Funicolare mit ihrer üblichen Langsamkeit zur Piazza Amedeo hinunterrumpelte, ich werde stolpern, mir den Kopf aufschlagen, sterben. Oder ich werde mich aufregen und jemandem die Augen auskratzen. Ich war spät dran, war verschwitzt und zupfte mir unentwegt die Haare zurecht, aus Angst, sie könnten mir am Kopf kleben, wie es Vittoria manchmal passierte. Gleich als ich auf der Piazza ankam, entdeckte ich Angela, die mir zuwinkte, sie saß draußen vor einer Bar, nippte schon an einem Getränk. Ich ging zu ihr, setzte mich ebenfalls, die Sonne schien mild. Da ist ja das Paar, raunte sie mir zu, und ich bemerkte die beiden hinter mir. Ich zwang mich nicht nur, mich nicht umzudrehen, sondern auch, nicht aufzustehen, wie Angela es bereits tat, ich blieb sitzen. Ich spürte Giulianas Hand leicht auf meiner Schulter – ciao, Giannì –, erspähte aus den Augenwinkeln ihre gepflegten Finger, den Ärmel ihrer braunen Jacke, ein Armband, das ein wenig hervorblitzte. Angela sagte bereits die ersten herzlichen Sätze, jetzt hätte auch ich gern etwas gesagt, auf die Begrüßung geantwortet. Aber das vom Jackenärmel halbverdeckte Armband war dasselbe, das ich meiner Tante zurückgegeben hatte, und vor Überraschung brachte ich nicht einmal ein Ciao heraus. Vittoria, Vittoria, ich wusste nicht, was ich denken sollte, sie war wirklich so, wie meine Eltern sie beschrieben. Sie hatte mir, ihrer Nichte, das Armband weggenommen und es ihrer Patentochter geschenkt, obwohl sie den Eindruck erweckt hatte, ohne es nicht leben zu können. Da glänzte es, an Giulianas Handgelenk, und wirkte um so viel wertvoller.

18

Diese zweite Begegnung mit Roberto bestätigte mir, dass ich von der ersten fast nichts mehr wusste. Schließlich stand ich auf, er kam ein paar Schritte hinter Giuliana. Er war sehr groß, über eins neunzig, aber als er sich setzte, sank er in sich zusammen, als würde er alle Glieder auf dem Stuhl aufhäufen und zusammenlegen, um nicht im Weg zu sein. In meiner Erinnerung war er mittelgroß, doch da war er nun, stark und klein zugleich, ein Mensch, der sich nach Belieben ausdehnen oder zusammenkauern konnte. Gut sah er aus, viel besser, als ich ihn in Erinnerung hatte: tiefschwarze Haare, eine hohe Stirn, blitzende Augen, hohe Wangenknochen, eine wohlgeformte Nase und dazu ein Mund mit gleichmäßigen, schneeweißen Zähnen, die in dem dunklen Gesicht wie ein Lichtfleck wirkten. Nur sein Verhalten irritierte mich. Fast die ganze Zeit über, die wir an diesem Tisch saßen, ließ er nichts von dem Redetalent erkennen, das er in der Kirche unter Beweis gestellt hatte und das mich fasziniert hatte. Er beschränkte sich auf kurze Sätze und eine nicht sehr ausdrucksstarke Gestik. Nur seine Augen waren so wie bei seiner Rede am Altar, auf jedes Detail gerichtet und irgendwie spöttisch. Im Übrigen kam er mir vor wie einer dieser schüchternen Lehrer, die Gutmütigkeit und Verständnis ausstrahlen, dir keine Angst machen, ihre kurzen Fragen liebenswürdig stellen, klar und präzise, und am Ende, nachdem sie sich deine Antworten angehört haben, ohne dich zu unterbrechen, mit einem freundlichen Lächeln sagen: Du kannst jetzt gehen.

Im Unterschied zu Roberto war Giuliana auf nervöse Art redselig. Sie stellte uns ihrem Freund vor, indem sie uns viele schöne Eigenschaften attestierte, und während sie sprach, schien sie zu leuchten, obwohl sie im Schatten saß. Ich zwang mich, nicht auf das Armband zu achten, auch wenn ich es nicht vermeiden konnte, es an ihrem zarten Handgelenk hin und wieder aufblitzen zu sehen und zu denken: Vielleicht ist das die magische Quelle ihres Lichts. Ihre Worte eher nicht, die waren trübe. Warum redet sie so viel, fragte ich mich, was beunruhigt sie, bestimmt nicht unsere Schönheit. Entgegen allen meinen Vermutungen war Angela so schön wie immer, sie hatte es nicht übertrieben: Ihr Rock war kurz, aber nicht zu kurz, ihr Shirt lag eng an, war aber nicht tief ausgeschnitten, und obwohl sie immer wieder ein Lächeln erstrahlen ließ, obwohl sie sich ungezwungen bewegte, tat sie nichts besonders Aufreizendes. Ich hingegen war ein Kartoffelsack, ich fühlte mich wie ein Kartoffelsack, ich wollte einer sein – grau, massig, der vorstehende Busen unter einer Jacke verborgen –, und es gelang mir bestens. Da es also gewiss nicht unsere äußere Erscheinung war, die sie beunruhigte, gab es keine Konkurrenz zwischen ihr und uns. Allerdings bemerkte ich, dass ihr die Möglichkeit Angst machte, wir könnten uns als nicht gut genug erweisen. Ihre erklärte Absicht war es, uns ihrem Freund als ihren Umgang aus guter Familie vorzuführen. Sie wünschte sich, dass wir ihm gefielen, weil wir Mädchen vom Vomero waren, aufs Gymnasium gingen, wohlerzogen waren. Kurz, sie hatte uns herbestellt, um zu beweisen, dass sie Pascone gerade von sich abstreifte und sich darauf vorbereitete, künftig mit ihm in Mailand zu leben. Ich glaube, besonders das – und nicht das Armband – verstärkte meine Gereiztheit. Es gefiel mir nicht, vorgeführt zu werden, ich wollte mich nicht wie damals fühlen, als meine Eltern mich genötigt hatten, ihren Freunden zu zeigen, wie gut ich dies tun und jenes sagen konnte, und sobald ich nun merkte, dass ich gezwungen wurde, mein Bestes zu geben, wurde ich düster. Ich schwieg beharrlich, mit leerem Kopf, schaute sogar einige Male demonstrativ auf die Uhr. Das führte dazu, dass Roberto sich nach einigen Höflichkeitsfloskeln im klassischen Lehrerton vor allem an Angela wandte. Er fragte sie: Wie ist deine Schule so, in welchem Zustand ist sie, habt ihr eine Sporthalle, wie alt sind deine Lehrer, wie ist ihr Unterricht, was machst du in deiner Freizeit, und sie redete, redete, redete mit ihrer Piepsstimme einer unbefangenen Schülerin und lächelte und lachte, während sie etwas Lustiges über ihre Klassenkameraden, über ihre Lehrer sagte.

Giuliana hörte ihr nicht nur mit einem Lächeln auf den Lippen zu, sondern schaltete sich auch oft ins Gespräch ein. Sie hatte ihren Stuhl an den ihres Freundes herangerückt und legte manchmal den Kopf laut lachend auf seine Schulter, wenn er leise über Angelas Witzchen lachte. Sie wirkte gelassener, Angela ging es gut, und Roberto schien sich nicht zu langweilen. Irgendwann sagte er:

»Und woher nimmst du die Zeit zum Lesen?«

»Nirgendwoher«, antwortete Angela. »Als ich klein war, habe ich gelesen, aber jetzt nicht mehr, die Schule frisst mich komplett auf. Aber meine Schwester liest sehr viel. Und sie natürlich, sie liest jede Menge.«

Sie zeigte mit einer anmutigen Geste und einem Blick voller Zuneigung auf mich.

»Giannina«, sagte Roberto.
Ich korrigierte ihn mürrisch:
»Giovanna.«
»Giovanna«, sagte Roberto, »ich erinnere mich noch gut an dich.«
Ich knurrte:
»Kunststück, ich habe große Ähnlichkeit mit Tante Vittoria.«
»Nein, nicht deshalb.«
»Weshalb dann?«
»Das weiß ich im Moment nicht, aber wenn es mir einfällt, sage ich es dir.«
»Nicht nötig.«
Dabei war es sehr wohl nötig, ich wollte nicht, dass man sich an mich erinnerte, weil ich schlampig, hässlich, düster und in ein arrogantes Schweigen gehüllt war. Ich starrte ihm ins Gesicht, und da er mich mit Sympathie anschaute und mich das ermutigte – es war keine dümmliche Sympathie, eher eine sanft ironische –, zwang ich mich, den Blick nicht abzuwenden, ich wollte sehen, ob Ärger die Sympathie verdrängte. Ich tat es mit einer Ausdauer, von der ich bis dahin nicht gewusst hatte, dass ich sie aufbringen konnte, sogar ein Blinzeln hätte ich als Kapitulation empfunden.

Er behielt den Ton eines gutmütigen Lehrers bei, erkundigte sich, wie es denn komme, dass die Schule mir Zeit zum Lesen lasse, Angela aber nicht: Verteilten meine Lehrer weniger Schulaufgaben? Ich antwortete finster, meine Lehrer seien abgerichtete Tiere, die ihren Lehrstoff mechanisch herunterbeteten und uns genauso mechanisch solche Unmengen von Schulaufgaben aufhalsten, dass sie selbst diese niemals bewältigen könnten, falls umgekehrt wir

Schüler sie ihnen aufgeben würden. Aber ich würde mich nicht um die Schulaufgaben scheren und lesen, wann es mir passte, wenn ein Buch mich fesselte, würde ich Tag und Nacht lesen, die Schule sei mir schnurzegal. Was liest du denn so, fragte er mich, und weil ich ausweichend antwortete – bei mir zu Hause gibt es nichts als Bücher, früher hat mein Vater mir welche empfohlen, aber dann ist er weggegangen, und jetzt suche ich mir selbst welche aus, ab und zu greife ich mir eins heraus, Essays, Romane, wonach mir gerade ist –, hakte er nach, damit ich ihm irgendeinen Titel nannte, den letzten, den ich gelesen hatte. Da sagte ich: das Evangelium, was gelogen war, weil ich Eindruck bei ihm schinden wollte, diese Lektüre lag schon ein paar Monate zurück, ich las schon etwas anderes. Aber ich hatte so sehr auf diese Gelegenheit gehofft, dass ich mir für den Fall, sie würde kommen, in einem Heft extra alle meine Gedanken notiert hatte, um sie ihm aufzuzählen. Nun war es so weit, und ich redete und redete, auf einmal ohne Bedenken, wobei ich ihm mit gespielter Ruhe weiter unverwandt ins Gesicht starrte. Doch innerlich war ich wütend, grundlos wütend, oder schlimmer noch, so als wären gerade die Texte von Markus, Matthäus, Lukas und Johannes der Grund für meine Wut und als würde diese Wut alles rings umher auslöschen, die Piazza, den Zeitungskiosk, den U-Bahn-Tunnel, das leuchtende Grün des Parks, Angela und Giuliana, alles außer Roberto. Als ich verstummte, senkte ich den Blick. Ich hatte nun Kopfschmerzen und versuchte meinen Atem unter Kontrolle zu bringen, damit er nicht merkte, dass ich nach Luft rang.

Es folgte eine lange Pause. Erst jetzt bemerkte ich, dass Angela mich mit erfreuten Augen anschaute – ich war ihre Freundin seit Kindheitstagen, sie war stolz auf mich, das sagte sie mir ohne Worte –, und es gab mir Kraft. Giuliana dagegen schmiegte sich eng an ihren Freund und sah mich bestürzt an, als stimmte etwas nicht mit mir und als wollte sie mich mit ihren Blicken darauf aufmerksam machen. Roberto fragte:

»Also ist das Evangelium deiner Meinung nach eine schlimme Geschichte?«

»Ja.«

»Warum?«

»Sie funktioniert nicht. Jesus ist Gottes Sohn, vollbringt aber sinnlose Wunder, lässt sich verraten und endet am Kreuz. Und nicht nur das: Er bittet seinen Vater, ihm das Kreuz zu ersparen, doch sein Vater rührt keinen Finger und erspart ihm keine einzige Qual. Warum ist Gott nicht selbst gekommen, um zu leiden? Warum hat er die Funktionsmängel seiner Schöpfung auf seinen Sohn abgewälzt? Den Willen des Vaters zu tun, was soll das sein, den Kelch der Qualen bis zur Neige zu trinken?«

Roberto schüttelte sacht den Kopf, die Ironie verschwand.

Er sagte, doch das fasse ich hier nur zusammen, ich war aufgeregt und erinnere mich kaum noch:

»Gott ist nicht leicht.«

»Dann sollte er es werden, wenn er will, dass ich was davon verstehe.«

»Ein leichter Gott ist nicht Gott. Er ist anders als wir. Mit Gott verständigt man sich nicht, er geht so weit über uns hinaus, dass man ihn nicht befragen, sondern nur anrufen kann. Wenn er sich zeigt, dann nicht laut, sondern mit kleinen, kostbaren, leisen Zeichen, die in ganz herkömmlichen Worten stecken. Seinen Willen tun heißt, den Kopf senken und sich die Pflicht auferlegen, an ihn zu glauben.«

»Ich habe schon genug Pflichten.«

Die Ironie kehrte in seinen Blick zurück, erfreut spürte ich, dass meine Schroffheit ihn interessierte.

»Die Pflicht Gott gegenüber ist der Mühe wert. Magst du Poesie?«

»Ja.«

»Liest du sie?«

»Wenn es sich ergibt.«

»Poesie besteht aus Worten, genau wie das Schwätzchen, das wir hier gerade halten. Wenn ein Dichter unsere banalen Worte nimmt und sie vom Geschwätz befreit, dann offenbaren sie, aus ihrer Banalität heraus, eine unverhoffte Energie. Gott offenbart sich auf die gleiche Weise.«

»Ein Dichter ist nicht Gott, er ist einfach einer von uns, der noch dazu dichten kann.«

»Aber dieses Dichten öffnet dir die Augen, es erstaunt dich.«

»Wenn der Dichter gut ist, ja.«

»Und er überrascht dich, rüttelt dich auf.«

»Manchmal.«

»Das ist Gott: ein Aufrütteln in einem dunklen Zimmer, dessen Boden, Wände, Decke ich nicht mehr finde. Da gibt es nichts zu überlegen, nichts zu diskutieren. Es ist eine Frage des Glaubens. Wenn du glaubst, funktioniert es. Wenn nicht, dann nicht.«

»Warum soll ich an ein Aufrütteln glauben?«

»Aus Religiosität.«

»Keine Ahnung, was das ist.«

»Stell dir eine Ermittlung vor, wie in einem Krimi, nur dass das Rätsel – das Mysterium – ein Rätsel bleibt. Religiosität ist ein stetiges Vordringen, um das zu enthüllen, was verhüllt bleibt.«

»Das verstehe ich nicht.«

»Die Mysterien kann man nicht verstehen.«

»Ungelöste Rätsel, Mysterien, machen mir Angst. Ich konnte mich mit den drei Frauen identifizieren, die zum Grab kommen, Jesu Leichnam nicht mehr finden und erschreckt weglaufen.«

»Dich sollte das Leben erschrecken, wenn es stumpfsinnig ist.«

»Mich erschreckt das Leben, wenn es Leiden ist.«

»Willst du damit sagen, dass du dich nicht mit dem zufriedengibst, was kommt?«

»Ich will damit sagen, dass niemand ans Kreuz geschlagen werden sollte, erst recht nicht durch den Willen seines Vaters. Aber so ist es nicht.«

»Wenn dir die Dinge nicht gefallen, musst du sie ändern.«

»Soll ich auch die Schöpfung verändern?«

»Natürlich, dafür sind wir gemacht.«

»Und Gott?«

»Wenn es sein muss, auch Gott.«

»Vorsicht, das ist Gotteslästerung.«

Für einen kurzen Moment war mir, als glänzten Robertos Augen vor Rührung, weil er merkte, wie sehr ich mich bemühte, ihm Paroli zu bieten. Er sagte:

»Wenn die Gotteslästerung mir auch nur einen kleinen Schritt nach vorn erlaubt, dann lästere ich Gott.«

»Im Ernst?«

»Ja. Gott gefällt mir, und ich würde alles tun, um mich ihm zu nähern, sogar ihn beleidigen. Darum rate ich dir, nicht gleich alles in der Luft zerreißen zu wollen. Warte noch ein bisschen, die Geschichte der Evangelien sagt mehr als das, was du jetzt darin gefunden hast.«

»Es gibt so viele andere Bücher. Die Evangelien habe

ich bloß gelesen, weil du neulich in der Kirche darüber gesprochen hast und ich neugierig geworden bin.«

»Lies sie noch einmal. Sie erzählen von der Passion und vom Kreuz, also vom Leiden, von dem, was dich am stärksten verunsichert.«

»Mich verunsichert das Schweigen.«

»Auch du hast gut eine halbe Stunde geschwiegen. Aber wie du siehst, hast du dann gesprochen.«

Angela rief amüsiert:

»Vielleicht ist sie ja Gott.«

Roberto lachte nicht, und ich unterdrückte noch rechtzeitig ein nervöses Kichern. Er sagte:

»Jetzt weiß ich wieder, warum du mir in Erinnerung geblieben bist.«

»Was habe ich denn gemacht?«

»Du legst viel Kraft in deine Worte.«

»Du in deine doch noch viel mehr.«

»Das tue ich nicht absichtlich.«

»Ich ja. Ich bin überheblich, ich bin nicht gut, und ich bin oft ungerecht.«

Diesmal war er es, der lachte, wir drei nicht. Giuliana erinnerte ihn leise daran, dass er eine Verabredung habe und sie nicht zu spät kommen dürften. Sie sagte es bedauernd, wie jemand, dem es leidtut, eine angenehme Gesellschaft verlassen zu müssen. Dann stand sie auf, umarmte Angela und nickte mir freundlich zu. Auch Roberto verabschiedete sich, mir lief ein Schauer über den Rücken, als er sich über mich beugte und meine Wangen küsste. Kaum waren die beiden auf der Via Crispi weggegangen, zog Angela an meinem Arm.

»Du hast voll eingeschlagen«, rief sie begeistert.

»Er hat gesagt, dass meine Art zu lesen falsch ist.«

»Stimmt doch gar nicht. Er hat dir nicht nur zugehört, er hat sich sogar auf eine Diskussion mit dir eingelassen.«

»Ja, logisch, er diskutiert schließlich mit jedem. Du dagegen plapperst bloß sinnloses Zeug, wolltest du ihm nicht auf den Leib rücken?«

»Du hast doch gesagt, ich soll das nicht machen. Außerdem hätte ich es gar nicht gekonnt. Als ich ihn mit Tonino getroffen hatte, kam er mir vor wie ein Idiot, aber jetzt finde ich ihn zauberhaft.«

»Er ist wie alle.«

Ich behielt diesen abschätzigen Ton ununterbrochen bei, obwohl Angela mir ständig widersprach, mit Bemerkungen wie: Sieh mal, wie er mich behandelt hat und wie er dich behandelt hat, ihr habt geklungen wie zwei Professoren. Und sie äffte unsere Stimmen nach, machte sich über einzelne Gesprächspassagen lustig. Ich kicherte geziert, aber innerlich jubelte ich. Angela hatte recht, Roberto hatte mit mir geredet. Aber nicht lange genug, ich wollte wieder und wieder mit ihm sprechen, jetzt, am Nachmittag, morgen, immer. Doch das war nicht möglich, und so verging meine Freude schon wieder, es kehrte eine Schroffheit zurück, die mir die Kraft raubte.

19

Meine Stimmung verschlechterte sich schnell. Mir schien, das Treffen mit Roberto sei nur dazu gut gewesen, mir vorzuführen, dass der einzige Mensch, an dem mir etwas lag – der einzige Mensch, der in einem denkbar kurzen Gespräch eine angenehm erregende Hitze in mir ausgelöst hatte –, seine Welt definitiv woanders hatte, er konnte mir nicht mehr gewähren als ein paar Minuten.

Bei meiner Rückkehr war die Wohnung in der Via San Giacomo dei Capri leer, nur das Rauschen der Stadt war zu hören, meine Mutter war mit einer ihrer langweiligsten Freundinnen ausgegangen. Ich fühlte mich allein und, was noch schwerer wiegt, ohne eine Aussicht auf Erlösung. Ich legte mich aufs Bett, um mich zu beruhigen, versuchte zu schlafen, schreckte mit den Gedanken an das Armband an Giulianas Handgelenk hoch. Ich war unruhig, vielleicht hatte ich schlecht geträumt, ich wählte Vittorias Nummer. Sie antwortete sofort, aber mit einem Hallo, das mitten aus einem Streit zu kommen schien, offensichtlich am Ende eines Satzes geschrien, der, kurz bevor das Telefon geklingelt hatte, noch lauter geschrien worden war.

»Ich bin's, Giovanna«, sagte ich fast flüsternd.

Vittoria wurde nicht leiser.

»Toll. Und was zum Henker willst du?«

»Ich wollte dich nach meinem Armband fragen.«

Sie unterbrach mich.

»Deins? Ach, sind wir schon so weit, dass du mich anrufst, um mir zu sagen, dass es deins ist? Giannì, ich war mehr als gut zu dir, aber jetzt reicht's, bleib da, wo dein Platz ist, kapiert? Das Armband gehört dem, der mich liebt, ich hoffe, ich habe mich klar ausgedrückt.«

Nein, das hatte sie nicht, jedenfalls verstand ich sie nicht. Ich wollte schon auflegen, war erschrocken, wusste nicht einmal mehr, warum ich überhaupt angerufen hatte, garantiert war das der falsche Zeitpunkt. Aber ich hörte Giuliana kreischen:

»Ist das Giannina? Gib sie mir. Und halt den Mund, Vittò, sei still, kein Wort mehr!«

Unmittelbar darauf erklang auch Margheritas Stimme, offensichtlich waren Mutter und Tochter bei meiner Tante. Margherita sagte etwas wie:

»Vittò, bitte, lass es gut sein, die Kleine hat nichts damit zu tun.«

Aber Vittoria kreischte:

»Hast du das gehört, Giannì, du bist hier die Kleine. Bist du denn klein? Ja? Und warum drängst du dich dann zwischen Giuliana und ihren Verlobten? Antworte, anstatt mir mit dem Armband auf die Nüsse zu gehen. Bist du etwa schlimmer als mein Bruder? Sags mir, ich höre: Bist du noch hochnäsiger als dein Vater?«

Sofort brüllte Giuliana wieder los:

»Schluss jetzt, du bist ja verrückt. Schneid dir die Zunge raus, wenn du nicht weißt, was du sagst.«

An dieser Stelle brach die Verbindung ab. Ich stand mit dem Hörer in der Hand da, ungläubig. Was ging dort vor. Und warum hatte meine Tante mich so angegriffen. Vielleicht war es ein Fehler gewesen, »mein Armband« zu sagen, das war unangebracht. Und doch war es die richtige Bezeichnung, Vittoria hatte es mir geschenkt. Aber natürlich hatte ich nicht angerufen, um es zurückzubekommen, ich wollte nur, dass sie mir erklärte, warum sie es nicht behalten hatte. Warum liebte sie dieses Armband so sehr und hatte dann nichts weiter zu tun, als es loszuwerden?

Ich legte auf, streckte mich wieder auf dem Bett aus. Ich musste wirklich einen schlimmen Traum gehabt haben, er hatte mit Enzos Foto am Grab zu tun, ich war von Angst zerfressen. Und nun waren da diese sich überlagernden Stimmen am Telefon, sie hallten in meinem Kopf nach, und erst jetzt begriff ich, dass Vittoria wegen dieses Treffens am Vormittag sauer auf mich war. Offenbar hatte

Giuliana ihr gerade davon erzählt, aber was an dieser Erzählung hatte sie so wütend gemacht? Ich wäre gern dabei gewesen und hätte gern Wort für Wort gehört, was Giuliana gesagt hatte. Wenn auch ich diesen Bericht gehört hätte, dann hätte ich vielleicht verstanden, was auf der Piazza Amedeo wirklich passiert war.

Das Telefon klingelte, ich zuckte zusammen. Dann fiel mir ein, dass es meine Mutter sein könnte, ging erneut in den Flur und nahm vorsichtig den Hörer ab. Giuliana murmelte: Hallo. Sie entschuldigte sich für Vittoria, schniefte, vielleicht weinte sie. Ich fragte:

»Habe ich heute Vormittag irgendwas falsch gemacht?«

»Ach was, Giannì, Roberto ist begeistert von dir.«

»Wirklich?«

»Aber ja doch.«

»Das freut mich, richte ihm aus, es hat mir sehr gutgetan, mit ihm zu sprechen.«

»Das muss ich ihm nicht sagen, das kannst du selbst tun. Er will dich morgen Nachmittag wiedersehen, wenn du kannst. Dann gehen wir zu dritt einen Kaffee trinken.«

Der Schmerz in meinem Kopf wurde stechender. Ich sagte leise:

»Einverstanden. Ist Vittoria noch wütend?«

»Nein, keine Sorge.«

»Gibst du sie mir mal?«

»Besser nicht, sie ist ein bisschen nervös.«

»Warum ist sie denn sauer auf mich?«

»Weil sie verrückt ist, das ist sie immer gewesen, und sie hat uns allen das Leben ruiniert.«

VI

I

Die Zeit meiner Pubertät ist langsam, besteht aus großen, grauen Blöcken und plötzlichen Beulen in Grün oder Rot oder Violett. Diese Blöcke haben keine Stunden, Tage, Monate, Jahre, auch die Jahreszeiten sind unbestimmt, es ist warm, kalt, es regnet, die Sonne scheint. Ebenso haben die Auswüchse keine konkrete Zeit, die Farbe zählt mehr als jedes Datum. Selbst der Farbton, den gewisse Emotionen annehmen, ist von belangloser Dauer, wer hier schreibt, weiß das. Sowie du nach Wörtern suchst, verwandelt sich die Langsamkeit in einen Strudel, und die Farben vermischen sich wie die der verschiedenen Früchte in einem Mixer. »Die Zeit verging« wird ebenso zu einer leeren Floskel, wie »eines Nachmittags«, »eines Morgens«, »eines Abends« zu Allerweltsangaben werden. Alles, was ich sagen kann, ist, dass ich es tatsächlich schaffte, das verlorene Schuljahr aufzuholen, und dies ohne große Mühe. Ich hatte ein gutes Gedächtnis – stellte ich fest – und lernte aus Büchern mehr als im Unterricht. Ich brauchte etwas nur flüchtig zu lesen und behielt alles im Kopf.

Dieser kleine Erfolg verbesserte das Verhältnis zu meinen Eltern, die nun wieder stolz auf mich waren, mein Vater besonders. Aber ich zog nicht die geringste Befriedigung daraus, ihre Schatten waren für mich wie ein lästiger Schmerz, der nicht vergeht, ein ungehöriger Teil von mir, der abgetrennt werden musste. Ich begann – zunächst nur, um mich ironisch von ihnen zu distanzieren, und später mit der bewussten Ablehnung der elterlichen Bindung – sie mit ihren Namen anzureden. Nella, zunehmend unterernährt und jammernd, war nunmehr die Witwe meines Vaters, auch wenn er sich noch bester Gesundheit und diverser Annehmlichkeiten erfreute. Sorgsam hütete sie weiterhin die Dinge für ihn, deren Mitnahme sie ihm geizig verwehrt hatte. Sie war stets empfänglich für die Besuche seines Phantoms, für die Anrufe aus dem Jenseits, die er aus dem Grab ihres Ehelebens mit ihr führte. Und ich musste sogar sehen, dass sie sich ab und zu mit Mariano traf, nur um zu erfahren, mit welchen großen Fragen sich ihr Ex-Mann gerade beschäftigte. Ansonsten beugte sie sich mit Disziplin und zusammengebissenen Zähnen über eine lange Reihe täglicher Pflichten, zu denen auch ich gehörte. Aber auf mich – und das war eine Erleichterung – konzentrierte sie sich nicht mehr mit der Hartnäckigkeit, mit der sie stapelweise Schulhefte korrigierte oder Liebesgeschichtchen zurechtfeilte. Du bist schon groß, sagte sie immer häufiger, komm mal selbst klar.

Ich war froh, dass ich endlich ohne zu viele Kontrollen kommen und gehen konnte. Je weniger sie und mein Vater sich um mich kümmerten, desto besser ging es mir. Vor allem Andrea, ach, wenn er doch bloß den Mund halten würde. Ich ertrug die schlauen Gebrauchsanweisungen fürs Leben immer schlechter, die mein Vater glaubte, mir servieren zu müssen, wenn wir uns bei einem meiner Besuche bei Angela und Ida in Posillipo trafen oder auch vor der Schule, um zusammen Panzarotti und Pastacresciuta essen zu gehen. Die Möglichkeit, dass sich zwischen Roberto und mir eine Freundschaft entwickelte, wurde gerade auf wundersame Weise Realität, so dass ich das Gefühl hatte, von ihm auf eine Art angeleitet und unterrichtet zu werden, wie mein zu sehr von sich und seinen Untaten in Anspruch genommener Vater es nie zuwege gebracht hatte. Andrea hatte mir eines nunmehr fernen Abends in der grauen Wohnung in der Via San Giacomo dei Capri mit unbesonnenen Worten mein Selbstvertrauen genommen; Giulianas Verlobter gab es mir herzlich und liebevoll zurück. Ich war so stolz auf meine Bekanntschaft mit Roberto, dass ich ihn meinem Vater gegenüber manchmal erwähnte, nur um auszukosten, wie ernst und aufmerksam er dann wurde. Er erkundigte sich nach ihm, wollte wissen, was für ein Mensch er war, worüber wir sprachen, ob ich Roberto von ihm und seiner Arbeit erzählt hatte. Ich weiß nicht, ob er Roberto wirklich schätzte, schwer zu sagen, schon seit einer Weile gab ich überhaupt nichts mehr auf Andreas Worte. Einmal, erinnere ich mich, bezeichnete er ihn voller Überzeugung als einen jungen Glückspilz, der es geschafft hatte, sich rechtzeitig von einer Scheißstadt wie Neapel zu lösen und sich eine brillante Universitätskarriere in Mailand aufzubauen. Ein anderes Mal sagte er zu mir: Du tust gut daran, dich mit Leuten zu treffen, die besser sind als du, das ist der einzige Weg, um auf- und nicht abzusteigen. Und irgendwann fragte er mich sogar, ob ich ihn ihm eventuell vorstellen könnte, er habe das Bedürfnis, von dem zänkischen, engstirnigen Haufen wegzukommen, an den er seit seiner Jugend gefesselt sei. Er kam mir vor wie ein schwaches Männlein.

2

Genau so lief das, Roberto und ich wurden Freunde. Doch ich will nicht übertreiben, er kam nicht oft nach Neapel, es ergab sich nur selten, dass wir uns trafen. Aber nach und nach entstand eine kleine Gewohnheit, die es mit sich brachte, dass wir, ohne je einen wirklichen Kontakt aufzubauen, manchmal und immer in Begleitung von Giuliana, die Gelegenheit fanden, miteinander zu sprechen, wenn auch nur für wenige Minuten.

Am Anfang, das muss ich gestehen, war ich sehr ängstlich. Bei jedem Treffen überlegte ich, ob ich den Bogen womöglich überspannt hatte, ob mein Bemühen, ihm Paroli zu bieten – er war fast zehn Jahre älter als ich, ich ging aufs Gymnasium, er lehrte an der Universität –, ein Zeichen von Anmaßung gewesen war und dass ich mich garantiert lächerlich gemacht hatte. Unzählige Male wälzte ich alles im Kopf herum, was er gesagt hatte, was ich geantwortet hatte, und sofort schämte ich mich für jedes meiner Worte. Ich erkannte die einfältige Oberflächlichkeit, mit der ich komplizierte Fragestellungen abgetan hatte, und in mir wuchs ein Unbehagen, das dem sehr ähnlich war, das ich als Kind empfunden hatte, wenn ich voller Eifer etwas tat, was meinen Eltern mit Sicherheit nicht gefiel. Und so bezweifelte ich, dass ich Sympathie geweckt hatte. In meiner Erinnerung nahm Robertos ironischer Ton überhand und wurde zu deutlichem Spott. Mir fiel die Abfälligkeit wieder ein, mit der ich gesprochen hatte, und Gesprächsfetzen, mit denen ich hatte Eindruck schinden wollen, mir wurde kalt und übel, ich wollte mich aus mir selbst hinauswerfen, als würde ich mich ausspeien.

Tatsächlich aber lagen die Dinge anders. Durch jedes

dieser Treffen wurde ich besser, Robertos Worte lösten sofort das Bedürfnis in mir aus, zu lesen und mich zu bilden. Ich musste mich im Wettlauf der Tage sputen, damit ich zum nächsten Treffen besser vorbereitet und mit schlauen Fragen im Gepäck kommen konnte. Ich begann in den Büchern, die mein Vater zu Hause zurückgelassen hatte, nach etwas Brauchbarem herumzustöbern, um besser zu verstehen. Aber um was besser zu verstehen oder wen? Die Evangelien, den Vater, den Sohn, den Heiligen Geist, die Transzendenz und das Schweigen, das Gewirr aus Glauben und aus der Abwesenheit von Glauben, Christus' Radikalität, die Schrecken der Ungleichheit, die Gewalt immer gegen die Schwächsten, die grenzenlose Wildheit des kapitalistischen Systems, das Aufkommen der Roboter, die dringliche Notwendigkeit von Kommunismus? Wie weit sein Horizont war; Roberto flitzte in immer neue Richtungen davon. Er hielt Himmel und Erde zusammen, wusste alles, vermischte kleine Beispiele, Geschichten, Zitate und Theorien, ich versuchte, mit ihm Schritt zu halten, und schwankte zwischen der Gewissheit, mich wie ein kleines Mädchen aufgeführt zu haben, das neunmalklug daherredet, und der Hoffnung, bald eine neue Gelegenheit zu finden, um besser dazustehen.

3

In dieser Phase nahm ich häufig sowohl Giuliana als auch Angela in Anspruch, um mich zu beruhigen. Giuliana war mir aus offensichtlichen Gründen näher. Die Gedanken an Roberto waren für uns ein Grund, zusammen Zeit zu verbringen, wir schlenderten während seiner langen Abwesenheiten durch den Vomero und sprachen über ihn. Ich beobachtete sie: Von ihr ging eine faszinierende Sauberkeit aus, sie trug stets das Armband meiner Tante, die Männer schauten sie an und drehten sich für einen letzten Blick nach ihr um, als könnten sie sich nicht sattsehen an ihrer Gestalt. Ich existierte gar nicht neben ihr, und doch genügte ein altkluges Wort von mir oder eine gedrechselte Formulierung, um ihr ihre Energie zu entziehen, manchmal erschien sie mir wie abgetötet.

Einmal sagte sie:

»Wie viele Bücher du liest.«

»Das macht mir mehr Spaß als Schulaufgaben.«

»Ich werde immer sofort müde.«

»Das ist eine Frage der Gewöhnung.«

Ich gestand, dass mir die Liebe zur Literatur nicht von selbst gekommen war, sondern von meinem Vater herrührte. Er war es, der mich schon früh von der Bedeutung der Bücher und vom enormen Wert intellektueller Beschäftigungen überzeugt hatte.

»Wenn dieser Gedanke erst mal in deinem Kopf ist«, sagte ich, »wirst du ihn nicht mehr los.«

»Zum Glück. Intellektuelle sind gute Menschen.«

»Mein Vater ist nicht gut.«

»Aber Roberto, und du auch.«

»Ich bin keine Intellektuelle.«

»Na klar. Du gehst zur Schule, kannst über alles diskutieren und kommst mit allen zurecht, sogar mit Vittoria. Ich kann das nicht, ich verliere immer gleich die Geduld.«

Ich freute mich – das muss ich zugeben – über diese Anerkennung. Da sie sich Intellektuelle auf diese Weise vorstellte, versuchte ich, ihren Erwartungen gerecht zu werden, schon deshalb, weil sie sich beklagte, wenn ich mich darauf beschränkte, über Belanglosigkeiten zu sprechen, als würde ich bei ihrem Freund mein Bestes geben und bei ihr nur Unsinn erzählen. Sie brachte mich folglich dazu, komplizierte Reden zu halten, bat mich, über Bücher zu sprechen, die mir gefallen hatten oder gefielen. Sie sagte: Erzähl sie mir. Die gleiche gespannte Neugier zeigte sie bei Filmen, bei Musik. Nicht einmal Angela und Ida hatten mich bis dahin so viel über das sprechen lassen, was ich liebte und was ich nie als Pflicht, sondern stets als Zeitvertreib empfunden hatte. Die Schule hatte die ungeordnete Menge von Interessen, die sich aus meiner Lektüre ergab, nie bemerkt, und keine meiner Mitschülerinnen hatte sich je gewünscht, dass ich ihr – nur so zum Beispiel – die Handlung von *Tom Jones* erzählte. Es ging uns in dieser Phase also gut zusammen. Wir trafen uns oft, ich wartete am Ausgang der Funicolare von Montesanto auf sie, sie kam den Vomero hinauf, als wäre sie in einem fremden Land, in dem sie glücklich Ferien machte. Wir schlenderten von der Piazza Vanvitelli zur Piazza degli Artisti und zurück, ohne auf die Passanten, den Verkehr oder die Geschäfte zu achten, weil ich ganz in dem Vergnügen aufging, sie mit Namen, Titeln und Geschichten zu faszinieren, und sie nichts anderes zu sehen schien als das, was ich beim Lesen oder im Kino oder beim Musikhören gesehen hatte.

In Robertos Abwesenheit und in Gesellschaft seiner Verlobten spielte ich die Hüterin eines umfangreichen Wissens, und Giuliana hing an meinen Lippen, als wäre ihr einziger Wunsch, anzuerkennen, wie sehr ich ihr trotz des Altersunterschieds und trotz ihrer Schönheit überlegen war. Manchmal spürte ich allerdings, dass ihr etwas nicht passte, da war ein Unbehagen, das sie nur mühsam wegschob. Und ich wurde unruhig, Vittorias streitsüchtige Stimme am Telefon fiel mir wieder ein: »Warum drängst du dich zwischen Giuliana und ihren Verlobten? Bist du etwa schlimmer als mein Bruder? Sag's mir, ich höre: Bist du noch hochnäsiger als dein Vater?« Ich wollte nur eine gute Freundin sein, und ich hatte Angst, dass sich Giuliana durch Vittorias böse Künste vom Gegenteil überzeugen ließ und mich wegschickte.

4

Häufig trafen wir uns auch mit Angela, die beleidigt war, wenn wir sie ausschlossen. Aber die beiden harmonierten nicht gut miteinander, und Giulianas Unbehagen trat noch deutlicher hervor. Die schwatzhafte Angela zog mich und auch sie gern auf, indem sie über Tonino herzog und ironisch jeden Versuch eines ernsthaften Gesprächs zunichtemachte. Ich nahm ihr das nicht übel, doch Giulianas Gesicht verfinsterte sich, sie nahm ihren Bruder in Schutz und antwortete auf die Witzeleien früher oder später mit aggressiven Ausbrüchen im Dialekt.

Kurz, das, was mir gegenüber latent vorhanden war, trat Angela gegenüber offen zutage, und es fehlte nie viel bis zum endgültigen Bruch. Wenn wir zwei allein waren, gerierte sich Angela als bestens im Bilde über Giuliana und Roberto, obwohl sie sich seit dem Treffen an der Piazza Amedeo komplett aus dieser Geschichte herausgehalten hatte. Ihr Rückzug hatte mich teils erleichtert und teils geärgert. Als sie mich einmal besuchte, fragte ich sie:

»Ist dir Roberto unsympathisch?«

»Nein.«

»Und was stimmt dann nicht?«
»Nichts. Aber wenn ihr euch unterhaltet, du und er, ist kein Platz mehr für irgendwen anderes.«
»Da ist immerhin Giuliana.«
»Die Ärmste.«
»Wie meinst du das?«
»Sie langweilt sich zu Tode zwischen euch Superhirnen.«
»Sie langweilt sich überhaupt nicht.«
»Sie langweilt sich, aber sie verstellt sich, um die Stellung zu halten.«
»Welche Stellung?«
»Als Verlobte. Meinst du wirklich, eine wie Giuliana, eine Zahnarzthelferin, hört euch zwei über Vernunft und Glauben reden und langweilt sich nicht?«
Ich fuhr auf:
»Amüsiert man sich deiner Meinung nach nur, wenn man über Halsketten, Armbänder, Slips und BHs redet?«
Sie sagte gekränkt:
»Ich rede nicht nur über so was.«
»Früher nicht, aber seit einer Weile doch.«
»Gar nicht.«
Ich bat sie um Verzeihung, sie antwortete: Schon gut, aber du warst gemein. Und natürlich begann sie betont gehässig von neuem:
»Zum Glück besucht sie ihn ab und zu in Mailand.«
»Was soll das heißen?«
»Dass sie endlich zusammen ins Bett gehen und tun, was sie tun sollten.«
»Giuliana fährt immer in Begleitung von Tonino nach Mailand.«
»Und du meinst, Tonino spielt Tag und Nacht den Aufpasser?«

Ich schnaufte:

»Und du meinst, man muss zwangsläufig miteinander schlafen, wenn man sich liebt?«

»Ja.«

»Frag doch Tonino, ob sie zusammen schlafen, dann werden wir ja sehen.«

»Hab ich schon, aber über so was redet er nicht.«

»Das heißt, er hat nichts zu sagen.«

»Das heißt, er denkt auch, dass Liebe ohne Sex auskommen kann.«

»Wer denkt das denn noch?«

Sie antwortete mit einem unvermittelt traurigen Lächeln:

»Du.«

5

Angela zufolge erzählte ich gar nichts Amüsantes mehr zu diesem Thema. Das stimmte, ich hatte mit den schweinischen Geschichten aufgehört, aber nur, weil es mir kindisch vorgekommen war, meine mickrigen Erfahrungen aufzubauschen, und handfesteres Material hatte ich nicht. Seit mein Verhältnis zu Roberto und Giuliana enger geworden war, hatte ich meinen Schulkameraden Silvestro auf Abstand gehalten, der mir seit dem Vorfall mit dem Stift nachlief und mich mehrmals gefragt hatte, ob ich heimlich mit ihm gehen wolle. Doch vor allem war ich sehr schroff zu Corrado gewesen, der seine Annäherungsversuche fortgesetzt hatte, und ich war vorsichtig, aber entschieden mit Rosario umgegangen, der sich in regelmäßigen Abständen vor der Schule blicken ließ und mir vorschlug, in seine Dachwohnung in der Via Manzoni mitzukommen. Inzwischen schienen mir meine drei Verehrer einem degenerierten Menschenschlag anzugehören, zu dem bedauerlicherweise auch ich gezählt hatte. Angela dagegen war wie ausgewechselt, sie betrog Tonino und ersparte mir und Ida kein Detail ihrer flüchtigen Abenteuer mit Schulkameraden und sogar mit einem Lehrer, der schon um die fünfzig war, so dass sie selbst angeekelt das Gesicht verzog, als sie davon erzählte.

Dieser Ekel verstörte mich, er war echt. Ich kannte ihn und hätte gern gesagt: Er steht dir ins Gesicht geschrieben, wollen wir darüber sprechen. Aber wir sprachen nie darüber, es sah so aus, als müsste Sex uns unbedingt begeistern. Auch ich wollte weder vor Angela noch vor Ida zugeben, dass ich lieber Nonne geworden wäre, als noch einmal Corrados Latrinengestank zu ertragen. Darüber hinaus gefiel es mir nicht, dass Angela meine spärliche Begeisterung als einen Akt der Unterwerfung Roberto gegenüber deutete. Und außerdem war die Wahrheit, offen gesagt, verzwickt. Der Ekel hatte verschiedene Seiten, die schwer in Worte zu fassen waren. Was mich bei Corrado abstieß, hätte mich bei Roberto vielleicht nicht abgestoßen. Daher beschränkte ich mich darauf, Widersprüche festzustellen, ich sagte:

»Warum bleibst du mit Tonino zusammen, wenn du so was mit anderen machst?«

»Weil Tonino in Ordnung ist und die anderen Schweine sind.«

»Also treibst du es mit Schweinen?«

»Ja.«

»Warum denn?«

»Weil es mir gefällt, wie sie mich ansehen.«

»Lass dich doch von Tonino so ansehen.«

»So einen Blick hat er nicht.«
»Vielleicht ist er kein richtiger Mann«, sagte Ida einmal.
»Na klar ist er ein richtiger Mann.«
»Und weiter?«
»Er ist kein Schwein, das ist alles.«
»Das glaube ich nicht«, sagte Ida. »Alle Männer sind Schweine.«
»Nicht alle«, sagte ich und dachte an Roberto.
»Nicht alle«, sagte Angela und erzählte mit phantasievollen Formulierungen von Toninos Erektionen, zu denen es kam, sobald er sie berührte.

Damals war es, glaube ich, dass ich, während sie vergnügt weiterplapperte, ein ernsthaftes Gespräch über dieses Thema vermisste, nicht mit den beiden, sondern mit Roberto und Giuliana. Hätte Roberto sich gedrückt? Nein, ich war mir sicher, dass er mir geantwortet und auch diesmal sehr klare Überlegungen angestellt hätte. Problematisch war eher die Gefahr, in Giulianas Augen peinlich zu wirken. Warum sollte ich dieses Thema im Beisein ihres Freundes anschneiden? Insgesamt hatten wir uns, das Treffen an der Piazza Amedeo nicht mitgezählt, sechs Mal gesehen und fast immer nur kurz. Objektiv betrachtet, war unser Verhältnis also nicht sehr eng. Zwar diskutierte er stets gern anhand von konkreten Beispielen über große Probleme, trotzdem hätte ich nicht den Mut gehabt, zu fragen: Warum stößt man, wenn man ein bisschen tiefer schürft, überall auf Sex, selbst in den erhabensten Dingen; warum reicht ein einziges Adjektiv nicht aus, um zu definieren, was Sex ist, man braucht viele – peinlich, geistlos, tragisch, komisch, angenehm, abstoßend –, und nie nur eines, sondern alle gleichzeitig; ist es möglich, dass eine große Liebe auf Sex verzichtet, ist es möglich, dass die sexuellen Praktiken zwischen Mann und Frau das Bedürfnis, zu lieben und wiedergeliebt zu werden, nicht zunichtemachen? Ich malte mir aus, wie ich diese und andere Fragen vorbrachte, zurückhaltend und vielleicht ein wenig förmlich, vor allem um zu vermeiden, dass Giuliana und er glauben könnten, ich wollte in ihrem Privatleben herumschnüffeln. Aber ich wusste, dass ich sie nie stellen würde. Stattdessen bohrte ich bei Ida nach:

»Warum denkst du, dass alle Männer Schweine sind?«

»Das denke ich nicht, das weiß ich.«

»Dann ist also auch Mariano ein Schwein?«

»Natürlich, er geht mit deiner Mutter ins Bett.«

Ich fuhr auf, sagte eisig:

»Sie treffen sich manchmal, aber nur als Freunde.«

»Ich glaube auch, dass sie nur Freunde sind«, schaltete sich Angela ein.

Ida schüttelte energisch den Kopf, wiederholte mit Entschiedenheit: Sie sind nicht nur Freunde. Dann rief sie:

»Ich würde nie einen Mann küssen, das ist ekelhaft.«

»Auch einen so anständigen und gutaussehenden wie Tonino nicht?«, erkundigte sich Angela.

»Nein, ich werde nur Frauen küssen. Wollt ihr eine Geschichte hören, die ich geschrieben habe?«

»Nein«, sagte Angela.

Ich starrte schweigend auf Idas Schuhe, sie waren grün. Mir fiel ein, dass mir ihr Vater in den Ausschnitt gespäht hatte.

6

Wir kamen häufig auf das Thema Roberto und Giuliana zurück, Angela entlockte Tonino Informationen nur aus Spaß daran, sie mir weiterzuerzählen. Eines Tages rief sie mich an, weil sie erfahren hatte, dass es wieder einmal Streit gegeben hatte, diesmal zwischen Vittoria und Margherita. Sie seien aneinandergeraten, weil Margherita nicht wie Vittoria der Ansicht war, dass Roberto Giuliana sofort heiraten und nach Neapel ziehen sollte. Meine Tante habe wie immer herumspektakelt, Margherita habe wie immer ruhig widersprochen, und Giuliana sei still gewesen, als ginge sie das alles nichts an. Doch dann habe sie auf einmal angefangen zu schreien, habe Teller, Suppenschüsseln und Gläser zerschlagen, und nicht einmal Vittoria, die sehr kräftig sei, habe sie aufhalten können. Giuliana habe gebrüllt: Ich hau ab, sofort, ich ziehe zu ihm, ich halte euch nicht mehr aus. Tonino und Corrado hätten dazwischengehen müssen.

Diese Geschichte verwirrte mich, ich sagte:

»Vittoria ist schuld, was mischt sie sich ständig ein.«

»Alle sind schuld, offenbar ist Giuliana sehr eifersüchtig. Tonino sagt, für Roberto legt er seine Hand ins Feuer, er ist anständig und treu. Aber wenn Tonino sie nach Mailand begleitet, macht sie jedes Mal eine Szene, weil sie es, was weiß ich, nicht erträgt, dass die eine Studentin sich zu viel Vertraulichkeiten herausnimmt, die andere Kollegin zu sehr flirtet und so weiter, und so fort.«

»Das glaube ich nicht.«

»Solltest du aber. Giuliana wirkt ruhig, aber Tonino hat mir erzählt, dass sie unter nervöser Erschöpfung leidet.«

»Und das heißt?«

»Wenn es ihr schlecht geht, isst sie nichts, sie weint und schreit.«

»Wie geht es ihr jetzt?«

»Gut. Heute Abend geht sie mit Tonino und mir ins Kino, kommst du auch mit?«

»Wenn ich mitkomme, dann halte ich mich an Giuliana, lass mich ja nicht mit Tonino allein.«

Angela lachte.

»Ich habe dich extra eingeladen, damit du mir Tonino vom Hals hältst, ich kann nicht mehr.«

Ich ging mit, aber der Tag wurde kein guter Tag. Der Nachmittag und der Abend waren besonders schlimm. Wir vier trafen uns an der Piazza del Plebiscito vor dem Gambrinus und gingen Richtung Toledo zum Cinema Modernissimo. Ich kam nicht dazu, auch nur ein Wort mit Giuliana zu wechseln, bemerkte nur ihren unruhigen Blick, ihre geröteten Augen und das Armband an ihrem Handgelenk. Angela hakte sich sofort bei ihr ein, und ich blieb mit Tonino einige Schritte hinter ihnen. Ich fragte ihn:

»Alles klar soweit?«

»Ja.«

»Ich weiß, dass du oft mit deiner Schwester zu Roberto fährst.«

»Nein, nicht oft.«

»Weißt du, dass wir uns ein paar Mal getroffen haben?«

»Ja, Giuliana hat es mir erzählt.«

»Sie passen gut zusammen.«

»Stimmt.«

»Ich glaube, wenn sie heiraten, ziehen sie nach Neapel.«

»Glaub ich nicht.«

Mehr bekam ich nicht aus ihm heraus, er war freundlich und wollte sich mit mir unterhalten, aber nicht über dieses Thema. Deshalb hörte ich ihm schließlich zu, als er mir von einem Freund in Venedig erzählte, den er besuchen wollte, um zu sehen, ob er dorthin ziehen könnte.

»Und Angela?«
»Angela fühlt sich nicht wohl mit mir.«
»Das ist nicht wahr.«
»Doch.«

Wir kamen zum Kino, im Moment erinnere ich mich nicht daran, welcher Film gespielt wurde, vielleicht fällt es mir später wieder ein. Tonino bezahlte die Karten für uns alle und kaufte auch Bonbons und Eis. Wir gingen naschend hinein, es war noch hell im Saal. Wir setzten uns, erst Tonino, dann Angela, dann Giuliana, dann ich. Anfangs kümmerten wir uns nicht weiter um die drei Jungen, die direkt hinter uns saßen, Schüler wie Angelas oder meine Klassenkameraden, höchstens sechzehn Jahre alt. Wir hörten nur, dass sie tuschelten und lachten, während wir Mädchen uns von Tonino abwandten und unter uns drauflosschwatzten.

Eben weil wir sie nicht beachteten, wurden die drei lauter. Ich bemerkte sie erst, als der wohl frechste von ihnen laut sagte: Kommt, setzt euch zu uns, ihr könnt euch den Film zusammen mit uns ansehen. Angela prustete los, vielleicht vor Aufregung, und drehte sich um, auch die Jungen lachten, der Freche wiederholte seine Einladung mit anderen Worten. Ich drehte mich ebenfalls um und änderte meine Meinung, sie waren nicht wie unsere Klassenkameraden, sie erinnerten mich an Corrado, an Rosario, doch durch die Schule ein wenig verfeinert. Ich schaute zu Giuliana, sie war die Ältere, ich rechnete mit einem nachsichtigen Lächeln. Stattdessen war sie ernst, steif und behielt Tonino im Auge, der taub zu sein schien und unbeirrt auf die weiße Leinwand starrte.

Die Werbung begann, der Freche spielte mit Giulianas Haaren und säuselte, wie schön die sind, und einer seiner Gefährten rüttelte an Angelas Sitz, weshalb sie an Toninos Arm zerrte und sagte, die pöbeln mich an, sag ihnen, sie sollen aufhören. Giuliana flüsterte, lass es gut sein, ob an sie oder direkt an ihren Bruder gewandt, kann ich nicht mit Sicherheit sagen. Aber unzweifelhaft ignorierte Angela sie und sagte ärgerlich zu Tonino, mit dir gehe ich nicht mehr aus, mir reicht's, ich hab die Nase voll. Sofort rief der Freche, gut so, wie gesagt, komm her, hier ist noch was frei. Irgendwer im Saal zischte, um Ruhe einzufordern. Tonino sagte ohne Eile, mit schleppender Stimme, kommt, wir gehen weiter nach vorn, hier sitzen wir nicht gut. Er stand auf, und seine Schwester tat es ihm dermaßen schnell nach, dass auch ich aufsprang. Angela blieb noch einen Augenblick sitzen, dann zog sie sich hoch und sagte zu Tonino: Du bist lächerlich.

Wir setzten uns in der gleichen Anordnung einige Reihen weiter nach vorn, Angela redete auf Tonino ein. Sie war wütend, ich begriff, dass sie die Gelegenheit nutzte, um ihn loszuwerden. Die der Werbung vorbehaltene, endlose Zeit war abgelaufen, das Licht ging wieder an. Die drei Jungen hatten ihren Spaß, ich hörte sie lachen, drehte mich um. Sie waren aufgestanden und kletterten gerade geräuschvoll über eine, zwei, drei Sitzreihen, im Nu hatten wir sie wieder hinter uns. Ihr Wortführer sagte: Ihr lasst euch von dem Scheißkerl da herumkommandieren, aber wir sind jetzt sauer, es passt uns nicht, so behandelt zu werden, wir wollen den Film zusammen mit euch sehen.

Der Rest passierte in nur wenigen Sekunden. Das Licht

ging aus, der Film wummerte los. Die Stimme des Jungen wurde von der Musik verschluckt, wir wurden alle zu Lichtblitzen. Angela sagte laut zu Tonino: Hast du das gehört? Der hat Scheißkerl zu dir gesagt. Gelächter bei den Jungen, *schh* bei den Zuschauern, Tonino sprang plötzlich auf, Giuliana sagte: Nicht, Tonì. Trotzdem gab er Angela eine so heftige Ohrfeige, dass ihr Kopf gegen meinen Wangenknochen prallte, das tat mir weh. Die Jungen verstummten verwirrt, Tonino fuhr herum, wie wenn ein Luftzug eine weit offene Tür zuschlägt, ihm entfuhren unablässig nicht wiederholbare Schimpfwörter. Unterdessen war Angela in Tränen ausgebrochen, und Giuliana packte meine Hand, sagte: Wir müssen hier weg, müssen ihn wegschaffen. Ihren Bruder mit Gewalt fortbringen, das hatte sie vor, als wären nicht Angela oder wir beide in Gefahr, sondern er. Inzwischen hatte sich der Wortführer der Jungen von seiner Verblüffung erholt, er sagte: Auweia, wir bibbern vor Angst, du Witzfigur, legst dich bloß mit Mädchen an, na los, komm her, und Giuliana schien ihn übertönen zu wollen, sie schrie: Tonì, das sind Kinder. Aber die Ereignisse überschlugen sich, Tonino packte den Kopf des Jungen mit einer Hand – vielleicht am Ohr, doch sicher bin ich mir nicht –, er packte den Kopf und zog ihn an sich, wie um ihn abzureißen. Mit der anderen Hand boxte er von unten gegen das Kinn, der Junge schnellte zurück, mit blutendem Mund fiel er wieder auf seinen Platz. Die anderen drei wollten ihrem Freund zu Hilfe kommen, aber als sie sahen, dass Tonino sich anschickte, über die Sitze zu klettern, stürzten sie in wildem Durcheinander dem Ausgang zu. Giuliana klammerte sich an ihren Bruder, um zu verhindern, dass er ihnen folgte, die Anfangsmusik des Films dröhnte, die Zuschauer schrien, Angela weinte, der verletzte Junge brüllte. Tonino stieß seine Schwester weg und nahm sich den Jungen erneut vor, der unter Tränen, Stöhnen und Flüchen auf seinem Sitz zusammengesunken war. Er traktierte ihn mit Ohrfeigen und Faustschlägen und beschimpfte ihn dabei in einem für mich unverständlichen, weil schnellen, wütenden Dialekt. Mittlerweile krakeelte das ganze Kino, man schrie nach Licht, nach der Polizei, und Giuliana, Angela und ich klammerten uns an Toninos Arme und schrien: Los, weg hier, hör auf, weg hier. Endlich konnten wir ihn wegziehen und hasteten zum Ausgang. Mach schon, Tonì, los, hau ab, rief Giuliana und schlug ihm auf den Rücken, und er wiederholte zweimal im Dialekt: Dass man in dieser Stadt als anständiger Mensch nicht mal in Ruhe einen Film gucken kann. Er wandte sich besonders an mich, um zu sehen, ob ich ihm zustimmte. Das tat ich, um ihn zu beschwichtigen, und er rannte in Richtung Piazza Dante davon, gutaussehend trotz der weit aufgerissenen Augen, trotz der blauen Lippen.

7

Auch wir machten, dass wir wegkamen, vorbei an Spirito Santo, und wurden erst langsamer, als wir uns im Marktgedränge von Pignasecca sicher fühlten. Nun erst spürte ich mein Entsetzen wirklich. Auch Angela war erschüttert, ebenso Giuliana, die aussah, als hätte sie bei der Schlägerei mitgemacht, zerzauste Haare und der Kragen ihrer Jacke halb abgerissen. Ich schaute nach, ob sie das Armband noch trug, es war noch da, aber ohne Glanz.

»Ich muss sofort nach Hause«, sagte Giuliana zu mir.

»Ja gut, ruf mich an, damit ich weiß, wie es Tonino geht.«
»Hast du dich erschreckt?«
»Ja.«
»Das tut mir leid, normalerweise kann Tonino sich beherrschen, aber manchmal ist er blind vor Wut.«
Angela schaltete sich mit Tränen in den Augen ein:
»Ich habe mich auch erschreckt.«
Giuliana wurde bleich vor Zorn, sie schrie:
»Du sei still, sei einfach nur still!«
So aufgebracht hatte ich sie noch nie erlebt. Sie küsste mich auf die Wangen und ging.

Angela und ich kamen zur Funicolare. Ich war verwirrt, der Satz: Manchmal ist er blind vor Wut, hatte sich mir eingeprägt. Auf dem ganzen Weg hörte ich mir geistesabwesend das Gejammer meiner Freundin an. Sie war verzweifelt, das war blöd von mir, sagte sie. Doch dann befühlte sie ihre rote, geschwollene Wange und den schmerzenden Nacken, sie zeterte: Was erlaubt der sich eigentlich, er hat mich geohrfeigt, mich, nicht mal mein Vater und meine Mutter haben mich je geschlagen, ich will ihn nie, nie, nie wiedersehen. Sie weinte, dann fing sie mit einem anderen Kummer an: Giuliana habe sich nicht von ihr verabschiedet, nur von mir. Es ist nicht richtig, mir die ganze Schuld zuzuschieben, brummte sie, ich konnte ja nicht ahnen, dass Tonino so eine Bestie ist. Als ich mich vor ihrem Haus von ihr trennte, räumte sie ein: Na gut, es war meine Schuld, aber sowohl Tonino als auch Giuliana sind schlecht erzogen, mit so was hätte ich nie gerechnet, mit dieser Ohrfeige, er hätte mich umbringen können, er hätte auch die Jungen umbringen können, es war ein Fehler, so ein Scheusal zu lieben. Ich sagte: Du irrst dich, Tonino und Giuliana sind sehr gut erzogen, aber es kann doch* passieren, dass einer mal wirklich blind vor Wut ist.

Langsam ging ich hinauf nach Hause. Die Formulierung – blind vor Wut sein – wollte mir nicht mehr aus dem Kopf gehen. Alles scheint in Ordnung zu sein, guten Tag, bis bald, bitte nehmen Sie Platz, was kann ich Ihnen zu trinken anbieten, könnten Sie ein bisschen leiser sein, danke, bitte. Aber dann ist da ein schwarzer Schleier, der sich von einem Augenblick auf den anderen herabsenken kann. Er ist eine plötzliche Blindheit, man kann keinen Abstand mehr halten, und man prallt irgendwo gegen. Passierte das nur manchen Menschen oder allen, dass sie ab einer bestimmten Stufe blind vor Wut waren? Und war man wahrhaftiger, wenn man alles klar und deutlich sah oder wenn einen die stärksten und tiefsten Gefühle – Hass, Liebe – blind machten? War Enzo, von Vittoria geblendet, Margherita gegenüber blind geworden? War mein Vater, von Costanza geblendet, meiner Mutter gegenüber blind geworden? War ich, geblendet von der Beleidigung durch meinen Schulkameraden Silvestro, blind vor Wut gewesen? War auch Roberto einer, der blind vor Wut sein konnte? Oder gelang es ihm jederzeit, in jeder Situation, unter dem Schock egal welcher Gefühlsregung, klar und heiter zu bleiben?

Die Wohnung war dunkel, absolut still. Meine Mutter hatte wohl beschlossen, den Samstagabend außer Haus zu verbringen. Das Telefon klingelte, ich ging sofort ran, davon überzeugt, dass es Giuliana war. Es war Tonino, er sagte langsam und mit einer Ruhe, die mir gefiel, weil sie mir nun wie eine handfeste Lüge vorkam:

»Ich wollte dich um Verzeihung bitten und mich von dir verabschieden.«

»Wohin willst du denn.«
»Nach Venedig.«
»Wann fährst du?«
»Heute Nacht.«
»Warum tust du das?«
»Weil ich mein Leben sonst wegschmeiße.«
»Was sagt denn Giuliana dazu?«
»Nichts, sie weiß es nicht, keiner weiß es.«
»Roberto auch nicht?«
»Nein, wenn der wüsste, was ich heute Abend gemacht habe, würde er kein Wort mehr mit mir reden.«
»Giuliana wird es ihm erzählen.«
»Ich jedenfalls nicht.«
»Schickst du mir deine Adresse?«
»Sobald ich eine habe, schreibe ich sie dir.«
»Warum rufst du gerade mich an?«
»Weil du nicht blöd bist.«

Ich legte auf, war niedergeschlagen. Ich ging in die Küche, holte mir ein Glas Wasser, kehrte in den Flur zurück. Doch dieser Tag war noch nicht vorbei. Die Tür des Zimmers, das einmal das Schlafzimmer meiner Eltern gewesen war, öffnete sich, und meine Mutter tauchte auf. Sie trug nicht ihre übliche Kleidung, sondern hatte sich in Schale geworfen. Ungezwungen sagte sie:

»Wolltest du nicht ins Kino?«
»Wir sind doch nicht hingegangen.«
»Aber jetzt gehen wir hin: Wie ist es draußen, brauche ich einen Mantel?«

Aus demselben Zimmer kam, auch er akkurat gekleidet, Mariano.

8

Das war die letzte Etappe der langen Krise bei mir zu Hause und zugleich ein wichtiger Moment in der mühsamen Annäherung an die Welt der Erwachsenen. Im selben Augenblick, da ich beschloss, mich lieb und nett zu geben, meiner Mutter zu antworten, dass der Abend mild sei, und Marianos gewohnten Kuss auf die Wangen sowie sein übliches Schielen auf meine Brust hinzunehmen, erkannte ich, dass es unmöglich war, das Erwachsenwerden aufzuhalten. Als die zwei die Wohnungstür hinter sich geschlossen hatten, ging ich ins Bad und duschte ausgiebig, wie um sie mir abzuwaschen.

Beim Haaretrocknen vor dem Spiegel musste ich lachen. Ich war rundum belogen worden, nicht mal meine Haare waren schön, sie klebten am Kopf, und es gelang mir nicht, ihnen Fülle und Glanz zu verleihen. Und was mein Gesicht anging, nein, es war nicht ebenmäßig, genauso wenig wie das von Vittoria. Aber der Fehler hatte darin bestanden, ein Drama daraus zu machen. Man brauchte sich bloß mal jemanden anzusehen, der den Vorzug eines schönen, feingeschnittenen Gesichts hatte, und man entdeckte, dass es genau die gleichen Abgründe verhüllte, die hässliche und grobe Gesichter offen zeigten. Ein strahlendes Gesicht, zudem durch Freundlichkeit veredelt, barg und verhieß noch mehr Schmerz als ein trübes.

Angela, zum Beispiel, baute ab nach dem Vorfall im Kino und nach Toninos Verschwinden aus ihrem Leben, sie wurde boshaft. In langen Telefonaten warf sie mir vor, ich hätte nicht zu ihr gehalten, hätte zugelassen, dass ein Junge sie ohrfeigte, und hätte Giuliana recht gegeben. Ich bestritt das, aber vergeblich. Sie sagte, sie habe Costanza von dem Vorfall erzählt, auch meinem Vater, und Costanza habe ihr zugestimmt, aber Andrea habe noch mehr getan. Als ihm klargeworden sei, wer dieser Tonino war, wessen Sohn er war, wo er geboren und aufgewachsen war, habe er sich sehr aufgeregt, und zwar nicht so sehr über sie, sondern über mich. Sie zitierte meinen Vater wörtlich: Giovanna weiß ganz genau, was das für Leute sind, sie hätte dich beschützen müssen. Aber du hast mich nicht beschützt, zeterte sie, und ich stellte mir vor, dass ihr sanftes, ebenmäßiges, reizendes Gesicht dort in der Wohnung in Posillipo, mit dem weißen Telefonhörer an ihrem Ohr, in diesem Moment hässlicher wurde, als meines es war. Ich sagte: Bitte, lass mich in Zukunft in Ruhe, vertrau dich Andrea und Costanza an, die verstehen dich besser als ich. Und legte auf.

Unmittelbar darauf intensivierte ich meine Beziehung zu Giuliana. Angela versuchte oft, sich mit mir auszusöhnen, sie schlug mir vor: Lass uns zusammen ausgehen. Ich antwortete ihr jedes Mal, auch wenn es nicht stimmte: Ich bin verabredet, ich treffe mich mit Giuliana, und ließ durchblicken oder sagte es in aller Deutlichkeit: Du darfst nicht mit, sie kann dich nicht ausstehen.

Auch die Beziehung zu meiner Mutter reduzierte ich auf ein Minimum, ich wechselte zu schroffen Sätzen, wie: Heute bin ich nicht da, ich fahre nach Pascone, und wenn sie fragte, warum, antwortete ich: Mir ist eben so. Ich führte mich sicherlich so auf, um mich von allen alten Fesseln frei zu fühlen, um klarzustellen, dass mich das Urteil und die Werte von Verwandten und Freunden nicht mehr interessierten und auch ihr Wunsch nicht, mich im Einklang mit dem zu wissen, was sie zu sein glaubten.

9

Natürlich hielt ich mich zunehmend an Giuliana, um die Freundschaft mit Roberto zu bewahren, das will ich nicht bestreiten. Aber mir schien auch, dass Giuliana mich wirklich brauchte, nun, da Tonino ohne eine Erklärung weggegangen war und sie mit dem Kampf gegen Vittoria und deren Herrschsucht alleingelassen hatte. Eines Nachmittags rief sie mich in heller Aufregung an, um mir zu erzählen, dass ihre Mutter – selbstredend von meiner Tante angestachelt – wollte, dass sie Roberto sagte: Entweder du heiratest mich sofort und wir wohnen in Neapel, oder wir lösen die Verlobung.

»Aber das kann ich nicht«, sagte sie verzweifelt. »Er ist sehr gestresst, die Arbeit für seine Karriere ist wichtig. Ich wäre ja verrückt, wenn ich zu ihm sagen würde: Du musst mich auf der Stelle heiraten. Außerdem will ich diese Stadt für immer verlassen.«

Sie hatte alles so satt. Ich riet ihr, Margherita und Vittoria von Robertos Problemen zu erzählen, und nach vielem Zaudern tat sie es, doch die beiden Frauen ließen sich nicht umstimmen und vergifteten ihr das Gehirn mit unzähligen Unterstellungen. Sie haben keine Ahnung – klagte sie – und wollen mir einreden, dass Roberto, wenn ihm seine Universitätsprobleme wichtiger sind als unsere Heirat, mich nicht genug liebt und ich nur meine Zeit mit ihm verschwende.

Dieser Dauerbeschuss verfehlte seine Wirkung nicht, ich bemerkte schon bald, dass auch Giuliana manchmal an Roberto zweifelte. Natürlich reagierte sie für gewöhnlich wütend und regte sich über Vittoria auf, weil sie ihrer Mutter Bosheiten in den Kopf setzte, aber steter Tropfen höhlt den Stein, und die Bosheiten verfingen auch bei ihr, sie wurde schwermütig.

»Siehst du, wie ich wohne?«, fragte sie mich eines Nachmittags, als ich sie besuchte und wir ein paar Schritte durch die schäbigen Straßen rings um ihr Haus gingen. »Roberto sitzt dagegen in Mailand, ist immer beschäftigt, trifft jede Menge kluger Leute und hat manchmal so viel zu tun, dass ich ihn nicht mal telefonisch erreiche.«

»So ist sein Leben nun mal.«

»Ich sollte sein Leben sein.«

»Ich weiß nicht.«

Sie wurde gereizt.

»Nein? Also was dann: Arbeiten und mit Kolleginnen und Studentinnen herumplänkeln? Vielleicht hat Vittoria ja recht: Entweder heiratet er mich, oder es ist Schluss.«

Die Dinge wurden noch schwieriger, als Roberto ihr eröffnete, dass er für zehn Tage dienstlich nach London müsse. Giuliana regte sich mehr auf als sonst, und allmählich wurde klar, dass das Problem weniger der Auslandsaufenthalt war – ich erfuhr, dass er schon öfter verreist war, wenn auch nur für zwei, drei Tage – als vielmehr die Tatsache, dass er nicht allein fuhr. Da wurde auch ich hellhörig.

»Mit wem fährt er denn?«

»Mit Michela und zwei weiteren Dozenten.«

»Wer ist Michela?«

»Eine, die wie eine Klette an ihm hängt.«

»Dann fahr du auch weg.«

»Wohin denn, Giannì? Wohin denn? Geh nicht davon aus, wie du aufwachsen konntest, geh davon aus, wie ich aufgewachsen bin, sieh dir Vittoria an, sieh dir meine Mutter an, sieh dir dieses Dreckloch hier an. Für dich ist alles leicht, für mich nicht.«

Ich fand, sie war ungerecht. Während ich mich bemühte, ihre Probleme zu verstehen, hatte sie keine Ahnung von meinen. Aber ich ließ mir nichts anmerken, hörte mir ihre Ergüsse an und versuchte, sie zu beruhigen. Den Kern meiner Argumentation bildeten für gewöhnlich die seltenen Vorzüge ihres Verlobten. Roberto sei nicht irgendwer, sondern ein Mann mit großer Geisteskraft, hochgebildet und treu. Selbst wenn diese Michela irgendwelche Absichten hätte, würde er doch nicht darauf eingehen. Er liebt dich, sagte ich, und wird sich anständig verhalten.

Sie brach in Lachen aus, wurde schroff. Diese Veränderung kam so plötzlich, dass mir Tonino und der Vorfall im Kino wieder einfielen. Sie heftete ihre unruhigen Augen auf mich und wechselte abrupt von ihrem dialektal gefärbten Italienisch in den reinsten Dialekt.

»Woher willst du denn wissen, dass er mich liebt?«

»Das weiß nicht nur ich, das wissen alle, bestimmt auch diese Michela.«

»Männer, egal ob gut oder nicht, brauchst du bloß anzutippen, und sie wollen ficken.«

»Das hat dir Vittoria erzählt, aber das ist Blödsinn.«

»Vittoria erzählt Gemeinheiten, aber keinen Blödsinn.«

»Trotzdem musst du Roberto vertrauen, sonst geht es dir nicht gut.«

»Mir gehts schon richtig dreckig, Giannì.«

Da ahnte ich, dass Giuliana Michela nicht nur das Verlangen unterstellte, mit Roberto ins Bett zu gehen, sondern auch die Absicht, ihn ihr wegzunehmen und ihn zu heiraten. Mir kam der Gedanke, dass er, von seinen Studien ganz in Anspruch genommen, wahrscheinlich nicht einmal vermutete, dass sie solche Ängste hatte. Und ich dachte, man müsste ihm vielleicht nur sagen: Giuliana hat

Angst, dich zu verlieren, sie ist sehr aufgeregt, beruhige sie. Oder jedenfalls begründete ich das so vor mir, als ich sie um die Nummer ihres Verlobten bat.

»Wenn du willst«, sagte ich beiläufig, »rede ich mit ihm und versuche herauszufinden, was es mit dieser Michela auf sich hat.«

»Das würdest du tun?«

»Na klar.«

»Aber er darf nicht denken, dass du in meinem Auftrag anrufst.«

»Natürlich nicht.«

»Und du musst mir alles erzählen, was du gesagt hast und was er gesagt hat.«

»Klar doch.«

10

Ich übertrug die Nummer in mein Notizbuch, umrahmte sie mit einem roten Kasten. Eines Nachmittags, als meine Mutter nicht zu Hause war, nutzte ich, sehr aufgeregt, die Gelegenheit und rief ihn an. Roberto schien überrascht und sogar besorgt zu sein. Er musste annehmen, dass Giuliana etwas passiert war, das war seine erste Frage. Ich sagte, es gehe ihr gut, brachte ein paar konfuse Sätze heraus, verwarf dann unversehens alle Vorreden, die ich mir zurechtgelegt hatte, um meinem Anruf Würde zu verleihen, und sagte beinahe drohend:

»Wenn du versprochen hast, Giuliana zu heiraten und es dann doch nicht tust, bist du ein verantwortungsloser Dreckskerl.«

Er schwieg einen Augenblick, dann hörte ich ihn lachen.

»Ich halte immer, was ich verspreche. Hat dir deine Tante gesagt, dass du mich anrufen sollst?«

»Nein, ich mache, was ich will.«

Von diesem Punkt aus entwickelte sich ein Gespräch, das mich wegen Robertos Bereitschaft, mit mir über persönliche Dinge zu reden, sehr aufwühlte. Er sagte, er liebe Giuliana, und das Einzige, was ihn davon abhalten könne, sie zu heiraten, sei, dass sie ihn nicht mehr wolle. Ich versicherte ihm, dass Giuliana ihn mehr wolle als alles andere, fügte allerdings hinzu, dass sie unsicher sei und Angst habe, ihn zu verlieren, dass sie Angst habe, er könnte sich in eine andere verlieben. Er antwortete, das wisse er, und er tue alles, um sie zu beruhigen. Ich glaube dir, sagte ich, aber jetzt fährst du ins Ausland, du könntest ein anderes Mädchen kennenlernen. Wenn du entdeckst, dass Giuliana nichts von dir und deiner Arbeit versteht, die andere dagegen schon, was machst du dann? Er gab mir eine lange Antwort. Er begann mit Neapel, mit Pascone, mit seiner Kindheit in dieser Gegend. Er sprach von diesen Orten, als wären sie wunderbar, jedenfalls ganz anders, als ich sie sah. Er sagte, er schulde ihnen etwas, und diese Schuld müsse er abtragen. Er versuchte mir zu erklären, dass seine auf diesen Straßen entstandene Liebe zu Giuliana eine Art Gedächtnisstütze sei, eine ständige Erinnerung an diese Schuld. Und als ich ihn fragte, was er denn mit dieser Schuld meine, erklärte er mir, dass er seinem Geburtsort eine ideelle Gegenleistung schuldig sei und ein ganzes Leben nicht ausreiche, um die Rechnung zu begleichen. Ich entgegnete: Dann willst du sie heiraten, als würdest du Pascone heiraten? Ich bemerkte seine Verlegenheit, er sagte, er sei mir dankbar, dass ich ihn zum Nachdenken nötigte, und mit einiger Mühe betonte er: Ich will sie heiraten, weil sie die Verkörperung meiner eigenen Schuld ist. Bis zum Schluss behielt er einen leisen Ton bei, auch wenn er ab und zu feierliche Sätze sagte wie: »Man rettet sich nicht allein.« Manchmal hatte ich den Eindruck, mit einem meiner Mitschüler zu reden, denn er wählte simple Satzkonstruktionen, das war mir teils angenehm, und teils verbitterte es mich. Ich argwöhnte, dass er Umgangsformen imitierte, die dem entsprachen, was ich war, ein kleines Mädchen, und für einen kurzen Augenblick dachte ich, dass er mit dieser Michela wohl inhaltsreicher und komplexer geredet hätte. Aber was erwartete ich denn? Ich bedankte mich bei ihm für das Gespräch, er bedankte sich bei mir dafür, dass ich ihm erlaubt hatte, über Giuliana zu reden, und für die Freundschaft, die ich ihnen beiden entgegenbrachte. Ohne nachzudenken, sagte ich:

»Tonino ist weggezogen, sie leidet sehr darunter, sie ist allein.«

»Ich weiß, und ich werde versuchen, etwas dagegen zu tun. Es war sehr schön, mit dir zu telefonieren.«

»Für mich auch.«

11

Ich berichtete Giuliana alles Wort für Wort, sie bekam wieder etwas Farbe, und die brauchte sie auch. Es schien ihr nicht schlechter zu gehen, als Roberto nach London reiste. Sie erzählte mir, dass er sie anrufe, dass er ihr einen schönen Brief geschrieben habe, und erwähnte Michela kein einziges Mal. Sie freute sich, als er ihr mitteilte, dass gerade ein neuer Artikel von ihm in einer wichtigen Zeitschrift erschienen sei. Sie schien stolz auf Roberto zu sein, war so glücklich, als hätte sie den Artikel selbst geschrieben. Doch sie beklagte sich lachend darüber, dass sie nur vor mir damit angeben könne. Vittoria, ihre Mutter und Corrado wüssten ihn nicht zu schätzen, und Tonino, der Einzige, der ihn verstanden hätte, sei weit weg, er arbeite als Kellner, ob er noch studiere, sei fraglich.

»Kann ich den Artikel mal lesen?«, erkundigte ich mich.

»Die Zeitschrift habe ich nicht.«

»Aber du hast ihn gelesen?«

Sie ahnte, dass es für mich selbstverständlich war, dass er ihr alles zeigte, was er schrieb, und das war es auch, denn mein Vater hatte meiner Mutter stets alles gezeigt und sogar mich manchmal genötigt, Texte von ihm zu lesen, auf die er besonderen Wert legte. Ihr Gesicht verdüsterte sich, ich konnte in ihren Augen lesen, dass sie mir gern geantwortet hätte, ja, ich habe ihn gelesen, sie nickte sogar automatisch. Aber dann senkte sie den Blick, schaute wütend wieder auf und sagte:

»Nein, ich habe ihn nicht gelesen und will ihn auch nicht lesen.«

»Warum nicht.«

»Aus Angst, ihn nicht zu verstehen.«

»Vielleicht solltest du ihn trotzdem lesen, Roberto liegt bestimmt viel daran.«

»Würde ihm viel daran liegen, hätte er ihn mir gegeben. Aber das hat er nicht getan, also ist er davon überzeugt, dass ich ihn nicht verstehe.«

Ich weiß noch, dass wir durch Toledo schlenderten, es war heiß. Die Schulen schlossen gerade, es war kurz vor den Zeugnissen. Auf den Straßen drängten sich Mädchen und Jungen, es war herrlich, keine Schulaufgaben zu haben und an der frischen Luft zu sein. Giuliana schaute sie an, als könnte sie den Grund für das lebhafte Treiben nicht begreifen. Sie fuhr sich mit den Fingern über die Stirn, ich spürte, dass sie bedrückt war, sagte rasch:

»Das liegt daran, dass ihr getrennt lebt, aber du wirst sehen, wenn ihr verheiratet seid, zeigt er dir alles, was er schreibt.«

»Michela zeigt er jetzt schon alles, was er schreibt.«

Diese Mitteilung tat auch mir weh, doch mir blieb keine Zeit für eine Antwort. Genau am Ende des letzten Satzes rief uns eine kräftige Männerstimme, ich hörte zunächst Giulianas Namen und unmittelbar darauf meinen. Wir drehten uns gleichzeitig um und sahen auf der anderen Straßenseite Rosario am Eingang einer Bar. Mit einer ärgerlichen Handbewegung zerschnitt Giuliana die Luft, sie wollte weitergehen, als hätte sie nichts gehört. Aber ich hatte ihm schon zugewinkt, und er kam über die Straße auf uns zu.

»Kennst du den Sohn von Rechtsanwalt Sargente?«, sagte Giuliana.

»Corrado hat mich mit ihm bekannt gemacht.«

»Corrado ist ein Idiot.«

Währenddessen kam Rosario näher, und natürlich lachte er, offenbar freute er sich sehr, uns zu sehen.

»Das muss Schicksal sein«, sagte er, »dass ich euch so weit weg von Pascone treffe. Kommt, ich spendier' euch was.«

Giuliana antwortete eisig:

»Wir haben es eilig.«

Er zog ein übertrieben besorgtes Gesicht.

»Was ist denn, fühlst du dich nicht wohl heute, sind es die Nerven?«

»Mir geht's bestens.«

»Ist dein Verlobter eifersüchtig? Hat er gesagt, du sollst nicht mit mir sprechen?«

»Mein Verlobter weiß nicht mal, dass es dich gibt.«

»Aber du weißt es, stimmt's? Du weißt es und denkst ständig an mich, doch deinem Verlobten sagst du nichts davon. Dabei solltest du es ihm sagen, du solltest ihm alles sagen. Zwischen Verlobten darf es keine Geheimnisse geben, sonst klappt es nicht mit der Beziehung, und man quält sich. Ich seh' doch, dass du dich quälst, ich seh' dich an und denke: Wie abgemagert sie ist, ein Jammer. Du warst so rund und weich, und jetzt wirst du ein Hungerhaken.«

»Dafür bist du ja schön.«

»Immer noch besser als dein Verlobter. Giannì, komm, willst du eine *sfogliatella*?«

Ich antwortete:

»Es ist schon spät, wir müssen los.«

»Ich nehme euch mit dem Auto mit. Erst bringen wir Giuliana nach Pascone, und dann fahren wir hoch zum Rione Alto.«

Er zog uns in die Bar, aber sobald er am Tresen stand, ignorierte er Giuliana völlig, die sich in eine Ecke neben der Tür setzte und auf Straße und Passanten starrte. Während ich die *sfogliatella* aß, redete er unablässig auf mich ein und kam so dicht an mich heran, dass ich von Zeit zu Zeit ein wenig abrücken musste. Er raunte mir anzügliche Komplimente ins Ohr und bewunderte mit lauter Stimme, was weiß ich, meine Augen, meine Haare. Er ging so weit, mich flüsternd zu fragen, ob ich noch Jungfrau sei, und ich lachte nervös, sagte ja.

»Ich verschwinde«, knurrte Giuliana und verließ die Bar.

Rosario erwähnte seine Wohnung in der Via Manzoni, die Hausnummer, das Stockwerk, sagte, man könne das Meer sehen. Schließlich flüsterte er:

»Ich warte immer auf dich, kommst du mal mit?«

»Jetzt gleich?«, fragte ich gespielt belustigt.

»Wann immer du willst.«

»Jetzt nicht«, sagte ich ernst, bedankte mich für die *sfogliatella* und ging zu Giuliana auf die Straße. Sie platzte wütend los:

»Erlaube diesem Scheißkerl bloß keine Vertraulichkeiten.«

»Das habe ich auch nicht, er hat sie sich herausgenommen.«

»Wenn deine Tante euch zusammen sieht, bringt sie dich um und ihn auch.«

»Weiß ich.«

»Hat er dir von der Via Manzoni erzählt?«

»Ja, was weißt du denn davon?«

Giuliana schüttelte heftig den Kopf, als wollte sie mit dieser Verneinung auch die Bilder wegwischen, die ihr in den Sinn kamen.

»Ich war dort.«

»Mit Rosario?«

»Mit wem denn sonst?«

»Vor Kurzem?«

»Ach was, ich war jünger als du jetzt.«

»Und warum?«

»Weil ich damals noch dämlicher war als heute.«

Ich wollte, dass sie mir davon erzählte, doch sie sagte, da gebe es nichts zu erzählen. Rosario sei ein Niemand, aber wegen seines Vaters – das hässliche Neapel, Giannì, das furchtbar hässliche Italien, das niemand verändert, am wenigsten Roberto mit seinen schönen Worten – bilde er sich ein, sonst wer zu sein. Seine Dummheit gehe so weit, dass er glaube, bloß weil sie ein paar Mal zusammen gewesen seien, habe er das Recht, sie bei jeder Gelegenheit daran zu erinnern. Tränen traten ihr in die Augen:

»Ich muss weg aus Pascone, Giannì, weg aus Neapel. Vittoria will mich hier halten, ihr macht es Spaß, immer im Krieg zu sein. Und Roberto ist insgeheim ihrer Meinung, er hat dir erzählt, dass er eine Schuld begleichen muss. Aber was denn für eine Schuld? Ich will heiraten und in einer schönen, eigenen Wohnung friedlich in Mailand leben.«

Ich sah sie verblüfft an.

»Obwohl es für ihn wichtig ist, hierher zurückzukommen?«

Sie schüttelte energisch den Kopf und fing an zu weinen, wir blieben auf der Piazza Dante stehen. Ich sagte:

»Was hast du denn?«

Sie wischte sich die Tränen mit den Fingerspitzen ab, fragte leise:

»Würdest du mich zu Roberto begleiten?«

Sofort sagte ich:

»Ja.«

12

Margherita bestellte mich für den Sonntagmorgen zu sich nach Hause, aber ich ging nicht direkt zu ihr, sondern zunächst zu Vittoria. Ich war mir sicher, dass sie hinter dem Entschluss steckte, mich zu fragen, ob ich Giuliana zu Roberto begleitete, und ich ahnte, dass mir dieser Auftrag entzogen worden wäre, hätte ich mich nicht liebevoll unterwürfig gezeigt. In dieser ganzen Zeit hatte ich sie, wenn ich Giuliana besuchte, kaum zu Gesicht bekommen, und sie war wie üblich zwiespältig gewesen. Allmählich hatte ich begriffen, dass sie immer, wenn sie sich in mir wiedererkannte, von Zuneigung überwältigt war, während sie, wenn sie etwas von meinem Vater ausmachte, argwöhnte, ich könnte ihr und den Menschen, an denen sie hing, das Gleiche antun, was in der Vergangenheit ihr Bruder ihr angetan hatte. Ich war übrigens auch nicht besser. Ich hielt sie für außergewöhnlich, wenn ich mir ausmalte, eine kämpferische, erwachsene Frau zu werden, und für abstoßend, wenn ich in ihr Züge meines Vaters entdeckte. An diesem Morgen kam mir plötzlich ein Gedanke, den ich gleichermaßen unerträglich und amüsant fand: Weder ich noch Vittoria, noch mein Vater konnten unsere gemeinsamen Wurzeln wirklich kappen, und so liebten und hassten wir, je nachdem, schließlich immer uns selbst.

Es wurde ein Glückstag, Vittoria war hocherfreut, mich zu sehen. Ich ließ mich mit der gewohnten, aufdringlichen Intensität umarmen und küssen. Ich hab dich so lieb, sagte sie, dann machten wir uns schnell auf den Weg zu Margherita. Unterwegs verriet sie mir, was ich schon wusste, ohne dass ich es zu erkennen gab, nämlich dass Giuliana stets von Tonino begleitet worden war, wenn sie, höchst selten, Roberto in Mailand besuchen durfte. Doch er habe ja jetzt nach Venedig verschwinden und die Familie im Stich lassen wollen – Vittorias Augen füllten sich vor Kummer und Ärger mit Tränen –, und weil man sich auf Corrado absolut nicht verlassen könne, sei ich ihr eingefallen.

»Das mache ich gern«, sagte ich.

»Aber du musst es gut machen.«

Ich beschloss, ein bisschen dagegenzuhalten, das gefiel ihr, wenn sie gute Laune hatte. Ich fragte:

»Wie meinst du das?«

»Giannì, Margherita ist schüchtern, ich aber nicht, darum sage ich dir klipp und klar: Du musst mir garantieren, dass Giuliana immer mit dir zusammenbleibt, Tag und Nacht. Wir verstehen uns doch?«

»Ja.«

»Gut so. Männer – merk dir das – wollen immer nur das Eine. Aber Giuliana darf ihm das vor der Hochzeit nicht geben, sonst heiratet er sie nicht.«

»Ich glaube, von dieser Sorte Mann ist Roberto nicht.«

»Alle Männer sind von dieser Sorte.«

»Da bin ich mir nicht so sicher.«

»Wenn ich sage alle, Giannì, dann sind es alle.«

»Auch Enzo?«

»Enzo mehr als alle anderen.«

»Und warum hast du ihm das Eine dann gegeben?«

Vittoria sah mich mit einem zufriedenen Erstaunen an. Sie lachte los, legte ihren Arm um meine Schultern, zog mich fest an sich und gab mir einen Kuss auf die Wange.

»Du bist wie ich, Giannì, und sogar noch schlimmer, darum gefällst du mir. Ich habe es ihm gegeben, weil er schon verheiratet war und drei Kinder hatte, und hätte ich es ihm nicht gegeben, hätte ich auf ihn verzichten müssen. Aber das konnte ich nicht, weil ich ihn zu sehr liebte.«

Ich tat so, als begnügte ich mich mit dieser Antwort, obwohl ich ihr gern bewiesen hätte, dass sie schiefgewickelt war, dass man das Eine, was den Männern so sehr am Herzen liegt, nicht aufgrund von opportunistischen Einschätzungen gewährt, dass Giuliana erwachsen war und tun konnte, was sie wollte, dass also sie und Margherita keinerlei Recht hatten, ein zwanzigjähriges Mädchen zu überwachen. Aber ich hielt den Mund, weil ich nur den Wunsch hatte, nach Mailand zu fahren und Roberto zu treffen, mit eigenen Augen zu sehen, wo und wie er lebte. Außerdem wusste ich, dass ich bei Vittoria den Bogen nicht überspannen durfte, wenn ich sie jetzt auch zum Lachen gebracht hatte, genügte doch schon ein winziger Schnitzer, und sie wäre imstande gewesen, mich rauszuwerfen. Daher wählte ich den Weg der Nachgiebigkeit, und wir kamen bei Margherita an.

Dort versicherte ich Giulianas Mutter, dass ich gut auf die Verlobten aufpassen würde, und während ich ein ordentliches Italienisch sprach, um mir Autorität zu verschaffen, zischte Vittoria ihrer Patentochter immer wieder zu: Hast du verstanden, du und Giannina, ihr müsst immer zusammenbleiben, ihr müsst vor allem zusammen schlafen, und Giuliana nickte zerstreut, nur Corrado nervte mich mit seinen spöttischen Blicken. Er bot mir mehrmals an, mich zum Bus zu bringen, und als alle Absprachen mit Vittoria getroffen waren – wir sollten unbedingt am Sonntagabend zurückkommen, und die Fahrkarten würde Roberto bezahlen –, verabschiedete ich mich, und er begleitete mich. Unterwegs und beim Warten an der Bushaltestelle zog er mich in einem fort auf, sagte wie zum Spaß beleidigende Dinge. Vor allem forderte er ausdrücklich, ich solle mit ihm wieder das machen, was ich vor einer Weile mit ihm gemacht hatte.

»Blas mir einen«, verlangte er im Dialekt, »und dann ist Schluss. Hier um die Ecke gibt es ein altes, leerstehendes Haus.«

»Nein, du bist eklig.«

»Wenn ich höre, dass du es mit Rosario gemacht hast, sag ich es Vittoria.«

»Ist mir scheißegal«, antwortete ich in einem so schlecht gesprochenen Dialekt, dass er sehr lachen musste.

Auch ich lachte, als ich mich so hörte. Sogar mit Corrado wollte ich mich nicht streiten, ich freute mich zu sehr auf die Reise. Schon auf dem Heimweg überlegte ich, was für eine Lüge ich meiner Mutter auftischen sollte, um meine Fahrt nach Mailand zu rechtfertigen. Aber schnell wurde mir klar, dass ich ihr nicht einmal mehr die Mühe einer Lüge schuldete, und in einem Ton, der keine Widerrede zuließ, teilte ich ihr beim Abendessen mit, dass Giuliana, Vittorias Patentochter, ihren Verlobten in Mailand besuchen wolle und ich versprochen hätte, sie zu begleiten.

»Dieses Wochenende?«

»Ja.«

»Aber du hast am Sonnabend Geburtstag, ich habe eine Party organisiert, dein Vater kommt, Angela und Ida auch.«

Für einen Moment spürte ich eine Leere in meiner Brust. Wie wichtig war mir seit frühester Kindheit mein Geburtstag, und doch hatte ich ihn diesmal vergessen. Ich hatte ein schlechtes Gewissen, mehr noch als meiner Mutter gegenüber zunächst vor mir selbst. Es gelang mir nicht, mich wichtig zu nehmen, ich verwandelte mich gerade in eine Randfigur, in einen Schatten an Giulianas Seite, in die kleine, hässliche Anstandsdame der Prinzessin, die zum Prinzen geht. War ich bereit, für diese Rolle auf eine lange, sympathische Familientradition zu verzichten, auf Kerzen, die ausgepustet werden mussten, auf kleine Überraschungsgeschenke? Ja, gestand ich mir ein, und ich schlug Nella vor:

»Wir feiern, wenn ich zurück bin.«

»Das ist wirklich schade.«

»Mamma, mach doch nicht so ein Drama wegen gar nichts.«

»Auch deinem Vater wird das wehtun.«

»Du wirst sehen, er wird sich freuen. Giulianas Freund ist toll, Papà hält große Stücke auf ihn.«

Sie verzog unzufrieden das Gesicht, als wäre er schuld an meiner dürftigen Zuneigung.

»Wirst du das Schuljahr schaffen?«

»Mamma, das ist meine Sache, misch dich nicht ein.«

Sie brummte:

»Wir sind dir überhaupt nicht mehr wichtig.«

Ich antwortete, dass das nicht wahr sei, und dachte dabei: Roberto umso mehr.

13

Am Freitagabend begann eine der sinnlosesten Aktionen meiner Teenagerzeit.

Die nächtliche Reise nach Mailand war todlangweilig. Ich versuchte, mich mit Giuliana zu unterhalten, allerdings ließ sie, besonders seitdem ich ihr erzählt hatte, dass ich am nächsten Tag sechzehn Jahre alt werden würde, eine Verlegenheit erkennen, die sie bereits gezeigt hatte, als sie mit einem riesigen roten Koffer und einer vollgestopften Reisetasche am Bahnhof angekommen war und gesehen hatte, dass ich nur einen kleinen Koffer für die wichtigsten Dinge dabeihatte. Es tut mir leid, sagte sie, dass ich dich mitgeschleppt und dir dein Fest verdorben habe, und nach diesem kurzen Dialog nichts mehr, wir fanden weder den richtigen Ton noch ein bisschen Unbefangenheit, mit der vertrauliche Gespräche in Gang kommen könnten. Irgendwann erklärte ich, dass ich Hunger hätte und den Zug erkunden wolle, um etwas zu essen zu finden. Unwillig zog Giuliana von ihrer Mutter zubereitete Leckerbissen aus ihrer Reisetasche, nahm sich selbst aber nur ein paar Happen *frittata di pasta*, ich verschlang alles allein. Das Abteil war voll, mit Unbehagen richteten wir uns auf unseren Liegeplätzen ein. Giuliana schien vor Beklemmung wie taub zu sein, ich hörte, wie sie sich hin und her warf, sie ging kein einziges Mal zur Toilette.

Dort schloss sie sich dann aber eine Stunde vor unserer Ankunft für eine ganze Weile ein und kam gekämmt und leicht geschminkt zurück, sie hatte sich sogar umgezogen. Wir standen im Gang, draußen brach ein blasser Tag an. Sie fragte mich, ob etwas an ihr übertrieben oder unpassend sei. Ich beruhigte sie, und endlich schien sie sich etwas zu entspannen, sie sprach mit einer herzlichen Offenheit mit mir.

»Ich beneide dich«, sagte sie.

»Warum denn?«

»Du machst dich nicht zurecht, fühlst dich gut so, wie du bist.«

»Das stimmt nicht.«

»Doch. Du hast etwas an dir, was nur dir gehört und dir genügt.«

»Gar nichts habe ich, du bist doch diejenige, die alles hat.«

Sie schüttelte den Kopf, sagte leise:

»Roberto sagt immer, dass du sehr intelligent bist, dass du viel Feingefühl hast.«

Mein Gesicht brannte.

»Da irrt er sich.«

»Aber es stimmt. Als Vittoria mich nicht fahren lassen wollte, hat er mich auf die Idee gebracht, dich zu fragen, ob du mitkommst.«

»Ich dachte, meine Tante hat das entschieden.«

Sie lächelte. Natürlich hatte sie das entschieden, nichts geschah ohne Vittorias Zustimmung. Aber der Vorschlag stammte von Roberto, Giuliana hatte, ohne ihren Verlobten zu erwähnen, mit ihrer Mutter darüber gesprochen, und Margherita hatte sich mit Vittoria beraten. Ich war überwältigt – also hatte er mich in Mailand haben wollen – und gab Giuliana, die jetzt Lust hatte, sich zu unterhalten, nur einsilbige Antworten, ich war zu aufgewühlt. In Kürze würde ich ihn wiedersehen und den ganzen Tag mit ihm zusammen sein, in seiner Wohnung, zum Mittagessen, zum Abendbrot, zum Schlafen. Langsam beruhigte ich mich, ich fragte:

»Weißt du, wie man zu Roberto kommt?«

»Ja, aber er holt uns ab.«

Giuliana überprüfte nochmals ihr Gesicht, holte dann einen kleinen Lederbeutel aus der Reisetasche, schüttete seinen Inhalt aus, und auf ihrer Handfläche erschien das Armband meiner Tante.

»Soll ich es tragen?«, fragte sie.

»Wieso nicht?«

»Ich bin immer gestresst. Vittoria regt sich auf, wenn sie es nicht an meinem Arm sieht. Aber dann hat sie wieder Angst, dass ich es verliere, sie setzt mich unter Druck, und ich kriege Panik.«

»Pass einfach gut darauf auf. Gefällt es dir?«

»Nein.«

»Warum nicht?«

Sie schwieg verlegen. Dann sagte sie:

»Weißt du es denn nicht?«
»Nein.«
»Hat auch Tonino es dir nicht gesagt?«
»Nein.«
»Mein Vater hat es Vittorias Mutter geschenkt, nachdem er es meiner Großmutter, der Mutter meiner Mutter, gestohlen hatte, sie war damals schon schwerkrank.«
»Gestohlen? Dein Vater, Enzo?«
»Ja, er hat es heimlich weggenommen.«
»Und Vittoria weiß das?«
»Natürlich weiß sie das.«
»Und deine Mutter?«
»Sie hat es mir ja erzählt.«

Enzos Foto in der Küche fiel mir wieder ein, das mit der Polizeiuniform. Er bewachte die zwei Frauen auch noch als Toter, bewaffnet mit einer Pistole. Er hielt sie im Kult um sein Bild zusammen, die Ehefrau und die Geliebte. Wie viel Macht Männer doch haben, sogar die erbärmlichsten, sogar über mutige und gewalttätige Frauen wie meine Tante. Ich sagte, ohne meinen Sarkasmus zurückhalten zu können:

»Dein Vater hat also seiner im Sterben liegenden Schwiegermutter das Armband geklaut, um es der sich bester Gesundheit erfreuenden Mutter seiner Geliebten zu schenken.«

»Stimmt genau. Geld hat es bei mir zu Hause nie gegeben, und er war ein Mann, dem es gefiel, einen guten Eindruck auf die zu machen, die er noch nicht kannte, aber er hatte keine Bedenken, denen wehzutun, deren Zuneigung er schon gewonnen hatte. Meine Mutter hat seinetwegen sehr gelitten.«

Ich sagte, ohne nachzudenken:

»Vittoria auch.«

Doch gleich darauf spürte ich die ganze Wahrheit, das ganze Gewicht dieser zwei Worte, und ich glaubte verstanden zu haben, warum sich Vittoria in Bezug auf das Armband so zwiespältig verhielt. Offiziell begehrte sie es, aber eigentlich wollte sie es loswerden. Offiziell gehörte es ihrer Mutter, aber eigentlich doch nicht. Offiziell sollte es ein Geschenk zu wer weiß was für einem Fest der neuen Schwiegermutter sein, aber eigentlich hatte Enzo es der alten Schwiegermutter am Ende ihres Lebens gestohlen. Unterm Strich war das Armband der Beweis dafür, dass mein Vater, was den Liebhaber seiner Schwester anging, nicht ganz Unrecht gehabt hatte. Und ganz allgemein bezeugte es, dass das unvergleichliche Idyll, von dem meine Tante erzählt hatte, wohl alles andere als ein Idyll gewesen war.

Giuliana sagte verächtlich:

»Vittoria leidet nicht, Giannì, Vittoria lässt andere leiden. Für mich ist dieses Armband immer mit schlechten Zeiten und Schmerz verbunden. Es hält mich in ständiger Angst, es bringt Unglück.«

»Die Dinge können doch nichts dafür, mir gefällt es.«

Giuliana setzte ironisch ein bekümmertes Gesicht auf:

»Wusste ich's doch, Roberto gefällt es auch.«

Ich half ihr, es anzulegen, der Zug fuhr in den Bahnhof ein.

14

Ich entdeckte Roberto noch vor Giuliana, er stand im Gedränge auf dem Bahnsteig. Ich hob die Hand, damit er uns im Strom der Reisenden sah, und sofort hob er auch seine. Giuliana, die ihren Koffer hinter sich her zog, beschleunigte ihre Schritte, Roberto ging ihr entgegen. Sie umarmten sich, als wollten sie sich zerdrücken und die Einzelteile ihrer Körper miteinander verschmelzen, gaben sich aber nur einen leichten Kuss auf den Mund. Dann nahm er meine Hand zwischen seine Hände und bedankte sich dafür, dass ich Giuliana begleitete: Wer weiß, sagte er, wann wir uns ohne dich wiedergesehen hätten. Schließlich nahm er seiner Verlobten den großen Koffer und die Reisetasche ab, ich ging mit meinem schäbigen Gepäck ein paar Schritte hinter ihnen.

Er ist ein ganz normaler Mensch, dachte ich, oder vielleicht ist ja gerade einer seiner vielen Vorzüge der, dass er fähig ist, ganz normal zu sein. In der Bar an der Piazza Amedeo und auch bei unseren anderen Begegnungen hatte ich das Gefühl gehabt, es mit einem hochkarätigen Professor zu tun zu haben, der sich mit irgendwelchen mir unbekannten, doch sicherlich komplizierten Dingen beschäftigte. Nun sah ich seine Hüfte eng an der von Giuliana, sah, wie er sich unablässig hinunterbeugte, um sie zu küssen, und er war ein gewöhnlicher Verlobter von fünfundzwanzig Jahren, wie man sie überall auf der Straße, im Kino und im Fernsehen sah.

Bevor wir eine große, gelbliche Treppe hinuntergingen, wollte er auch meinen Koffer nehmen, doch das lehnte ich entschieden ab, und so bemühte er sich weiter liebevoll um Giuliana. Ich wusste nichts über Mailand, wir fuhren wenigstens zwanzig Minuten mit der U-Bahn und brauchten eine weitere Viertelstunde zu Fuß, um zu Robertos Wohnung zu gelangen. Wir stiegen alte Treppenstufen aus dunklem Stein bis in den fünften Stock hinauf. Ich spürte eine stolze Ruhe in mir, allein mit meinem Gepäck, während Giuliana, von aller Last befreit, sehr geschwätzig und in jeder ihrer Bewegungen nun endlich glücklich war.

Wir kamen zu einem Treppenabsatz mit drei Türen. Roberto öffnete die erste und bat uns in eine Wohnung, die mir, trotz eines leichten Gasgeruchs, sofort gefiel. Im Gegensatz zu unserer Wohnung in San Giacomo dei Capri, blitzblank und in die Ordnung meiner Mutter gezwängt, gab es hier so etwas wie eine unaufgeräumte Sauberkeit. Wir gingen durch einen Flur mit Bücherstapeln auf dem Boden und betraten ein großes Zimmer mit alten, seltenen Möbeln, einem Schreibtisch mit Papieren darauf, einem Tisch, einem Sofa in ausgeblichenem Rot, übervollen Bücherregalen an den Wänden und einem Fernseher auf einem Plastikwürfel.

Roberto entschuldigte sich, vor allem an mich gewandt, er sagte, sosehr die Concierge auch jeden Tag für Ordnung sorge, die Wohnung sei einfach wenig gemütlich. Ich wollte eine ironische Bemerkung fallenlassen, wollte den frechen Ton beibehalten, der ihm – da war ich mir jetzt sicher – gefiel. Aber Giuliana ließ mich nicht zu Wort kommen, sie sagte: Wieso denn Concierge, darum kümmere ich mich, du wirst sehen, wie gemütlich es wird, und sie warf ihm die Arme um den Hals, schmiegte sich genauso ungestüm an ihn wie bei der Begrüßung am Bahnhof und gab ihm diesmal einen langen Kuss. Ich schaute sofort weg, wie um einen Platz für mein Gepäck zu suchen, und eine Minute später erteilte sie mir mit dem Gebaren einer Hausherrin bereits genaue Anweisungen.

Sie kannte sich bestens in der Wohnung aus, zog mich in eine Küche mit verblassten Farben, die im schwachen elektrischen Licht noch blasser wirkten, kontrollierte, ob dies da war und jenes da war, kritisierte die Concierge für die eine oder andere Nachlässigkeit, die sie eilig korrigierte. Währenddessen sprach sie unentwegt mit Roberto, sie redete und redete, erkundigte sich nach Leuten, die sie beim Namen nannte – Gigi, Sandro, Nina – und die sie jeweils mit einem Problem aus dem Universitätsleben in Verbindung brachte, über das sie gut Bescheid zu wissen schien. Ein-, zweimal sagte Roberto: vielleicht langweilt sich Giovanna, ich rief nein, und sie redete unbefangen weiter.

Das war eine andere Giuliana als die, die ich bis dahin zu kennen geglaubt hatte. Sie sprach energisch, manchmal sogar herrisch, und an allem, was sie sagte – oder worauf sie anspielte –, war zu erkennen, dass er sie nicht nur bis ins Kleinste über sein Leben, über seine Probleme mit der Arbeit und der Forschung informierte, sondern sie auch für fähig hielt, mit ihm Schritt zu halten, ihn zu stützen und zu leiten, als hätte sie wirklich die dafür nötigen Kompetenzen und die entsprechende Klugheit. Kurz, Roberto zollte ihr Anerkennung, und aus dieser Anerkennung – schien mir – gewann Giuliana erstaunlicherweise die Kraft, kühn diese Rolle zu spielen. Aber dann kam es einige Male vor, dass er ihr freundlich und liebevoll widersprach, er sagte: Nein, das stimmt nicht ganz. Dann brach Giuliana ab, errötete, wurde streitsüchtig und änderte schließlich rasch ihre Meinung, um ihm zu beweisen, dass sie genau das Gleiche dachte wie er. In solchen Momenten erkannte ich sie wieder, spürte das Leid ihres Stockens und dachte, wenn Roberto ihr plötzlich zu verstehen gegeben hätte, dass sie eine Dummheit nach der anderen von sich gab und ihre Stimme für ihn wie ein auf einem Blech kratzender Nagel klang, sie tot umgefallen wäre.

Natürlich war ich nicht die Einzige, die diese Komödie durchschaute. Sobald sich solche kleinen Risse zeigten, zog Roberto Giuliana an sich, redete sanft auf sie ein, küsste sie, und ich konzentrierte mich erneut auf etwas, was die beiden augenblicklich auslöschte. Ich glaube, es war meine Verlegenheit, die ihn zu dem Ausruf veranlasste: Ich wette, ihr habt Hunger, kommt, wir gehen in die Bar gleich hier um die Ecke, dort machen sie köstlichen Kuchen. Zehn Minuten später verschlang ich Süßes, trank Kaffee und wurde neugierig auf diese fremde Stadt. Das sagte ich, und Roberto führte uns durchs Zentrum. Er wusste alles über Mailand und legte sich ins Zeug, um uns die wichtigsten Sehenswürdigkeiten zu zeigen und uns ein wenig lehrerhaft ihre Geschichte nahezubringen. Wir schlenderten ohne Pause von einer Kirche zum nächsten Innenhof, von einer Piazza zum nächsten Museum, als wäre dies unsere letzte Gelegenheit, die Stadt vor ihrer Zerstörung zu besichtigen. Giuliana, die zwar häufig sagte, dass sie im Zug kein Auge zugetan habe und müde sei, zeigte sich sehr interessiert, was, wie ich glaube, nicht gespielt war. Sie hatte wirklich einen großen Wissensdurst verbunden mit einer Art Pflichtgefühl, als müsste sie in ihrer Rolle als die Verlobte eines jungen Dozenten einen stets aufmerksamen Blick, ein stets offenes Ohr haben. Ich dagegen hatte zwiespältige Gefühle. Ich entdeckte an diesem Tag das Vergnügen, einen unbekannten Ort auf einen genauestens bekannten zu beschränken, indem man den Namen und die Geschichte von Straßen und Plätzen und Bauwerken aneinanderreihte. Aber gleichzeitig entzog ich mich überdrüssig. Ich musste an die von meinem Vater angeführten, belehrenden Spaziergänge durch Neapel denken, an sein ständiges Protzen mit Wissen und an meine Rolle des kleinen, anbetenden Mädchens. Ist Roberto, fragte ich mich, nichts anderes als mein Vater in jungen Jahren, also eine

Täuschung? Ich betrachtete ihn, während wir ein Brötchen aßen und Bier tranken und er Späße machte und eine neue Tour plante. Ich betrachtete ihn, während er mit Giuliana abseits saß, draußen, unter einem großen Baum, und sie über ihre Privatangelegenheiten diskutierten, sie angespannt, er gelassen, sie mit ein paar Tränen, er mit roten Ohren. Ich betrachtete ihn, während er freudig auf mich zukam, die langen Arme weit ausgebreitet, weil er gerade von meinem Geburtstag gehört hatte. Ich hielt es für ausgeschlossen, dass er wie mein Vater war, der Abstand war beträchtlich. Nein, ich war es, die sich in der Rolle des zuhörenden kleinen Mädchens fühlte, und mich so zu fühlen, gefiel mir nicht, ich wollte eine Frau sein, eine geliebte Frau.

Unsere Stadtbesichtigung ging weiter. Ich hörte Roberto zu und fragte mich, warum bin ich hier, ich klebte ihm und Giuliana an den Fersen und dachte, was mache ich bei den beiden. Hin und wieder hielt ich mich absichtlich an den Einzelheiten etwa eines Freskos auf, denen er zu Recht keinerlei Bedeutung beigemessen hatte. Ich tat es, um diesen Ablauf zu stören, und Giuliana drehte sich um und zischte: Giannì, was machst du denn, komm, sonst gehst du noch verloren. Oh, könnte ich doch wirklich verlorengehen, dachte ich irgendwann, mich irgendwo wie einen Regenschirm stehenlassen und nichts mehr von mir wissen. Doch es genügte, dass Roberto mich rief, auf mich wartete, für mich das wiederholte, was er Giuliana schon erzählt hatte, und zwei, drei meiner Bemerkungen mit Sätzen lobte wie: ja, richtig, daran habe ich nicht gedacht, damit ich mich sofort wieder wohlfühlte und begeistert war. Wie schön ist es, auf Reisen zu sein, wie schön ist es, einen Menschen zu kennen, der alles weiß und außergewöhnlich klug und gutaussehend und freundlich ist und dir den Wert dessen erklärt, was du allein nie zu schätzen wüsstest.

15

Die Dinge wurden komplizierter, als wir am späten Nachmittag nach Hause kamen. Roberto hatte auf dem Anrufbeantworter eine Nachricht, in der eine freudige Frauenstimme ihn daran erinnerte, dass er am Abend eine Verabredung hatte. Giuliana war müde, hörte diese Stimme, und ich sah, dass sie sich sehr ärgerte. Roberto dagegen bedauerte, dass er dieses Treffen vergessen hatte, es war ein seit langem geplantes Abendessen mit, wie er sagte, seiner Arbeitsgruppe, alles Leute, die Giuliana schon kenne. Sie erinnerte sich auch wirklich sofort an sie, überspielte ihren Verdruss und gab sich begeistert. Aber mittlerweile kannte ich sie ein wenig, ich konnte zwischen dem unterscheiden, was sie glücklich machte, und dem, was sie verängstigte. Dieses Abendessen verdarb ihr den Tag.

»Ich gehe eine Runde spazieren«, sagte ich.

»Warum denn«, sagte Roberto. »Du kommst mit, das sind alles nette Leute, sie werden dir gefallen.«

Ich widersprach, wollte wirklich nicht mitgehen. Ich wusste, dass ich entweder mürrisch schweigen oder aggressiv werden würde. Giuliana kam mir unverhofft zu Hilfe.

»Sie hat recht«, sagte sie. »Sie kennt niemanden, sie wird sich langweilen.«

Aber er schaute mich eindringlich an, als wäre ich eine Buchseite, deren Sinn sich nicht offenbaren wollte. Er sagte:

»Mir scheint, du bist eine, die immer glaubt, sich zu langweilen, sich dann aber nie langweilt.«

Dieser Satz erstaunte mich wegen des Tons. Er klang bei ihm nicht locker, sondern hatte eine Nuance, wie ich sie nur ein einziges Mal bei ihm gehört hatte, in der Kirche: warm und voller verführerischer Überzeugung, als wüsste Roberto mehr über mich als ich. Er zerstörte damit das Gleichgewicht, das bis dahin mehr oder weniger geherrscht hatte. Ich langweile mich tatsächlich – dachte ich wütend –, du ahnst nicht, wie sehr ich mich langweile, du ahnst nicht, wie sehr ich mich gelangweilt habe und immer noch langweile. Es war ein Fehler, deinetwegen herzukommen, ich habe nur ein Chaos ans andere gereiht, trotz deiner Freundlichkeit, trotz deiner Aufgeschlossenheit. Doch während diese Wut mich innerlich noch aufwühlte, veränderte sich alles. Ich wollte, dass er sich nicht irrte. Irgendwo in meinem Kopf formte sich der Gedanke, dass Roberto die Macht hatte, Klarheit zu schaffen, und ich wünschte mir, er – und nur er – möge mir von nun an zeigen, was ich nicht war und was ich stattdessen war. Giuliana sagte beinahe flüsternd:

»Sie war schon viel zu entgegenkommend, wir sollten sie nicht zu was zwingen, was sie nicht will.«

Aber ich unterbrach sie.

»Nein, nein, ist gut, ich komme mit«, sagte ich, allerdings unwirsch, damit durch nichts der Eindruck abgeschwächt wurde, dass ich sie nur begleitete, um keine Umstände zu machen.

Sie verzog verblüfft das Gesicht und ging schnell weg, um sich die Haare zu waschen. Während sie sie föhnte, unzufrieden damit, wie ihr die Frisur gelang, während sie sich schminkte, während sie zwischen einem roten Kleid und einem braunen Rock mit grüner Bluse schwankte, während sie überlegte, ob sie nur Ohrringe und eine Kette tragen sollte oder auch das Armband und zur Sicherheit mich konsultierte, sagte sie immer wieder: Fühl dich nicht verpflichtet, du kannst ruhig hierbleiben, ich dagegen habe keine Wahl, ich würde liebend gern bei dir bleiben, da sind lauter Leute von der Universität, die reden und reden und reden, du kannst dir nicht vorstellen, wie die sich aufblasen. So brachte sie auf den Punkt, was sie gerade abschreckte, sie glaubte, es würde auch mich abschrecken. Aber ich kannte das dünkelhafte Geschwafel der Intellektuellen von klein auf, Mariano, mein Vater und ihre Freunde taten nichts anderes als schwafeln. Natürlich fand ich es nun unerträglich, aber das Geschwätz an sich schüchterte mich nicht ein. Darum sagte ich zu ihr: Keine Sorge, ich komme mit, dir zuliebe, ich leiste dir Gesellschaft.

So landeten wir in einem kleinen Restaurant, dessen grauhaariger Besitzer, hochgewachsen und sehr dünn, Roberto mit respektvoller Sympathie begrüßte. Es ist alles bereit, sagte er, wobei er verschwörerisch auf einen kleinen Saal deutete, in dem ein langer Tisch mit vielen, lärmenden Gästen zu sehen war. So viele Leute, dachte ich und fühlte mich unbehaglich in meinem dürftigen Aufzug, ich schrieb mir keinerlei Attraktivität zu, die den Umgang mit Fremden erleichtert hätte. Außerdem wirkten die Frauen auf den ersten Blick alle sehr jung, alle hübsch, alle kultiviert, vom gleichen Typ wie Angela, sie verstanden es, mit zarten Gesten und seidigen Stimmchen zu bestechen. Die Männer waren in der Minderheit und so alt wie Roberto oder wenig älter. Ihre Blicke konzentrierten sich auf Giuliana, die wunderschön war und herzlich, und selbst als Roberto mich vorstellte, hielt ihre Aufmerksamkeit nur wenige Sekunden, ich war allzu nachlässig gekleidet.

Wir setzten uns, mich verschlug es auf einen Platz weit weg von Roberto und Giuliana, die eine Möglichkeit gefunden hatten, nebeneinander zu sitzen. Ich bemerkte sofort, dass keiner von den Gästen aus Spaß am Beisammensein hier war. Hinter den guten Manieren gab es Spannungen, gab es Animositäten, und wenn es ihnen möglich gewesen wäre, hätten sie den Abend garantiert anders verbracht. Aber schon als Roberto die ersten schlauen Sprüche erwiderte, entstand unter den Tischgenossen eine ähnliche Atmosphäre, wie ich sie bei den Gemeindemitgliedern in der Kirche von Pascone erlebt hatte. Robertos Körper – Stimme, Gesten, Blicke – wirkte wie ein Bindemittel, und als ich ihn mit diesen Menschen sah, die ihn so liebten wie ich und die sich untereinander nur liebten, weil sie ihn liebten, fühlte ich mich plötzlich selbst als Teil einer unweigerlichen Reaktion des Einklangs. Was hatte er nur für eine Stimme, was für Augen: Roberto schien mir nun, zwischen den vielen Leuten, erheblich mehr zu sein als das, was er in den Stunden unserer Tour durch Mailand mit Giuliana und auch mit mir gewesen war. Er wurde wieder so, wie er war, als er jenen Satz zu mir gesagt hatte (»Mir scheint, du bist eine, die glaubt, sich zu langweilen, sich aber nie langweilt.«), und ich musste einsehen, dass das nicht nur mein Privileg gewesen war, er hatte generell die Gabe, anderen mehr zu zeigen, als sie selbst sehen konnten.

Alle aßen, lachten, diskutierten, widersprachen sich lebhaft. Ihnen lagen große Themen am Herzen, ich verstand wenig davon. Heute kann ich nur sagen, dass sie den ganzen Abend über Ungerechtigkeit sprachen, über Hunger, über Armut, darüber, was man angesichts der Grausamkeit eines ungerechten Menschen tun soll, der sich etwas nimmt, indem er alle anderen bestiehlt, darüber, welches die richtige Verhaltensweise wäre. So ungefähr ließe sich die Diskussion zusammenfassen, die mit fröhlichem Ernst von einem Ende der Tafel zum anderen hin- und hersprang. Sollte man sich auf das Gesetz berufen? Und wenn das Gesetz selbst die Ungerechtigkeit begünstigt? Und wenn das Gesetz selbst die Ungerechtigkeit ist, wenn die Staatsgewalt sie schützt? Die Augen glänzten vor Erregung, die stets kultivierten Worte klangen wahrhaft leidenschaftlich. Dabei aßen und tranken sie, und mich beeindruckte, dass die jungen Frauen noch leidenschaftlicher redeten als die Männer. Ich kannte die streitsüchtigen Stimmen aus dem Arbeitszimmer meines Vaters, die ironischen Diskussionen mit Angela, die vorgetäuschte Begeisterung, die ich manchmal in der Schule zeigte, um den Lehrern zu gefallen, wenn sie Gefühle ins Feld führten, die sie selbst nicht hatten. Diese jungen Frauen dagegen, die wahrscheinlich an der Universität lehrten oder lehren würden, waren unverfälscht und wehrhaft und freundlich. Sie erwähnten Gruppen und Vereinigungen, von denen ich noch nie gehört hatte, einige waren gerade erst aus fernen Ländern zurückgekehrt und erzählten von Schrecken, die sie direkt mit angesehen hatten. Eine junge Brünette mit Namen Michela fiel sofort durch ihre glühenden Worte auf, sie saß Roberto genau gegenüber und war natürlich die Michela, auf die Giuliana so empfindlich reagierte. Sie berichtete von einem Übergriff, der vielleicht vor ihren Augen stattgefunden hatte, ich erinnere mich nicht mehr, wo, oder vielleicht will ich mich auch nicht erinnern. Es war ein so schrecklicher Vorfall, dass sie irgendwann aufhören musste, um nicht zu weinen. Giuliana hatte bis dahin geschwiegen und lustlos gegessen, ihr Gesicht war düster von den Anstrengungen der Nacht und des anschließenden Tourismusprogramms. Aber als Michelas lange Rede begann, ließ sie ihre Gabel auf den Teller sinken und starrte sie unverwandt an.

Die junge Frau – ein nüchternes Gesicht, ein strahlender Blick hinter einer großen Brille mit dünnem Rand, markante, sehr rote Lippen – hatte zunächst zu allen am Tisch gesprochen, wandte sich nun aber nur noch an Roberto. Das war nichts Ungewöhnliches, alle neigten dazu, sie billigten ihm unwillkürlich die Rolle des Sammlers der einzelnen Reden zu, die dann, von seiner Stimme zusammengefasst, zu aller Überzeugung wurden. Aber während die anderen sich von Zeit zu Zeit an alle Anwesenden erinnerten, verriet Michela, dass sie ausschließlich auf seine Aufmerksamkeit Wert legte, und je mehr sie redete, desto schmaler – sah ich – wurde Giuliana. Es war, als magerte ihr Gesicht ab, bis es nur noch durchscheinende Haut war, die im Voraus veranschaulichte, was sie irgendwann sein würde, wenn Krankheit und Alter sie zunichtemachen würden. Was entstellte sie in diesem Augenblick? Die Eifersucht wahrscheinlich. Oder vielleicht auch nicht, Michela tat nichts, was sie hätte eifersüchtig machen können, keine Pose von denen, zum Beispiel, die Angela mir seinerzeit vorgeführt hatte, als sie mir die Strategie der Verführung erläuterte. Wahrscheinlich war Giuliana einfach von Michelas tadelloser Stimme in Mitleidenschaft gezogen, von der Wirkungskraft ihrer Worte, von dem Geschick, mit dem sie Fragen aufwerfen und abwechselnd Beispiele und Verallgemeinerungen anführen konnte. Als alles Leben aus ihrem Gesicht gewichen zu sein schien, platzte sie mit einer heiseren, aggressiven, stark dialektal gefärbten Stimme heraus:

»Mit ein paar Messerstichen wärst du das Problem los.«

Mir war sofort klar, dass ihre Worte in diesen Kreisen unangebracht waren, und ich bin mir sicher, dass auch Giuliana das wusste. Doch ich bin mir ebenso sicher, dass sie sie sagte, weil sie die einzigen waren, die ihr einfielen, um Michelas langen Redefluss kurzerhand zu stoppen. Es wurde still, Giuliana merkte, dass sie etwas Falsches gesagt hatte, und ihre Augen wurden glasig, als wäre sie kurz vor einer Ohnmacht. Sie versuchte, ihre Bemerkung mit einem nervösen Lachen zurückzunehmen, und sagte, nun in einem besser kontrollierten Italienisch, zu Roberto:

»So würden sie es wenigstens da machen, wo wir beide herkommen, stimmt's?«

Roberto legte ihr einen Arm um die Schulter und zog sie an sich, küsste sie auf die Stirn und begann seinerseits mit Ausführungen, die nach und nach den trivialen Eindruck auslöschten, den die Worte seiner Verlobten hinterlassen hatten. So würden sie es nicht nur dort machen, wo wir herkommen, sagte er, sondern überall, weil es die einfachste Lösung ist. Aber natürlich war er nicht für einfache Lösungen, keiner der jungen Leute an diesem Tisch war das. Und auch Giuliana beeilte sich, wieder in fast reinem Dialekt, zu sagen, dass sie gegen Gewalt als Antwort auf Gewalt sei, doch sie verhaspelte sich – sie tat mir sehr leid –, verstummte sofort, und längst warteten alle wieder auf das, was Roberto zu sagen hatte. Auf Ungerechtigkeit – sagte er – muss man entschieden antworten, unnachgiebig: Du tust deinem Nächsten dies an, und ich sage dir, das darfst du nicht, und wenn du es weiterhin tust, werde ich weiterhin Einspruch erheben, und wenn du mich mit deiner Kraft niederschlägst, stehe ich wieder auf, und wenn ich nicht mehr aufstehen kann, werden andere aufstehen und noch mehr andere. Er starrte auf den Tisch, während er sprach, hob dann unvermittelt den Kopf und sah jedem einzeln mit den Augen eines Beschwörers ins Gesicht.

Zum Schluss waren alle davon überzeugt, dass dies die richtige Reaktion sei, auch Giuliana, auch ich. Aber Michela – ich bemerkte das Erstaunen der Anwesenden – fuhr unduldsam auf, sie erklärte laut, auf ungerechte Gewalt dürfe man nicht mit Schwäche antworten. Schweigen. Unduldsamkeit, selbst eine leichte, war an diesem Tisch nicht vorgesehen. Ich schaute zu Giuliana, wütend starrte sie Michela an, ich fürchtete, sie könnte ihr wieder etwas entgegnen, obwohl die wenigen Worte ihrer mutmaßlichen Rivalin dicht an die Messerstich-These heranreichten. Aber Roberto erwiderte bereits: Die Gerechten können nicht anders als schwach sein, sie haben den Mut ohne Gewalt. Plötzlich fielen mir einige Zeilen ein, die ich vor Kurzem gelesen hatte, ich brachte sie mit anderen durcheinander und murmelte unwillkürlich: Sie haben die Schwäche des Einfältigen, der aufhört, dem allzu satten Gott Fleisch und Fett zu opfern, und es seinem Nächsten gibt, der Witwe, der Waise, dem Fremden. Mir kam nur dies über die Lippen, in einem ruhigen, sogar leicht ironischen Ton. Und da meine Worte von Roberto sofort zustimmend aufgegriffen wurden, wobei er die Metapher der Einfalt übernahm und weiterentwickelte, gefielen sie allen, außer vielleicht Michela. Sie warf mir einen neugierigen Blick zu, und Giuliana brach grundlos in Gelächter aus, in lautes Gelächter.

»Was gibt es denn da zu lachen?«, fragte Michela eiskalt.

»Darf ich nicht lachen?«

»Ja, lachen wir«, mischte sich Roberto ein, wobei er die erste Person Plural benutzte, obwohl er gar nicht gelacht hatte, »denn heute wird gefeiert, Giovanna wird sechzehn.«

In diesem Augenblick ging das Licht im Saal aus, ein Kellner erschien mit einer großen Torte und sechzehn Kerzenflämmchen, die auf dem Weiß des Zuckergusses flackerten.

16

Es war ein wunderschöner Geburtstag, ich fühlte mich von Freundlichkeit und Herzlichkeit umfangen. Aber Giuliana sagte irgendwann, sie sei todmüde, und wir gingen nach Hause. Mich wunderte, dass sie nach der Rückkehr in die Wohnung den herrischen Ton vom Vormittag nicht wiederaufnahm, sie starrte wie betäubt auf das Dunkel vor dem Wohnzimmerfenster und ließ Roberto machen. Er war sehr fürsorglich, gab uns Handtücher, machte ironische Bemerkungen darüber, wie unbequem das Sofa sei und wie kompliziert aufzubauen. Nur die Concierge kann das mühelos, sagte er und hatte nun einige Schwierigkeiten, er versuchte es wieder und wieder, bis er mitten im Zimmer ein bereits bezogenes Doppelbett ausklappte, mit schneeweißen Laken. Ich befühlte die Laken, sagte: Es ist recht kühl, hast du nicht eine Decke? Er nickte, verschwand im Schlafzimmer.

Ich fragte Giuliana:

»Auf welcher Seite schläfst du?«

Giuliana riss sich von der Dunkelheit vor den Fenstern los und sagte:

»Ich schlafe bei Roberto, so hast du es bequemer.«

Mir war klar gewesen, dass es so laufen würde, trotzdem beharrte ich:

»Ich musste Vittoria schwören, dass wir zusammen schlafen.«

»Das musste Tonino ihr auch schwören, aber er hat sich nie an seinen Schwur gehalten. Willst du dich daran halten?«

»Nein.«

»Du bist ein Schatz«, sagte sie und küsste mich ohne Begeisterung auf die Wange, und währenddessen kam Roberto mit einer Decke und einem Kissen zurück. Jetzt verschwand Giuliana im Schlafzimmer, und er zeigte mir für den Fall, dass ich als Erste aufwachte und Frühstück machen wollte, wo Kaffee, Kekse und Tassen zu finden waren. Aus dem Warmwasserboiler drang ein starker Gasgeruch, ich sagte:

»Da muss ein Leck sein, werden wir sterben?«

»Nein, ich glaube nicht, die Fenster sind komplett undicht.«

»Es würde mir leidtun, mit sechzehn zu sterben.«

»Ich wohne hier seit sieben Jahren, und ich bin nicht gestorben.«

»Und wer garantiert mir das?«

Er lächelte, sagte:

»Niemand. Ich freue mich, dass du hier bist, gute Nacht.«

Das waren die einzigen Worte, die wir unter vier Augen wechselten. Er ging zu Giuliana ins Schlafzimmer, schloss die Tür.

Ich öffnete meinen Koffer und suchte meinen Schlafanzug, ich hörte Giuliana weinen, er flüsterte ihr etwas zu, sie flüsterte auch. Dann lachten sie, erst Giuliana, dann Roberto. Ich ging mit der Hoffnung ins Bad, dass sie bald einschlafen mögen, zog mich aus, putzte mir die Zähne. Eine Tür, die sich öffnet, eine Tür, die sich schließt, Schritte. Giuliana klopfte, fragte: Kann ich reinkommen. Ich ließ sie herein, über dem Arm trug sie ein blaues Nachthemd mit weißer Spitze, sie fragte mich, ob es mir gefalle, ich sagte etwas Bewunderndes. Sie ließ Wasser ins Bidet laufen und begann sich auszuziehen. Ich ging schnell raus (wie blöd von mir, warum habe ich mich in diese Lage gebracht), das Sofa quietschte, als ich unter die Decke schlüpfte. Giuliana kam in ihrem Nachthemd, das eng an ihrem Körper anlag, erneut durchs Zimmer. Sie trug nichts darunter, ihr Busen war klein, fest und sehr hübsch. Gute Nacht, sagte sie, ich antwortete gute Nacht. Ich löschte das Licht, legte meinen Kopf unter das Kissen, presste es auf meine Ohren. Was weiß ich schon von Sex, alles und nichts: das, was ich aus den Büchern habe, die Lust der Selbstbefriedigung, Angelas Mund und ihr Körper, Corrados Genitalien. Erstmals empfand ich meine Jungfräulichkeit als beschämend. Was ich nicht will, ist, mir Giulianas Lust vorstellen, mich in sie hineinversetzen. Ich bin nicht sie. Ich bin hier, nicht in jenem Zimmer, ich wünsche mir nicht, dass er mich küsst und anfasst und penetriert, wie Vittoria es von Enzo erzählt hat, ich bin mit beiden befreundet. Trotzdem schwitzte ich unter der Decke, ich hatte schon feuchtes Haar, atmete nicht, zog das Kissen weg. Wie schwach und klebrig das Fleisch doch ist, ich versuchte, mich wie ein bloßes Skelett zu fühlen, ordnete die Geräusche der Wohnung eines nach dem anderen ein: Holz, das knarrt, ein Kühlschrank, der vibriert, ein leichtes Klicken, vielleicht vom Boiler, Holzwürmer im Schreibtisch.

Aus dem Schlafzimmer drang kein Laut, kein Quietschen von Sprungfedern, kein Stöhnen. Vielleicht hatten sie sich eingestanden, dass sie müde waren, und schliefen schon. Vielleicht hatten sie sich mit Zeichen verständigt, nicht das Bett zu benutzen, um keinen Lärm zu machen. Vielleicht standen sie. Vielleicht seufzten sie nicht, stöhnten sie nicht, aus Taktgefühl. Ich stellte mir die Vereinigung ihrer Körper in Positionen vor, die ich nur von Zeichnungen oder Gemälden kannte, aber als mir das bewusst wurde, verdrängte ich diese Bilder. Vielleicht begehrten sie sich wirklich einfach nicht, sie hatten den ganzen Tag mit Sightseeing und Geschwätz vergeudet. So war es wohl, überhaupt keine Leidenschaft, ich bezweifelte, dass man in einer so absoluten Stille Sex haben konnte. Ich hätte gelacht, hätte glühende Dinge gesagt. Die Schlafzimmertür ging vorsichtig auf, ich erkannte Giulianas dunkle Gestalt, die auf Zehenspitzen durch das Zimmer huschte, hörte, dass sie sich erneut im Bad einschloss. Jetzt lief Wasser. Ich weinte eine Weile, schlief ein.

17

Die Sirene eines Krankenwagens weckte mich. Es war vier Uhr morgens, ich hatte Mühe, mich zu erinnern, wo ich war, und als es mir wieder einfiel, dachte ich sofort: Ich werde mein Leben lang unglücklich sein. Ich blieb wach im Bett liegen, bis es Tag wurde, und plante das Unglück, das mich erwartete, bis ins Kleinste durch. Ich musste diskret in Robertos Nähe bleiben, musste mich beliebt machen. Ich musste immer mehr Dinge lernen, die ihm am Herzen lagen. Musste mir einen Arbeitsplatz organisieren, der nicht allzu weit von seinem entfernt war, musste auch an einer Universität lehren, vielleicht in Mailand, wenn Giuliana gewann, in Neapel, wenn meine Tante gewann. Ich musste dafür sorgen, dass diese Zweierbeziehung für immer hielt, musste auch die Risse kitten und den beiden helfen, ihre Kinder großzuziehen. Ich beschloss also endgültig, neben ihnen zu leben und mich mit ein paar Brotkrumen zufriedenzugeben. Unfreiwillig schlief ich wieder ein.

Um neun Uhr fuhr ich auf, in der Wohnung war es noch still. Ich ging ins Bad, vermied es, in den Spiegel zu schauen, wusch mich und verhüllte mich mit dem Hemd, das ich am Vortag getragen hatte. Weil es mir so schien, als hörte ich aus dem Schlafzimmer gedämpfte Stimmen, erkundete ich die Küche, deckte für drei, setzte das Espressokännchen auf. Doch die Geräusche aus dem Zimmer wurden nicht lauter, die Tür wurde nicht geöffnet, keiner der beiden ließ sich blicken. Irgendwann hörte ich nur, dass Giuliana ein Lachen oder vielleicht einen Seufzer unterdrückte. Das deprimierte mich so sehr, dass ich beschloss – aber vielleicht war es gar kein Entschluss, sondern eher eine gereizte Reaktion –, kurzerhand an die Tür zu klopfen.

Völlige Stille. Ich klopfte noch einmal, fordernd.

»Ja?«, sagte Roberto.

Ich fragte mit fröhlicher Stimme:

»Wollt ihr Kaffee? Er ist fertig.«

»Wir kommen«, sagte Roberto, und gleichzeitig rief Giuliana:

»Wie schön, ja, danke!«

Ich hörte sie über ihre entgegengesetzten Antworten lachen und kündigte noch fröhlicher an:

»Fünf Minuten.«

Ich machte ein Tablett ausfindig, stellte Tassen und Teller darauf, Besteck, Brot, Kekse, Butter, auch Erdbeermarmelade, von der ich die weißlichen Schimmelspuren entfernte, und das dampfende Espressokännchen. Ich tat es mit einer plötzlichen Zufriedenheit, als würde in diesem Moment meine einzige Überlebenschance Form annehmen. Das Einzige, was mich erschreckte, war die jähe Schieflage des Tabletts, als ich mit meiner freien Hand die Klinke herunterdrückte. Ich hatte Angst, der Kaffee, alles, könnte herunterfallen, aber das geschah nicht. Trotzdem verflog meine Zufriedenheit, das wacklige Gleichgewicht des Tabletts übertrug sich auf mich. Ich ging weiter, als drohte nicht das Tablett, sondern ich auf dem Boden zu landen.

Das Zimmer lag nicht im Dunkeln, wie ich erwartet hatte. Es war hell, die Jalousie war hochgezogen, das Fenster leicht geöffnet. Die beiden waren im Bett, unter einer dünnen, weißen Decke. Aber während Roberto mit verlegener Miene an der Kopfstütze des Bettes lehnte – ein beliebiger Mann, zu breite Schultern, engbrüstig –, war Giuliana vergnügt, nackte Schultern, ihre Wange auf seiner von Haaren schwarzen Brust, ihre Hand, die wie in einer kaum unterbrochenen Zärtlichkeit über sein Gesicht strich. Die zwei so zu sehen, fegte alle meine Pläne weg. Mich ihnen zu nähern, linderte mein Unglück nicht, sondern verwandelte mich in eine Zuschauerin ihres Glücks. Was sich – so schien es mir in diesem Moment – besonders Giuliana wünschte. In den wenigen Minuten, die ich gebraucht hatte, um das Tablett vorzubereiten, hätten sie sich anziehen können, aber daran hatte sie ihn wohl gehindert, war nackt weggeglitten, hatte das Fenster geöffnet, um frische Luft hereinzulassen, und war ins Bett zurückgeschlüpft, um sich als junge Frau nach einer Liebesnacht zu präsentieren, eng an ihn geschmiegt zwischen den Betttüchern, ein Bein über seine Beine gelegt. Nein, nein, meine Idee, so etwas wie eine Tante zu werden, die immer auf dem Sprung ist, um herbeizulaufen und zu helfen, war nicht das schlimmste aller Gifte. Das Schauspiel – für Giuliana musste es genau das gewesen sein: ein Posieren wie im Film, eine aller Wahrscheinlichkeit nach keineswegs boshafte Art, ihrem Wohlbefinden eine Form zu geben, sich mein Hereinplatzen zunutze zu machen, damit ich sie sah, durch dieses Sehen das Vergängliche festhielt und dessen Zeuge wurde – war für mich unerträglich grausam. Trotzdem blieb ich da, auf der Bettkante sitzend, vorsichtshalber auf Giulianas Seite, bedankte mich erneut für das Fest vom Vortag und schlürfte Kaffee mit den beiden, die sich aus ihrer Umarmung gelöst hatten, sie, die sich nur unzureichend zudeckte, er, der sich schließlich ein Hemd übergezogen hatte, das ausgerechnet ich ihm auf Giulianas Bitte hin gereicht hatte.

»Du bist so nett, Giannì, diesen Morgen vergesse ich nie«, rief sie aus und wollte mich umarmen, wobei sie das Tablett auf dem Kissen gefährlich ins Wanken brachte. Roberto sagte dagegen zurückhaltend nach einem Schluck Kaffee und mit einem Blick, als wäre ich ein Gemälde, zu dem er seine Meinung äußern sollte:

»Du bist sehr schön.«

18

Auf der Rückreise tat Giuliana das, was sie auf der Hinfahrt nicht getan hatte. Während sich der Zug mit zermürbender Langsamkeit fortbewegte, unterhielt sie mich im Gang zwischen dem Abteil und dem dunklen Fenster, sie redete unentwegt.

Roberto hatte uns zum Bahnhof gebracht, der Abschied war den beiden schwergefallen, sie hatten sich wieder und wieder geküsst, sich umarmt und gedrückt. Ich konnte nicht anders, als ihnen zuzuschauen, sie waren ein Paar, das man gern ansah, zweifellos liebte er sie, und für sie war diese Liebe unentbehrlich. Aber jener Satz – *du bist sehr schön* – wollte mir nicht mehr aus dem Kopf gehen, was für ein Ansturm auf mein Herz. Ich hatte schroff reagiert, misstönend, die Vokale vor Aufregung verzerrend: Willst du mich auf den Arm nehmen? Giuliana hatte sogleich ernst hinzugefügt: Es stimmt doch, Giannì, du bist wunderschön. Ich hatte gemurmelt: Ich bin genau wie Vittoria, doch die beiden hatten entrüstet gerufen, er lachend, sie mit einer Hand die Luft zerschneidend: Vittoria, Unsinn, bist du verrückt? Da war ich blöderweise in Tränen ausgebrochen. Ein kurzes Weinen, wenige Sekunden, wie ein sofort abgewürgter Hustenanfall, der sie aber irritiert hatte. Besonders er hatte leise gefragt: Was ist denn, ganz ruhig, haben wir was Falsches gesagt? Ich hatte mich sofort wieder gefangen, ich schämte mich, doch dieses Kompliment war geblieben, unversehrt in meinem Kopf, und war weiterhin da, auf dem Bahnhof, am Gleis, als ich das Gepäck im Abteil verstaute und die beiden sich bis zur letzten Minute am Fenster unterhielten.

Der Zug fuhr ab, wir standen im Gang. Ich sagte, um

eine gute Figur zu machen, um Robertos Stimme zu vertreiben – du bist sehr schön – und um Giuliana zu trösten: Er liebt dich sehr, es muss zauberhaft sein, so geliebt zu werden. Und sie begann, von einer plötzlichen Verzweiflung überwältigt, mir ihr Herz auszuschütten, halb auf Italienisch, halb im Dialekt, sie hörte gar nicht mehr auf. Wir reisten zwar in engem Kontakt – unsere Hüften berührten sich, sie griff häufig nach meinem Arm, nach meiner Hand –, aber eigentlich getrennt. Ich hörte noch immer Roberto, der mir diese vier Worte sagte – und kostete sie aus, sie klangen wie die geheime Zauberformel meiner Wiederauferstehung –, und sie hatte das Bedürfnis, sich alles von der Seele zu reden, was sie quälte. Lange ließ sie ihren Gefühlen freien Lauf, wand sich vor Wut, vor Angst, und ich hörte ihr aufmerksam zu, ermunterte sie, weiterzusprechen. Doch während sie litt, die Augen aufriss, sich zwanghaft in die Haare fuhr und sich eine Strähne um Zeigefinger und Mittelfinger wickelte, um die Finger dann abrupt herauszuringeln, als wären sie Schlangen, war ich glücklich und immer kurz davor, sie zu unterbrechen, um sie ohne Umschweife zu fragen: Glaubst du, Roberto meinte das ernst, als er gesagt hat, ich bin sehr schön?

Giulianas Monolog war lang. Ja, sagte sie im Großen und Ganzen, er liebt mich, aber ich liebe ihn viel, viel mehr, denn er hat mein Leben verändert, hat mich überraschenderweise von dem Platz weggeholt, der für mich bestimmt war, und mich an seine Seite gestellt, und jetzt kann ich nur noch dort sein, verstehst du, wenn er es sich anders überlegt und mich wegschickt, dann kann ich nicht mehr ich selbst sein, dann weiß ich nicht mal mehr, wer ich bin; während er seit jeher weiß, wer er ist, er wusste es schon als kleiner Junge, daran erinnere ich mich noch, du kannst dir nicht vorstellen, was los war, wenn er auch nur den Mund aufmachte, den Sohn von Rechtsanwalt Sargente hast du gesehen, Rosario ist ein übler Kerl, niemand darf Rosario zu nahe kommen, aber Roberto hat ihn in seinen Bann gezogen wie ein Schlangenbeschwörer und ihn ruhiggestellt, wenn du das nie gesehen hast, dann weißt du nicht, wer Roberto ist, ich habe es oft gesehen, und nicht nur bei so einem wie Rosario, diesem Idioten, denk an gestern Abend, das gestern waren alles Dozenten, die Besten der Besten, und doch hat man gemerkt, dass sie bloß seinetwegen da sind, ihm zuliebe sind sie so intelligent, so gesittet, denn ohne ihn würden sie sich zerfleischen, du müsstest sie mal hören, sobald Roberto ihnen den Rücken zukehrt, Neid, Gemeinheiten, Beleidigungen, wüste Beschimpfungen; wie du siehst, Giannì, gibt es keine Gleichheit zwischen mir und ihm, wenn ich jetzt sterben würde, hier in diesem Zug, würde Roberto es sicherlich bedauern, oh ja, Roberto würde leiden, aber dann würde er wieder der sein, der er ist, während ich, wenn, ich will nicht sagen, wenn er stirbt – so was kann ich nicht mal denken –, aber wenn er mich verlässt – du hast ja gesehen, wie die Frauen ihn alle anschauen, und du hast gesehen, wie schön und klug sie sind und wie viel sie wissen –, wenn er mich also verlässt, weil eine von denen ihn sich schnappt – Michela, zum Beispiel, die nur auftaucht, um mit ihm zu sprechen, alle anderen sind ihr scheißegal, sie ist was Besonderes, wer weiß, was die mal wird, und genau darum will sie ihn haben, weil sie mit ihm zusammen sogar, was weiß ich, Staatspräsidentin werden kann –, wenn Michela mir den Platz wegnimmt, den ich jetzt habe, Giannì, dann bringe ich mich um, ich muss mich einfach umbringen, denn selbst wenn ich dann noch weiterlebe, lebe ich weiter, ohne noch irgendwas zu sein.

Das war mehr oder weniger das, was sie stundenlang wie besessen hervorbrachte, mit weit aufgerissenen Augen. Ich hörte mir dieses ausufernde Flüstern im leeren Gang des Zuges die ganze Zeit an, und mein Mitleid für sie wuchs, das muss ich zugeben, und auch eine gewisse Bewunderung. Für mich war sie eine erwachsene Frau, ich war ein junges Mädchen. Zu einer so unerbittlichen Klarsicht wäre ich garantiert nicht fähig gewesen, ich verstand es, mich in den kritischsten Momenten sogar vor mir selbst zu verstecken. Sie dagegen verschloss die Augen nicht, hielt sich nicht die Ohren zu, nein, sie zeichnete ein genaues Bild ihrer Lage. Trotzdem tat ich nicht viel, um sie zu trösten, ich beschränkte mich darauf, von Zeit zu Zeit eine Betrachtungsweise zu wiederholen, nach der ich mich ein für alle Mal selbst richten wollte. Roberto, sagte ich, wohnt schon lange in Mailand, er hat wer weiß wie viele solcher Mädchen wie diese Michela kennengelernt, und du hast recht, es ist nicht zu übersehen, dass sie ihn alle anhimmeln, aber leben will er mit dir, denn du bist ganz anders als die anderen, deshalb darfst du dich nicht verändern, du musst bleiben, wie du bist, nur dann wird er dich immer lieben.

Das war alles, eine kurze Rede, vorgetragen mit gespieltem Kummer. Im Übrigen glitt auch ich in einen Monolog ab, einen sehr stillen, der sich parallel zu ihrem entwickelte. Ich bin nicht wirklich schön, dachte ich, werde es niemals sein. Roberto hat gemerkt, dass ich mich hässlich und einsam fühle, und wollte mich mit einer freundlichen Lüge aufheitern, wahrscheinlich ist das der Grund für jenen Satz. Aber was, wenn er nun wirklich eine Schönheit an mir erkannt hat, die ich nicht sehe, wenn ich ihm nun wirklich gefallen habe? Gewiss, er hat du bist sehr schön in Giulianas Beisein gesagt, also ohne Hintergedanken. Und Giuliana hat zugestimmt, auch sie hat keine Hintergedanken vermutet. Doch wenn sich die Hintergedanken nun gut in den Wörtern verborgen hätten und auch ihm entgangen wären? Und wenn sie jetzt, in diesem Moment, zutage treten würden und Roberto sich bei nochmaliger Überlegung fragte: Warum habe ich das gesagt, was habe ich damit bezweckt? Ja, was hatte er damit bezweckt? Das muss ich herausfinden, das ist wichtig. Ich habe seine Nummer, ich werde ihn anrufen und fragen: Findest du mich wirklich sehr schön? Pass auf, was du sagst, mein Gesicht wurde schon durch meinen Vater verändert, ich wurde hässlich; spiel du nicht auch einen, der es verändert, indem du es schön werden lässt. Ich habe es satt, den Worten anderer ausgesetzt zu sein. Ich muss wissen, wer ich wirklich bin und was für ein Mensch ich werden kann, hilf mir. Na bitte, so eine Ansprache dürfte ihm gefallen. Aber wozu sollte ich sie halten? Was will ich wirklich von ihm, gerade jetzt, während mich diese Frau mit ihrem Kummer überschwemmt? Wünsche ich mir von ihm die Bestätigung, dass ich schön bin, schöner als jede andere, auch als seine Verlobte? Wünsche ich mir das? Oder mehr, noch viel mehr?

Giuliana war mir dankbar für mein geduldiges Zuhören. Irgendwann nahm sie meine Hand, sie war gerührt, schmeichelte mir – ah, du warst großartig, du hast es Michela mit deiner Bemerkung ordentlich gegeben, danke Giannì, du musst mir helfen, musst mir immer helfen, wenn ich mal eine Tochter bekomme, nenne ich sie nach dir, sie soll so intelligent werden wie du –, und sie wollte, dass ich ihr fest versprach, sie auf jede Weise zu unterstützen. Ich versprach es ihr, doch das genügte ihr nicht, sie drängte mich zu einem regelrechten Pakt: Zumindest solange sie nicht verheiratet und nicht nach Mailand gezogen war, sollte ich aufpassen, dass sie nicht den Kopf verlor und sich nicht Dinge einredete, die nicht stimmten.

Ich willigte ein, sie wirkte ruhiger, wir beschlossen, uns ein bisschen hinzulegen. Ich schlummerte sofort ein, aber wenige Kilometer vor Neapel, als es schon Tag war, wurde ich wachgerüttelt, ich fuhr aus dem Halbschlaf und sah, dass sie mir mit erschrockenen Augen ihr Handgelenk zeigte:

»Du lieber Gott, Giannì, das Armband ist weg.«

19

Ich kam aus meinem Liegeplatz heraus:
»Wie kann das sein?«
»Keine Ahnung, ich weiß nicht, wo ich es gelassen habe.«
Sie kramte in ihrer Handtasche, in ihrem Gepäck, sie fand es nicht. Ich versuchte, sie zu beruhigen:
»Du hast es bestimmt bei Roberto vergessen.«
»Nein, ich hatte es hier, im Seitenfach der Handtasche.«
»Ganz sicher?«
»Ich bin mir mit gar nichts sicher.«
»Hattest du es in der Pizzeria dabei?«
»Ich weiß noch, dass ich es tragen wollte, aber dann habe ich es vielleicht doch nicht getan.«
»Ich glaube, du hattest es um.«
So redeten wir weiter, bis der Zug in den Bahnhof einfuhr. Ihre Nervosität steckte mich an. Ich bekam ebenfalls Angst, dass vielleicht der Verschluss kaputtgegangen war und sie es verloren hatte oder dass man es ihr in der

U-Bahn gestohlen hatte oder dass es ihr womöglich im Schlaf von einem der Fahrgäste im Abteil entwendet worden war. Wir kannten beide Vittorias Wutanfälle und wussten, dass sie uns die Hölle heißmachen würde, wenn wir ohne das Armband zurückkehrten.

Kaum aus dem Zug gestiegen, stürzte Giuliana zu einem Telefon und wählte Robertos Nummer. Während es klingelte, fuhr sie sich mit den Fingern immer wieder ins Haar und murmelte: Er geht nicht ran. Sie starrte mich an und wiederholte: Er geht nicht ran. Einige Sekunden später sagte sie im Dialekt: Bestimmt fickt er gerade Michela und will nicht gestört werden. Doch schließlich antwortete Roberto, und sie wechselte augenblicklich in einen zärtlichen Tonfall, unterdrückte ihre Angst, zwirbelte aber weiter ihre Haare. Sie erzählte ihm von dem Armband, schwieg kurz, flüsterte gefügig: Gut, ich ruf dich in fünf Minuten noch mal an. Legte auf, sagte wütend: Er muss erst zu Ende ficken. Jetzt hör aber auf, rief ich ärgerlich, entspann dich mal. Sie nickte beschämt, bat mich um Verzeihung, sagte, Roberto wisse nicht, wo das Armband sei, er werde es jetzt in der Wohnung suchen. Ich blieb beim Gepäck, sie begann nervös auf und ab zu gehen, aggressiv gegen die Männer, die sie anstarrten oder Schweinereien zu ihr sagten.

»Sind die fünf Minuten jetzt um?«, schrie sie mich fast schon an.

»Es sind schon zehn um.«

»Hättest du mir das nicht sagen können?«

Sie lief los und warf Telefonmünzen in den Apparat. Roberto antwortete sofort, sie hörte zu, rief: Gott sei Dank. Robertos Stimme drang bis zu mir, allerdings undeutlich. Während er redete, flüsterte Giuliana mir erleichtert zu: Er hat es gefunden, ich hatte es in der Küche liegen lassen. Sie drehte sich von mir weg, um ihm Zärtlichkeiten zu sagen, ich hörte sie trotzdem. Sie legte auf, schien sich zu freuen, aber das hielt nicht lange vor, sie murmelte: Wie kriege ich mit Sicherheit raus, dass Michela sich nicht in sein Bett legt, sobald ich weg bin? Sie blieb an der Treppe zur U-Bahn stehen, hier hätten wir uns verabschieden müssen, wir fuhren in entgegengesetzte Richtungen, doch sie sagte:

»Warte noch ein bisschen, ich will nicht nach Hause, ich habe keine Lust auf Vittorias Verhöre.«

»Dann antworte ihr nicht.«

»Sie wird mich trotzdem unter Druck setzen, weil ich dieses Scheißarmband nicht habe.«

»Du hast zu viel Angst, so kannst du nicht leben.«

»Ich habe immer Angst vor allem. Willst du wissen, was mir gerade durch den Kopf gegangen ist, in diesem Augenblick, während ich mit dir spreche?«

»Sag's mir.«

»Und wenn nun Michela zu Roberto geht? Und das Armband sieht? Und es sich nimmt?«

»Abgesehen davon, dass Roberto ihr das nie erlauben würde – weißt du, wie viele Armbänder Michela sich leisten könnte? Was soll sie sich denn da für deins interessieren, es gefällt ja nicht mal dir.«

Sie sah mich durchdringend an, wickelte sich eine Haarsträhne um die Finger und sagte leise:

»Aber Roberto gefällt es, und alles, was Roberto gefällt, gefällt ihr auch.«

Sie wollte die Strähne mit der mechanischen Bewegung loslassen, die sie seit Stunden vollführte, doch die war nicht nötig, die Haare blieben um ihre Finger gewickelt. Sie schaute sie entsetzt an. Flüsterte:

»Was ist denn das?«

»Du bist so aufgeregt, dass du dir die Haare ausgerissen hast.«

Sie starrte das Büschel an, ihr Gesicht war rot angelaufen.

»Die habe ich mir nicht ausgerissen, die sind von allein ausgegangen.«

Sie griff nach einer weiteren Haarsträhne, sagte:

»Pass auf.«

»Zieh nicht daran.«

Sie zog daran und behielt wieder eine lange Strähne zwischen den Fingern. Das Blut wich ihr nun aus dem Gesicht, sie wurde kreideweiß.

»Sterbe ich jetzt, Giannì, muss ich sterben?«

»Man stirbt nicht davon, dass einem ein paar Haare ausfallen.«

Ich bemühte mich, sie zu beruhigen, aber sie war von all der Angst beherrscht, die sie schon als Kind gehabt hatte: der Vater, die Mutter, Vittoria, das unverständliche Gebrüll der Erwachsenen um sie herum, und jetzt Roberto und die Sorge, ihn nicht verdient zu haben und zu verlieren. Sie wollte mir ihre Kopfhaut zeigen, sagte: Streich die Haare zur Seite, sieh, was da ist. Ich tat es, sie hatte oben auf dem Kopf eine kleine, kahle Stelle. Ich brachte Giuliana nach unten zu ihrem Bahnsteig.

»Erzähl Vittoria nichts von dem Armband«, riet ich ihr. »Erzähl ihr nur von unserem Stadtbummel durch Mailand.«

»Und wenn sie mich fragt?«

»Dann versuch, Zeit zu gewinnen.«

»Und wenn sie es sofort sehen will?«

»Dann sagst du, dass du es mir geliehen hast. Und bis dahin ruh dich aus.«

Ich konnte sie überreden, endlich in die Bahn nach Gianturco zu steigen.

20

Bis heute beschäftigt mich die Frage, wie unser Gehirn Strategien entwickelt und durchsetzt, ohne sie sich zu offenbaren. Sie als unbewusste Aktionen zu bezeichnen, scheint es nur ungefähr zu treffen und ist vielleicht sogar heuchlerisch. Ich wusste genau, dass ich um jeden Preis und unverzüglich nach Mailand zurückwollte, wusste es ohne jeden Zweifel, gestand es mir aber nicht ein. Ohne den Zweck meiner neuerlichen, anstrengenden Reise vor mir selbst zuzugeben, erfand ich deren Notwendigkeit, deren Dringlichkeit, erfand edle Beweggründe für diese Abfahrt eine Stunde nach unserer Ankunft: Giulianas Angstzustände lindern, indem ich ihr das Armband holte; ihrem Verlobten das sagen, was sie ihm verschwieg, nämlich dass er sie sofort, bevor es zu spät war, heiraten und aus Pascone wegbringen musste, ohne sich um irgendeine moralische oder gesellschaftliche Schuld und ähnlichen Blödsinn zu scheren; meine erwachsene Freundin beschützen, indem ich die Wut meiner Tante auf mich, ein junges Mädchen, lenkte.

So kam es, dass ich mir eine Fahrkarte kaufte und meine Mutter anrief, um ihr, ohne klagende Entgegnungen zuzulassen, mitzuteilen, dass ich noch einen Tag länger in Mailand bleiben würde. Kurz vor der Abfahrt fiel mir ein, dass ich Roberto nicht Bescheid gesagt hatte. Ich rief ihn an, als würde sich nun das erfüllen, was wir der Einfachheit halber als Schicksal bezeichnen. Er ging sofort ans Telefon, und offen gesagt weiß ich nicht mehr, was wir gesprochen haben, doch ich möchte gern erzählen, dass es folgendermaßen war:

»Giuliana braucht dringend ihr Armband zurück, ich fahre jetzt los.«

»Das tut mir leid, du musst müde sein.«

»Das macht nichts, ich komme gern zurück.«

»Wann kommst du an?«

»Um 22.08 Uhr.«

»Ich hole dich ab.«

»Gut, ich warte am Gleis auf dich.«

Aber das ist ein erfundenes Gespräch, es zielt darauf ab, eine Art stillschweigendes Einvernehmen zwischen mir und Roberto anzudeuten: Du hast mir gesagt, dass ich sehr schön bin, also steige ich, kurz nachdem ich aus einem Zug ausgestiegen bin und obwohl ich todmüde bin, nun in einen anderen, und zwar unter dem Vorwand, dieses magische Armband zu holen, an dem – wie du besser weißt als ich – das einzige Magische die Gelegenheit ist, heute Nacht zusammen zu schlafen, in demselben Bett, in dem ich dich gestern Morgen mit Giuliana gesehen habe. Ich vermute allerdings, dass es gar kein richtiges Gespräch zwischen mir und ihm gab, sondern nur eine Mitteilung meinerseits, ohne viel Aufhebens, wie ich sie damals gern machte:

»Giuliana braucht dringend ihr Armband zurück. Ich steige jetzt gleich in den Zug und bin am Abend in Mailand.«

Vielleicht antwortete er etwas, vielleicht auch nicht.

21

Ich war so müde, dass ich stundenlang schlief, trotz des vollen Abteils, des Gebrabbels, der zuschlagenden Türen, der Stimmen aus den Lautsprechern, der langgezogenen Pfiffe und des Ratterns. Die Probleme begannen, als ich aufwachte. Ich griff mir sofort an den Kopf, überzeugt davon, eine Glatze zu haben, offenbar hatte ich schlecht geträumt. Aber der Traum war schon verflogen, er hatte nur das Gefühl hinterlassen, dass mir die Haare büschelweise ausgingen, schlimmer als bei Giuliana, aber nicht meine wirklichen Haare, sondern die, die mein Vater bewundert hatte, als ich klein war.

Ich blieb im Halbschlaf mit geschlossenen Augen liegen. Mir war, als hätte ich mich durch die zu große körperliche Nähe zu Giuliana infiziert. Ihre Verzweiflung war nun auch meine, sie musste mich damit angesteckt haben, mein Körper verfiel, wie ihrer schon verfallen war. Erschrocken zwang ich mich, endgültig aufzuwachen, aber es blieb die Belastung, an Giuliana in ihrem Elend zu denken, während ich ausgerechnet zu ihrem Verlobten fuhr.

Ich war gereizt, ertrug die Mitreisenden nicht mehr, trat hinaus auf den Gang. Ich versuchte, mich mit Zitaten über die Macht der Liebe, der man sich beim besten Willen nicht entziehen kann, zu trösten. Es waren Gedichtzeilen und Worte aus Romanen, ich hatte sie in Büchern gelesen, die mir gefallen hatten, und sie in meine Notizhefte geschrieben. Aber Giuliana verblasste nicht, vor allem ihre Geste nicht, mit der sie die Haarbüschel in der Hand behielt, ein Teil von ihr, der sich beinahe sanft ablöste. Ohne einen unmittelbaren Zusammenhang sagte ich mir: Wenn ich auch bis jetzt noch nicht Vittorias Gesicht habe, wird es sich doch in Kürze auf meine Knochen legen und nie mehr verschwinden.

Es war ein schlimmer Moment, vielleicht der schlimmste in diesen schlimmen Jahren. Ich stand in einem Gang wie dem, in dem ich einen Großteil der letzten Nacht damit verbracht hatte, Giuliana zuzuhören, die, um sich meiner Aufmerksamkeit zu versichern, mal meine Hand genommen, mal an meinem Arm gezogen hatte und mit ihrem Körper immer wieder gegen meinen gestoßen war. Die Sonne ging unter, die blassblaue Landschaft wurde vom Getöse des fahrenden Zuges zerrissen, noch eine Nacht brach an. Plötzlich konnte ich mir mit aller Klarheit eingestehen, dass ich keine edlen Absichten hatte, dass ich diese erneute Reise nicht machte, um das Armband zu holen, dass ich nicht vorhatte, Giuliana zu helfen. Ich war unterwegs, um sie zu hintergehen, war unterwegs, um mir den Mann zu nehmen, den sie liebte. Ich wollte, viel durchtriebener als Michela, sie von dem Platz verdrängen, den Roberto ihr an seiner Seite gewährt hatte, und ihr Leben zerstören. Ich fühlte mich dazu berechtigt, weil ein junger Mann, den ich für außergewöhnlich gehalten hatte – für außergewöhnlicher als meinen Vater in der Zeit, als ihm herausgerutscht war, ich käme ganz nach Vittoria –, mir im Gegenteil gesagt hatte, ich sei sehr schön. Doch jetzt, da der Zug schon kurz vor Mailand war, musste ich einsehen, dass gerade weil ich, voller Stolz auf dieses Kompliment, nun dabei war, das zu tun, was ich im Sinn hatte, und gerade weil ich nicht die Absicht hatte, mich von irgendwem aufhalten zu lassen, mein Gesicht nichts anderes sein konnte als eine Kopie von Vittorias. Wenn ich Giulianas Vertrauen missbrauchte, würde ich tatsächlich werden wie meine Tante, die Margheritas Leben zerstört hatte, und auch, warum nicht, wie ihr Bruder, mein Vater, der das Leben meiner Mutter zerstört hatte. Ich hatte ein schlechtes Gewissen. Ich war Jungfrau und wollte meine Unschuld in dieser Nacht mit dem einzigen Menschen verlieren, der mir dank seiner enormen Autorität als Mann eine neue Schönheit zuerkannt hatte. Ich hielt das für mein gutes Recht, ich würde so ins Erwachsenenalter eintreten. Aber als ich aus dem Zug stieg, hatte ich Angst, ich wollte nicht auf diese Art erwachsen werden. Die Schönheit, die Roberto mir attestiert hatte, ähnelte zu sehr der Schönheit von jemandem, der anderen wehtut.

22

Ich hatte ihn am Telefon so verstanden, dass er mich vom Zug abholen würde, wie er es mit Giuliana gemacht hatte, aber ich sah ihn nicht. Ich wartete eine Weile, dann rief ich ihn an. Es tue ihm leid, er habe gedacht, ich käme zu ihm nach Hause, er sitze an einem Essay, den er am folgenden Tag abgeben müsse. Das deprimierte mich, doch ich sagte nichts. Ich folgte seiner Wegbeschreibung, nahm die U-Bahn, kam bei ihm zu Hause an. Er begrüßte mich herzlich. Ich hoffte, er würde mich auf den Mund küssen, er küsste mich auf die Wangen. Er hatte fürs Abendessen gedeckt, das Werk der hilfsbereiten Concierge, und wir aßen. Er erwähnte das Armband nicht, erwähnte Giuliana nicht, und ich tat es auch nicht. Er sprach mit mir, als bräuchte er mich, um sich über seine Gedanken zu dem Thema klarzuwerden, an dem er gerade arbeitete, und als hätte ich den Zug nur deswegen genommen, um ihm zuzuhören. In seinem Aufsatz ging es um Bußfertigkeit. Er bezeichnete sie mehrmals als eine Übung, seinem Gewissen Stiche zu versetzen wie einem Stoff mit Nadel und Faden, wenn daraus ein Kleid werden soll. Ich hörte aufmerksam zu, er gebrauchte die Stimme, die mich fasziniert hatte. Und wieder war ich hingerissen – ich bin in seiner Wohnung, bei seinen Büchern, da steht sein Schreibtisch, wir essen zusammen, er spricht mit mir über seine Arbeit –, ich fühlte mich wie die, die er brauchte, genau wie das, was ich sein wollte.

Nach dem Essen gab er mir das Armband, aber so, als ginge es um Zahncreme oder ein Handtuch, und erwähnte Giuliana weiterhin mit keiner Silbe, er schien sie aus seinem Leben gestrichen zu haben. Ich bemühte mich, seine Vorgehensweise zu übernehmen, schaffte es aber nicht, die Gedanken an Vittorias Patentochter waren stärker. Ich wusste viel besser als er, in welcher körperlichen und geistigen Verfassung sie war, weit weg von dieser schönen Stadt, weit weg von diesem Haus, tief, tief, tief unten am Rand von Neapel, in der grauen Wohnung mit dem großen Foto von Enzo in Uniform. Dabei waren wir noch wenige Stunden zuvor zusammen in diesem Zimmer hier gewesen, ich hatte sie im Bad gesehen, als sie sich die Haare föhnte und ihre Ängste vor dem Spiegel kaschierte, als sie im Restaurant neben ihm saß, als sie sich im Bett an ihn schmiegte. Konnte es sein, dass sie nun wie tot war, dass ich da war und sie nicht mehr? Ist es so leicht – überlegte ich –, gerade im Leben der Menschen zu sterben, ohne die wir nicht leben können? Und während er auf eine sanft ironische Art über wer weiß was redete – ich hörte nicht mehr zu, schnappte nur ein paar Wörter auf: die Müdigkeit, das Schlafsofa, die erdrückende Dunkelheit, die Schlaflosigkeit bis zum Morgengrauen, und manchmal klang

Robertos Stimme wie die schönste der Stimmen meines Vaters –, folgte ich meinen eigenen Gedanken und sagte verzagt:

»Ich bin sehr müde und habe Angst.«

Er antwortete:

»Du kannst bei mir schlafen.«

Meine Worte und seine fanden nicht zusammen, sie klangen wie zwei Sätze, die sich aufeinander bezogen, sie taten es aber nicht. In meinem schlug sich der Irrsinn dieser zermürbenden Reise nieder, Giulianas Verzweiflung und die Angst, einen unverzeihlichen Fehler zu begehen. Seiner enthielt den Zielpunkt eines anzüglichen Umkreisens der Schwierigkeit, das Schlafsofa aufzuklappen. Als ich das bemerkte, antwortete ich:

»Nein, ich komm' schon klar.«

Und zum Beweis rollte ich mich auf dem Sofa zusammen.

»Sicher?«

»Ja.«

Er fragte:

»Warum bist du zurückgekommen?«

»Das weiß ich nicht mehr.«

Einige Sekunden verstrichen, er stand da und schaute wohlwollend zu mir hinunter, ich lag auf dem Sofa und schaute verwirrt zu ihm auf. Er beugte sich nicht zu mir, streichelte mich nicht, sagte nichts als Gute Nacht und zog sich in sein Zimmer zurück.

Ich richtete mich auf dem Sofa ein, ohne mich auszuziehen, ich wollte den Panzer meiner Kleidung nicht ablegen. Trotzdem erfasste mich bald das Verlangen, zu warten, bis er eingeschlafen war, um dann aufzustehen und angekleidet in sein Bett zu schlüpfen, nur um in seiner Nähe zu sein. Bevor mir Roberto begegnet war, hatte ich nie das Bedürfnis gehabt, mich penetrieren zu lassen, ich hatte höchstens etwas Neugier verspürt, die sofort von der Furcht verdrängt worden war, an einer Stelle meines Körpers Schmerz zu empfinden, die so zart war, dass ich Angst hatte, mich zu verletzen, wenn ich mich selbst berührte. Nachdem ich Roberto in der Kirche gesehen hatte, überkam mich ein ebenso heftiges wie konfuses Begehren, eine Erregung, die einer freudigen Spannung glich und die sich, während sie natürlich auch meine Genitalien erfasste, als würde sie sie aufblähen, auf den ganzen Körper ausdehnte. Auch nach unserer Begegnung an der Piazza Amedeo und den kurzen, gelegentlichen Treffen, die darauf folgten, hatte ich mir nie vorgestellt, er könnte in mich eindringen, im Gegenteil, wenn ich es genau bedachte, war mir das in den seltenen Augenblicken, da ich solche Phantasien gehabt hatte, vulgär vorgekommen. Erst in Mailand, am Morgen zuvor, als ich ihn mit Giuliana im Bett gesehen hatte, hatte ich zur Kenntnis nehmen müssen, dass er wie jeder Mann ein hängendes oder aufgerichtetes Geschlechtsteil besaß, es wie einen Stöpsel in Giuliana steckte und bereit gewesen wäre, es auch in mich zu stecken. Aber auch diese Feststellung war nicht entscheidend gewesen. Gewiss hatte ich die erneute Reise mit der Vorstellung angetreten, dass es diese Penetration geben würde, dass das von meiner Tante vor einer Weile anschaulich geschilderte erotische Szenarium für mich gelten würde. Allerdings forderte das Verlangen, das mich getrieben hatte, etwas ganz anderes, und nun, im Halbschlaf, wurde mir das klar. Im Bett eng an ihn geschmiegt, hätte ich seine Hochachtung genießen wollen, ich hätte mit ihm über Bußfertigkeit diskutieren wollen, über Gott, der satt ist, während viele seiner Geschöpfe vor Hunger und Durst sterben, ich hätte mich als viel mehr fühlen wollen als nur wie ein niedliches oder sogar sehr schönes Kuschelhäschen, mit dem ein Mann mit großen Gedanken zum Zeitvertreib ein bisschen herumspielen kann. Ich schlief mit dem schmerzhaften Gedanken ein, dass das, genau das, niemals geschehen würde. Ihn in mir zu haben, wäre leicht gewesen, er hätte mich sogar jetzt penetriert, im Schlaf, ohne Erstaunen. Er war überzeugt davon, dass ich für diese Art von Treulosigkeit zurückgekommen war und nicht für weitaus grausamere.

VII

I

Bei meiner Rückkehr war meine Mutter nicht da. Ich aß nichts, ging ins Bett, schlief sofort ein. Am Morgen wirkte die Wohnung leer und still, ich ging ins Bad, legte mich wieder ins Bett und schlief weiter. Irgendwann schreckte ich auf, Nella saß auf der Bettkante und rüttelte mich.

»Alles in Ordnung?«
»Ja.«
»Genug geschlafen.«
»Wie spät ist es?«
»Zwanzig nach eins.«
»Ich habe einen Riesenhunger.«

Sie erkundigte sich zerstreut nach Mailand, ich erzählte ihr ebenso zerstreut von den Orten, die ich besichtigt hatte, Dom, Scala, Galleria Vittorio Emanuele II, die Navigli. Sie sagte, sie habe eine gute Nachricht für mich: Die Schuldirektorin habe meinen Vater angerufen und ihm mitgeteilt, dass ich mit sehr guten Noten, in Griechisch sogar mit einer Neun, versetzt worden sei.

»Die Direktorin hat Papà angerufen?«
»Ja.«
»Die Direktorin ist blöd.«

Meine Mutter lächelte, sagte:

»Zieh dich an, Mariano ist da.«

Ich ging barfuß, verstrubbelt und im Schlafanzug in die Küche. Mariano, der schon am Tisch saß, sprang auf und gratulierte mir mit Umarmungen und Küsschen zu meiner Versetzung. Er stellte fest, dass ich nun wirklich groß sei, größer als beim letzten Mal, als er mich gesehen hatte, und sagte: Wie hübsch du dich gemacht hast, Giovanna, wir sollten demnächst mal abends zusammen essen gehen, nur du und ich, und uns nett unterhalten. Dann wandte er sich mit gespieltem Bedauern an meine Mutter und rief: Nicht zu fassen, dieses Mädchen pflegt Umgang mit Roberto Matese, einem unserer vielversprechendsten jungen Talente, und redet persönlich mit ihm über wer weiß was für interessante Dinge, während ich, der sie schon von klein auf kennt, nicht mal ein Schwätzchen mit ihr halten kann. Meine Mutter nickte mit stolzer Miene, aber es war zu erkennen, dass sie keine Ahnung hatte, wer Roberto war, woraus ich schloss, dass es mein Vater gewesen sein musste, der Mariano von Roberto als einem guten Freund von mir erzählt hatte.

»Ich kenne ihn kaum«, sagte ich.
»Ist er sympathisch?«
»Sehr.«
»Stimmt es, dass er Neapolitaner ist?«
»Ja, aber nicht vom Vomero, er kommt von weiter unten.«
»Trotzdem ein Neapolitaner.«
»Ja.«
»Womit beschäftigt er sich gerade?«
»Mit Bußfertigkeit.«
Er schaute mich verblüfft an.
»Bußfertigkeit?«
Er wirkte enttäuscht und doch sofort neugierig. In einem abgelegenen Winkel seines Gehirns überlegte er wahrscheinlich bereits, ob Bußfertigkeit nicht vielleicht ein Thema sei, über das man dringend nachdenken sollte.

»Bußfertigkeit«, bestätigte ich.

Mariano wandte sich lachend an meine Mutter:

»Hast du das gehört, Nella? Deine Tochter sagt, dass sie Roberto Matese kaum kennt, und dann stellt sich heraus, dass er mit ihr über Bußfertigkeit redet.«

Ich aß viel, ab und an betastete ich meine Haare, um mich zu vergewissern, dass sie noch fest in der Kopfhaut steckten, strich mit den Fingern darüber, zog ein bisschen daran. Nach dem Essen sprang ich auf und sagte, ich wolle mich waschen gehen. Mariano, der in der Überzeugung, mich und Nella bestens zu unterhalten, bis dahin ohne Punkt und Komma geredet hatte, zog ein sorgenvolles Gesicht, er sagte:

»Hast du von Ida gehört?«

Ich schüttelte den Kopf, meine Mutter schaltete sich ein:

»Sie ist sitzengeblieben.«

»Wenn du ein bisschen Zeit hast«, sagte Mariano, »bleib in ihrer Nähe. Angela ist versetzt worden und schon gestern früh mit einem Freund nach Griechenland gefahren. Ida braucht Gesellschaft und Trost, sie liest und schreibt immer nur. Darum ist sie auch sitzengeblieben: Sie liest, sie schreibt, aber sie lernt nicht.«

Ich konnte ihre bekümmerten Mienen nicht ertragen und sagte:

»Trost, weshalb denn? Wenn ihr kein Drama daraus macht, werdet ihr sehen, dass Ida keinen Trost braucht.«

Ich schloss mich im Bad ein, und als ich wieder rauskam, herrschte Stille in der Wohnung. Ich lauschte am Zimmer meiner Mutter, nicht der kleinste Seufzer. Ich öffnete die Tür einen Spalt, nichts. Nella und Mariano hatten mich offenbar für rüpelhaft gehalten und waren einfach verschwunden. Also wollte ich mit Ida telefonieren, mein Vater nahm ab.

»Ach, wie schön«, rief er freudig, als er meine Stimme hörte.

»Ja, ach wie schön: Die Direktorin ist eine Petze in deinem Auftrag.«

Er lachte zufrieden.

»Sie ist in Ordnung.«

»Natürlich.«

»Ich habe gehört, dass du in Mailand warst, zu Gast bei Matese.«

»Wer hat dir das erzählt?«

Er brauchte ein paar Sekunden, bevor er mir antwortete.

»Vittoria.«

Ich rief ungläubig:

»Ihr telefoniert miteinander?«

»Mehr noch, sie war gestern hier. Costanza hat eine Freundin, die rund um die Uhr Hilfe braucht, und da haben wir an sie gedacht.«

Ich sagte leise:

»Dann habt ihr Frieden geschlossen.«

»Nein, Frieden ist mit Vittoria nicht zu machen. Aber die Zeit vergeht, wir werden alt. Außerdem hast du ja sehr diplomatisch die Vermittlerin gespielt, bravo. Du hast es drauf, du bist wie ich.«

»Werde ich auch Schulleiter verführen?«

»Das und noch viel mehr. Wie war es bei Matese?«

»Lass dir das von Mariano sagen, ihm hab' ich es schon erzählt.«

»Vittoria hat mir seine Adresse gegeben, ich will ihm schreiben. Die Zeiten sind schwierig, gute Leute müssen in Verbindung bleiben. Hast du seine Telefonnummer?«

»Nein. Gibst du mir Ida?«

»Sagst du mir nicht mal ciao?«

»Ciao, Andrea.«

Er schwieg einen langen Augenblick.

»Ciao.«

Ich hörte, wie er Ida in demselben Tonfall rief, mit dem er Jahre zuvor, wenn ich am Telefon verlangt wurde, auch mich gerufen hatte. Ida kam sofort, niedergeschlagen, fast flüsternd sagte sie:

»Gib mir einen Grund, um aus dieser Wohnung zu verschwinden.«

»Wir treffen uns in einer Stunde im Floridiana-Park.«

2

Ich wartete am Eingang des Parks. Ida kam völlig durchgeschwitzt an, die kastanienbraunen Haare straff zum Pferdeschwanz gebunden, sie war viel größer als vor ein paar Monaten und so dünn und zart wie ein Grashalm. Sie trug eine prall gefüllte, schwarze Tasche, einen ebenfalls schwarzen Minirock, ein Tanktop mit Zebrastreifen, und ihr blasses Gesicht verlor gerade seine kindlichen Züge, die Lippen voll, die Wangenknochen groß und rund. Wir suchten uns eine Bank im Schatten. Sie sagte, sie sei froh, sitzengeblieben zu sein, sie wolle die Schule abbrechen und nur noch schreiben. Ich erinnerte sie daran, dass ich auch schon sitzengeblieben war, mich allerdings nicht darüber gefreut, sondern sogar darunter gelitten hatte. Mit einem herausfordernden Blick antwortete sie:

»Du hast dich geschämt, ich schäme mich nicht.«

Ich sagte:

»Ich habe mich geschämt, weil meine Eltern sich geschämt haben.«

»Wenn meine Eltern sich schämen, ist mir das scheißegal, da gibts ganz andere Sachen, weswegen sie sich schämen müssten.«

»Sie sind nun mal besorgt. Sie haben Angst, dass wir nicht gut genug sind.«

»Ich will nicht gut genug sein, ich will schlecht sein, ich will ein totaler Versager werden.«

Sie erzählte mir, sie habe, um so schlecht wie irgend möglich zu sein, ihren Ekel überwunden und sich mit einem Kerl eingelassen, der eine Zeitlang die Gartenarbeit am Haus in Posillipo gemacht hatte, verheiratet, drei Kinder.

»Und wie war's?«

»Schlimm. Seine Spucke stank nach Jauche, und er sagte in einer Tour versautes Zeug.«

»Jedenfalls hast du jetzt eine Sorge weniger.«

»Das ja.«

»Aber jetzt entspann dich und versuch, dich wohlzufühlen.«

»Wie denn?«

Ich schlug ihr vor, mit mir zu Tonino zu fahren, nach Venedig. Sie erwiderte, ein anderes Ziel wäre ihr lieber, Rom. Ich bestand auf Venedig, erkannte, dass nicht die Stadt das Problem war, sondern Tonino. Und wirklich stellte sich heraus, dass Angela ihr von der Ohrfeige erzählt hatte, von der Wut, die ihn gepackt hatte, so dass er die Beherrschung verlor. Er hat meiner Schwester wehgetan, sagte sie. Ja, räumte ich ein, aber ich finde es gut, wie sehr er sich bemüht, sich anständig zu benehmen.

»Bei meiner Schwester hat er das nicht geschafft.«

»Aber er hat sich viel mehr angestrengt als sie.«

»Willst du dich von Tonino entjungfern lassen?«

»Nein.«

»Kann ich es mir noch überlegen und dir später Bescheid sagen?«

»Ja.«

»Ich will irgendwohin, wo es mir gutgeht und ich schreiben kann.«

»Willst du die Geschichte von dem Gärtner schreiben?«

»Das habe ich schon, aber ich lese sie dir nicht vor, weil du noch Jungfrau bist und dir sonst jede Lust vergeht.«

»Dann lies mir was anderes vor.«

»Im Ernst?«

»Ja.«

»Es gibt da eine Geschichte, die ich dir schon lange mal zeigen wollte.«

Sie kramte in ihrer Tasche, zog Notizhefte und lose Blätter hervor. Sie entschied sich für ein Heft mit rotem Umschlag, fand, was sie suchte. Es waren nur wenige Seiten, die Geschichte eines langen, unerfüllten Begehrens. Zwei Schwestern hatten eine Freundin, die häufig bei ihnen übernachtete. Die Freundin war mehr mit der älteren Schwester befreundet und weniger mit der jüngeren. Die Ältere wartete, bis die Kleine eingeschlafen war, um dann ins Bett der Besucherin zu schlüpfen und bei ihr zu schlafen. Die Jüngere kämpfte gegen den Schlaf an, es tat ihr weh, dass die beiden sie ausschlossen, doch am Ende kapitulierte sie. Aber einmal hatte sie nur so getan, als ob sie schliefe, und hatte so, still und einsam, mit angehört, wie sie miteinander flüsterten und sich küssten. Von nun an hatte sie sich immer verstellt, um die zwei heimlich zu beobachten, und jedes Mal, wenn die beiden Großen endlich eingeschlafen waren, weinte sie ein bisschen, weil sie dachte, dass niemand sie gernhatte.

Ida las ohne Leidenschaft, schnell, aber klar und deutlich. Sie schaute kein einziges Mal vom Heft auf, sah mich kein einziges Mal an. Zum Schluss weinte sie, genauso wie das gequälte Geschöpf aus der Geschichte.

   Ich suchte nach einem Taschentuch, wischte ihr die Tränen ab. Ich küsste sie auf den Mund, obwohl nur wenige Meter entfernt gerade zwei Mütter vorbeikamen, die plaudernd ihre Buggys schoben.

3

Am darauffolgenden Morgen fuhr ich, ohne vorher anzurufen, direkt zu Margheritas Wohnung, ich hatte das Armband dabei. Ich machte einen Bogen um Vittorias Haus, weil ich erstens Giuliana unter vier Augen sprechen wollte und ich zweitens nach Vittorias plötzlicher und garantiert vorübergehender Aussöhnung mit meinem Vater kein Interesse mehr an meiner Tante hatte. Aber meine Vorkehrungen waren sinnlos, die Tür wurde ausgerechnet von Vittoria geöffnet, als wäre Margheritas Wohnung die ihre. Sie empfing mich mit einer gedämpften guten Laune. Giuliana sei nicht da, Margherita sei mit ihr zum Arzt gegangen, sie selbst räume gerade die Küche auf.

   »Aber komm doch rein«, sagte sie. »Wie hübsch du bist, du kannst mir ein bisschen Gesellschaft leisten.«

   »Wie geht es Giuliana?«

   »Sie hat ein wenig Haarausfall.«

   »Ich weiß.«

   »Ich weiß, dass du das weißt, und ich weiß auch, wie sehr du sie unterstützt und auf alles aufgepasst hast. Toll, toll, toll. Giuliana und Roberto haben dich beide sehr gern. Und ich auch. Wenn dein Vater dich so gemacht hat, heißt das wohl, dass er nicht ganz das Arschloch ist, das er zu sein scheint.«

»Papà hat erzählt, du hast einen neuen Job.«

Sie stand neben dem Spülbecken, mit dem Rücken zu Enzos Foto und dem brennenden Grablicht. Zum ersten Mal, seit ich sie kannte, sah ich eine leichte Verlegenheit in ihren Augen aufscheinen.

»Einen sehr guten, ja.«

»Du ziehst nach Posillipo.«

»Ähm, ja.«

»Das freut mich.«

»Aber mir tut es auch ein bisschen leid. Ich muss mich von Margherita trennen, von Corrado, von Giuliana, und Tonino habe ich schon verloren. Manchmal denke ich, dein Vater hat das absichtlich gemacht, dass er mir diesen Job besorgt hat. Er will, dass ich leide.«

Ich prustete los, riss mich aber sofort zusammen.

»Kann sein«, sagte ich.

»Glaubst du das nicht?«

»Doch. Bei meinem Vater musst du auf alles gefasst sein.«

Sie sah mich böse an.

»Sprich nicht so von deinem Vater, sonst knall ich dir eine.«

»Entschuldigung.«

»Nur ich darf schlecht über ihn reden, du nicht, du bist seine Tochter.«

»Okay.«

»Komm her, gib mir einen Kuss. Ich hab dich lieb, auch wenn ich manchmal stinksauer auf dich bin.«

Ich küsste sie auf die Wange, kramte in meiner Tasche.

»Ich habe Giuliana das Armband mitgebracht, es ist aus Versehen in meiner Tasche gelandet.«

Sie hielt meine Hand fest.

»Ja, klar, aus Versehen. Behalte es, ich weiß, dass du sehr daran hängst.«

»Es gehört jetzt Giuliana.«

»Giuliana gefällt es nicht, dir dagegen schon.«

»Warum hast du es ihr denn geschenkt, wenn es ihr nicht gefällt?«

Sie sah mich unsicher an, meine Frage schien sie in Schwierigkeiten zu bringen.

»Bist du eifersüchtig?«

»Nein.«

»Ich habe es ihr gegeben, weil ich gesehen habe, wie nervös sie war. Aber das Armband gehört dir seit deiner Geburt.«

»Aber es ist kein Kinderarmband. Warum hast du es nicht behalten? Du hättest es sonntags zur Messe tragen können.«

Sie blickte mich böse an und polterte los:

»Hast du mir jetzt zu sagen, was ich mit dem Armband meiner Mutter tun soll? Behalt es und sei still. Giuliana braucht es, ehrlich gesagt, gar nicht. Sie ist so voller Licht, dass das Armband und jeder andere Schmuck zu viel an ihr ist. Im Moment hat sie zwar dieses Problem mit den Haaren, aber das ist nichts Ernstes, der Arzt wird ihr eine Aufbaukur verschreiben, und dann wird das wieder. Du dagegen weißt nicht, wie du was aus dir machen kannst, komm mal mit, Giannì.«

Sie hatte herumgestikuliert, als wäre die Küche ein enger, luftloser Raum. Sie zog mich in Margheritas Schlafzimmer, öffnete die Schranktüren, und ich erschien in einem langen Spiegel. Vittoria befahl mir: Sieh dich an. Das tat ich, doch ich sah vor allem sie hinter mir. Sie sagte: Du kleidest dich nicht, mein Kind, du versteckst dich mit deiner Kleidung. Sie schob meinen Rock hoch bis zur Taille und rief: Sieh dir das an, Gott im Himmel, was für Schenkel, und dreh dich um, ja, das ist doch mal ein Hintern. Sie zwang mich, mich im Kreis zu drehen, gab mir einen recht heftigen Klaps auf den Po und drehte mich erneut zum Spiegel. Madonna, was für eine Figur, rief sie, wobei sie mir über die Hüften strich, du musst wissen, wer du bist, musst dich zur Geltung bringen, musst alles Schöne auch zeigen. Besonders den Busen, oh, was für ein Busen, du hast ja keine Ahnung, was andere Mädchen für so einen Busen geben würden. Aber du sperrst ihn ein, schämst dich für deine Dinger, schließt sie weg. Pass auf, so macht man das. Und damit schob sie, während ich mir den Rock wieder herunterzog, eine Hand in den Ausschnitt meiner Bluse, zunächst in ein BH-Körbchen, dann in das andere, und rückte meine Brüste so zurecht, dass sie sich prall und hoch über meinem Dekolleté wölbten. Sie war begeistert: Siehst du? Wir sind schön, Giannì, schön und intelligent. Wir sind gut gebaut auf die Welt gekommen und dürfen uns nicht wegwerfen. Ich will dich noch besser versorgt sehen als Giuliana; du hast es verdient, ins Paradies zu kommen, bis hoch in den Himmel, nicht so wie dieser Scheißkerl von deinem Vater, der immer bloß am Boden haftengeblieben ist und trotzdem einen auf dicke Hose macht. Aber vergiss nicht: Auf die hier – für den Bruchteil einer Sekunde berührte sie mich zart zwischen den Beinen –, auf die hier, ich hab's schon tausend Mal gesagt, musst du gut aufpassen. Überleg es dir genau, ob du sie hergibst, sonst kommst du nirgendwohin. Schlimmer noch, hör mir gut zu: Wenn ich erfahre, dass du dich weggeworfen hast, sag ich es deinem Vater, und wir schlagen dich gemeinsam tot. Und jetzt halt still – diesmal war sie es, die in meiner Tasche wühlte, sie holte das Armband heraus und legte es mir an –, siehst du, wie gut es dir steht, siehst du, um wie viel schöner du jetzt bist?

In diesem Augenblick tauchte hinten im Spiegel Corrado auf.

»Ciao«, sagte er.

Vittoria drehte sich um, ich auch. Sie fächelte sich wegen der Hitze mit der Hand Luft zu und fragte ihn:

»Giannina ist schön, oder?«

»Wunderschön.«

4

Ich trug Vittoria mehrmals auf, Giuliana von mir zu grüßen und ihr zu sagen, dass ich sie gernhatte und sie sich keine Sorgen machen sollte, alles würde gut werden. Dann wandte ich mich zur Tür, erwartete allerdings, dass Corrado sagte: Ich komme ein Stück mit. Aber er schwieg und lungerte lustlos herum. Also sagte ich:

»Corrà, bringst du mich noch zum Bus?«

»Ja, bring sie hin«, befahl ihm Vittoria, und er folgte mir widerwillig die Treppe hinunter und auf die Straße hinaus, in eine gleißende Sonne.

»Was hast du?«, fragte ich ihn.

Er zuckte mit den Schultern, brummte etwas, was ich nicht verstand, und sagte deutlicher, dass er sich allein fühle. Tonino sei fortgegangen, Giuliana werde demnächst heiraten und Vittoria stehe kurz vor dem Umzug nach Posillipo, was wie eine andere Stadt sei.

»Ich bin der bekloppte Haustrottel und muss bei meiner Mutter bleiben, die noch bekloppter ist als ich«, sagte er.

»Geh doch auch weg.«

»Wohin denn? Und um was zu tun? Und außerdem will ich gar nicht weg. Ich bin hier geboren und will hier bleiben.«

»Und?«

Er versuchte, das zu erklären. Sagte, er habe sich immer beschützt gefühlt durch die Anwesenheit von Tonino, von Giuliana und vor allem von Vittoria. Er murmelte: Giannì, ich bin wie meine Mutter, wir beide müssen alles aushalten, weil wir nichts können und nichts zählen. Aber weißt du was? Sowie Vittoria weg ist, räume ich Papàs Foto aus der Küche, ich konnte es noch nie leiden, es macht mir Angst, und ich weiß jetzt schon, dass meine Mutter einverstanden sein wird.

Ich ermutigte ihn, das zu tun, sagte ihm aber auch, er solle sich keine Illusionen machen, Vittoria werde nie endgültig verschwinden, sie werde wieder und wieder und wieder zurückkommen, immer leidender und immer unerträglicher.

»Du solltest zu Tonino fahren«, riet ich ihm.

»Wir verstehen uns nicht gut.«

»Tonino hat Stehvermögen.«

»Ich nicht.«

»Vielleicht schaue ich in Venedig mal bei ihm vorbei, um ihm guten Tag zu sagen.«

»Na prima, dann grüß ihn schön von mir und richte ihm aus, er hat bloß an sich gedacht und sich einen Scheiß um Mamma, Giuliana und mich gekümmert.«

Ich fragte ihn nach der Adresse seines Bruders, aber er hatte nur den Namen des Restaurants, in dem er arbeitete.

Nun, da er sich ein bisschen ausgesprochen hatte, versuchte er, wieder in seine gewohnte Rolle zu schlüpfen. Er blödelte herum, wobei er Zärtlichkeiten mit vulgären Angeboten mischte, so dass ich lachend sagte: Corrà, merk dir das endlich, zwischen mir und dir läuft nichts mehr. Dann wurde ich ernst und bat ihn um Rosarios Telefonnummer. Er sah mich überrascht an und wollte wissen, ob ich die Absicht hätte, mit seinem Freund zu vögeln. Da ich ihm antwortete, dass ich es nicht wisse, er aber lieber ein entschiedenes Nein gehört hätte, wurde er unruhig und schlug den Ton eines großen Bruders an, der mich vor gefährlichen Entscheidungen bewahren wollte. Das ging eine Weile so weiter, und ich begriff, dass er mir die Nummer wirklich nicht geben wollte. Also drohte ich ihm: Okay, ich finde sie allein heraus, aber ich werde Rosario erzählen, dass du eifersüchtig bist und sie nicht herausrücken wolltest. Er gab sofort nach, murrte allerdings: Das sage ich Vittoria, und die sagt es deinem Vater, und dann ist der Teufel los. Ich lächelte, gab ihm einen Kuss auf die Wange und sagte mit größtmöglichem Ernst: Corrà, damit würdest du mir einen riesigen Gefallen tun, ich bin die Erste, die will, dass Vittoria und mein Vater es erfahren, du musst mir sogar schwören, dass du es ihnen erzählst, wenn es passiert. Inzwischen war der Bus gekommen, und ich ließ Corrado verwirrt auf dem Gehsteig zurück.

5

In den darauffolgenden Stunden wurde mir klar, dass ich es nicht eilig hatte, meine Unschuld zu verlieren. Gewiss, ich fühlte mich aus unerfindlichen Gründen ein bisschen zu Rosario hingezogen, doch ich rief ihn nicht an. Stattdessen telefonierte ich mit Ida, um zu hören, ob sie sich entschlossen hatte, mit mir nach Venedig zu fahren, und sie sagte, sie sei bereit, gerade habe sie es Costanza gesagt, und ihre Mutter sei froh, sie eine Weile nicht um sich zu haben, sie habe ihr viel Geld gegeben.

Unmittelbar danach rief ich Tonino unter der Nummer des Restaurants an, in dem er arbeitete. Anfangs schien er froh über meine Pläne zu sein, aber als er erfuhr, dass Ida mich begleiten wollte, ließ er einige Sekunden verstreichen, dann sagte er, er wohne in einem kleinen Zimmer in Mestre, zu dritt hätten wir dort keinen Platz. Ich entgegnete: Tonì, wir kommen trotzdem bei dir vorbei; wenn du uns dann sehen willst, ist es gut, und wenn nicht, dann eben nicht. Er schlug einen anderen Ton an, versicherte, er freue sich und erwarte uns.

Da ich bereits das ganze Geld, das meine Mutter mir zum Geburtstag geschenkt hatte, für Fahrkarten nach Mailand ausgegeben hatte, bekniete ich sie so lange, bis sie mir noch mehr Geld gab, diesmal für meine Versetzung in die nächste Klasse. Alles war für die Reise vorbereitet, als an einem angenehm kühlen Nieselregenmorgen Punkt neun Uhr Rosario anrief. Corrado musste mit ihm gesprochen haben, denn sein erster Satz war:

»Giannì, ich habe gehört, du hast es dir endlich überlegt.«

»Wo bist du.«

»In der Bar gleich um die Ecke.«
»Wo, gleich um die Ecke?«
»An deinem Haus. Komm runter, ich warte mit dem Schirm auf dich.«

Das war mir nicht unangenehm, ich hatte vielmehr das Gefühl, dass sich alles in Bewegung setzte und dass es besser war, an einem kühlen Tag in den Armen eines anderen Menschen zu landen, statt an einem heißen.

»Ich brauche deinen Schirm nicht«, antwortete ich.
»Willst du damit sagen, ich soll verschwinden?«
»Nein.«
»Na, dann komm.«
»Wo fahren wir hin?«
»In die Via Manzoni.«

Ich kämmte mich nicht, schminkte mich nicht, tat nichts von dem, was mir Vittoria geraten hatte, außer dass ich ihr Armband trug. Vor dem Haus traf ich auf Rosario mit seiner üblichen, ins Gesicht gestanzten, scheinbaren Heiterkeit, doch als wir im Regentagsverkehr steckenblieben, dem schlimmsten überhaupt, stieß er in einer Tour Drohungen und Beschimpfungen gegen einen Großteil der seiner Meinung nach unfähigen Autofahrer aus. Ich wurde unruhig, sagte:

»Wenn das nicht dein Tag ist, Rosà, dann bring mich wieder nach Hause.«
»Keine Angst, das ist mein Tag, aber sieh dir doch mal an, wie dieses Arschloch fährt.«
»Entspann dich.«
»Was ist, bin ich dir nicht fein genug?«
»Doch.«
»Willst du wissen, warum ich nervös bin?«
»Nein.«

»Giannì, ich bin nervös, weil ich dich will, seit ich dich das erste Mal gesehen habe, aber ich weiß nicht, ob du mich auch willst. Was ist, willst du mich?«

»Ja. Aber du darfst mir nicht wehtun.«

»Ach was, ich werde dir guttun.«

»Und es darf nicht zu lange dauern, ich hab noch was vor.«

»Es dauert, solange es eben dauert.«

Er fand einen Parkplatz direkt vor dem Haus, einem Gebäude mit wenigstens fünf Stockwerken.

»So ein Glück«, sagte ich, während er nicht einmal den Wagen abschloss und eilig auf die Haustür zusteuerte.

»Das hat mit Glück nichts zu tun«, sagte er. »Es ist einfach bekannt, dass der Platz mir gehört und keiner ihn zuparken darf.«

»Und wenn doch?«

»Wenn doch, dann schieße ich.«

»Bist du ein Gangster?«

»Und du ein Mädchen aus gutem Hause, das aufs Gymnasium geht?«

Ich antwortete nicht, schweigend stiegen wir in den fünften Stock hoch. Ich dachte, in fünfzig Jahren, wenn Roberto und ich viel enger befreundet sein würden, als wir es jetzt waren, würde ich ihm von diesem Nachmittag erzählen, um ihn mir erklären zu lassen. Er konnte in allem, was wir tun, einen Sinn entdecken, das war seine Arbeit, und wenn man meinem Vater und Mariano Glauben schenken wollte, konnte er das gut.

Rosario öffnete die Tür, die Wohnung war stockfinster. Warte, sagte er. Er knipste kein Licht an, bewegte sich ohne zu zögern, zog eine nach der anderen die Jalousien hoch. Das graue Licht des schlechten Wetters floss in einen großen, leeren Raum, nicht einmal einen Stuhl gab es. Ich trat ein, schloss die Tür hinter mir, hörte den Regen gegen die Scheiben peitschen und das Heulen des Windes.

»Man sieht überhaupt nichts«, sagte ich mit einem Blick aus dem Fenster.

»Wir haben uns einen schlechten Tag ausgesucht.«

»Nein, ich glaube, der Tag ist genau richtig.«

Er kam schnell auf mich zu, packte mit einer Hand meinen Nacken und küsste mich fest auf die Lippen, wobei er versuchte, sie mit seiner Zunge zu öffnen. Seine andere Hand knetete eine meiner Brüste. Mit einem sanften Druck gegen seinen Oberkörper, einem nervösen Kichern in seinen Mund und einem Schnaufen schob ich ihn weg. Er wich zurück, ließ nur die Hand auf meiner Brust.

»Was ist los?«, fragte er.

»Musst du mich unbedingt küssen?«

»Gefällt es dir nicht?«

»Nein.«

»Allen Mädchen gefällt das.«

»Mir nicht, und auch meine Brust – es wäre mir lieber, wenn du sie nicht anfassen würdest. Aber wenn du das brauchst, ist es okay.«

Er ließ meine Brust los, brummte:

»Ich brauche das überhaupt nicht.«

Er zog den Reißverschluss herunter und holte seinen Penis heraus, um ihn mir zu zeigen. Ich hatte Angst, er könnte irgendwas Riesiges in seiner Hose haben, sah aber mit Erleichterung, dass sich sein Schwanz nicht sehr von Corrados unterschied, ja, er schien sogar eine elegantere Form zu haben. Rosario nahm meine Hand, sagte:

»Fass mal an.«

Ich fasste ihn an, er war heiß, als hätte er dort Fieber.

Da es alles in allem angenehm war, ihn festzuhalten, zog ich meine Hand nicht weg.

»Alles gut?«

»Ja.«

»Sag mir, was du möchtest, ich will ja nichts machen, was dir nicht gefällt.«

»Kann ich angezogen bleiben?«

»Mädchen ziehen sich eigentlich aus.«

»Wenn es auch geht, ohne sich auszuziehen, würdest du mir einen Gefallen tun.«

»Na wenigstens den Slip müsstest du ausziehen.«

Ich ließ seinen Schwanz los, zog Jeans und Slip aus.

»Gut so?«

»Ja, aber so macht man das nicht.«

»Ich weiß, aber ich habe dich um einen Gefallen gebeten.«

»Darf ich mir wenigstens die Hose ausziehen?«

»Ja.«

Er zog sich die Schuhe aus, die Hose und die Unterhose. Er hatte dürre, behaarte Beine und große, knochige Füße, mindestens Größe 45. Er stand in Leinenjackett, Hemd und Krawatte da, und gleich darunter erhob sich über den Beinen und nackten Füßen sein Glied wie ein rauflustiger Mitbewohner, der aufgestört worden war. Wir waren beide hässlich, zum Glück gab es keine Spiegel.

»Soll ich mich auf den Boden legen?«, fragte ich.

»So weit kommt's noch, hier gibt's ein Bett.«

Er ging zu einer offenen Tür, ich sah seinen kleinen Hintern mit den Grübchen. In dem Raum stand ein ungemachtes Bett und nichts weiter. Diesmal zog er die Jalousie nicht hoch, er machte Licht. Ich fragte:

»Willst du dich nicht waschen?«

»Ich habe mich heute Morgen gewaschen.«
»Wenigstens die Hände.«
»Wäschst du dir denn deine?«
»Ich, nein.«
»Dann ich auch nicht.«
»Na gut, ich wasch sie mir.«
»Giannì, siehst du, was los ist?«
Sein Penis schlaffte ab und schrumpfte.
»Steht er dir nicht mehr, wenn du dich wäschst?«
»Doch, doch, ich geh schon.«
Er verschwand im Bad. Was machte ich bloß für ein Gewese, nie hätte ich gedacht, dass ich mich so benehmen würde. Er kam zurück, und ihm hing ein kleines Ding zwischen den Beinen, das ich mit Wohlwollen betrachtete.
»Er ist niedlich«, sagte ich.
Er schnaufte.
»Sag doch einfach, dass du nicht willst.«
»Aber ich will ja, ich geh mich jetzt waschen.«
»Komm her, ist schon in Ordnung. Du bist eine Lady, du wäschst dich garantiert fünfzig Mal am Tag.«
»Darf ich ihn anfassen?«
»Zu gütig.«
Ich ging zu ihm, nahm ihn vorsichtig in die Hand. Weil Rosario überraschend geduldig war, wäre ich gern versierter gewesen und hätte ihn gern so berührt, dass es ihm gefiel, aber ich wusste nicht genau, was zu tun war, und beschränkte mich darauf, ihn in der Hand zu halten. Wenige Sekunden genügten, und er schwoll an.
»Ich fass dich jetzt auch ein bisschen an«, sagte er mit einer leicht heiseren Stimme.
»Nein«, sagte ich. »Du kannst das nicht und tust mir weh.«

»Und ob ich das kann.«

»Danke, Rosà, sehr freundlich, aber das glaube ich nicht.«

»Giannì, wenn ich dich nicht ein bisschen anfasse, tue ich dir nachher wirklich weh.«

Ich war versucht einzuwilligen, er hatte sicherlich mehr Erfahrung als ich, aber ich hatte Angst vor seinen Händen, den schmutzigen Fingernägeln. Ich lehnte entschieden ab, ließ sein geschwollenes Glied los und legte mich mit zusammengepressten Beinen aufs Bett. Ich sah ihn hoch über mir, mit den in sein zufriedenes Gesicht gekerbten, verblüfften Augen, er war oben so gut gekleidet und unter der Taille so primitiv nackt. Für den Bruchteil einer Sekunde fiel mir ein, wie sorgfältig mich meine Eltern von klein auf darauf vorbereitet hatten, dass ich mein Sexualleben selbstbewusst und ohne Ängste ausleben konnte.

Inzwischen hatte Rosario meine Fußgelenke gepackt und spreizte nun meine Beine. Erregt sagte er: Was hast du für ein Schmuckstück zwischen deinen Schenkeln, und legte sich vorsichtig auf mich. Er suchte mein Geschlecht mit seinem, wobei er seine Hand zu Hilfe nahm, und als er glaubte, die richtige Position gefunden zu haben, arbeitete er sich langsam, sehr langsam vor, dann stieß er plötzlich energisch zu.

»Aua«, sagte ich.

»Hat es wehgetan?«

»Ein bisschen. Pass auf, dass ich nicht schwanger werde.«

»Keine Sorge.«

»Bist du fertig?«

»Warte.«

Er stieß wieder zu, fand eine bessere Stellung, machte

weiter. Von nun an bewegte er sich nur noch ein wenig vor und zurück und wieder vor. Doch je länger er mit dieser Bewegung fortfuhr, umso mehr tat er mir weh, er merkte es und flüsterte: Entspann dich, du bist zu verkrampft. Ich flüsterte zurück: Ich bin nicht verkrampft, aua, ich bin entspannt, und er sagte freundlich: Giannì, du musst mitmachen, was hast du da, ein Stück Eisen, eine gepanzerte Tür. Ich biss die Zähne zusammen, murmelte: Nein, mach, komm, fester, aber ich war schweißüberströmt, ich spürte den Schweiß auf meinem Gesicht, auf meiner Brust, und er sagte, wie du schwitzt, ich schämte mich und flüsterte: Ich schwitze nie, nur heute, tut mir leid; wenn dich das nervt, hör auf.

Schließlich drang er ganz in mich ein, mit einer solchen Kraft, dass ich das Gefühl hatte, ein langer Riss ginge durch meinen Bauch. Es dauerte nur einen Augenblick, er zog sich plötzlich zurück, wobei er mir noch mehr wehtat als bei seinem Eindringen. Ich hob den Kopf, um zu sehen, was los war, und sah ihn mit seinem blutbefleckten Ding, aus dem Sperma spritzte, zwischen meinen Beinen knien. Obwohl er lachte, war er sehr gereizt.

»Hat es geklappt?«, fragte ich zaghaft.
»Ja«, sagte er und legte sich neben mich.
»Gott sei Dank.«
»Ja, Gott sei Dank.«
»Das brennt.«
»Selbst schuld, das hätte man besser machen können.«
Ich drehte mich zu ihm, sagte:
»Genau so wollte ich es machen«, und ich küsste ihn, wobei ich meine Zunge so weit wie möglich über meine Zähne hinausstreckte. Kurz darauf lief ich ins Bad, um mich zu waschen, ich zog meinen Slip und die Jeans wieder an.

Als er ins Bad ging, nahm ich das Armband ab und legte es neben das Bett auf den Boden wie ein unheilbringendes Geschenk. Er begleitete mich bis vor die Tür, er war unzufrieden, ich heiter.

Am nächsten Tag fuhr ich mit Ida nach Venedig. Im Zug versprachen wir uns, so erwachsen zu werden, wie es keiner anderen vor uns je passiert war.